Anna Blundy

Pizza piccante

ANNA BLUNDY

Pizza piccante

Ein Italien-Krimi

Aus dem Englischen
von Sybille Uplegger

Marion von Schröder

Die Originalausgabe erschien 2008
unter dem Titel *Double Shot* bei Sphere,
ein Imprint von Little, Brown Book Group Limited, London

Marion von Schröder ist ein Verlag der
Ullstein Buchverlage GmbH

ISBN: 978-3-547-71127-1

Gesetzt aus der Caslon
Satz: hanseatenSatz-bremen, Bremen
Druck und Bindung: CPI – Clausen & Bosse, Leck
Printed in Germany

Für Shash

PROLOG

Wir sitzen in einem Keller, in dem es so riecht, als stünde er voll mit Gerätschaften zur Weinherstellung. Kurz bevor die Tür ins Schloss fiel, habe ich noch einen flüchtigen Blick auf eine große, bauchige Glasflasche erhaschen können. Ich glaube, in solchen Gefäßen haben die Bewohner dieser Gegend früher ihren Wein aufbewahrt. Oder das Olivenöl?

Der Gestank von Alkohol liegt in der Luft.

Einen echten Fußboden hat der Keller nicht. Unter meinen Händen ertaste ich Erde, und hin und wieder höre ich irgendetwas rascheln: kleine Tiere, die im Finstern umherhuschen. Ich habe beschlossen, sie für Eidechsen zu halten und nicht für Schlangen, aber strenggenommen ist das natürlich einerlei. Ändern kann ich sowieso nichts daran.

Ich möchte meine Hand ausstrecken, um seine Stirn zu berühren oder ihm über den Arm zu streichen, aber das geht nicht, weil meine Hände hinter dem Rücken gefesselt sind. Ich wette, es gibt irgendeinen Trick, sie zu befreien – warum habe ich den nie gelernt? Eine ganz bestimmte Art, die Handgelenke hin und her zu drehen, so dass die Stricke plötzlich wie von Zauberhand abfallen. Aber auch diese Überlegungen sind müßig, denn erstens hat man uns nicht mit Stricken gefesselt, sondern mit Kabelbindern, und zweitens glaube ich mich dunkel daran erinnern zu können, dass der Trick nur dann funktioniert, wenn man ihn anwendet, *während* man gefesselt wird. Dafür ist es jetzt wohl ein Momentchen zu spät.

Er war so gut wie bewusstlos, als man uns in dieses Loch gezerrt hat, aber ich höre, wie er atmet. Es scheint ihm also gut zu gehen. Ich meine, natürlich geht es ihm *nicht* gut, er liegt schließlich im Sterben. Aber das steht in keinem unmittelbaren Zusammenhang mit unserer Entführung, wie unselig die ganze Geschichte auch immer sein mag. Ja, ich glaube, man hat ihm nicht allzu sehr zugesetzt. Dafür haben sie mir eins in die Fresse gehauen. Mistschweine.

Als ich noch ganz klein war, hatte mein Großvater mütterlicherseits einmal einen Schlaganfall. Großvater kam mir damals ungeheuer groß vor, und deswegen hatte es in meinen Augen etwas besonders Trauriges, ihn plötzlich so gebrechlich zu erleben. Immer wieder fiel er hin. Es war ein sehr weiter Weg nach unten.

Und jetzt sitzt neben mir ein anderer Mann, ebenfalls alt, ebenfalls ziemlich groß. Ein Mann, der bald das Zeitliche segnen wird, und zwar diesmal wie ein ganz normaler Mensch, ohne heldenhaftes Getue. Bestrahlung – dadurch gewinnt er vielleicht ein halbes Jahr. Dann Chemo – möglicherweise noch einen Monat oder zwei. Und irgendwann (gesetzt den Fall, es gelingt mir überhaupt, uns aus dieser misslichen Lage zu befreien) wartet das Ende: ein Tropf mit Morphinlösung und ein allmähliches Hinübergleiten in die Ewigkeit. O nein, Faith, fang jetzt bloß nicht an zu weinen. Es gibt Wichtigeres zu tun.

Seltsam: Meine Füße fühlen sich ganz kalt an, dabei ist es draußen unglaublich heiß. Die Orangen hängen prall und saftig an den Bäumen, und als wir gestern auf der Hotelterrasse saßen, war selbst die Brise vom Meer her schwer und schwül und voller Salz. Vielleicht habe ich kalte Füße, weil man mir die Schuhe von den Füßen gerissen hat, nachdem ich einen der Männer ins Gesicht getreten und ihm dabei die Nase gebrochen habe. Einige seiner Kollegen sind daraufhin in schadenfrohes Gelächter ausgebrochen – offenbar konnten sie ihn genauso wenig leiden wie ich. Schon wieder eine Rivalität unter Geschwistern? Sind diese Kerle hier eigentlich *alle* miteinander verwandt? Vollidioten – sie müssen doch wissen, mit wem sie es zu tun haben. Wie hoffnungslos, wie selbstmörderisch dieser ganze Zirkus ist!

Also: Entweder versuche ich jetzt, meine Hände zu befreien und eine Möglichkeit zur Flucht zu finden, oder wir bleiben hier und warten, dass jemand kommt und uns rettet. Ob unsere Entführer ein Lösegeld fordern werden? Von wem? Von Eden vielleicht? Oder vom *Chronicle*? Und wenn ja – wird sich auch jemand finden, der es bezahlt? Sind wir hier unten wenigstens vor den anderen in Sicherheit – wer auch immer die sein mögen? Oder hat es sich mittlerweile überall herumgesprochen, dass er nicht mehr lange zu leben hat? Dass bald endlich alles vorbei ist?

Ich krieche über den Boden in die Richtung, aus der ich seine Atemgeräusche höre, und lehne mich neben ihm an die Wand. Als er mich an seiner Seite spürt, wird er munter und versucht, sich aufzusetzen.

»Na?«, sage ich, und er lässt den Kopf auf meine Schulter sacken. Sein Atem geht flach und schnarrend. Ich küsse ihn und seufze.

Es gibt so vieles, wonach wir uns im Innern unseres Herzens sehnen. In der Dunkelheit der Nacht, wenn es Freunde und Geliebte längst zu anderen, fröhlicheren Menschen gezogen hat und die Welt um uns herum noch immer in Flammen steht. Und falls sie nun Wirklichkeit würden, diese geheimen Wünsche, wären sie dann tatsächlich das, worum wir all die Zeit gebetet haben? Mein Leben lang habe ich genau das tun wollen, was er jetzt tut: den Kopf sinken lassen, die Augen schließen. In meinen Träumen gab es sie, die breite, starke Schulter, an die ich mich lehnen konnte. Und mit ihr gab es die Gewissheit, dass alles gut war.

Aber dieser Traum wird nie Wirklichkeit werden. Im wahren Leben wird es immer genau umgekehrt sein. Damit habe ich mich inzwischen abgefunden.

Ich beiße die Zähne zusammen und beginne den Kabelbinder, der meine Handgelenke einschnürt, an einem scharfen Vorsprung in der feuchten Mauer zu schaben. Die Männer draußen rufen und schreien noch immer wild durcheinander, Schüsse hallen aus den Hügeln wider. Der Kampf tobt unvermindert weiter. Verflixt noch mal!, denke ich unwillkürlich. Wir werden direkt in einen Kugelhagel hineinspazieren – wie Butch Cassidy und Sundance Kid. Falls wir es überhaupt so weit schaffen.

»Wie Butch Cassidy und Sundance Kid« – das muss ich wohl laut gesagt haben, denn plötzlich flüstert er mir etwas zu. Sein Mund ist dicht an meiner Schulter, die Stimme nicht viel mehr als ein Röcheln. Sein Sinn für Humor jedoch ist nach wie vor intakt, und ich höre das schiefe Grinsen in seiner Stimme, als er fragt:

»Und welcher der beiden bin ich?«

Ich kann nicht anders: Ich muss lachen, und meine Augen füllen sich mit Tränen.

»Was denkst du denn? Sundance natürlich. Robert Redford.«

KAPITEL 1

Alles in meinem Leben hat sich verändert, seit Tamsin mich damals in ihr Büro zitierte, um mir den Cairnbridge-Auftrag zu erteilen.

Das Wort »Büro« ist hier eigentlich ein Euphemismus. In Wirklichkeit besteht die Redaktion des *Chronicle* aus Hunderten senkrecht stehender MDF-Platten, die den Raum in ganz viele winzige Zellen aufteilen. Wenn man richtig wichtig ist, so wie Tamsin, dann bekommt man noch ein paar Quadratmeter Plexiglas und eine Tür dazu. Ein Schreibtisch aus Walnussholz mit Aussicht auf den Hudson River? Nicht ganz.

»Zanetti! Herkommen!«, trompetete sie, am Ende ihres Kugelschreibers kauend. Sie ist der festen Überzeugung, dieser Gestus verleihe ihr Würde und Autorität, was natürlich blanker Unsinn ist. Genannte Eigenschaften bezieht sie allenfalls aus dem Umstand, dass ihre Haut am ganzen Körper aschgrau ist, da sie in den letzten zehn Jahren insgesamt nicht mehr als zehn Minuten Sonnenlicht abbekommen hat. Und dann war da natürlich noch ihr Charles-und-Camilla-Coup. Ihr hatte man seinerzeit nämlich die Camillagate-Bänder zugespielt, wodurch sie es zu beträchtlichem Ruhm brachte. Nicht, dass dazu irgendein Beitrag von ihrer Seite nötig gewesen wäre – wochenlange Recherchen und all die anderen Dinge, die gemeinhin zur Arbeit eines furchtlosen Reporters zählen. Aber die Sache bescherte ihr dennoch die Aussicht auf eine lebenslange Anstellung (wenn nicht bei unserer Zeitung, dann bei einer anderen) sowie die ehrfürchtige Hochachtung sämtlicher Berufsgenossen. Tamsin wohnt mit einem der ihr unterstellten Redakteure zusammen und glaubt allen Ernstes, niemand wüsste etwas davon. Die beiden sind so tief in ihre absurde Scharade verstrickt, dass sie zwar gemeinsam zur Arbeit fahren, sich dort aber den ganzen Tag lang eisern ignorieren. Das ist ziemlich peinlich, und mir wäre es wirklich lieber, ich hätte nie davon erfahren.

Wie auch immer, ich betrat also ihr Büro.

Seit Bens Geburt »half« ich in der Auslandsredaktion aus. Und was für eine Hilfe ich war! Meine Arbeit bestand vornehmlich darin, alte Bekannte anzuklingeln, die irgendwo an den Brennpunkten dieser Welt im Busch herumkrochen, und Dinge zu sagen wie: »Wir brauchen fünfhundert Wörter bis sechzehn Uhr!«

Die meisten dieser äußerst deprimierenden Telefongespräche liefen etwa so ab:

»Hi, Blitz. Wie steht's mit den Nachrichten des Tages? Wer treibt was? Wer ist gestorben? Wie reagieren wir?« Dann seufzte ich und betrachtete meine abgekauten Fingernägel.

»Zanetti? Bist du das? Was machst *du* denn in der Redaktion? Ich sage dir, hier herrscht das absolute Chaos. Die haben ganz vergessen, wer hier eigentlich wen bekriegt, der Waffenstillstand ist für den Arsch und … ach du Scheiße! Mann, ich muss auflegen! Wir sprechen uns später!«

Mein Magen drehte und wand sich dann jedes Mal in stiller Qual vor lauter Eifersucht, und ich fühlte mich genötigt, die Beine hochzuschwingen und meine Füße in ihren Cowboystiefeln auf den Schreibtisch krachen zu lassen, um wenigstens ansatzweise das Gefühl zu haben, dass alles unter Kontrolle war. Wundert es da noch jemanden, dass die Kollegen von mir genauso die Nase voll hatten wie ich von ihnen? Nein. Zu Hause konnte ich nicht rauchen, also verbrachte ich den Großteil meiner Arbeitszeit draußen auf der Feuertreppe, von wo aus ich, einen Plastikbecher mit Espresso umklammernd, mit dem Kindermädchen telefonierte.

Daher hatte ich, als mich Tamsins Order erreichte, instinktiv angenommen, sie wolle mir mitteilen, dass ich gefeuert sei.

»Was gibt's?«, fragte ich argwöhnisch.

»Der Chefredakteur hat ein Problem«, eröffnete sie das Gespräch.

Ich nickte ernst. »Das habe ich schon immer vermutet.« Ich setzte mich.

Tamsin verdrehte die Augen bis in die Schädelhöhle hinein. »Der Chefredakteur hat ein Problem in Bezug auf *Cairnbridge*«, präzisierte sie und bemühte sich erfolgreich, mir nicht ins Gesicht zu blicken, während sie dies sagte.

Ich stöhnte und ließ meinen Kopf auf ihre Tischplatte sinken, die Arme schützend darübergeworfen.

»Faith«, fuhr Tamsin in begütigendem Tonfall fort. »Ich habe geahnt, dass du so reagieren würdest …«

Ich richtete mich wieder auf. »Sieh einer an, du hattest recht mit deiner Ahnung. Was ist bloß *los* mit dem Mann? Wir sind die einzige Zeitung weit und breit, die nach all den Jahren immer noch seine beknackten Verschwörungstheorien abdruckt. Und das, obwohl der Gerichtshof in Den Haag das Urteil gegen diesen Libyer gerade erst bestätigt hat! Pff. Als ob man den Fall überhaupt wieder hätte neu aufrollen müssen, zumal ungefähr tausend Leute damals gesehen haben, wie der Mann einen Koffer, auf dem dick und fett ›BOMBE‹ stand, ins Flugzeug geladen hat!«

Na ja, vielleicht war die Sache nicht haargenau so abgelaufen, aber die wesentlichen Fakten stimmten. Außerdem war das alles Ewigkeiten her.

Vielleicht hätte ich mich ein wenig diplomatischer verhalten sollen, aber ich konnte einfach nicht anders. Die Obsessionen unseres Chefredakteurs raubten einem wirklich den letzten Nerv. Natürlich weiß jedes Kind, dass man sowieso praktisch geisteskrank sein muss, um Chefredakteur einer Zeitung zu werden. Das ist wahrlich kein Geheimnis. Mit den Chefredakteuren ist es so ähnlich wie mit den Premierministern. Wenn jemand den Posten unbedingt haben will, dann ist allein das bereits ein sicheres Zeichen dafür, dass er ihn niemals bekommen sollte. Aber da es offenbar keine geistig gesunden Menschen gibt, die sich für diese Art von Tätigkeit hergeben möchten ... bleibt sie eben den Wahnsinnigen vorbehalten.

Unser Chefredakteur Sam Fischer zum Beispiel war besessen von Prinzessin Diana. Teil dieser Besessenheit war die felsenfeste Überzeugung, sie sei von christlichen Fundamentalisten ermordet worden, die zu verhindern versucht hatten, dass ein Moslem eine wie auch immer geartete Verbindung mit dem Königshaus einging. Er hatte die Prinzessin ein einziges Mal getroffen, auf irgendeiner Wohltätigkeitsveranstaltung, und fortan darauf beharrt, sie seien allerbeste Freunde. Nach ihrem Tod hatte er ungefähr fünfundzwanzig Kilo abgenommen. Aber keine Sorge, es hätten auch gut und gern sechzig sein dürfen.

Sein zweites Steckenpferd war Cairnbridge. Er hatte unser Rechercheteam von *Im Visier* bestimmt schon fünfzehn Mal auf die Story angesetzt, und darüber hinaus hatte unser Blatt immer wieder all jenen Spinnern als Sprachrohr gedient, die behaupteten, sie würden für die CIA arbeiten und wüssten genau, was damals passiert sei. Und überhaupt, die Libyer seien unschuldig. Der wahre Grund, weshalb die US-amerikanische Regierung und die CIA und alle anderen, die ihre Finger in der Sache stecken hatten, immer wieder beteuerten, nicht den Schimmer einer Ahnung zu haben, wer die Männer gewesen seien und für wen sie gearbeitet hätten, sei einzig und allein die Tatsache, dass sie – also die Libyer – »zu viel wüssten«.

Aha. Ich glaube, damit weiß ich auch schon zu viel. Viel zu viel.

»Zanetti!«, bellte Tamsin empört.

Oh. Ich hatte mir, ohne es zu merken, eine Zigarette angesteckt. Prompt fing der Rauchmelder an zu kreischen, und noch bevor ich den Glimmstängel in Tamsins Kaffeetasse ersäufen konnte, kam ein Sicherheitsbeamter ins Zimmer gestürmt. Seine rechte Hand ruhte auf etwas an seinem Gürtel.

»Mein Gott, Sie sind ja bewaffnet!«, entschlüpfte es mir.

»Seit Juli.« Er nickte. »Warten Sie, ich schalte das rasch ab. Da war wohl jemand ungezogen«, tadelte er zungeschnalzend, während er mit seinen schweren schwarzen Stiefeln Tamsins Schreibtisch erklomm.

»So bin ich eben«, lautete meine Antwort.

Tamsin reckte den Kopf an seinen Waden vorbei und versuchte, die Kontrolle über die Situation zurückzugewinnen. »Wie du zweifellos weißt, jährt sich das Unglück in diesem Jahr zum fünfundzwanzigsten Mal …«

Lieber Herrgott, rette mich! »Ja, so viel ist mir bekannt«, räumte ich ein.

»Und Der Chefredakteur …«, fuhr sie fort. Ich bin hier übrigens nicht diejenige, die das »Der« von »Der Chefredakteur« großschreibt. Das machte sie mit ihrer Stimme. Warum sie ihn nicht einfach Sam nennen konnte, so wie alle anderen auch, war mir schleierhaft. »Der Chefredakteur möchte eine Sonderausgabe in Gedenken an den Anschlag herausbringen …«

»Tams! Ich dachte, wir würden uns neuerdings darum bemühen, eine jüngere Lesergeneration zu indoktrinieren – die armen Schafe, die damals noch gar nicht auf der Welt waren. Ernsthaft! Ich werde ihn mir gleich mal zur Brust nehmen.« Ich stand auf und wandte mich zum Gehen.

»Faith, Schätzchen. Setz dich wieder hin«, befahl Tamsin sanft. Der Sicherheitsbeamte mit seiner dicken Knarre war mittlerweile verschwunden, und sie hatte ihren Schreibtisch wieder für sich. Mit der Handfläche wischte sie imaginäre Stiefelabdrücke von der Platte. Ihre Finger sind blass und knochig und wirken durch die schwarzen Kostüme, die sie trägt, geradezu totenbleich.

»Faith. Glaubst du allen Ernstes, du könntest ihm die Sache ausreden? Glaubst du, ich hätte ihm gegenüber nicht genau dieselben Einwände vorgebracht wie du gerade?«

Ich seufzte unwillig und fischte eine neue Zigarette aus meiner Schachtel. Dann steckte ich sie wieder zurück. »Nein. Vielmehr glaube ich, dass du brav genickt und gesagt hast: ›Ooooh, Sam, was für eine geniale Idee! Lass uns sofort damit anfangen!‹«

Im grünlichen Grablichtgeflacker der Leuchtstoffröhre, die über unseren Köpfen schwebte, war es schwer zu erkennen, aber ich glaube, Tamsin wurde rot. Das war wohl auch das Mindeste.

»Wie auch immer deine persönliche Auffassung zu der Sache aussehen mag«, begann sie erneut geschäftsmäßig, während sie unerklärlicherweise einen Stapel Papier vor sich zurechtrückte. Papier – so etwas benutzen wir doch gar nicht mehr. Wahrscheinlich hatte sie zu Hause ihre Rezeptschublade ausgemistet. »Die Sonderausgabe wird erscheinen, und darin werden auch einige der diversen Theorien über den Bombenanschlag zu lesen sein, die Der Chefredakteur im Laufe der Jahre verfochten hat. Aber darüber hinaus wünscht er sich einen Exklusivbericht für die Titelseite. Und an genau dieser Stelle kommst du ins Spiel. Unseren Leuten von *Im Visier* ist es nämlich auch nach all der Zeit nicht gelungen, alle am Anschlag beteiligten Personen zu befragen …«

»Tatsächlich?« Langsam wurde es mir wirklich zu bunt. »Ob das möglicherweise daran liegt, dass es diese beiden Libyer waren, die niemand interviewen kann, *weil einer im Knast sitzt und der andere auf Nimmerwiedersehen verschwunden ist!?*«

Mehrere Kollegen reckten, durch mein Gebrüll aufgeschreckt, die Hälse. Meine Haare hatten sich teilweise aus dem Pudelschwänzchen gelöst, zu dem ich sie zurückgebunden hatte, und bestimmt sah ich ziemlich wild aus. Ich habe einen blonden Lockenschopf, der aussieht wie ein Afro. Ben tut nichts lieber, als an den Strähnen zu nuckeln, genau wie ich es als kleines Kind immer gemacht habe.

Tamsin fuhr unbeirrt fort: »*Außerdem* sind sie wiederholt gescheitert, als es darum ging, sämtliche Drogenkuriere zu identifizieren, die mit Erlaubnis der amerikanischen Regierung die Flüge in die USA zum Transport von Heroin genutzt haben. Und, was nach Ansicht Des Chefredakteurs am wichtigsten ist: Uns fehlt immer noch diejenige Person, die für die Reykjavik-Warnung verantwortlich zeichnet. Aber darüber bist du ja sicher bestens informiert ...«

Ich ließ meine Faust auf Tamsins Schreibtisch niederkrachen. Leider zuckte sie nicht einmal zusammen. »Aber nicht doch! Ich arbeite schon mein halbes Leben bei diesem Blatt – aber lesen, was drinsteht? Wo denkst du hin? Die Reykjavik-*Was*?«

Also schön, natürlich kam ich nicht jeden Tag dazu, die gesamte Zeitung von der ersten bis zur letzten Seite durchzulesen. Aber es bestand kein Grund, das meiner Chefin auf die Nase zu binden. Und überhaupt – jedes Kind wusste über die Reykjavik-Warnung Bescheid. Die Geschichte ist schnell erzählt: Vor ungefähr zwei Milliarden Jahren rief jemand bei der US-Botschaft in Reykjavik an, um die Mitteilung zu machen, dass bald ein Bombenanschlag auf ein amerikanisches Flugzeug verübt werden würde. Diese Warnung wurde überall auf der ganzen Welt an den Schwarzen Brettern der Botschaften ausgehängt, aber niemand machte sich die Mühe, dem Sicherheitspersonal am Frankfurter Flughafen Bescheid zu geben, und das, obwohl der Anrufer ausdrücklich gesagt hatte, dass die Bombe in Frankfurt an Bord geschmuggelt werden solle.

»Also, Faith, hier ist dein Auftrag: Finde den Mann, der die Warnung ausgegeben hat, bring ihn zum Reden, schreib einen Artikel darüber und dann hol dir deinen Gehaltsscheck ab. Ein Foto wäre nett. Wiedersehen.«

Mooooment, nicht so schnell. Das war kein Auftrag, das war vorprogrammiertes Scheitern. Nicht, dass ich dem Team von *Im Visier* unbedingt dieselbe glühende Bewunderung zollte, mit der sie selbst ihre Arbeit zu betrachten pflegten – aber ich war mir ziemlich sicher, dass sie sich redlich bemüht hatten und so weiter.

»Ich mache das nicht!«

»Gut. Dann geh bitte zu Sam und erklär es ihm. Und viel Glück bei der Suche nach einem Arbeitgeber, der nichts gegen dein Baby, dein Alkoholproblem und deine miese Einstellung einzuwenden hat«, sagte Tamsin und drückte abschließend die Return-Taste ihres Computers, um endlich die E-Mail zu versenden, an der sie während unseres kleinen Beisammenseins unablässig herumgeschrieben hatte.

»Ach, Tams. Es ist fast drollig, mitanzusehen, wie du die Wut, die du angesichts der Leere und der Sinnlosigkeit deines Daseins empfindest, an deinen Untergebenen auslässt.«

Auf dem Weg nach draußen warf ich ihr noch eine Kusshand zu. Dann ließ ich mich hinter meinen Schreibtisch plumpsen und tippte »Cairnbridge« in die Suchmaske von Google ein. Zu mehr konnte ich mich vorerst nicht durchringen.

Interessanterweise herrscht selbst in Bezug auf diese Bezeichnung Uneinigkeit. Die Amerikaner nennen die Katastrophe nämlich »TAA 67«.

Ich habe *kein* Alkoholproblem, und Tamsin kann mir mal den Buckel runterrutschen.

Kaum dass ich von meiner Schwangerschaft erfahren hatte – damals arbeitete ich noch in Moskau –, stand ich auch schon bei den Anonymen Alkoholikern auf der Matte. Eigentlich war es sogar ganz lustig: Man saß im Kreis und hörte zu, wie Wildfremde anfingen, freimütig von all den schändlichen Dingen zu berichten, die sie unter Alkoholeinfluss angestellt hatten. Wie zum Beispiel mit dem besten Freund des eigenen Ehemanns ins Bett zu gehen oder allerlei andere Dummheiten, zu denen sie sich mit an Sicherheit grenzender Wahrscheinlichkeit auch im nüchternen Zustand hätten hinreißen lassen. Nur dass sie dann nicht auf die verhängnisvollen siebzehn Gläser Gin Tonic hätten verweisen können, die sie zum Tatzeitpunkt getankt hatten – eine Ausrede, wie man sie sich besser nicht wünschen kann. Neun Monate lang hatte ich nicht einen Tropfen angerührt, und auch jetzt konnte gewiss niemand behaupten, ich würde die ganze Zeit stockbesoffen durch die Gegend torkeln. Ich habe keine Ahnung, wieso sich Tamsin das Recht herausnahm, die Sache dermaßen aufzubauschen.

Und eins will ich Ihnen sagen: Es ist noch gar nicht allzu lange her, da gehörte es praktisch zum guten Ton, nach dem Mittagessen angeschädelt in die Redaktion zurückzuwanken. Kurz bei El Vino vorbeischauen, zehn Flaschen Bordeaux und ein Zungensandwich zum Mitnehmen – und erst zum Redaktionsschluss war man wieder halbwegs nüchtern. Und jetzt hatte sogar Eden angefangen, mich unablässig damit zu nerven, ich würde zu viel trinken – ganz so, als sei er selbst ein Vorbild an Nüchternheit. Eden hatte übrigens vor einiger Zeit eine Erleuchtung und wohnte nun in einem riesigen Haus auf einem Berg irgendwo im hintersten Winkel der Toskana, wo er an einem Buch über China schrieb und ab und zu eine Kolumne über toskanische Lebensart für den *New Yorker* zu Papier brachte. Der pure Kitsch: »Während die Abendsonne langsam über meinem kleinen Olivenhain untergeht und die Eidechsen aufgeregt hierhin und dorthin huschen, um sich im Licht der letzten Sonnenstrahlen zu wärmen …« Sie kennen das bestimmt.

Wie jede andere Erleuchtung, so war auch seine im Kern nichts als ein monumentaler Egotrip, der darauf hinauslief, dass ich die Gelackmeierte war und mit dem blöden Baby ganz allein dastand.

Um Gottes willen, natürlich ist Ben *kein* blödes Baby! Er ist ein kleines Stückchen Himmel in meinem Leben und so lieb und süß, dass seine bloße Existenz diese ganze ekelhafte Welt verschönert. Das änderte aber nichts an der Tatsache, dass ich mit ihm in London festsaß, während sich Eden mit den Signorinas aus seinem Dorf anfreundete und sich von ihnen erklären ließ, wo man nach dem Regen die besten Pilze fand. Das letzte Mal, als Ben und ich bei ihm zu Besuch gewesen waren, hatte er auch Don und Ira aus Moskau eingeladen, und Ira bekam man gar nicht mehr aus dem Wald heraus, so versessen war sie auf die Porcini oder wie auch immer die Dinger heißen. Ihr Mann Don, ein mehrfach ausgezeichneter Kriegsfotograf a. D., meinte hingegen leicht säuerlich, das beschauliche Leben in einem Moskauer Vorort hätte ihn selbst schon fast in einen Fungus verwandelt.

Mir gegenüber behauptete Eden, seine Trinkgewohnheiten an die der Italiener angepasst zu haben: ein Glas zum Mittagessen, ein oder zwei zum Abendessen, und um zehn liege er bereits im Bett. Na dann: herzlichen Glückwunsch.

»Lass mich dir eins sagen, Jones. Wenn du dich jeden Morgen ins Büro schleppen müsstest, nachdem du die ganze Nacht wach warst, weil ein Baby – nein, *dein* Baby – nicht aufhören wollte zu schreien, würdest du dein jetziges Pensum im Leben nicht durchhalten«, hatte ich ihm bei einem unserer unerfreulichen Gespräche an den Kopf geworfen. »Wenn ich so leben könnte wie du, würde ich vermutlich mit einem Schlückchen Quellwasser und einem Trüffel pro Tag auskommen!«

Vielleicht sagte ich ihm das auch nur in Gedanken, dafür aber ziemlich oft und ziemlich energisch. Ich konnte mir nicht helfen: Ich vermisste den alten Eden. Den Eden, auf den immer Verlass gewesen war, wenn man um Mitternacht an einer Straßensperre von drogenbenebelten Teenagern mit Kalaschnikows bedroht wurde. Möge der einzige Leser, den sein China-Buch je finden wird, vorzeitig ins Gras beißen! Oder lieber nicht – vermutlich werde ich das sein. Wenn es überhaupt jemanden gibt, der sich Eden Jones' historischen Abriss über die letzten vierzig Jahre wirtschaftlicher Entwicklung im Reich der Mitte zu Gemüte führen will. Sie etwa?

Nach meiner »Besprechung« mit Tamsin rief ich ihn umgehend an.

»Jones!«

»O Gott! Ist Ben etwas passiert?«, stieß er mit erstickter Stimme hervor.

»Woher soll ich das wissen? Ich bin im Büro! Ruf doch die

Nanny an. Was ich dich fragen wollte: Weißt du irgendetwas über Cairnbridge?«

Er lachte auf. Ich sah vor meinem geistigen Auge, wie er am Schreibtisch saß, mit Blick auf den Obstgarten.

»Ist das wirklich Vogelgezwitscher, was ich da höre?«, fragte ich und zündete mir eine Kippe an.

Er lachte erneut. »Dein Chef ist verrückt geworden. Hat ihm niemand gesagt, dass das Gericht in Den Haag das Urteil gegen den Libyer bestätigt hat? Du solltest ihn schnellstens aufklären, Eff Zett.«

»Damit er mich auf die Straße setzt? Wir bringen eine Sonderausgabe zum fünfundzwanzigsten Jahrestag heraus …«

Das ließ ihn aufhorchen.

»Ein Vierteljahrhundert. Tja, da kommt man ins Grübeln«, sagte ich.

»Ist das wirklich schon fünfundzwanzig Jahre her? Unmöglich. Ich habe mich noch gar nicht entschieden, was ich werden will, wenn ich groß bin!«

»Ein Wichser?«

»Ach ja, stimmt. Das war es. Aber – fünfundzwanzig Jahre …«

»Also schön, wir sind alle alt geworden. Jedenfalls soll es eine Gedenkausgabe geben –«

»Hui! Da wird die Auflage aber glatt durch die Decke gehen!«

»Mein Gott, Eden, hör mir doch mal zu! Du musst mir unbedingt helfen. Warst du nicht irgendwann deswegen auf Zypern und hast dort recherchiert?«

»Klar. Damals zum zehnten Jahrestag. Ein Artikel für den *Telegraph.* Riesenbudget. Kein Loch, in das ich nicht gekrochen bin. Aber Faithy, glaub mir, es war der Libyer …«

»Okay, ich weiß. Um den geht es ja auch gar nicht. Übrigens – wo sitzt der eigentlich? In Schottland? Oder hat man ihn an seine Heimat ausgeliefert? Egal. *Ich* soll herausfinden, wer der Anrufer von Reykjavik war.«

»Keine Chance.«

»Großartig. Vielen Dank. Na dann – auf Wiederhören.«

»Jetzt sei doch nicht so. Weißt du was? Setz dich einfach in den nächsten Flieger nach Pisa und komm her. Ich hole dich vom Flughafen ab. Wenn du möchtest, kannst du meine Unterlagen benutzen. Aber bring das Kindermädchen mit, ich habe furchtbar viel zu tun.«

»Klar. Wenn du ihren Flug bezahlst.«

»Faith …«

»Eden?«

»Also schön. Ohne Kindermädchen.«

»Okay.«

KAPITEL 2

Womöglich denken Sie jetzt, die Tatsache, dass Eden und ich Eltern eines gemeinsamen Kindes sind, müsste in unserer Beziehung endlich für Klarheit gesorgt haben. Aber das denken Sie nur, wenn Sie selbst keine Kinder haben. Alle anderen wissen nämlich, dass dadurch alles nur noch milliardenfach komplizierter wird, als es vorher ohnehin schon gewesen ist. Wenn sich zwei Parteien nicht einigen können, ist es da hilfreich, noch eine dritte hinzuzuholen? Eben.

Irgendwann hatte ich Eden natürlich darüber informiert, dass ich von ihm schwanger war. Es schien mir kleinlich, es ihm weiterhin zu verschweigen, und darüber hinaus kam ohnehin der Punkt, an dem sich die Tatsache nicht mehr verheimlichen ließ. Dass ich diesen Punkt erreicht hatte, wurde mir während eines Geschäftsessens mit einer Verlegerin vor Augen geführt, für das ich extra von Moskau in die Heimat geflogen war. Sie hatte mich ins Orso eingeladen, wo wir mit Ziegenkäse, Spargel und Peperoni belegte Minipizzen zu Mittag aßen. Sehr pikant.

Sie behielt die ganze Zeit über ihre schwarze Sonnenbrille auf und redete mit einer dünnen Stimme auf mich ein, ich solle unbedingt meine Memoiren schreiben. Da musste man sich ja alt vorkommen … Während sie aus ihrer am Boden stehenden Tasche einige Fotokopien herausfischte, erzählte sie mir von einem altgedienten Nachrichtenproduzenten, der für einen amerikanischen Sender arbeite und seine Kollegen zu einer Besprechung gerufen habe, um die Devise auszugeben, man brauche mehr »Schnitten in den Schützengräben«. Das, so dachte sie, sei doch ein ganz ausgezeichneter Titel für mein Buch. *Die Schnitte im Schützengraben.*

»Muss in diesem Szenario auch jemand die Schnitte sein?«, erkundigte ich mich lachend, während ich an der Folienverpackung meiner Nicorette-Kaugummis herumfummelte. Seht alle her: eine schwangere Neurotikerin im Restaurant!

Meine Frage war eigentlich als Witz gemeint, brachte die gute Frau aber tatsächlich in Verlegenheit. »Nein, nein, so habe ich das nicht –«, begann sie, nur um gleich wieder betreten zu verstummen.

Wir nahmen beide einen Schluck von unserem Mineralwasser.

»Schon gut.« Ich schenkte ihr ein gütiges Lächeln.

Aber das ist es ja gar nicht, was ich erzählen wollte. An einem Nachbartisch saß nämlich ein entfernter Bekannter, der immerzu ungläubig auf meinen Bauch starrte.

Ich zwinkerte ihm zu.

»Zanetti?«, fragte er laut und hätte um ein Haar seine Rotweinflasche von der Tischkante gestoßen. Ich glaube, er arbeitet bei Associated Press. Derek. Derek oder Craig. Hat irgendeinen Preis gewonnen für eine Reportage über eine Schule voller Kinderleichen, auf die er in Ruanda gestoßen ist. Ich kann mich noch genau daran erinnern, wie er damals mit versteinerter Miene im Mille Collines auftauchte, uns alle in einen Toyota-Truck lud und mit uns, bewacht von rotäugigen Teenagern mit Kasanraketen über der Schulter, ins staubige Niemandsland fuhr. Don McCaughrean war gerade krank. Also, Derek oder wie auch immer du heißt: Du hast dir deinen Rotwein redlich verdient.

Ich tätschelte meinen Bauch. »Tja, wie sich herausstellt, bin ich ein biologisch voll funktionsfähiges Weibchen. Wer hätte das gedacht?«

Gleich nach dieser Begegnung rief ich Eden an. Keine Ahnung, wieso ich so lange damit gewartet hatte. Hatte ich mich etwa an die Hoffnung geklammert, es sei strenggenommen alles gar nicht wahr – zumindest nicht *richtig* –, solange der Kindsvater nichts wusste? Wäre mir durchaus zuzutrauen.

»Gib sofort den Posten in Moskau ab«, befahl er mir.

»Auf keinen Fall«, erwiderte ich trotzig – nur um wenig später im Zuge der nächsten personellen Umstrukturierungsmaßnahmen (verklärend für »Kündigungswelle«) zurück nach London versetzt zu werden.

Ich sagte der Verlegerin zu, auch wenn ich dabei ein komisches Gefühl hatte – als müsste ich meinen eigenen Nekrolog verfassen. Übrigens hat mir jemand mal einen sehr interessanten Tipp gegeben: Der Schlüssel dazu, im Leben stets die richtige Entscheidung zu treffen, liege darin, von Zeit zu Zeit probehalber seinen Nachruf zu schreiben, um zu prüfen, ob man mit dem Inhalt zufrieden ist. Auf die Frage, was zu tun sei, wenn man *nicht* zufrieden wäre, wusste er allerdings nichts Erhellendes zu sagen. Wenn ich mich recht erinnere, ist er vor einigen Jahren an einer Überdosis Kokain gestorben. Kein Kommentar.

Eden fing natürlich sofort wieder mit seinem Lieblingsthema an. »Ach, Schatz, lass uns zusammenziehen und endlich eine richtige Familie sein!« Aber wie üblich hielt diese Phase nicht lange an. Er liebt es einfach, so zu tun, als sei ihm etwas sehr, sehr ernst, und vielleicht glaubt er in dem Moment sogar selbst daran, aber letztlich ist es nichts weiter als ein Hirngespinst. Im Klartext bedeutete sein Vorschlag nämlich: »Komm, lass uns versuchen, so zu tun, als wären wir nicht die, die wir sind.« Wem wollte er etwas vormachen? Seine Berggipfelepiphanie würde kein halbes Jahr andauern. Spätestens dann hieß es wieder: ab ins nächstgelegene Krisengebiet, soll die Olivenernte doch an den Bäumen verrotten! Und was mich angeht … nun ja. Man muss kein Genie sein, um zu erkennen, dass ich nicht fürs Rosenschneiden und Marmeladekochen geschaffen bin.

Und das ist auch vollkommen in Ordnung. Irgendwann kommt man nämlich in ein Alter, in dem all die bange Erwartung, mit der man der Antwort auf die Frage entgegengefiebert hat, was für ein Mensch man einmal sein wird, verflogen ist. Das Ergebnis liegt vor, und von nun an muss man mit dem arbeiten, was man hat. Ich für meinen Teil kann einfach nicht so tun, als hätte ich *keine* Schmetterlinge im Bauch, wenn ich irgendwo aus einem Flieger steige, einer Wand aus brütender Hitze entgegentrete, und mir ein schnurrbärtiger Unhold eine Waffe an den Schädel hält. Ich will, während um mich herum ein mörderischer Sandsturm tobt, meine kugelsichere Weste anlegen, an die Front rausfahren und aus dem Mund eines Mannes, der mit einer Granate in der Faust im Dreck liegt, erfahren, was los ist. Niemand zwingt mich dazu. Ich will es eben so.

Ben lebte bei mir in London, und ich hätte, ohne eine Sekunde zu zögern, mein Leben für ihn gegeben. Noch nie habe ich einen Menschen auf die Weise angelächelt, wie ich ihn anlächle, noch nie das empfunden, was ich empfinde, wenn er »Mama« sagt. Der Tod ist mir nur deswegen zu einer Angstvision geworden, weil mein Sohn dann ohne Mutter dastünde, und nicht etwa all der nihilistischen Schauerszenarien wegen, die früher in meinem dauerverkaterten Hirn herumgespukt hatten.

Ja, ich hätte mein Leben für ihn geopfert. Aber versauern wollte ich seinetwegen nicht. Ich habe es oft genug mit eigenen Augen gesehen: Frauen, deren Geist und Körper verdorren, weil sie tagein, tagaus auf einer Bank am Rande eines asphaltierten Spielplatzes sitzen und gegen Tränen der Einsamkeit und Langeweile ankämpfen müssen. Wie sie sich nach seelischer und geistiger Herausforderung sehnen, dies als gewöhnlichen Hunger missverstehen und schleichend fett werden. Nicht, dass ich mir deswegen hätte Sorgen machen müssen. Wahrscheinlich hätte ich sogar ein paar Pfund zulegen können. Ein Espresso ist nicht gerade eine Kalorienbombe.

Ich glaube – ich *hoffe* –, dass Ben mir eines Tages in meiner Einschätzung der Dinge zustimmen wird: nämlich, dass es besser ist, eine glückliche Mutter zu haben – eine Mutter, die vielleicht nicht jede Sekunde seines Lebens an seiner Seite ist – als eine verbitterte alte Schachtel, deren Verzweiflung ihn früher oder später mit ins Verderben reißen wird.

Dessen ungeachtet hatte Tamsin meinen flehentlichen Bitten, mich wieder auf einen Auslandsposten zu versetzen, keinerlei Beachtung geschenkt. Es stimmt, in Bagdad war damals nicht alles nach Plan gelaufen (ich hatte den Verstand verloren), und als man mich danach endlich wieder von der Leine ließ (bloß nach Moskau, aber ich wollte nicht meckern), war ich gleich als Erstes hingegangen und hatte mich schwängern lassen. Vor dem Hintergrund dieser Vorfälle war mein neuer, völlig sinnloser Cairnbridge-Auftrag also eine große Chance. Sollte es mir tatsächlich gelingen, den Anrufer von Reykjavik ausfindig zu machen, hätte ich damit meine Verhandlungsposition meinen Arbeitgebern gegenüber entscheidend gestärkt und würde mir in absehbarer Zeit meine Posten vielleicht wieder selbst aussuchen können.

Ich hatte nämlich keineswegs vergessen, wie es sich anfühlte, als diese unfähige Hohlbirne Alessandra Biagi nach dem Einmarsch der Israelis in den Libanon nach Jerusalem gehen durfte! Ich dachte, ich falle auf der Stelle tot um vor Wut. Zu allem Überfluss war ich auch noch diejenige, die mit ihr Telefonkontakt halten und ihre Artikel redigieren musste (sie konnte keinen anständigen Satz formulieren, die dumme Gans), während sie sich gemütlich unter einem Zitronenbaum am Brunnen des American Colony Hotels fläzte. Das ist mein absolutes Lieblingshotel im gesamten bekannten Universum, auch wenn sich meine Freundin Shiv dort das Leben genommen hat.

»Ich bin gerade aus Ramallah zurück«, sagte Alessandra zum Beispiel, und sofort hatte ich die staubige Straße und die Palmen vor Augen und die zu riesigen Pyramiden aufgeschichteten Wassermelonen und den Sonnenuntergang in der Wüste und die Betonhölle der palästinensischen Großstadt und … Um es kurz zu machen: London ist einfach nicht dasselbe. Jedenfalls nicht für mich.

Nachdem Tamsin mir an jenem Nachmittag den Marschbefehl erteilt hatte, fuhr ich nach Hause und gab Kristy, dem Kindermädchen, für den Rest der Woche Urlaub. Bezahlt wird sie so oder so, also freut sie sich immer enorm über freie Tage. Sie ist überhaupt ein Mädchen, das sich oft freut. Auf ihre Schulter hat sie sich den Schriftzug »Serendipity« tätowieren lassen, und in dem kleinen Hautfetzen, der das Zahnfleisch mit der Innenseite der Oberlippe verbindet, trägt sie einen Ring. Warum? Wer weiß das schon.

Ben weinte bitterlich, als sie sich von ihm verabschiedete, und ich versuchte tapfer, deswegen nicht eingeschnappt zu sein. Das ist eben der Preis, den man bezahlen muss. Oder vielmehr der Preis, den *ich* bezahlen muss.

Im Gatwick Express auf der Fahrt zum Flughafen las ich ihm aus den Abenteuern des Hundes Hairy Maclary vor, und er bellte fleißig mit. Auf meine Eröffnung hin, wir würden Daddy besuchen, hüpfte er vor lauter Freude auf meinem Schoß auf und ab.

Zu diesem Zeitpunkt waren es nur noch wenige Stunden bis zum ersten Anruf … Aber womöglich verwirrt es nur, das Leben aus dieser verqueren Perspektive zu betrachten und darüber nachzugrübeln, wie man sich gefühlt hätte, wenn man Bescheid gewusst hätte.

Die Atmosphäre auf dem Flughafen schien anders als sonst. Normalerweise reise ich allein, bin immer in Eile, nehme den Flug, den niemand freiwillig nehmen würde – den mit einer ganzen Latte an zusätzlichen Sicherheitsvorkehrungen und angespannt vor sich hinstarrenden Passagieren. Flughäfen habe ich schon immer mit einem erhöhten Adrenalinspiegel verknüpft. Man gießt sich an der Bar Wodka hinter die Binde, qualmt, was das Zeug hält, und hetzt dann in allerletzter Minute zum Gate.

Aber jetzt sah ich weit und breit nichts als Familien: Frauen mit Kinderwagen und Väter, die am Wechselschalter anstanden. Lauter Menschen, die zu ihren Feriendomizilen unterwegs waren. »Vergiss nicht die tausend Euro für Stefano und das Dach!«

Selbstverständlich schaue ich Nachrichten. Ich weiß von Streiks, gestrandeten Urlaubern, gestrichenen Charterflügen. Aber ich persönlich habe Flughäfen nie mit Urlaub in Verbindung gebracht. Ich bin mir nicht einmal sicher, ob ich im Laufe meines Erwachsenenlebens jemals im Urlaub gewesen bin. Vermutlich würde mich das nur nervös machen: Anderswo brennt die Luft, und ich muss am Meer sitzen und mit den Zehen im Sand wühlen. Aber hier waren sie, Tausende und Abertausende von Menschen, die genau das im Sinn hatten und bereits die absonderliche Freizeitkluft trugen, in der sie später an den Strand gehen würden. Ich dagegen trug wie immer Lederjacke, Jeans und Cowboystiefel, hatte aber immerhin Ben und seinen Buggy dabei.

Als ich es mir an der Sektbar gemütlich machte, sah der Mann neben mir neugierig auf. Seine Haare waren hinten und an den Seiten rasiert wie die eines Mitglieds des US Marine Corps. Ich schenkte ihm ein Lächeln. Er war entschieden zu jung für mich, aber ansehnlich genug, um nicht allein aufgrund des Altersunterschieds durch mein Suchraster zu fallen.

Dazu fällt mir übrigens eine wunderbare Stelle aus Walt Disneys Film *Die Schöne und das Biest* ein: Der Erzähler berichtet von einer Frau, die beim Prinzen an die Tür klopft. Als dieser öffnet, zeigt er sich »entsetzt von ihrer abgerissenen Erscheinung«. Von wegen. Wahrscheinlich hatte sie am Abend zuvor bloß ein bisschen zu tief ins Glas geschaut.

Da wir gerade beim Thema sind: In der Maschine schenkte mir die Flugbegleiterin zwei Flaschen Sauvignon Blanc und einen verschwörerischen Seitenblick, weil ich einen betrunkenen Fluggast erfolgreich von dem Vorhaben abgelenkt hatte, seinen Frust an ihr auszulassen.

»Zum Glück fliegen wir in ein zivilisiertes Land!«, blökte er. Sie hatte die Kühnheit besessen, ihn aufzufordern, sein Handy auszuschalten, während er gerade ein hochwichtiges Gespräch mit seinem Agenten führte. »Tut mir leid, Danny, aber die Saftschubse sagt, ich muss Schluss machen!«

Er wollte gerade Luft holen, um sie zünftig anzubrüllen, als ich mich quer über den Gang lehnte und ihm die rechte Hand entgegenstreckte. »Hi, ich bin Faith«, stellte ich mich vor. »Erzählen Sie mir doch etwas über Ihr Buch!«

Das schien ihn zu besänftigen.

Es gab unmittelbar nach Bens Geburt eine Phase, in der dieser Ansatz nicht so recht funktionieren wollte. Zuvor wäre es mir niemals in den Sinn gekommen, dass es sich dabei überhaupt um einen »Ansatz« handeln könnte – bis es auf einmal nicht mehr klappte. In meiner Naivität hatte ich angenommen, dass sich Männer grundsätzlich freuen, wenn eine Frau neben ihnen sitzt. Dem ist nicht so, wie ich am eigenen Leib erfahren musste. Ich bin nicht stolz darauf, dass ich mir über derlei Dinge Gedanken mache, aber so ist es nun mal.

Inzwischen jedoch hat sich alles wieder normalisiert.

In seinem Buch ging es um einen Mann, der im Gehirn einen Tumor hat, welcher irgendwann die Kontrolle über seinen Verstand übernimmt. Aber wer weiß, vielleicht habe ich auch nicht richtig hingehört.

Am Zielort wurden wir von Eden erwartet. Wieder einmal trug er das stark gewöhnungsbedürftige Outfit, das seine toskanische Passion vorzuschreiben schien. Er, der früher nichts als Jeans und weiße Hemden im Schrank gehabt hatte, trat in senfgelben Hosen, einem korallenroten Hemd und einem grünen Kaschmirpullover, den er sich lässig über die Schultern gelegt hatte, auf uns zu.

»Ciao, ciao! Benvenuti!«, begrüßte er uns, nahm mir Ben ab und bedeckte sein Gesicht mit Küssen. Eine Italienerin, die an einer rosafarbenen Leine ein Schoßhündchen hinter sich herzog, beobachtete die Szene mit beifälliger Miene. Typisch: Männer kriegen Extrapunkte, wenn sie ihre eigenen Kinder liebhaben. Frauen natürlich nicht.

»Was soll die Aufmachung?«, fragte ich, während ich mir erst mal eine Zigarette anzündete.

Eden wandte sich zu mir um, und eine Wolke Aftershave schlug mir entgegen. »Ich bin unter die Italiener gegangen«, erklärte er und stieß im selben Moment mit einem Mann zusammen, der ein Pappschild in die Höhe hielt. »Also dann: Andiamo!«

Auf dem Flughafen von Pisa duftet es nach Kaffee und Pizza, und überall gibt es Läden, in denen Artikel angeboten werden, die es sich tatsächlich zu kaufen lohnt. Im Gewimmel fiel mein Blick zufällig auf den Mann von der Sektbar. Komisch – er war mir im Flugzeug gar nicht aufgefallen. Aber was hieß das schon?

Auf dem »Heimweg« (denn hier in der Toskana, so malte sich Eden aus, würden wir eines Tages unser gemeinsames Leben beginnen und sein Ideal einer pastoralen Idylle verwirklichen, in der ich eine dralle Hausfrau war, die mit beiden Armen im Brotteig steckte. Durchaus verlockend, aber nur in der Fantasie) tat Eden kund, er wolle noch einen kurzen Zwischenstopp einlegen, um fürs Abendessen Forellen zu besorgen.

»Enrico wird dir bestimmt gefallen«, sagte er, und sogleich beschlich mich die dunkle Ahnung, dass eine Lektion in toskanischer Lebensart unmittelbar bevorstand. Jeden Augenblick würde er anfangen, mir unerwartete Einblicke in die italienische Sprache zu gewähren: »Wusstest du übrigens, dass Vespa ›Wespe‹ bedeutet? Siehst du? Sie sehen wirklich wie Wespen aus!« Hm. Oder auch: »Rate mal, was Ciabatta bedeutet. Na los, rate mal! Wie sieht denn ein Ciabatta-Brot aus? Na, kommst du drauf? Wie ein *Hausschuh* natürlich!«

Alles klar.

»Wer bist du?«, fragte ich ihn stirnrunzelnd. Er glaubte natürlich, ich hätte einen Witz gemacht. Das glauben die Leute oft. Muss wohl an mir liegen.

Wir hielten neben einem großen Gebäude unmittelbar an

einem munter dahinplätschernden Fluss, das aussah wie eine leerstehende Lagerhalle. Am Eingang hing ein hölzernes Schild, auf das jemand »Trote Vive« – lebende Forellen – gekrakelt hatte. Eden stieg aus, winkte mir, ihm zu folgen, und läutete eine Glocke, auf die ein Pfeil und der Schriftzug »Campanello« hinwiesen. Die Klingelschaltung sah aus, als würde sie jedem, der ihr zu nahe kam, sofort einen tödlichen Stromschlag versetzen. Ben hatten wir im Wagen gelassen. Er saß im Babysitz auf der Rückbank von Edens Cinquecento (ein weiteres unentbehrliches Accessoire in seinem befremdlichen Lebenstraum) und schlief. In Kälte und Dunkelheit warteten wir vor dem metallenen Eingangstor, bis nach einigen Minuten ein Mann in einer Ape angeknattert kam. (Das sind diese typisch italienischen dreirädrigen Kleintransporter. Das Wort ape, *apäh* ausgesprochen, bedeutet übrigens »Biene«.)

»Es klingelt in seinem Haus oben auf dem Hügel«, erklärte Eden.

»Aha.« Ich nickte, stampfte mit den bestiefelten Füßen auf und rauchte.

Enrico, ebenfalls mit Zigarette – die er übrigens die ganze Zeit über nicht aus dem Mund nahm –, schloss die Kette auf, mit der die Tür versperrt war, und gemeinsam traten wir ins Innere, wo es noch kälter war als draußen. Die riesige leere Halle war von einer einzigen flackernden Glühbirne beleuchtet, die an einem staubigen Kabel von der Decke hing. Der Fluss war in die Halle umgeleitet worden (die allem Anschein nach früher eine Papiermühle gewesen war) und durchfloss mehrere große Becken, in denen sich tanzend und springend die Fische drängten, so dass in kleinen Fontänen immer wieder das Wasser aufspritzte. Ein paar alte Möbel und Gerätschaften standen herum – eine Kommode, eine Schüssel mit Krug, eine uralte fußbetriebene Singer-Nähmaschine –, allesamt von einer dünnen Schicht kalten fischigen Schleims überzogen. Das weiß ich deshalb so genau, weil ich gedankenverloren mit dem Finger über die Kommode strich und es gleich darauf bereute.

Enrico tauchte einen großen Kescher ins Wasser, und kurz darauf zappelten einige schillernde Forellen im Netz. Er langte hinein, holte die zwei größten mit der Hand heraus und schlug ihnen gekonnt mit einem Holzknüppel auf den Kopf.

»Die Iren nennen das Ding einen Priester«, ließ Eden mich wissen.

»Typisch«, lautete mein Kommentar.

Enrico wog die Fische auf einer Waage, die so aussah, als habe sie im neunzehnten Jahrhundert in einem Dorfladen Dienst getan, nahm sie aus und reichte sie dann, in eine Plastiktüte verpackt, an Eden weiter. Diesen schien es in blendende Laune versetzt zu haben, hautnah Zeuge der brutalen Schlachtung unseres Abendessens geworden zu sein. Gemeinsam kehrten wir zum Wagen zurück, wo Ben noch immer tief und fest schlief und dabei an einem Zipfel seiner Decke nuckelte. Vor uns lagen weitere zwanzig Minuten Fahrt auf einer einspurigen Straße, die sich bis zu Edens Haus den Berg hinaufschlängelte.

Unterwegs sahen wir ein Stachelschwein, das bei unserem Herannahen blitzschnell in die Büsche floh.

Sosehr ich auch über den Symbolgehalt von Edens Haus lästern möchte (und es sicherlich noch tun werde), es ist wirklich wunderschön. Es liegt hoch oben an einem Berghang in einem Örtchen namens Brandeglio, das mit der Toskana, wie man sie üblicherweise von Postkarten kennt, rein gar nichts gemein hat. Hier oben ist alles üppig grün, und das Dorf liegt in herrlicher Ruhe ganz am Ende einer Straße. Die Bevölkerung setzt sich zusammen aus etwa dreißig steinalten Leuten (die Hälfte davon bettlägerig) und einem großen Rudel Wildschweine.

An diesem Abend lag alles unter einer tiefhängenden Wolke verborgen, und die Luft roch nach den Kastanien, die die Dorfbewohner im Herbst auf ihren Feuern rösten.

Edens Haus ist rosa angestrichen und halb verfallen. Es hat einen schmiedeeisernen Balkon und im Vorgarten einen Springbrunnen. Die Fußböden sind aus Terrakotta. (Eden: »Das bedeutet ›gekochte Erde‹. Eigentlich ganz logisch, oder? Panna cotta heißt schließlich ›gekochte Sahne‹.« Wenn ich eins nicht leiden kann, dann sind es Antworten auf Fragen, die ich nie gestellt habe. Für den Fall, dass ich etwas wirklich dringend wissen will, melde ich mich schon, abgemacht?) Das Haus hat schwere Balkendecken und mehrere offene Feuerstellen, die so groß sind, dass man eine ganze Sau darin braten könnte.

»Willkommen daheim«, sagte Eden und stieß, da er Ben auf dem Arm trug, die Eingangstür mit dem Fuß auf. Im Haus lag noch der warme Duft vom knoblauchhaltigen Abendessen des Vortags. Ich knipste das Licht an.

»Also, wo sind deine Cairnbridge-Unterlagen?«, fragte ich, noch bevor ich meine Tasche und den zusammengeklappten Kinderwagen abgestellt hatte. »Und wo steht der Wein?«

Eden mochte es nicht, wenn ich mir nicht erst einmal ein paar Minuten nahm, um anzukommen und »Familie« zu spielen. Aber das lag mir einfach nicht. Es machte mich nervös. Also setzte er sich Ben auf die Hüfte und nahm eine Flasche Wein aus seinem großen blauen Kühlschrank, der aussah wie ein Chevrolet aus den Fünfzigerjahren.

»Gläser sind da oben.« Er machte eine Kopfbewegung. Ich angelte zwei Weingläser von einer grünen Anrichte.

»Ich habe schon alles Nötige auf meinem Schreibtisch bereitgelegt«, sagte er und strich mir zärtlich übers Haar. Eine Sekunde lang überlegte ich, ob ich mich von seiner Geste erweichen lassen sollte, entschied mich dann aber dagegen.

»Super.« Ich lächelte, nahm mein Weinglas und verschwand die steinerne Treppe hinauf in sein Arbeitszimmer. Auf dem Schreibtisch lag ein ganzer Berg von Unterlagen – offizielle Dokumente, Verhandlungsprotokolle, Notizen, die sich Eden gemacht hatte. Ich zog mir mit dem Fuß den Stuhl heran, dessen Beine laut über den Steinboden schabten, und ließ mich darauf nieder. Ich erwartete nicht, in dem unübersichtlichen Wust an Papieren irgendetwas zu finden, das mich auch nur ansatzweise fesseln würde. Ich hörte, wie meine Jungs sich unten munter brabbelnd unterhielten, und unternahm eine Riesenanstrengung, das warme, wohlige Gefühl zu unterdrücken, das sich in meiner Magengegend auszubreiten drohte.

Lag bestimmt nur am Wein.

Das Nervenzentrum einer Boeing 747, von dem aus sämtliche Navigations- und Kommunikationssysteme gesteuert werden, befindet sich zwei Stockwerke unter dem Cockpit und ist lediglich durch eine dünne Wand vom vorderen Frachtraum getrennt. Ermittler, die das Wrack untersuchten, gelangten zu dem Schluss, dass die Wucht der Detonation diese Wand zerschlagen und die Flugkontrollkabel in Mitleidenschaft gezogen haben musste, was dazu führte, dass der vordere Teil des Rumpfs unkontrolliert zu rollen, zu nicken und zu gieren begann.

Du liebe Zeit. Allein die Begriffe: Rumpf. Rollen. Nicken. Gieren. Kontrollkabel. War es im Zimmer kalt geworden, oder lag es an meiner Lektüre, dass mir ein Schauer über den Rücken lief? Manchmal träume ich von abstürzenden Aufzügen …

Alle 231 Passagiere sowie die 14 Besatzungsmitglieder kamen bei dem Unglück ums Leben. Nachdem das Cockpit weggebrochen war, peitschten Luftströme von der Stärke eines Tornados durch das Innere der Kabine, rissen den Passagieren die Kleider vom Leib und verwandelten lose Objekte wie Getränkewagen in tödliche Geschosse. Infolge des plötzlichen Luftdruckabfalls dehnten sich die Gase innerhalb der Körper der Passagiere schlagartig bis auf das Vierfache ihres normalen Volumens aus, was bei vielen zu einer Lungenüberdehnung mit anschließendem Kollaps führte. Nicht angeschnallte Passagiere sowie alle ungesicherten Gegenstände wurden aus der Kabine in die –46°C kalte Luft geschleudert und fielen etwa zwei Minuten lang aus neun Kilometern Höhe in Richtung Boden. Diejenigen Passagiere, die zum Zeitpunkt der Explosion ihre Sitzgurte angelegt hatten, verblieben im Rumpf und waren folglich noch beim Aufprall der Maschine in ihren Sitzen angeschnallt. Die meisten Insassen wurden aller Wahrscheinlichkeit nach aufgrund des Sauerstoffmangels während des Falls bewusstlos, allerdings gehen Gerichtsmediziner davon aus, dass einige beim Erreichen sauerstoffreicherer Luftschichten das Bewusstsein wiedererlangten. Dr. Graham W. Cheam, Leiter des gerichtsmedizinischen Instituts an der North Carolina State University, der die Ergebnisse der Autopsien untersuchte, nimmt an, dass die Cockpitbesatzung, einige der Flugbegleiter sowie 147 Passagiere sowohl die Bombenexplosion als auch die darauffolgende Dekompression überlebten und erst durch den Aufprall starben. Wie Dr. Cheam den ermittelnden Behörden mitteilte, hätten Abdrücke am Daumen des Piloten darauf schließen lassen, dass dieser während des gesamten Absturzes das Steuer der Maschine festgehalten hat und bei der Landung noch am Leben war. Kapitän MacDonald, sein Erster Offizier, der Flugingenieur, eine Flugbegleiterin und mehrere Passagiere der ersten Klasse, die im vorderen Teil des Flugzeugs gesessen hatten, wurden an der Absturzstelle, einem Feld in der Nähe der schottischen Ortschaft Cairnbridge, angeschnallt in ihren Sitzen gefunden. Während der Anhörung wurde darüber hinaus bekannt, dass die Flugbegleiterin den Absturz zunächst überlebt hatte, jedoch verstarb, bevor die Frau eines Landwirts, die sie gefunden hatte, Hilfe herbeiholen konnte. Ein männlicher Passagier wurde ebenfalls lebend geborgen, und Mediziner äußerten die Vermutung, dass er gute Überlebenschancen gehabt hätte, wäre er zu einem früheren Zeitpunkt gefunden worden.

War ich übermüdet? Oder woran lag es, dass es mir unmöglich war, den Bericht mit der nötigen Distanz zu betrachten? Ich saß allein in Edens Arbeitszimmer, hörte, wie unten die Forellen in der Pfanne brutzelten, und stürzte gleichzeitig wie in einem Traum gemeinsam mit der Stewardess durch den Himmel, fühlte das raue Nylon ihrer Uniform am Hals, spürte, wie ihr die flachen Schuhe von den Füßen gerissen wurden. Dann der Aufprall ihres Kopfes auf dem Boden und das Blut, das ihr in Mund und Nase schoss. Die immense Erleichterung –

ja, vielleicht war es wirklich Erleichterung –, endlich festen Grund unter sich zu spüren, noch einmal das Gras und die Erde riechen zu können, bevor sie starb. In ihrem Schädel sang noch der pfeifende Wind, hallte der Druck der Detonation wider, kreischte das Metall der auseinanderbrechenden Maschine. Dann dachte ich an den Kapitän und seinen Daumen am Steuerknüppel. Wie fest kannst du ihn halten? Wie fest, MacDonald?

Woran liegt es eigentlich, dass uns einige Dinge mehr berühren als andere? Ich habe in meinem Leben schon viele Leichen gesehen. Und viele Gräueltaten sind seit diesem Unglück unzähligen Menschen widerfahren: Ruanda und Jugoslawien. Afghanistan. Irak. Das Morden, die Vergewaltigungen, das Foltern, all das hört niemals auf, gleichgültig wie viele Menschen ganz fest die Augen zukneifen und wie viele Gebete über ihre Lippen kommen – Gebete, die ein mitfühlender Gott zweifellos erhören würde und für die sie ihre Hände mit derselben Verzweiflung aneinanderpressen wie der arme Pilot seinen Daumen um das Steuer seines Flugzeugs gelegt hat. Dieser Daumen, den seine Mutter früher einmal geküsst hatte, einfach aus Freude, dass es ihn gab.

Ich glaube, die Geschichte nahm mich deshalb so mit, weil sie aus demselben Stoff gemacht schien wie meine Alpträume: unschuldige Menschen, die Opfer eines Blutbads werden. Ohne Vorwarnung, aus heiterem Himmel. Oder aber ich ahnte bereits, was kommen würde. Vielleicht erfüllt die Wahrheit wie unsichtbare Spinnfäden die Luft und senkt sich unmerklich auf diejenigen nieder, die sie suchen. Manchmal womöglich sogar auf die, die es nicht tun.

Herrje. Ich musste mir doch tatsächlich eine Träne verdrücken. Oder ein paar mehr.

Und gerade in diesem Augenblick klingelte mein Handy. Mein Klingelton ist »Love me tender« von Elvis. Das stimmt wirklich.

»Telefon, Zanetti!«, brüllte Eden von unten. Der Apparat

lag direkt neben mir. Er regt sich immer darüber auf, dass ich manchmal einfach nicht drangehe. Und das wiederum regt mich auf: Schließlich ist es nicht sein Telefon. Wie ein Außerirdischer mit giftigen Tentakeln saugte er sich an jedem kleinen Fitzelchen meines Lebens fest, um Stück für Stück die Kontrolle über mich zu gewinnen, bis ich eines Tages nicht mehr ich sein würde, sondern nur noch ein Teil von ihm.

Na also! Endlich hatte ich seinen perfiden Plan aufgedeckt!

KAPITEL 3

Mein Handy klingelt ziemlich oft. Das liegt gewissermaßen in der Natur der Sache. Demzufolge zeigte ich mich auch jetzt nicht weiter überrascht. Vorsichtig legte ich meine Zigarette auf der Kante von Edens Schreibtisch ab.

»Salaamu aleikum?« Ich melde mich gern in wechselnden Sprachen. Irgendwie muss man ja dafür sorgen, dass man ein bisschen Spaß hat.

Am anderen Ende der Leitung räusperte sich jemand. Ich konnte hören, dass es ein Mann war.

»Faithy?«, sagte er.

Mein Herz machte einen Satz in meine Kehle hinauf und begann wie wild zu hämmern. Es fühlte sich an, als versuche es, durch meinen Mund ins Freie zu springen. Ich sprang auf, der Stuhl flog krachend zu Boden. Mein Glas segelte hinterher, und der Wein breitete sich in einem dunklen Fleck auf den Terrakottafliesen aus. Ich wirbelte herum, um mich zu vergewissern, dass sich nicht etwa jemand hinter der Tür versteckt hielt. Ich spürte förmlich, wie mir alles Blut aus dem Gesicht wich – wie bei diesen Kugelschreibern, bei denen einem Mädchen plötzlich der Bikini wegrutscht, wenn man sie umdreht.

»Dad?«, wisperte ich heiser. Dann schlug ich vor lauter Entsetzen über das, was mir entschlüpft war, die Hand vor den Mund und schleuderte das Telefon von mir. Es fiel zu Boden, der Akku sprang ab und schlitterte über die Fliesen bis hinter den Computer, wo er eine Eidechse aufschreckte, die in panischer Flucht quer durchs Zimmer huschte.

»Alles in Ordnung da oben?«, rief Eden.

»Ja. Ja, alles bestens! ’tschuldigung. Hab nur mein Glas umgestoßen!«, rief ich zurück. Ich versuchte, ruhig und beherrscht zu klingen, während ich mich, den Kopf in den Händen, ganz klein zusammenkauerte und mich darauf konzentrierte, nur ja nicht in Ohnmacht zu fallen. Ist das eigentlich typisch britisch, dieses Bedürfnis, unter allen Umständen die Fassung zu wahren? Was wäre denn so schlimm daran, wenn man sie gelegentlich verlöre – sich erregt, aufgewühlt … *wahnsinnig* zeigen würde?

Alles. Einfach *alles,* ist doch klar.

Es war so: Mein Vater war tot. Und zwar schon seit einer ganzen Weile. Er war in Nordirland erschossen worden, wo er über die religiösen Auseinandersetzungen berichtet hatte. Ich war damals noch ziemlich klein, lebte aber bereits bei ihm und seiner Freundin Evie (einem Model aus Pittsburgh à la Coco Chanel) – oder eigentlich bloß bei Evie, weil er ständig unterwegs war. Ich weiß noch, dass es in den Nachrichten kam, als allerletzter Beitrag, und dass Evie auf einmal steinalt aussah, nur in diesem kurzen Moment (obschon sie damals höchstens fünfunddreißig gewesen sein kann). Sie weinte nicht. Sie biss bloß auf ihrer Lippe herum, bis sie anfing zu bluten. Dann versuchte sie, meine Hand zu nehmen, was ich jedoch nicht zuließ. Ich trug ein gelbes Kleid mit einem Muster aus bunten Teekannen darauf, das meinem Vater immer besonders gut gefallen hatte, und ich begriff sofort, dass ich von nun an ganz auf mich allein gestellt sein würde.

Wenig später schickte man uns in einem großen Plastiksack seine Kleider. Auf einigen waren Blutflecken. Seine Armbanduhr, seine riesigen Turnschuhe, seine Jacke, die ich gewissermaßen geerbt habe, und seine Jeans. »Wo sind seine Unterhosen?«, wollte ich wissen, aber niemand konnte oder wollte es mir sagen.

Zur Beerdigung erschienen wahre Menschenmassen, und alle sagten mit einem tiefen Seufzer, wie jung er doch gewesen sei, obwohl er mir damals schon ziemlich alt vorkam – durchaus alt genug zum Sterben. Sein Haar war bereits hier und da ergraut und sein Gesicht durch die vielen Kriege in heißen Klimazonen (dort hat man an so etwas offenbar besonders viel Freude) wettergegerbt. Ich weigere mich übrigens einzugestehen, dass Eden meinem Vater auch nur ansatzweise ähnlich sieht – und dass er ungefähr so groß sein muss, wie Dad es war. Obwohl es, so schwant mir, der Wahrheit entspricht. Zum Teufel mit diesem Freudschen Firlefanz. Man fällt doch jedes Mal aufs Neue darauf rein.

Unter den Trauergästen befanden sich unheimlich viele weinende Frauen, und ich musste eine Handvoll Erde in Dads Grab werfen. Wir sangen »Der Herr ist mein Hirte«, obwohl der Herr ganz bestimmt nicht *mein* Hirte war – und Dads Hirte schon gar nicht. Überhaupt kam mir als eingefleischter Heidin das ganze Theater ziemlich absurd vor. (Mein heimliches Gebet, das ich damals allabendlich in die Dunkelheit flüsterte, war, so hatte ich entschieden, durchaus mit meiner atheistischen Grundhaltung vereinbar – eben weil ich nur *heimlich* betete.) So äußert sie sich, die Arroganz der Kindheit. Inzwischen – nach allem, was passiert ist – bin ich mir meiner Sache nicht mehr so sicher.

Während ich auf dem Terrakottafußboden in Edens Haus kauerte, zog ich das Portemonnaie aus der hinteren Hosentasche meiner Jeans und holte das zerfledderte Foto meines Vaters hervor, das sich im Laufe der Jahre verändert hatte. Ganz allmählich, wenngleich vor meinen Augen, hatte sich das Gesicht eines alten Mannes in das eines jungen verwandelt – jünger, als ich es war. In das Gesicht eines Menschen, für den es vielleicht noch nicht zu spät gewesen wäre, noch einmal von vorn anzufangen. Niemand spricht je davon, wie sich Bilder verändern – wie genau das Gegenteil von dem eintritt, was mit dem Bildnis des Dorian Gray passiert. Aber es stimmt: Tote werden immer jünger.

»Brauchst du Hilfe?«

Wieder Eden von unten. Ich lächelte matt. O ja, und wie ich Hilfe brauchte.

»Nein, alles in Ordnung!«, rief ich. Dann rappelte ich mich auf und steckte das Foto zurück an seinen Platz. Ich konnte Ben unten sein Lieblingslied singen hören: »Badumbadumbadumba …«

Nach den Ereignissen von Bagdad hatte man mich zum Psychiater geschickt, und nun versuchte ich, mir vorzustellen, was er in einer Situation wie dieser wohl gesagt hätte. Ich gab mir Mühe, alle Indizien zusammenzustoppeln, die in mir den Glauben geweckt haben konnten, dass mein Vater mich aus dem Grab heraus anrief. Wenn ich die Sache nüchtern betrachtete, musste ich freilich eingestehen, nicht einmal sicher zu sein, dass es seine Stimme gewesen war. Ich konnte mich nicht mehr daran erinnern, wie er geklungen hatte, was für ein Mensch er war. Meine eigenen Erinnerungen waren zu sehr durch die Anekdoten Fremder ausgeschmückt und durch Evies Trauer verzerrt worden. Es war irgendein verrückter, vollkommen irrationaler Impuls gewesen, der mich veranlasst hatte, das zu sagen, was ich eben am Telefon gesagt hatte …

Und es war mir inzwischen mordspeinlich. Höchstwahrscheinlich hatte ein Kollege aus der Redaktion angerufen, der nun Zeuge meines wieder aufflammenden Wahnsinns geworden war.

Ich brauchte mehr Wein. Deshalb klaubte ich die größten Glasscherben vom Boden auf und ging zurück nach unten, wo Eden ein Feuer angezündet hatte und nun Kartoffeln in Folie wickelte, die er sorgsam am Rande der Glut platzierte.

»Tut mir leid«, sagte ich und zeigte ihm die Scherben. »Ich bin ein Tollpatsch.«

»Das ist ja bekannt, Zanetti. Hier, nimm dir ein neues. Schon irgendetwas entdeckt?«

»Was denn? Einen unumstößlichen Beweis dafür, dass all die Verschwörungstheorien wahr sind, und den du vor zehn Jahren einfach übersehen hast? Aber klar.«

»Hervorragend.« Er wandte sich wieder dem Ofen zu, aus dem es nach Fisch, Rosmarin und Salbei duftete, und sang Ben ein Liedchen vor: »Du kriegst ein kleines Fischchen, auf einem kleinen Tischchen. Du kriegst ein kleines Fischchen, wenn der Kutter kommt.«

Dieses Gefühl von eben (doch nicht etwa … Glück? Zufriedenheit?) versuchte erneut, sich hinterrücks einen Weg in meine Magengegend zu erschleichen. Resolut verwehrte ich ihm den Einlass. Wenig später setzten wir uns zum Essen. Ich trank eine Flasche Wein und aß meinen Fisch.

»Schmeckt wie dieses …«, begann ich, während ich ein Stück Forelle in meinem Mund hin und her schob, um meinem Gedächtnis auf die Sprünge zu helfen.

»Wie was?«

»Ach, du weißt schon …« Und dann hatte ich es. »Diese Kaudroge, die die Soldaten aus Fidschi im Irak dabeihatten. Weißt du noch? Sie haben uns einmal davon kosten lassen.

Eden lachte. »Ach so. Du meinst Kava. Ein bisschen, du hast recht. Dieser Riese mit der Narbe … Er ist später ums Leben gekommen, oder? Vermutlich liegt es an den Fenchelsamen.«

Darin erschöpfte sich auch schon mein Bemühen, Konversation zu betreiben. Nach dem Essen ging ich schnurstracks ins Bett. Ich war zutiefst verstört durch mein eigenes Verhalten und hielt es daher nicht für ratsam, unschuldige Menschen länger als unbedingt nötig mit meiner Anwesenheit zu belasten. Eine Mütze Schlaf – das war es, was ich brauchte. Höchstwahrscheinlich war meine Reaktion auf den Anruf einzig und allein dem Druck zuzuschreiben, dem ich mich ausgesetzt sah, weil ich diesen albernen Auftrag auf keinen Fall versauen durfte – und weil Eden unablässig darauf pochte, ich müsse mit ihm die glückliche Familie spielen.

»Leg ihn zu mir ins Bett, wenn du hochkommst, ja?«, bat ich noch, bevor ich mich zurückzog. Ich küsste Ben auf sein Köpfchen und strubbelte Eden in einem Anfall von Zuneigung – oder wenigstens dem Bewusstsein, dass es angebracht wäre, ein wenig Zuneigung zu zeigen – durchs Haar. Seit der Nacht, in der Ben gezeugt wurde, hatten wir nicht mehr zusammen in einem Bett geschlafen. Mit einem Mal war Sex zwischen uns zu einer bedeutungsschweren Angelegenheit geworden. Zum letzten Tentakel, der darauf wartete, sich um meinen Hals zu schlingen.

Hatte sich die Sache damit erledigt? Natürlich nicht, denn Dinge, die ich um jeden Preis verdrängen will, suchen mich mit Vorliebe in der Stille der Nacht heim – weswegen ich in der Regel bemüht bin, möglichst lange wach zu bleiben.

In jener Nacht hatte ich einen schrecklichen Traum: Ich träumte, ich säße zusammen mit Dad und einigen seiner Freunde in Evies Küche. Wir unterhielten uns über dies und das. Irgendwie war ich gekränkt, fühlte mich aus der Runde ausgeschlossen, weil ich nicht einmal wusste, für welche Zeitung mein Vater gerade arbeitete, geschweige denn, wo er die ganze Zeit über gesteckt hatte. Außerdem schien er sich nicht sonderlich für mich zu interessieren und kam nicht einmal auf den Gedanken, sich danach zu erkundigen, was ich gerade so trieb.

Irgendwann fiel mir auf, dass er seine Zähne hatte bleichen lassen.

»Ach du liebe Zeit! Wann hast du *das* denn machen lassen?«, fragte ich ihn, während ich mir den Kopf darüber zerbrach, wieso er mir nichts davon gesagt hatte. Wieso hatten wir so lange nicht miteinander geredet? Wieso war ich ihm, wie es den Anschein hatte, vollkommen gleichgültig?

»Lass mal sehen.« Ich trat zu ihm, und er öffnete den Mund, in dem nicht nur zwei Reihen strahlendweißer Zähne zu sehen waren, sondern auch jede Menge schwarzer Schleim. Ich dachte mir nichts dabei, wahrscheinlich hielt ich es für Sepiatinte.

Wenig später machten wir uns dann alle zusammen auf den Weg zu einer Hochzeit oder einer Beerdigung. Unterwegs gestand ich meiner Cousine, wie sauer ich war, und sie sah mich mit traurigen Augen an und legte mir den Arm um die Schultern. Kurz darauf mussten wir stehen bleiben, weil etwas auf dem Gehsteig lag und den Weg versperrte. Es war ein Teil eines brennenden Flugzeugrumpfs.

»Ach, Faith«, seufzte meine Cousine. »Wusstest du es etwa nicht? *Alle* wissen es: Er ist tot.«

Ich fuhr hoch, tastete nach dem Lichtschalter und versuchte, mich zu orientieren. Ben schlief seelenruhig neben mir. Er trug einen Schlafanzug, den wir bei unserem letzten Besuch hiergelassen hatten und der ihm bereits zu klein war. Er sah so niedlich darin aus! Der Stoff war ganz weich und hatte ein Muster aus klitzekleinen Häschen. Die Glocken der Dorfkirche schlugen vier Mal, und ein fahler blauer Lichtstreifen zeichnete sich über den Bergen in der Ferne ab. Ich kroch aus dem Bett und tappte über den kalten Fußboden ins Arbeitszimmer, wo Eden die Einzelteile meines Handys eingesammelt und auf den Schreibtisch gelegt hatte. Ich versuchte, sie wieder zusammenzusetzen, damit ich sehen konnte, ob vielleicht die Nummer des Anrufers gespeichert war, so dass ich ihn zurückrufen und um Verzeihung bitten konnte oder … Na ja, auf alle Fälle wollte ich mich vergewissern. Rauchend starrte ich auf den Computerbildschirm vor mir. Er war ausgeschaltet.

Dann rief ich Evie an.

»Wo steckst du denn, Spatz? Es ist schon spät«, murmelte sie schlaftrunken. Sie hat einen Mann geheiratet, der mit Finanzen zu tun hat und nie zu Hause ist. Selbst ihre Kinder sind mittlerweile erwachsen und gehen ihre eigenen Wege. Kaum zu glauben, dass alles schon so lange zurückliegt – die Zeit, als Dad noch zu uns beiden heimgekehrt war, mit seinem zerbeulten Koffer und seiner Sonnenbräune und seinen Mitbringseln vom anderen Ende der Welt.

»Ich bin in Italien bei Eden. Wie geht es dir?«

»Ich bin müde, Liebes. Wie geht es dem kleinen Zuckerkrümel?«

»Prächtig. Hör mal, Evie, hast du … hast du damals eigentlich Dads Leiche gesehen?«

Jetzt war sie mit einem Schlag wach. Ich hörte, wie es unter der Bettdecke raschelte und das Licht angeknipst wurde.

»Ob ich *was* habe, Schatz?«

»Hast du sie gesehen? Ich wollte nur … ich bin bloß neugierig.«

»Aber natürlich habe ich sie gesehen. Das ist Vorschrift, man muss hingehen und … Weißt du was? Eigentlich möchte ich nicht mitten in der Nacht über so ein Thema sprechen.«

»Verstehe. Tut mir leid. Aber du hast sie gesehen? *Ihn,* meine ich.«

Sie seufzte tief. »Faith, ist wirklich alles in Ordnung mit dir?«

»Weiß nicht. Ja! Ja, natürlich. Alles in bester Ordnung. Ich habe nur schlecht geträumt. Ich gehe jetzt wieder schlafen. Alles bestens. Mach dir keine Sorgen.«

»Bist du auch ganz sicher?«

»Ja, ja. Gute Nacht.

»Gute Nacht, Liebes.«

Ich stellte mir vor, wie sie sich ihre schwarzseidene Schlafmaske wieder über die Augen zog, das Kissen aufklopfte und das Licht löschte. Ich wünschte, ich könnte ein bisschen mehr wie sie sein.

Dann öffnete ich das Fenster und lehnte mich hinaus. Die Nacht war vollkommen still und noch immer fast schwarz. Eden hatte mir erzählt, dass die Deutschen während des Krieges mit Panzern ins Dorf eingerückt waren, aus Boveglio kommend und auf einer Piste, die inzwischen kaum noch breit genug ist für ein Schaf. Es scheint kaum vorstellbar, dass der Krieg bis an Orte wie diesen vordringt, aber das tut er. Immer wieder.

KAPITEL 4

Eden kam ins Schlafzimmer geplatzt und brachte das grelle Licht des Morgens mit.

»Schau mal, was wir gefunden haben!«, rief er und stellte schwungvoll einen Korb neben meinem Bett ab. Ich richtete mich auf und linste hinein: Pilze auf einem Bett aus Farnwedeln.

Nicht, dass Sie mich falsch verstehen: Ich mag Pilze. Pilzrisotto zum Beispiel ist sehr schmackhaft, und ich bin überzeugt, dass man aus Pilzen noch allerlei andere Köstlichkeiten zaubern kann. Aber das Aufheben, das hier in der Gegend um sie gemacht wird, halte ich für vollkommen ungerechtfertigt. Überall im Wald sind Verbotsschilder aufgestellt, die die Menschen davon abhalten sollen, ohne Genehmigung Pilze zu sammeln. *Vietato!* In der Bar des Ortes findet regelmäßig ein großes Pilzwiegen statt, ein Anlass, bei dem sich die Teilnehmer in endlosen Prahlereien darüber ergehen, wie viele Kilogramm sie in welcher unglaublich kurzen Zeit gefunden haben.

»Ooooh«, machte ich, nahm einen Pilz aus dem Korb und roch daran. Ich zog die Nase kraus, und Ben lachte. »Mjam, mjam!«, schmatzte ich.

»Ich bringe ihm alles bei, was er wissen muss, damit aus ihm ein richtiger kleiner funghaiolo wird«, sagte Eden stolz. »Apropos: Das wäre doch ein ideales Thema für meine Kolumne …«

»Als der scharfe Duft des Waldes uns umfing und der Tau des frühen Morgens glitzernd von den Farnen perlte, sprach ich zu meinem Sohn …«

Eden zog mir eins mit dem Kissen über. »Leck mich doch, Zanetti«, sagte er gutmütig lachend, bevor er Kind und Korb ergriff und aus dem Zimmer verschwand.

»Wir sind übrigens bei den Irvings zum Mittagessen eingeladen!«, rief er noch über die Schulter.

Ich kroch wieder unter die warme Decke. Verworrene Träume lockten mich zurück in den Schlaf. Meine Lider fielen zu …

Dann setzte ich mich abrupt auf.

»Bei den *Irvings*?«, rief ich, sprang in Unterhosen und T-Shirt aus dem Bett und lief auf den Treppenabsatz hinaus. Eden, der auf halber Treppe stehengeblieben war, blickte zu mir hoch.

»Ja. Sie wohnen etwa zwei Stunden entfernt. Er arbeitet gerade an einem Buchprojekt, das dich vielleicht interessieren könnte.«

Die Luft draußen war erfüllt vom lauten Surren der Insekten.

»*Walter* Irving?«

»Und Phoebe.«

»Wieso? Wieso tust du mir das an? Wie kommst du nur auf den Gedanken, ich könnte Lust haben, mit diesen Leuten zu Mittag zu essen?«

Ich hielt mich am Treppengeländer fest und stampfte verärgert mit dem Fuß auf.

»Hallo? Erde an Zanetti! Was genau ist das Problem? Es ist nur ein Mittagessen. Du weißt schon: Bruschetta, Salat, Feigen und so weiter. Vollkommen harmlos, Faith.«

»Ach, hör auf, Eden! Du weißt genau, dass Walt Irving ein Freund meines … Also schön. Mittagessen. Feigen. Von mir aus. Bitte. Ich zieh mir ein frisches T-Shirt an.«

»Übertreib es nicht, Faith. Wir wollen sie schließlich nicht blenden.«

Ich hatte gehofft, den Tag damit verbringen zu können, die übrigen Cairnbridge-Unterlagen zu durchforsten und ein bisschen im Internet zu recherchieren, aber nach den Ereignissen des vergangenen Abends schien es gar keine üble Idee zu sein, stattdessen zum Mittagessen auszugehen, selbst wenn es ein Mittagessen bei den Irvings war. Also tranken wir Kaffee draußen im Garten, und Eden ließ es sich nicht nehmen, jeden einzelnen Pilzsammler, der an der Gartenmauer vorbeispazierte (insgesamt waren es fünf), persönlich zu grüßen, während Ben den Eidechsen zusah, die auf der Mauer herumflitzten. Ab und zu griff er nach einer am Boden liegenden Traube oder Zwetschge und steckte sie sich in den Mund, so dass ich zu ihm hechten musste, um den Stein mit den Fingern herauszufischen. Eigentlich soll es ja Balsam für die Seele sein, in der Sonne zu sitzen, die friedliche Umgebung zu genießen … Aber das ist es nicht. Jedenfalls nicht für mich. Ich trommelte mit den Fingern auf der Marmorplatte des Tisches herum, tigerte unter den Weinranken auf und ab und warf in regelmäßigen Abständen einen gehetzten Blick über meine Schulter, der besser in die Innenstadt von Grosny gepasst hätte.

»Umbraust von Stürmen«, wie man so schön sagt. Aber es stimmt wirklich: Nichts ist tröstlicher als die Gewissheit, dass die Außenwelt dem eigenen Seelenzustand entspricht. Kriegsberichterstatter und Ärzte ohne Grenzen und all die Menschen, die es an Orte verschlägt, an denen der Kampf ums nackte Überleben sie von allem anderen ablenkt, haben vermutlich etliche Jahre damit zugebracht, ein äußeres Korrelat für ihre Psychosen zu finden. Wir alle tun so, als wären wir erst im Laufe unserer Arbeit dem Wahnsinn anheimgefallen oder als litten wir aufgrund der Gräuel, die wir mit anzusehen gezwungen waren, unter posttraumatischem Stress – aber ich möchte wetten, dass die meisten ihren Dachschaden schon vorher hatten. Es ist bloß schön, eine Ausrede parat zu haben.

Ich bin mir also voll und ganz der Tatsache bewusst, dass sich mein Verhalten mit dem normalen Leben nicht sonderlich gut verträgt. Eden behauptet immer, ich stünde permanent unter Strom, sei angespannt wie eine Schlange, kurz bevor sie zuschlägt. Kann man das überhaupt sagen – dass Schlangen »zuschlagen«? Hier in der Gegend gehen diese Tiere ohnehin nach einem ganz anderen Schema vor: Sie lassen sich von Bäumen auf die Köpfe ahnungsloser Spaziergänger herabfallen. Gott sei Dank passiert das nicht allzu häufig. Sind es Nattern oder Vipern? Ich weiß nicht mehr. Jedenfalls muss man ganz still stehenbleiben, nur dann hat man eine reelle Überlebenschance. Obwohl ich mir vorstellen kann, dass ziemlich viel Selbstbeherrschung nötig ist, um sich nicht vom Fleck zu rühren, wenn man gerade von eine Schlange angefallen wird.

»App ma!«, krähte Ben: Los geht's. Als ich ins Auto stieg, kam ich mir vor wie ein Teenager, der gegen seinen Willen zu einem Besuch bei den Großeltern mitgeschleppt wird: Ich war pampig, gereizt und von dem brennenden Wunsch beseelt, irgendwo anders zu sein, nur nicht hier.

Das Haus der Irvings lag etwa zwei Fahrtstunden entfernt, und wie Eden mich informierte, war gerade die Zeit der Krötenwanderung. In der Nähe des Flusses, dessen Lauf wir eine Zeitlang folgten, war die Straße von Hunderten dicker, hässlicher, glitschiger Krötenleiber blockiert. Ich muss mich korrigieren: Wenn ich »blockiert« sage, so bedeutet das nicht, dass irgendjemand den Tieren ausgewichen wäre. Mitnichten. Wir fuhren einfach weiter, mitten in das Geschwabbel hinein. Die Tiere zerplatzten unter den Reifen unseres Wagens. Sie blieben sterbend neben den bereits durch andere Autos geplätteten Leichnamen ihrer Artgenossen liegen, die in der Sonne stinkend verwesten.

Tapfer schluckte ich meinen Würgreiz hinunter.

»Komm schon, Faith. Es gibt genug von denen«, sagte Eden spöttisch.

»Dasselbe hat Stalin über seine Untertanen gesagt«, merkte ich an.

»Willst du mich etwa mit Stalin vergleichen?«, erkundigte er sich, während er mit leicht zusammengekniffenen Augen durch seine riesige, goldumrahmte Siebzigerjahre-Ray-Ban-Sonnenbrille auf die Straße starrte.

»Du hast es erfasst.« Ich nickte und hielt mir die Hand vor

Nase und Mund, um nicht den Gestank von gebratener Straßenkröte einatmen zu müssen.

Rückblickend scheint es durchaus angemessen, dass auf dem Weg zum Haus der Irvings der Geruch des Todes in der Luft lag, auch wenn ich es zunächst einfach nur komisch fand. Ich möchte nicht gefühllos wirken – arme Kröten, keine Frage. Aber wenn man gesehen hat, wie Kindersoldaten, denen in irgendeinem unheiligen Krieg die Beine weggefetzt wurden, nach ihrer Mutter schreien, dann reichen ein paar Amphibienkadaver nicht aus, um eine emotionale Reaktion wachzurufen. Wie gesagt, alles ist relativ.

Wahrscheinlich sollte ich ein paar Worte über die Landschaft verlieren, die während der Fahrt an uns vorbeizog, aber das ist eher Edens Metier. Seine Kolumne quillt schier über von Feldern mit Sonnenblumen, deren Köpfe sich sanft im Wind wiegen und dem goldenen Licht entgegenrecken. Man wird umfangen vom kühlen Schatten der tiefen, dunklen Kastanienhaine, in denen grunzend die Wildschweine umherstreifen, und kann sich am funkelnden Smaragdgrün des Flusses ergötzen, das sich auf den strahlendweißen Bäuchen der Schwalben spiegelt. Sie stoßen auf das Wasser zu, nur um in letzter Sekunde in einem eleganten Bogenflug wieder in die Höhe zu schnellen …

Was rede ich – vermutlich waren Sie selbst schon einmal in der Toskana. Und Edens Kolumne (die von zahlreichen Zeitschriften fleißig recycelt wird) kennen Sie höchstwahrscheinlich auch. Sofern Sie das letzte Jahr nicht in einer abgeschiedenen Berghöhle verbracht haben.

Nach langer Fahrt erreichten wir eine Abzweigung. Nur um Haaresbreite entkamen wir einem tödlichen Zusammenstoß mit einem entgegenkommenden Wagen, dessen Fahrer den Abstand, der ihm zum Überholen seines Vordermannes zur Verfügung stand, in fataler Weise falsch eingeschätzt hatte. Er hätte uns zweifelsohne in einem Frontalzusammenstoß ins Jenseits befördert, wären wir nicht rechts abgebogen. Die Straße war nicht ausgebaut, und so holperten und ruckelten wir kilometerweit im Schneckentempo voran. Einmal mussten wir sogar anhalten und eine halbe Ewigkeit warten, während eine Herde Ziegen die Straße überquerte. Das Gebimmel der Glocken, die ihnen um die Hälse hingen, war so ohrenbetäubend, dass Ben anfing zu weinen. Allmählich wurde es im Auto entschieden zu heiß.

Als wir jedoch das Haus der Irvings erreichten, sah ich, dass es die Mühsal der Reise mehr als wert gewesen war. Auf dem Rasen vor dem Haus standen mehrere Skulpturen, mächtige Köpfe aus Granit und Marmor, jeder Einzelne von ihnen mindestens mannshoch. Seitlich am Gebäude lag eine von Blauregen überschattete Terrasse. In einem kleinen Zypressenhain war ein Trampolin aufgestellt, und gläserne Laternen in allen Farben hingen an den Bäumen sowie am Balkon über der Eingangstür, über dessen Geländer sich wilde Rosen ergossen.

Eine barfüßige Frau in einem langen weißen Kaftan, die von grauen Strähnen durchzogenen Haare zu einem Pferdeschwanz zurückgebunden und eine Zigarre in der linken Hand, kam auf den Wagen zugeeilt, kaum dass Eden den Motor abgestellt hatte.

»Oh, wie schön, da seid ihr ja endlich!«, rief sie überschwänglich und riss mich in eine unangenehm innige Umarmung. Anschließend ließ sie die Hände auf meinen Schultern liegen und schob mich von sich, um mein Gesicht genau in Augenschein nehmen zu können. »War die Fahrt ein incubo?«, erkundigte sie sich. »Herrje, bestimmt bist du stanchissima! Komm mit und trink ein Glas Prosecco, aber auf der Stelle!«

Eden tauchte mit dem Kleinen auf dem Arm aus dem Wageninneren auf. Die Sonnenbrille hatte er sich ins Haar geschoben.

»Ah! Ein bambino!«, rief Phoebe entzückt, als habe sie nie zuvor ein echtes Kind gesehen. »Ist er nicht hinreißend? Und genauso hübsch wie sein babbo!«

Damit wirbelte sie davon, wobei sie uns mit ihrer Zigarre bedeutete, ihr zu folgen, und mit jedem Atemzug ein gemurmeltes »Ecco!« ausstieß. Mir war auf der Stelle sonnenklar, dass sie einen ziemlich dicken Webfehler haben musste, aber es gelang ihr glänzend, dies zu überspielen, indem sie einen auf exzentrische britische Aussteigerin machte. Man hätte den Unterschied fast nicht bemerkt.

Sie wies uns an, auf der Terrasse an einem Tisch aus leuchtendgrünem Marmor Platz zu nehmen, auf dem zwei Flaschen und jede Menge antike Champagnerschalen bereitstanden. Ein schmächtiger grauhaariger Mann war dabei, sie zu füllen. Er trug ein blauweiß gestreiftes Hemd, das unter anderen Umständen elegant hätte aussehen können, an diesem heißen Tag aber fast zur Gänze geöffnet an ihm herunterhing. Er sah auf und grinste mich an.

»Hey, Eff Zett«, sagte er und hielt mir ein Glas hin.

Ich nahm es entgegen und hätte es beinahe gleich wieder fallen lassen, als ich erkannte, wen ich da vor mir hatte. »Pip Deakin! Meine Güte, du siehst ja grauenhaft aus! Was ist mit dir passiert?«

Ich erinnerte mich vage an die Ereignisse. Der ewig junge Mr War der BBC mit seinem orangerot gefärbten Paul-McCartney-Schopf, der sich auf seinen Auslandseinsätzen des Effektes wegen immer nur mit einem Videofon filmen ließ, selbst wenn eine komplette Kameracrew einsatzbereit neben ihm stand, hatte einen Nervenzusammenbruch erlitten und war schließlich von seinem Brötchengeber auf die Straße gesetzt worden, weil er sich hartnäckig weigerte, ein Flugzeug zu besteigen. Früher war er scharf auf mich gewesen, obwohl ich ihn immer mies behandelt hatte. Oder vielleicht gerade deswegen.

»Danke, Zanetti. Die Freude ist ganz auf meiner Seite.«

»Wieso auf einmal die grauen Haare?«

Er lachte nervös und fuhr sich mit den Fingern hindurch. »Die BBC hat mich damals gezwungen, sie zu färben. Damit ich jünger aussehe – du weißt schon. Um ehrlich zu sein, bin ich heilfroh, dass ich die Tortur hinter mir habe.«

»Ach was, du musst nicht ehrlich sein«, entgegnete ich und nahm einen Schluck des golden perlenden Proseccos. »Heuchelei ist mir viel lieber.«

»Red du nur, Zanetti. Du glaubst doch nicht im Ernst, ich hätte sie freiwillig gefärbt?«

»Natürlich nicht. Ich habe angenommen, du machst es, weil du ein Lackaffe bist, Deakin.«

Er nickte. »Stimmt, das kommt noch dazu«, räumte er ein, und wir mussten beide lachen. Seine Zähne waren ziemlich fleckig (sahen meine etwa auch so aus?), und die Haut um seine Augen herum war so durchsichtig, dass man die bläulichen Venen sehen konnte, die darunter pochten.

Als sich Eden, nachdem er im Haus Bens Windeln gewechselt hatte, zu uns gesellte, kühlte sich die Atmosphäre merklich ab. Die beiden waren zeit ihres Lebens Rivalen gewesen. Eden ist berühmt, weil er gut aussieht, jede Frau haben kann, die er will, und noch dazu ein hervorragender Journalist ist. Pip hingegen ist berühmt, weil er eine Aufnahme getürkt hat, in der er so tut, als würde ein Heckenschütze auf ihn feuern. Herausgekommen ist der Betrug nur deshalb, weil das Ganze zweimal gefilmt werden musste und er dummerweise vergaß, das erste Take zu löschen, bevor er das Material in die Redaktion nach London schickte. Und, na ja – was soll ich sagen? Leider ist mir dieses kleine Detail gegenüber einer Klatschkolumnistin herausgerutscht. Aus Versehen natürlich. Aber wie Eden und mein Psychiater und jeder, der ein paar Seiten Freud gelesen hat, mir versichern würde: Versehen gibt es nicht.

Die beiden Männer reichten sich die Hand. Dann standen wir eine Weile lang herum, ohne recht zu wissen, was wir sagen sollten.

Eden hustete. »Und? Arbeitest du gerade an etwas, Philip?«, erkundigte er sich schließlich.

»Nein, im Moment nicht. Ich habe … eine Auszeit genommen«, erklärte Pip.

»Verstehe.«

»Woher kennst du die Irvings?«

»Er hat mein letztes Buch verlegt. Sie haben mich eingeladen, um … na, einfach so.«

»Verstehe. Ja, meins verlegt er auch.«

»Aha.«

Es gibt nur sehr wenige Journalisten auf der Welt, die keine Bücher schreiben. Ein Trauerspiel ist das.

Es war Phoebe, die uns schließlich erlöste.

»Ah, ihr habt euch bereits gefunden. Meraviglioso! Ich hatte noch nie so viele Kriegsveteranen an meinem Tisch. Walt kommt in un secondo herunter. Muss nur noch rasch etwas im ufficio erledigen.« Sie sprach die italienischen Wörter mit ihrem piekfeinen britischen Akzent aus.

Junge Mädchen in engen schulterfreien Oberteilen, Miniröcken und Flipflops brachten große Schüsseln mit Salat nach draußen. Familienangehörige? Wohl eher Angestellte aus der Gegend. Solches Personal zu haben musste der Traum eines jeden Mannes sein.

Eine von ihnen, die erst ihre Haare, dann die Proseccoflaschen prüfend schüttelte und feststellte, dass letztere leer waren, ging zurück ins Haus, um Nachschub zu besorgen. Aber kaum hatte sie den ersten Korken knallen lassen, jaulte Pip auf und warf sich, die Arme schützend über dem Kopf, der Länge nach auf den Steinfußboden.

Eden und ich tauschten einen Blick.

Ben machte: »O nein!«, was er immer macht, wenn jemand hinfällt, er selbst inklusive.

Ich nickte ernst. »O nein«, echote ich und ging neben Pip in die Hocke. Phoebe, die, so erkannte ich jetzt erst, bereits ordentlich einen im Kahn hatte, schien den Zwischenfall gar nicht bemerkt zu haben.

Ich berührte Pips Hand, und er schlug ein Auge auf, um mich argwöhnisch zu mustern. Über den Rücken seines Hemdes krabbelte eine Ameise.

»Hey, Deakin. Alles ist gut. Keine Angst«, beruhigte ich ihn. Meine Haare wippten vor seinem Gesicht auf und ab, und meine Haut glänzte in der Hitze.

»Wirklich?«, fragte er unsicher, als wisse er nicht, ob er mir trauen könne.

»Ehrenwort. Es war bloß ein Sektkorken. Du weißt schon … der Prosecco. Na komm, hoch mit dir«, sagte ich aufmunternd und ergriff seinen Ellbogen, um ihm aufzuhelfen.

Er klopfte sich den Staub von den Kleidern und sah sich um, beschämt von einem Fuß auf den anderen tretend. »Alles klar. Nur ein klein wenig … ihr wisst schon. Bagdad – ziemlich haarig, die ganze Sache. Na ja, das weißt du ja alles. Du warst ja auch da …« Er hüstelte.

»Und ob. Ich war nach meiner Rückkehr auch nicht in allerbester Verfassung.«

»Im Ernst?«

»Gehirnkirmes pur.«

Nun, da der kleine Zwischenfall vorüber war, ließen wir uns am Tisch nieder. Eden saß neben mir, mit Ben auf dem Schoß, und Phoebe hatte an der Kopfseite Platz genommen. Pip und ich saßen uns gegenüber und blickten uns über die Salatschüsseln hinweg an. Die Mädchen mit den Schlafzimmeraugen trugen kalten Braten auf, und schließlich, als ich schon fast vergessen hatte, dass noch einer in unserer Runde fehlte, trat Walter aus dem kühlen Schatten des Hauses auf uns zu.

»Und hier ist er auch schon: Walt Irving!«, murmelte ich. Es war ein Satz, den mein Vater jedes Mal gesagt hatte, wenn Walt den Raum betrat. Nicht, dass ich mich daran erinnern konnte, jemals bei einer solchen Gelegenheit dabei gewesen zu sein – aber den Spruch kannte ich trotzdem. Sie wissen, wie er gemeint ist: Als würde man gerade über jemanden tratschen, nur um dann peinlicherweise durch das Eintreten eben jener Person darin unterbrochen zu werden.

Walt lachte. Er war alt geworden, hatte aber nichts von seiner Ausstrahlung eingebüßt. Er war noch immer attraktiv, mit leuchtendblauen Augen und dichtem grauen Haar. Er bewegte sich, als würde er einen dreiteiligen Anzug tragen und gerade die Schwelle des Harvard Club in New York überschreiten, obwohl er in Wirklichkeit ein zerknittertes Leinenhemd und ebensolche Hosen anhatte. An den Füßen trug er lederne Sandalen und auf der Nase noch seine Zweistärkenbrille, die er womöglich vergessen hatte abzunehmen.

»Und hier ist sie auch schon: Faith Zanetti!«, antwortete er ebenso leise und trat zu mir, um mich auf beide Wangen zu küssen. »Ich wusste, dass du einmal zu einer wunderschönen Frau heranwachsen würdest«, stellte er fest.

Er setzte sich und begann unverzüglich damit, Essen auf seinen Teller zu laden, während er sich gleichzeitig mit den Fingern der anderen Hand Salamischeiben in den Mund schob.

»Und – was meinst du, Faith? Ein Agent versucht, mir einen Roman aufzuschwatzen, der in Jerusalem spielt. Ein großartiges Buch, aber in Amerika wird sich das nicht verkaufen. Soll ich ihn trotzdem nehmen? Kennst du Jerusalem? Du kennst bestimmt die ganze Welt! Ich lese übrigens jeden deiner Artikel. Sehr gut. Wirklich ganz hervorragend. Du solltest eine Sammlung rausgeben. Ich würde sie rausbringen, eine Sammlung deiner Artikel. *Zwischen den Fronten.*«

Er gestikulierte mit den Händen, zeichnete ein großes Werbebanner mit dem Titel darauf in die Luft. Phoebe verdrehte die Augen und ließ sich mehr Alkohol ins Glas laufen.

»Jetzt geht das wieder los«, stöhnte sie. Ihre brennende Zigarre hatte sie neben den Teller gelegt.

Ich bemerkte, dass Pip in einer verständnisvollen Geste seine Hand auf ihre legte.

»Nee, nee! Das ist totaler Mist!«, fuhr Walter unvermittelt auf. Hinter ihm flimmerte der Garten in der Hitze, und in der Ferne konnte man die Silhouette der Stadt Lucca aufblitzen sehen. »*Krieg und Frieden.* Nee. Gibt's schon.« Er zwinkerte mir zu. »*Herrin der Schlachten.* Was meinst du dazu? *Herrin der Schlachten?* Ist das nicht fantastisch? Ich find's super. So machen wir es! Wer ist dein Agent?«

Ich hatte noch kein Wort gesagt, obgleich er mich, seit er in den Garten gekommen war, mit einem leicht ironischen Blick beäugt hatte.

»Allegra Pearce«, antwortete ich zögerlich. »Aber eigentlich schreibe ich gerade an meiner …«

»Allegra! Kenn ich. Ich liebe sie. Wir *lieben* Allegra, nicht wahr, Schatz?« Er warf einen Blick zu Phoebe hinüber, deren Oberlippe an einer Seite hochzuckte, als wolle sie ihn anknurren.

»Phoebs ist ganz *begeistert* von ihr! Allegra, Allegra«, sang er, während er mit einer Hand in der Luft herumfuchtelte, als dirigiere er ein Musikstück dazu – vermutlich eins, das allegro gespielt wurde …

»Also, erzähl mal, Faith. Erzähl mir was von Jerusalem. Soll ich das Buch kaufen? Herrschaftszeiten, ich will das Buch *wirklich* haben! Was sagst du dazu? Du kennst Jerusalem doch, oder? Natürlich kennst du Jerusalem. Wie deine Westentasche, he? Wie deine Westentasche, korrekt?«

Er hatte meine Hand ergriffen und musterte sie, während er mit offenem Mund sein Essen kaute. Dann ließ er sie wieder los und trank einen Schluck Wein, um den Nahrungsbrei hinunterzuspülen.

»Na ja«, sagte ich. »Ich habe den Roman nicht gelesen … Aber der Schauplatz ist unvergleichlich. Eine atemberaubende Stadt. Pip und Eden und ich, wir haben damals viel Zeit im American Colony Hotel verbracht. Wir sind nach Gaza Stadt rausgefahren und …«

»Ah! Das American Colony! Wusstest du, dass es von einem Ehepaar namens Anna und Horatio aus Pennsylvania eröffnet wurde? Alle ihre Kinder sind ihnen weggestorben, und weißt du, was sie gemacht haben? Sie haben einfach ein paar neue in die Welt gesetzt! Anna und Horatio.« Er schüttelte den Kopf.

»Im Ernst, wer heißt schon Horatio? Hey! Hast du *Anna Karenina* gelesen?«

Langsam hatte ich mich mit seinem Wahnsinn angefreundet. Er hatte durchaus etwas Beruhigendes an sich. Etwas, das ich verstand.

»Und du?«, fragte ich zurück. Er grinste, voller Freude, dass sich jemand auf ihn einließ.

»Klar. Klar doch! *Anna Karenina.* Aber sicher. Was denn? Soll ich es *noch mal* lesen? Ein zweites Mal? Dieser Jerusalem-Roman, der erinnert mich irgendwie daran. Der Plot. Wenn ich genauer darüber nachdenke, dann hat der Typ die Geschichte abgekupfert. Tolstoi unter dem Hintern weggeklaut. Ist es denn zu fassen? Kannst du das glauben, Faith Zanetti? So einen Dreck werde ich nicht veröffentlichen! Gut. Danke dir. Jetzt geht es mir schon viel besser. Weil du mir bei der Entscheidung geholfen hast. *Viel* besser. Du solltest ins Verlagswesen einsteigen. Meinst du nicht auch? Doch, doch, du solltest wirklich bei einem Verlag anfangen. Keine Ahnung, was ich dann mache. Dann bin ich am Ende. Mausetot! Ja. Das sind wir alle früher oder später …« Mit einem Mal wirkte er ernsthaft erschüttert. Sein Blick wanderte weit hinaus zu einem Punkt irgendwo hinter dem Horizont, an dem er eines Tages seinem Schöpfer gegenübertreten würde. »Der große Gleichmacher. König wie Bettelmann.«

Er sah aus, als brauche er Trost, aber ich hatte keinen zu geben.

»Tja.« Ich nickte. »Früher oder später trifft es jeden.«

Seltsamerweise schien ihn das zu beruhigen, und seine anfängliche Heiterkeit kehrte zurück.

»Hier. Trink das!« Er nahm ein leeres Glas, füllte es und reichte es mir, obwohl ich ein volles direkt vor der Nase stehen hatte.

»Danke«, sagte ich und trank mit einem Lächeln.

»Cheers. Salute!«

Ben war an Edens Schulter gelehnt eingeschlafen. In den

großen kugelförmigen Honigfallen, die an den eingetopften Olivenbäumen hingen, hauchten einige Wespen summend ihr Leben aus. Pip und Eden unterhielten sich über Bosnien und lieferten sich, im Rahmen der Aufarbeitung eines gemeinsamen Erlebnisses aus jener Zeit, einen verbalen Männlichkeitswettstreit: Einmal hatten sie ihre Unterhosen nach dem Waschen auf einem Panzer zum Trocknen ausgelegt, wo sie in der Kälte prompt festgefroren waren. Da sie keine weiteren dabeihatten, war ihnen nichts anderes übriggeblieben, als sie trotzdem anzuziehen, auch wenn das Eis bei jedem Schritt nur so krachte und knackte.

»Mann, das waren *Schneebälle,* die ich da in der Hose hatte! Sind auf die Größe von Rosinen geschrumpft«, sagte Pip.

Phoebe langte nach ihrem leeren Glas und versuchte vergeblich, daraus zu trinken.

»Cavolo!«, rief sie unmutig. »Bring eine neue Flasche, sei so lieb, cara mia!«

Ich hörte, wie Eden Pip mit einer seiner Lektionen über italienische Kultur beglückte. »Cavolo heißt ›Kohl‹, musst du wissen. Ein durchaus gängiger Ausruf hier«, erläuterte er.

Pip war zu großmütig, um darauf mit »Das weiß ich selbst« oder »Und wen interessiert das?« zu antworten. Er nickte lediglich.

»Also, Faith Zanetti! Erzähl mir von Sam Fischer«, fuhr Walter übergangslos fort, ganz so, als hätte er seinen Monolog nie unterbrochen.

Ich stutzte. Es konnte doch unmöglich sein, dass er meinen Chefredakteur kannte? Aber, wie mir schon bald einmal mehr vor Augen geführt werden sollte: Die Welt ist klein. Zumindest ist sie aus kleinen Teilen zusammengesetzt.

»Ist es zu fassen, dass er es bis zum Chefredakteur des *Chronicle* gebracht hat? Der mieseste Spitzel, der mir je untergekommen ist. Keiner der alten Kollegen spricht noch mit ihm! Aber das weißt du bestimmt selbst. Du weißt mehr, als du dir anmerken lässt, das sehe ich genau. Dein alter Herr wäre bestimmt stolz auf dich. Sehr, sehr stolz. Hast du Kinder? Aber natürlich, da drüben sitzt der Kleine. Großvater, ha! Ich glaube nicht, dass ihm das sonderlich gefallen hätte. Nicht dass wir uns missverstehen: Selbstverständlich hätte er einen ganz *fantastischen* Großvater abgegeben – solange man ihn nur nicht so genannt hätte. Was meinst du? Wäre er nicht ein toller Großvater gewesen?«

»Ehrlich gesagt kann ich mich kaum noch daran erinnern, wie er war«, antwortete ich.

Ich hatte damit gerechnet, dass er früher oder später die Sprache auf meinen Vater bringen würde, und mich im Voraus dagegen gewappnet. Seine Aussage über Sam Fischer hatte mich viel mehr überrascht. Zugegeben, ich hatte bereits vermutet, dass unser hochgeschätzter Chefredakteur früher einmal nebenberuflich als Spion gearbeitet haben musste – aber wer hatte das nicht getan? Jedermann weiß, dass die Arbeit eines Spions zu den unaussprechlich langweiligen Tätigkeiten gehört, mit denen feine Pinkel nach der Universität ihre Zeit totschlagen. Man muss einfach nur jede Menge staubtrockener geheimer Unterlagen durchlesen und sie für den Chef in Stichpunkten zusammenfassen. Eine ausgesprochen glanzlose Arbeit, für deren Ausübung Sam Fischer, das konnte ich mir ohne weiteres vorstellen, keinerlei Talent besessen hatte.

»Ehrlich? *Ehrlich?* Wage es *ja* nicht, ehrlich zu mir zu sein! Gott! Was soll das dumme Gequatsche? Ehrlich? Du wirst mir gleich sagen, dass du mit meinem besten Freund ins Bett gestiegen bist, ist es das? *Ehrlich.* Ich muss doch sehr bitten!« Voller Abscheu schüttelte er den Kopf. Obschon er nicht eine Sekunde lang aufgehört hatte zu reden, hatte er währenddessen einen Teller voller Essen weggeputzt und dazu noch eine halbe Flasche Prosecco geleert. Ich dagegen hatte noch keinen Bissen zu mir genommen.

»Stimmt's?«, fragte er und sah auf seinen Teller hinab. »Habe ich recht? Ehrlichkeit ist nur ein anderes Wort für Grausamkeit. *Freedom's just another word for nothing left to lose …*«, sang er.

»Ja. Du hast recht«, warf ich dazwischen.

»Faith, Faith.« Er legte schon wieder los. Phoebe hatte sich eine neue Zigarre angesteckt und Musik aufgelegt: eine CD mit Songs von Bob Dylan, Joni Mitchell und Leonard Cohen. Keine besonders heiteren Klänge, aber der Himmel färbte sich langsam zartrosa, und die Musik passte perfekt zur gedämpften Stimmung des späten Nachmittags.

»Weißt du irgendwas über Cairnbridge? Verstehst du – Flug TAA 67? Na? Ich *wette,* du weißt etwas. Dein Mann hier – nicht dein Mann? Dein Freund? Nein? Na ja, also der Mann da drüben, der deinen Sohn auf dem Arm hat, er hat mir erzählt, dass du einen Auftrag hast. Und rate mal, was *ich* habe. Ich habe einen Mann an der Hand, der sagt, er weiß Bescheid. Behauptet, er sei in die Sache verwickelt gewesen! Will reden. Na ja, eigentlich will er *schreiben,* aber was soll man machen? Was kann sie aufhalten? Ich sage es dir: nichts! Glaubst du, jemand interessiert sich noch dafür? Ich meine, interessiert es *uns*? Geben wir noch einen Scheißdreck drauf? Schnee von gestern – das ist es doch, was du denkst, korrekt? Du warst damals wie alt? Neun? Zehn? Hast Besseres zu tun. Was meinst du? Soll ich sein Buch kaufen?«

Ich stellte mein Glas ab, und mit einem Mal war mir ganz kalt. Natürlich konnte es nur Zufall sein, dass Walter ausgerechnet jetzt eine neue Quelle ausgegraben hatte, und darüber hinaus war es nur logisch, dass es aus Anlass des Jahrestages jede Menge Bücher zum Thema geben würde. Aber ein bisschen unheimlich kam es mir schon vor. Oder hatte Eden das Mittagessen nur deshalb vorgeschlagen? Um mich mit Walter zusammenzubringen? Ja, vermutlich verhielt es sich genau so. Keine Ahnung, warum ich so misstrauisch war. Walter redete wie ein Wasserfall, und dennoch schien er beinahe meine Gedanken lesen zu können. Es war, als würde er beide Seiten unserer Unterhaltung bestreiten, seine und meine, und wenn er sich ganz dicht zu meinem Gesicht beugte, sein stechender Blick sich direkt in meinen Schädel bohrte, dann spürte ich förmlich, wie das Feuerwerk seiner Persönlichkeit krachend und funkensprühend auf mich herniederregnete. Ich hatte das Gefühl, mich in ihm aufzulösen wie eine Aspirintablette, die tanzend in einem riesigen Glas Wasser der eigenen Vernichtung entgegensprudelt.

»Also, eigentlich bin ich hier, um einen Exklusivbericht über Cairnbridge zu schreiben. Zum bevorstehenden Jahrestag. Sam Fischer ist geradezu besessen von dem Fall. Ich bin mir sicher, er würde ein Vermögen hinblättern, um das Buch als Serie zu bringen, gesetzt den Fall, dass es rechtzeitig fertig wird. Und natürlich würde ich liebend gern den Autor interviewen, wenn du mich mit ihm in Kontakt bringen könntest.«

»Sam Fischer! Gott, was für ein Trottel. *Natürlich* ist er besessen davon. Was denn sonst? Hat keinen Schimmer von gar nichts, korrekt? Was denkst du? Dasselbe, nämlich dass er keinen Schimmer von gar nichts hat. Ich weiß genau, was du denkst. Hm. Na klar. Dich mit ihm bekanntmachen? Sicher. Wieso nicht? Deswegen kommt er ja her – um Klartext zu reden. Geht dir diese Redewendung nicht auch auf den Wecker? Klartext reden! Wer spricht denn so? Du musst mich verachten. *Ich* würde mich verachten.«

»Er kommt hierher?«

»Wer? Ach so! Ja. Sicher, sicher. Also – nicht *hierher* zu uns. Überaus nervös, der gute Mann. Steht kurz vor dem Nervenzusammenbruch. Noch schlimmer als unser Philip hier. Ein Wrack. Ein völliges Wrack. Kennst du den Witz? Was liegt auf dem Meeresgrund und zittert? Ein nervöses Wrack. Korrekt? Der Kerl ist ein Wrack. Aber du kannst dich mit ihm treffen. Klar. Er ist schon im Lande. Benutzt ein Pseudonym. Dieses ganze Tamtam. Wir müssten nach …« Er hielt inne, lehnte sich zurück, verdrehte die Augen und wackelte mit der Zunge. »Täubchen? Wo treffe ich mich noch gleich mit dem Cairnbridge-Fritzen?«

»In *Frascati*. Wie du sehr wohl weißt, mio angelo.«

»Richtig. In Frascati.«

»Also, wenn die Möglichkeit bestünde …«

»Oooh, Faith Zanetti und der Konjunktiv. Wenn die Möglichkeit bestünde! Kriegt man das eigentlich in die Birne – als Ausländer, meine ich? Eine der schlimmsten Erfindungen, die es gibt auf der Welt, der Konjunktiv. Wäre die Anwesenheit schöner Frauen erwünscht gewesen, hätte es sich um Blondinen handeln müssen. Korrekt? Hm? Versuch mal, das ins Lateinische zu übersetzen! Also, was ist? Fahren wir morgen nach Frascati?«

Das würden wir wohl tun.

KAPITEL 5

Lieber Gott, bitte gib auf alle Menschen in der ganzen weiten Welt gut acht, und zwar heute Abend, heute Nacht und morgen den ganzen Tag über. Danke, lieber Gott. Und bitte lass heute Abend, heute Nacht und morgen den ganzen Tag über niemanden sterben (es sei denn, derjenige will es so). Danke, lieber Gott. Bitte sorge auch dafür, dass es heute Abend, heute Nacht und morgen den ganzen Tag über keine Feuersbrünste, Morde, Totschläge, Überfälle, Vergewaltigungen, Entführungen, Kriege, Kriegserklärungen, Bombenexplosionen, andere Explosionen, Schießereien, Schiffsunglücke, Autounfälle, Zusammenstöße und Streitereien gibt; und dass außerdem niemand ertrinkt, Angst hat, sich erschrickt, schlechte Nachrichten bekommt oder an öffentlichen Orten zur falschen Zeit aufs Klo muss (gilt nur für Menschen über fünf Jahre); dass niemand enttäuscht ist, sich schämt, sich langweilt, sich ärgert, sich aufregt, schwitzt, friert, unglücklich oder traurig ist; dass mit den Naturgesetzen nichts schiefgeht (zum Beispiel zu viel Erdanziehung oder zu wenig Erdanziehung oder wenn die Sonne der Erde zu nahe kommt); dass es keine Erdrutsche, Wirbelstürme, Hurrikans, Tornados oder sonst irgendetwas Schlimmes gibt. Danke, lieber Gott. Und bitte, lieber Gott, ergänze selbständig alles, was ich in diesem Gebet aus Versehen vergessen habe, normalerweise aber nicht vergesse. Und bitte lass mich gut schlafen und hilf mir durch den morgigen Tag. Danke, lieber Gott. Amen.

Dieses Gebet vor mich hinmurmelnd, war ich aus dem Schlaf geschreckt. Es war das Ende eines schrecklichen Alptraums gewesen, auf dessen Inhalt ich mir keinen Reim zu machen wusste. Ich war schweißüberströmt und außer Atem. Eine Fledermaus hatte sich in mein Zimmer verirrt und suchte nun, immer verzweifelter mit den Flügeln schlagend, den Weg ins Freie. Ich knipste das Licht an und sah mich nach Ben um, aber er war nicht da. Eden musste ihn mit zu sich genommen haben. Dann fiel mir ein, dass Fledermäuse nichts sehen können, weil sie über eine Art Sonarsystem verfügen. Also schaltete ich das Licht wieder aus, legte mich hin und wartete, bis das verstörte Tier endlich durchs offene Fenster nach draußen geflattert war. Jeder einzelne Muskel in meinem Körper war hart wie Stein.

Das Gebet hatte ich mir als Kind ausgedacht – damals, als ich noch bei meiner Mutter lebte, bevor man mich bei Dad und Evie einquartierte. Es war eher ein Ausdruck meines Aberglaubens als ein Akt echter Frömmigkeit. Ich war kein bisschen religiös. Meine Mutter spottete gnadenlos über Gott und jeden, der dumm genug war, an ihn zu glauben. Ob sie jetzt immer noch spottet? Was hat sie wohl im Augenblick ihres Todes über die Ewigkeit gedacht?

Mein Traum – der, aus dem mich die Fledermaus aufgeweckt hatte – wollte nicht weichen und hielt mich mit seinen Nebelarmen fest umklammert, obwohl ich mittlerweile hellwach war. Ich bin mir nicht einmal sicher, ob man es überhaupt einen Traum nennen kann. Vielleicht war es eher eine verschwommene Erinnerung.

Ich war mit meiner Mutter in Paris. Wir saßen zusammen auf einem Boot. Ich trug (glaube ich zumindest) ein weißes Kleid mit Rüschen, so wie man es zur Erstkommunion trägt (nicht dass ich Letzteres als Kind gewusst hätte). Oder war da noch ein anderes Mädchen, das statt meiner ein solches Kleid anhatte? Eine kleine Französin mit Schleifen im Haar und schwarzen Lackschuhen, die aussah, als sei sie einem Bilderbuch entstiegen? Eine rotwangige Françoise oder eine helläugige Jeanne-Marie? Ja, so wird es gewesen sein. Ich selbst trug wahrscheinlich etwas sehr viel Gewöhnlicheres. Aber wenn ich jetzt meine Augen erneut schließe, um den Traum aus der trüben Brühe meines Gedächtnisses zu fischen (in letzter Zeit muss ich ziemlich oft und ziemlich lange darin herumstochern, weil ich entschieden zu viel trinke. Muss unbedingt damit aufhören. Vielleicht sollte ich mich wieder mal bei den Anonymen Alkoholikern blicken lassen…), dann kann ich fast spüren, wie die Rüschen dieses Kleides an meinen bloßen Knien kratzen, kann fast auf die Spitzenränder meiner weißen Söckchen hinabsehen. Und das, obwohl ich weiß, dass es gar nicht meine Söckchen sind …

In jener Nacht war es finster auf dem Fluss. Das Wasser glänzte ölig schwarz, und am Himmel hingen Rauchschwaden von Feuerwerken. Die Luft war dick vor Hitze. Bunte Lichterketten mit grünen und roten Lämpchen waren über den Fluss gespannt – oder vielleicht schmückten sie auch nur den alten Kahn, auf dem wir uns befanden. Hier wurde ein großes, ausgelassenes Fest gefeiert. Erwachsene torkelten betrunken herum, ich sah Beine, die hölzerne Leitern hinaufkletterten, Füße, die hin und wieder eine Sprosse verpassten und abrutschten. Einen hochhackigen Schuh, der irgendwo hängenblieb und dessen Besitzerin erschrocken aufkreischte. Rotwein schwappte über den Rand eines Plastikbechers.

Der Himmel weiß, ob ich mir das alles nicht bloß ausgedacht habe. Vielleicht ist es nichts als ein Fantasiegebilde, zusammengeflickt aus Szenen diverser romantischer Komödien, die ich auf ereignislosen Langstreckenflügen, während ich dem nächsten Krieg, der nächsten Menschheitskatastrophe entgegenraste, mit halbem Auge verfolgt habe.

Der Traum fing damit an, dass ich mich schlafen gelegt hatte. Jemand hatte auf dem Schiff eine kleine Kabine für mich gefunden, in der ich mich ausruhen konnte. Neben einem Berg Mäntel am Boden stand ein niedriges Bett. Vor das Fenster war als Vorhang ein Stück Batikstoff genagelt, und der Lärm der Party drang nur noch ganz leise an mein Ohr. Ich lag da und ließ mich von der leichten Bewegung der Seine schaukeln.

Auf einem Tischchen neben dem Kopfende des Bettes stand ein überquellender Aschenbecher aus Glas. Ich selbst rauchte damals natürlich noch nicht. Ich war ja erst sechs. Ich musste eingenickt sein, denn plötzlich wachte ich auf und war voller Angst. Das ist mir als Kind häufig passiert. Nun ja, eigentlich passiert es mir immer noch. Vielleicht hatte ich ins Bett gemacht und lag nun mit durchnässtem Kleid in einer warmen, beißenden Pfütze. Französisch konnte ich nicht, also muss ich wohl »Mummy!« gerufen haben, während ich ängstlich und verwirrt an Deck hin und her rannte und nach meiner Mutter Ausschau hielt. Ich wollte unbedingt herunter von diesem Boot, wusste aber, dass die Dunkelheit, die es umzingelt hatte, mich dann vollständig verschlingen würde.

Die Menschen waren hilfsbereit und freundlich, beugten sich sorgenvoll zu mir herab, fragten einander, ob jemand mich kenne, legten mir tröstend die Hand auf den Kopf. »Qui est la maman de la petite?«, fragte, so glaube ich, ein Mann mit einem Schnurrbart, während er rücksichtsvoll den Rauch seiner Zigarette aus einem Mundwinkel zur Seite blies. »Je ne sais pas«, mag seine Begleiterin darauf geantwortet haben. Sie war Mitte zwanzig, hielt ein Feuerzeug und eine Abendtasche in der Hand. Und dann sagte auf einmal jemand ein Wort, bei dem mir vor Angst speiübel wurde. Wenn ich es noch einmal hören würde, hätte es vermutlich dieselbe Wirkung. Ich weiß nicht, was es bedeutete – »tot« vielleicht oder »verschwunden« oder »grausam entstellt«. Ich verhielt mich ganz still und wartete mit ausdruckslosem Gesicht auf die Schreckensnachricht.

»La polichinelle.«

Jemand nahm mich bei der Hand. Das kleine Mädchen im Kommunionskleid? Françoise mit ihren Lackschuhen? »La polichinelle« – immer und immer wieder sagte sie dies, während sie mich eine Treppe hinauf- und dann mehrere dunkle Flure entlangführte. Das Boot schaukelte, die Musik dröhnte, und die Raketen schossen zischend in den Himmel. Die Erwachsenen, die weiterhin lachend über das Deck schwankten, schienen ganz in ihrem Treiben gefangen, unzugänglich wie Wahnsinnige. Schließlich führte das Mädchen mich in ein Zimmer, in dem meine Mutter gerade Sex mit einem Clown hatte. Er schenkte mir seine rote Gumminase, und das war das Ende.

Während ich nun in meinem Bett lag und dem Zirpen der Grillen lauschte, öffnete ich meine Hand, um nachzusehen, ob sie vielleicht noch da war, diese Nase, zerknautscht in meiner schwitzigen Faust.

Ich muss mich wirklich zusammenreißen, dachte ich und drehte mein Kopfkissen um, so dass die kühle Seite oben lag. Hatte ich als Kind überhaupt genug von Gott gewusst, um zu ihm zu beten? Woher hatte ich gewusst, dass andere Menschen es taten? Manchmal habe ich das Gefühl, als wäre ich bereits mit dem Schriftzug »Ihr Lügner!« auf der Stirn zur Welt gekommen. Meine Eltern hatten mir drei Schlagworte beigebracht: *nichts, niemand, niemals.* Aber womöglich hatte ich in der Schule etwas anderes gelernt? *Etwas, jemand, immer?* Und womöglich hatte ich auch dort zum allerersten Mal meine Hände zum Gebet gefaltet, die Nägel wie immer zerbissen, im Schneidersitz auf dem gebohnerten Parkett, während in der Ecke Flaschen mit ekelerregend lauwarmer Milch und blauen Strohhalmen darin auf uns warteten. Ja, so muss es wohl gewesen sein.

Als ich noch klein war, konnte ich nicht weiter als bis zum nächsten Tag denken. Es schien unrealistisch, um mehr zu bitten, als bis zum folgenden Morgen leben zu dürfen. Denn mein Gott (oder mein Unterbewusstsein – ist das eigentlich dasselbe? Igitt, darüber denke ich besser erst nach, wenn ich wieder nüchtern bin, morgen früh vielleicht) war gerissen und grausam und ständig auf der Suche nach einem Schlupfloch, einem Hintertürchen, durch das er seine widerlichen Alpträume auf mich loslassen konnte.

Einige Passagen des Gebets sagte ich in jener Nacht auf dem Boot allerdings noch nicht auf. Die Schlammlawinen zum Beispiel kamen erst später hinzu, während eines Urlaubs in Malibu. Kurz zuvor hatte es dort einen massiven Erdrutsch gegeben, und an jeder Ecke standen noch Warnschilder. Ich saß in unserem Ferienhaus, lauschte angstvoll den Nachrichtenmeldungen (Dad hockte ohnehin den ganzen Tag vor dem Fernseher) und rechnete fest damit, bald in einem Meer aus reißendem Schlamm den Tod zu finden. Nachts, wenn ich schlief, versteht sich.

Dad (wer sonst?) war es auch, der mir die Namen so vieler anderer Schrecknisse beibrachte. Wenn er nicht gerade Nachrichten sah, war er selbst in den Nachrichten zu sehen.

Wie der Vater, so die Tochter, dachte ich nun, während ich versuchte, meinen Körper Muskel für Muskel zu lockern, die drückende Erinnerung an meinen Traum abzuschütteln und in die Dunkelheit hinauszujagen. Über den Bildschirm flimmerten damals unaufhörlich Bilder brennender Autos, wütender Männer, mit Flaschen werfend, die beim Aufschlag explodierten, und Menschen, die blutüberströmt mitten auf der Straße standen – einer Straße, die genauso aussah wie die, in der ich mit meiner Mutter gewohnt hatte, bevor ich zu Dad und Evie zog. Und das da, mitten im Kugelhagel, das war mein Vater! Manchmal erhaschte ich einen Blick auf ihn, wie er, das Notizbuch in der Hand, durchs Bild huschte. Oder war das nur Einbildung? Lag es vielleicht nur an seinen lebendigen und detailreichen Schilderungen, dass ich dachte, ich hätte tatsächlich gesehen, wie er mit brennendem Jackenärmel ins Bild getaumelt kam, während ein Fotograf hinter ihm herrannte und »In Deckung! In Deckung!« schrie?

Dads vom Krieg gezeichnete alte Freunde, die jetzt in ihren Londoner Redaktionen ihre letzten Gläser Rotwein schlürften und auf Monitore starrten, um aus sicherer Entfernung die Kriege zu verfolgen, bei denen sie gern dabei wären, waren samt und sonders Atheisten. Wahrscheinlich sind sie es immer noch. Man kann nicht einen Beruf wie unseren ausüben und trotzdem glauben, dass es irgendeine Ordnung gibt, irgendeinen höheren Sinn – von einem gütigen Gott ganz zu schweigen. Die Menschen, mit denen ich aufgewachsen bin, haben aus nächster Nähe all die unaussprechlichen Grausamkeiten erlebt, die Männer und Frauen (größtenteils Männer) einander antun, haben die Leichen von Kindern gesehen, die im Namen einer zweifelhaften Freiheit vergewaltigt, gefoltert und verbrannt worden sind. Aber jetzt, da sie sich zur Ruhe gesetzt haben und jemand anders an der Reihe ist, mit anzusehen, was sie mit ansehen mussten – regt sich da auch in ihnen vielleicht klammheimlich der Glaube? Beten und hoffen sie vielleicht doch, ganz allein und in aller Stille, wenn es abends dunkel wird? Wenn es niemanden mehr gibt, an den sie sich wenden können, weil ihre Frauen sie verlassen haben und ihre Kinder ihnen nur noch mit höflicher Zurückhaltung begegnen, während auf der Erde weiterhin das Chaos wütet und der Himmel darüber in Flammen steht?

Irgendetwas von dem, was Walter beim Mittagessen gesagt hatte, ließ mich nicht los – ich konnte mich nur nicht mehr daran erinnern, was es war. Ich fröstelte und versuchte, das beklemmende Gefühl abzuschütteln, das mich plötzlich überkam. Als hätte ich von bewaffneten Räubern geträumt, die mich auf leisen Sohlen eine knarrende Treppe hinauf verfolgen; von Krebsgeschwüren, die mir Lunge und Brust zerfressen, einstürzenden Gebäuden oder führerlos gen Erde taumelnden Flugzeugen; von toxischen Gaswolken, die blinde Fanatiker auf die ahnungslose Menschheit loslassen, von Giftschlangen, kaputten Lichtschaltern oder grauenhaften Fratzen, die sich von außen an mein Fenster im fünften Stock pressen. Und von einem Herzen, das zu schwach ist, als dass es der Aufregung auf Dauer standhalten könnte. Wenn ich es bloß bis zum nächsten Morgen schaffe …

Eine ganz bestimmte Formulierung, ein winziges Lächeln – irgendetwas hatte mich aus der Bahn geworfen, und was auch immer es war, offenbar erlaubte ich mir selbst nicht, mich daran zu erinnern. Eden würde sagen, es sei typisch für jemanden, der wie ich ein Meister der Verdrängung war, Kindheitsängsten gegenüberzutreten, als seien sie real und gegenwärtig, als ließen sich Teile der Vergangenheit noch retten.

Ich knipste das Licht wieder an und genehmigte mir eine Zigarette.

»Zanetti, du bist eine erwachsene Frau. Das ist lächerlich«, tadelte ich mich mit fester Stimme, während ich den Weg einer Spinne verfolgte, die an der Balkendecke entlangkrabbelte. »Einfach lächerlich.«

KAPITEL 6

In der Morgendämmerung gesellten sich Eden und Ben zu mir. Ich hatte mir einen Espresso gemacht und war nach draußen gegangen, weil ich mir den Sonnenaufgang ansehen wollte. Der Garten vor dem Haus, in dem ein riesiger alter Pizzaofen steht, war irgendwann fast vollständig zubetoniert worden. Nur einige Beete in eigentümlichen Formen – ein Herz, eine Niere und mehrere Kreise – hatte man ausgespart. Darin waren Bäume und Rosenbüsche gepflanzt. Aus mehreren Rissen in der Betondecke spross das Unkraut empor, und der Springbrunnen funktionierte nicht mehr richtig, wodurch er allerdings nur noch romantischer wirkte. Rings um das Grundstück zog sich eine niedrige Mauer, die an einigen Stellen bereits eingefallen war, und in der Nähe des quietschenden Eisentors, das jemand vor einem halben Jahrhundert in blassgrüner Farbe gestrichen hatte, stand eine Reihe Lavendelbüsche. Die alte Frau nebenan züchtete Geranien in tönernen Töpfen. Ihr Haus hatte efeugrüne Fensterläden, die sie jeden Morgen um punkt fünf Uhr fünfundvierzig öffnete. Ich saß in Höschen und T-Shirt da, rauchte eine Zigarette und blickte auf die Berge, die, wolkenumkränzt und dicht mit Kastanien bestanden, in der Ferne aufragten.

Der Sonnenaufgang kam ganz langsam und sanft. Es sah aus, als würde jemand pinkfarbene Limonade in den Himmel gießen.

»Ich werde hier noch verrückt! Ich muss unbedingt wieder arbeiten«, verkündete ich Eden und wackelte zur Bekräftigung des Gesagten mit den Zehen.

»Du arbeitest doch«, sagte er und setzte Ben auf meinem Schoß ab.

»Ja, ich weiß. Aber ich meine *richtige* Arbeit. Das hier … das frisst meine Seele auf!«

»Du meinst, du möchtest irgendwohin fliegen, wo du anderen Menschen beim Sterben zusehen kannst? Und das dann für den Rest der Welt in Worte fassen?«

»Du etwa nicht? Nein, nein – so meinte ich es ja gar nicht. Ich wünschte bloß, ich hätte einen Auftrag mit einer gewissen … Dringlichkeit.«

Eden lachte. »Ich würde sagen, die ist durchaus gegeben. Schließlich musst du bis zum Erscheinungstermin der Gedenkausgabe fertig sein. Aber mal im Ernst, ich habe dich zu Walter gebracht, und du hast sogar schon eine Spur. Dieser Typ in Frascati – das klingt doch ganz vielversprechend, findest du nicht? Was liegt dir eigentlich an deiner alten Arbeit? Sag bloß, du willst wie Pip enden. Sieh ihn dir doch an, das arme Schwein. Peinlicher geht es nicht.«

»Ein nervöses Wrack.« Ich grinste, als ich mich an Walters Witz erinnerte. »Aber das stimmt nicht, er ist nur ein bisschen … Er war immer schon sehr sensibel.«

»Papperlapapp«, schnaubte Eden. »Sprach Lady Castlemaine zu Charles II. Ich gehe jetzt frischen Kaffee kochen.«

Tapfer schluckte ich die Frage runter, warum Lady Sowieso für Charles II. Kaffee gekocht hatte. Oder bezog sich die Bemerkung auf das »Papperlapapp«?

»Nein, lass nur, ich muss sowieso los. Vergiss nicht – um elf muss Ben sein Nickerchen machen, sonst ist er später unausstehlich.«

Walter hatte angeboten, mich abzuholen, aber das hätte einen Umweg für ihn bedeutet, und außerdem hasse ich es, chauffiert zu werden. Das Gefühl, mit jemandem im Auto festzusitzen und nicht weg zu können, macht mich rasend. Eine meiner Lebensregeln ist: Geh niemals mit irgendjemandem irgendwohin, und tu niemals irgendetwas mit irgendjemandem zusammen.

Also borgte ich mir den Cinquecento aus und machte mich

ganz allein auf den Weg in Richtung Rom. Dort in der Nähe liegt nämlich Frascati, wie ich meiner Straßenkarte entnommen hatte.

Sosehr mich auch die Putzigkeit und das Fellini-Image dieser kleinen Klapperkiste nerven (oder wenigstens nerven mich Edens Bestrebungen, selbigem Fellini-Image nachzueifern), so viel Spaß macht es andererseits, damit in Italien herumzukurven. Alle anderen Cinquecento-Fahrer hupten und winkten, und ich hupte und winkte zurück, als gingen wir davon aus, uns bald beim nächsten nationalen Cinquecento-Treffen wiederzusehen, bei dem ich mich endlich dazu entschließen würde, meine Stoßstangen gegen die echten alten Chrommodelle auszutauschen. Ah, buongiorno, buongiorno …!

Drei Stunden verstrichen, und allmählich verging mir der Spaß. Rom, so stellte ich fest, war sehr, sehr weit von der nördlichen Toskana entfernt, und als ich endlich dieses Etappenziel erreichte, herrschten bestimmt schon achtunddreißig Grad im Schatten. Dann musste ich mich noch nach Frascati durchschlagen, einen kleinen Ort in den Bergen, in dem viele reiche Römer eine Wochenendvilla mit Swimmingpool besitzen.

Als ich auf dem kiesbestreuten Vorplatz eines terrakottafarbenen Hauses vorfuhr, einen glitzernden Fischteich vor und eine acht Kilometer lange schlaglochübersäte staubige Piste hinter mir, war ich schweißüberströmt und die Haare klebten mir am Kopf. Eine Stunde zuvor hatte ich meine letzte Zigarette geraucht, und danach hatte ich auf der Innenseite meiner Wange herumgekaut, bis sie anfing zu bluten.

Die Fensterläden waren geschlossen, und es war in keiner Weise ersichtlich, welche der vielen Türen an der Frontseite die Haustür war. Offen standen sie alle. Man hörte das leise Summen der Insekten, und auf der Mauer sonnten sich einige fette Eidechsen. Ich beschloss, mich durch lautes Rufen bemerkbar zu machen.

»Hallo! Hallo?«

Ich hörte ein Geräusch aus dem Innern des Hauses, aber niemand kam. Ich versuchte es noch einmal.

»Hey! Salve!«

»Bist du das, Faith Zanetti?«, brüllte Walter zurück. »Komm doch rein!«

Kurz darauf erschien er auf dem Balkon, ein strahlendes Lächeln im Gesicht, die Augen zum Schutz vor der blendenden Sonne zusammengekniffen. In der Hand hielt er sein Mobiltelefon. »Die Tür in der Mitte!«

Im Haus war es kühl und muffig, als sei es bereits seit längerer Zeit unbewohnt. Ich stieg eine hölzerne Treppe empor, vorbei an einigen bemalten Leinwänden, die auf dem Treppenabsatz lehnten, und einer Sammlung gemusterter Teller, die irgendwann einmal die Wand geschmückt haben mussten, nun aber von einer dicken Staubschicht überzogen waren. Ich strich im Vorübergehen mit dem Finger darüber. Auf dem oberen Treppenabsatz vertrat Walter mir den Weg. Im Gegenlicht, das durch die geöffnete Balkontür hereinfiel, konnte ich nur seine Silhouette ausmachen.

»Hi. Ganz schön weiter Weg bis hierher«, begrüßte ich ihn. Ich musste mich mit Gewalt an ihm vorbeischieben, um zu vermeiden, dass … was? Er mich zur Begrüßung küsste? Vielleicht.

»Aber doch nicht für dich, Faith. Nicht für eine weitgereiste Kriegsberichterstatterin wie dich! So, jetzt hör mal zu. Ich habe den Kerl hier. Er will reden. Ist ein bisschen angespannt. Auf keinen Fall … Also: Tu nichts, was ihn erschrecken könnte. Er ist … ich sage es dir lieber gleich, er scheint ein wenig explosiv. Unberechenbar. Aber du kennst dich ja aus mit unberechenbaren Leuten, habe ich recht? Du weißt schon, wie du mit ihm umgehen musst. Wenn irgendjemand das schafft, dann du, korrekt? Auf jeden Fall. Was meinst du dazu?«

Er legte mir die Hand auf die Schulter, wie um mich zu beruhigen und mir Mut zu machen. Als ob das nötig gewesen wäre. Ich zuckte zurück, und er machte ein betretenes Gesicht. Ich lasse mich nicht gern anfassen. Oder nur dann, wenn der Kontext absolut klar umrissen ist. Nervös war ich jedenfalls kein bisschen. Solche verstrahlten Verschwörungstheoretiker kannte ich zu Genüge. Vor Jahren hatte ich einmal einen Mann interviewt, der steif und fest behauptete, den Holocaust habe es nie gegeben. Irgendwann wurde es den Leuten zu bunt, und man steckte ihn in den Knast … in Österreich, glaube ich. Eigentlich hätte man ihn bemitleiden müssen, wenn er nicht ein solcher Widerling gewesen wäre.

Peregrine Boyd saß auf – oder vielmehr: wurde verschluckt von – einem großen alten Sofa am hinteren Ende des Raums. Es war, abgesehen von den wenigen Lichtstreifen, die durch die geschlossenen Läden hereindrangen, fast vollständig dunkel im Zimmer. Dennoch trug er eine Sonnenbrille. Er war mager, so blass, dass er in der Düsternis zu leuchten schien, und in einen schäbigen dunklen Anzug und Schnürschuhe gekleidet, deren Schuhbänder offen waren. Dazu hatte er dünne Socken an, wie sie gemeinhin von wohlhabenden Männern bevorzugt werden und die er, so hoch es eben ging, seine Waden hinaufgezerrt hatte. Seine Hosenbeine waren trotzdem bis über die Sockenkante hochgerutscht, und ich war erleichtert zu sehen, dass er nicht auch noch diese furchterregenden strapsartigen Strumpfgürtel trug. Jemandem wie ihm hätte ich das ohne weiteres zugetraut. Was fehlte noch? Ach ja: rotweiß gestreiftes Hemd, Siegelring und zwischen den Fingern eine Kippe, die Aschenspitze gefährlich lang und der Filter zerquetscht von der verzweifelten Kraft seiner Züge. Er war schätzungsweise Ende sechzig und hatte einen nervösen Tick, der eine Hälfte seines Gesichts alle paar Sekunden krampfartig zucken ließ. Seine Hände zitterten – vielleicht brauchte er einen Drink –, und er wippte unablässig mit einem Bein.

Walter stellte mich vor. »Perry, das hier ist meine liebe alte Freundin Faith Zanetti. Wir sind doch alte Freunde, korrekt, Zanetti?« Er senkte seine Stimme und sagte, an mich gerichtet:

»Ich denke, so viel können wir mit Sicherheit behaupten. Und ein bisschen Sicherheit haben wir doch gern, nicht wahr, Faith Zanetti? Oder magst du es lieber gefährlich? Ich glaube schon. Ich glaube, das ist es, was Faith mag. In der Tat. Dann sagen wir also mit allerhand Gefahr, dass wir alte Freunde sind. Wie steht es damit? Allseits zufrieden?«

Ich lächelte ihn an. Ich fand sein Geplapper irgendwie beruhigend. Es war eine – gar nicht mal dumme – Art, dem Gesprächspartner (also in diesem Fall mir) das Gefühl zu vermitteln, er stünde im absoluten Mittelpunkt seiner Aufmerksamkeit. Man konnte sich nicht vorstellen, dass er jemals aufhören würde zu reden, jemals ins Stocken geraten, jemals verschwinden würde. Er sprach so, wie ich mit Ben spreche, wenn ich ihn kurz in sein Bettchen legen muss, weil ich ans Telefon gehen oder Essen kochen oder ein Bad nehmen will. In einer Art tröstendem Singsang, der ihm signalisieren soll, dass ich noch da bin.

»Walter, sei still«, befahl ich, woraufhin er breit grinste.

Ich trat auf »Perry« (in Gottes Namen!) zu und schüttelte ihm die Hand. Sie war kalt, dünn und von einem leichten Schweißfilm überzogen. Er schien nicht in bester Verfassung zu sein.

»Hi. Ich bin Faith Zanetti. Ich arbeite für den *Chronicle.* Ihnen ist ja vermutlich bekannt, dass unser Chefredakteur an einer krankhaften Obsession in Bezug auf das Attentat von Cairnbridge leidet. TAA 67. Und mir wurde nun ein ganz und gar absurder Auftrag erteilt: Ich soll den Mann finden, der für die Reykjavik-Warnung verantwortlich ist. *Und* ich soll herausfinden, warum er es getan hat. Woher er von der Bombe wusste. Es steht Ihnen selbstverständlich frei zu entscheiden, ob Sie sich offiziell oder inoffiziell zu der Sache äußern wollen. Wir handhaben es ganz wie Sie möchten.«

Ich setzte mich in einen Sessel, aus dem prompt eine Wolke von Staubpartikeln in die Luft geschleudert wurde. Sie glitzerten im schräg einfallenden Licht.

Walter stand an der Tür, als müsse er uns bewachen.

»Also«, begann Perry in einer unerwartet femininen Stimme, »Sie wissen genauso gut wie jeder andere, dass Al Nasir und Musa nicht das Geringste mit der Sache zu tun hatten. Irgendjemand hat der Polizei von Dumfries und Galloway Sand in die Augen gestreut. Keine große Kunst. Das FBI wusste schon, was es tat.«

»Und wie genau sind *Sie* in die Sache verwickelt?«

Perry hustete dreißig Jahre alten Schleim tief aus seinen Lungen empor und zündete sich mit einem kleinen Bic-Feuerzeug eine neue Zigarette an. Eigentlich hätte ich selbst gern geraucht, aber das Aussehen meines Gegenübers schreckte mich nachhaltig ab. Erstaunlich, wie Menschen, die viel rauchen, äußerlich irgendwann einer Zigarette zu ähneln beginnen.

»Ich habe damals auf Zypern gearbeitet. Hin und wieder Informationen an die DEA weitergeleitet – das ist die Drug Enforcement Administration – und an die DIA, die Defense Intelligence Agency. Ein Widerspruch in sich, was? Von wem war das noch gleich? Woody Allen?«

Walter meldete sich von seinem Posten an der Tür her. »Groucho Marx. Militärische Aufklärung.«

»Ah. Richtig.« Erneut hustete Perry. Es war sehr unangenehm, ihm dabei zuzuhören. Leute wie ihn sollte man für Nichtraucherkampagnen einspannen. Man bräuchte einfach nur Plakate mit Menschen zu veröffentlichen, die mehr als ein Jahrzehnt lang Kette geraucht haben, mit einer qualmenden Kippe zwischen den Lippen. Darunter könnte man optional noch das Wort »Raucher« setzen. Ich bin sicher, das würde Wunder wirken. Bei mir funktionierte es jedenfalls ganz ausgezeichnet.

»Es war kein Geheimnis, dass Koffer mit Heroin per Flugzeug in die Vereinigten Staaten geschmuggelt wurden, und dass dies mit Wissen der amerikanischen Behörden geschah. Der arme Teufel, der den Koffer mit an Bord genommen hat, dieser Syrer …«

»Karim Mohammed«, warf ich ein.

»Genau der. Er hatte wahrscheinlich keine Ahnung, dass der Inhalt gegen eine Bombe ausgetauscht worden war. Aber die CIA wusste davon – oder wenigstens diejenigen, die den kleinen Handel eingefädelt hatten. Als Gegenleistung wollten sie Informationen über die Terrornetzwerke im Libanon und in den palästinensischen Gebieten. Unglaublich, nicht wahr? Damals war es schon genau dasselbe wie heute. Nur dass sich noch keiner darüber aufgeregt hat.«

Ich seufzte und ließ mich tiefer in den Sessel sinken. Diese Version der Geschichte war mir keineswegs neu. Es war die alte These vom gedeckten Koffer, die diverse Verrückte (keiner von ihnen unserem guten Perry unähnlich) im Laufe der letzten fünfundzwanzig Jahre immer wieder geäußert hatten. Die These war ganz drollig, vielleicht sogar wahr, aber ich hatte den Verdacht, dass es keinerlei Beweise gab, die sie hätten untermauern können.

»Verstehe«, sagte ich also lediglich.

»Die Sache ist die: Die CIA-Agenten standen kurz davor, aufzufliegen. Zwei ihrer Kollegen hatten Wind von der Sache bekommen …«

Langsam verlor ich den Faden. Oder das Interesse.

»Alles CIA. Sie müssen wissen, die Drogengeschichte lief eher inoffiziell – um es vornehm auszudrücken. Jedenfalls flog die Sache auf, und die beiden Agenten, die Meldung ans Hauptquartier machen wollten – die eigenen Kollegen! – saßen im Flieger auf den Plätzen 21A und 21B.«

Na gut. Jetzt wurde ich doch ein wenig hellhörig. Ich sah mich nach Walter um, der lächelnd nickte und vielsagend die Brauen hob.

»Oha«, sagte ich. »Also *wussten* die anderen CIAler, dass statt des Heroins diesmal eine Bombe im Koffer war? Und sie haben den Tod ihrer Vorgesetzten billigend in Kauf genommen, nur damit niemand erfuhr, dass sie im Austausch für geheime Informationen einen Drogenring deckten?«

Perry fiel die Zigarette aus der Hand, und er beugte sich vor, um sie vom Boden aufzuheben. Dabei verbrannte er sich die Finger und fluchte. Seine Haare schienen zu verrutschen, und erst jetzt sah ich, dass er ein Toupet trug. Es ist wirklich erstaunlich, wie schauderhaft manche Menschen aussehen, selbst wenn sie sich große Mühe mit ihrem Erscheinungsbild geben. Und wo bitte kann man ein grauhaariges Toupet kaufen? Nein, sagen Sie nichts, ich will es gar nicht wissen.

»Gibt es hier irgendwo was zu trinken?«, erkundigte sich Perry jetzt.

Meine Gedanken waren bereits in eine ähnliche Richtung gewandert. Darüber hinaus war seine Frage allerdings ein eindeutiges Zeichen dafür, dass er selbst mit dem Haus in keinerlei Verbindung stand. Offenbar hatte Walter – oder wer auch immer – ihn extra für das Interview hierherbestellt.

Walter trat auf den Flur hinaus und kam eine Sekunde später mit drei Gläsern Whisky und Eis auf einem Tablett zurück. Unmöglich, dass er sie eigenhändig eingeschenkt hatte. Es war also noch eine vierte Person anwesend, die sich um unsere leiblichen Bedürfnisse kümmerte. Während der kurzen Abwesenheit unseres Bewachers hatte Perry seine Augen niedergeschlagen und abwesend ins Leere gestiert, aber der Anblick der Alkoholika flößte ihm neue Energie ein. Wir stießen an, und danach zog sich Walter mitsamt dem Drink wieder auf seinen alten Platz zurück.

Perry goss seinen Whisky in einem Schluck hinunter. Ich war nicht überrascht.

»Nein«, sagte er schließlich.

»Was nein?«, fragte ich.

Er hatte aufgehört zu zittern.

»Sie haben ihren Tod nicht billigend in Kauf genommen. Sie haben ihn *herbeigeführt.*«

Aha. So war das also … Ich ärgerte mich: Hätte ich die Frage von wegen offiziell oder inoffiziell vorhin nicht ein klein wenig konkreter stellen können? Dann fiel mir siedendheiß ein, dass ich überhaupt nicht wusste, ob er sein Buch eventuell schon geschrieben hatte und bis zu dem Erscheinungstermin keine anderweitigen Veröffentlichungen zulassen würde. Oder ob es sich dabei lediglich um eine unausgegorene Projektidee handelte, die unter Umständen nie realisiert werden würde – vor allem wenn er sich vorher bereits alles in einem ausführlichen Zeitungsinterview von der Seele geredet hatte.

»Ganz schön ausgefuchst«, seufzte er. »Sie haben genau das gleiche Zeug benutzt, das Jibrils Leute in Deutschland verwenden wollten. Haben den Verdacht geschickt auf andere gelenkt. Aber niemand hat je wirklich geglaubt, die Libyer hätten etwas damit zu tun. Ich habe mich immer schon gefragt, auf wessen Mist diese Schnapsidee gewachsen war.«

Ich versuchte, ruhig und entspannt zu wirken. Bloß nicht zu viel Neugier zeigen, das ist ungemein wichtig. Wenn man die Luft anhält oder Überraschungslaute ausstößt und anfängt, wie wild nach dem Tonbandgerät zu kramen, bekommen es die Leute mit der Angst zu tun. Und dem lieben Perry ging ohnehin schon ganz gehörig der Stift.

»Aber einer der beiden … einer der beiden Männer in der Maschine …« Mit einem Mal begann sein Kinn zu beben und zu zittern, und ich brauchte eine Sekunde, um zu erkennen, dass die Zuckungen diesmal nichts mit seinem Tick zu tun hatten. Vielmehr war er kurz davor, in Tränen auszubrechen.

»Einer der beiden …« Er straffte sich, setzte sich kerzengerade auf, den Kopf wie aus Trotz hoch erhoben. »Rhett Summerman auf Platz 21A – er war mein Geliebter. Er war in Beirut gewesen, wegen der Hisbollah, mein armer Schatz. Und nun auf dem Weg in die Weihnachtsferien. Aber ich wusste, was sie vorhatten, und ich wollte sie nicht damit davonkommen lassen, Miss Zanetti. O nein!«

Damit war seine Selbstbeherrschung aufgebraucht, und er sackte wieder zu einem zuckenden Häufchen Elend in sich zusammen.

»Und deswegen haben Sie …«, sagte ich gedehnt, um ihn zum Weitersprechen zu animieren.

»Und deswegen habe ich in der US-Botschaft in Reykjavik angerufen und sie gewarnt. Ich habe den Anschlag angekündigt, damit Sorge getragen wurde, dass kein Amerikaner, der bei einer Regierungsbehörde beschäftigt war, noch mit der TAA fliegen würde. Das war es, was ich getan habe!«

Natürlich. Aha. Na, das kam mir ehrlich gesagt immer spanischer vor.

»Mein Arsch!«, brummte ich verächtlich. Diese Bemerkung war ausschließlich für mich selbst gedacht, rutschte mir jedoch als deutlich vernehmbares Murmeln heraus, das ich ohne Erfolg als Husten zu kaschieren versuchte. Ich trank einen großen Schluck von meinem Whisky und schüttelte den Kopf. Ich hatte ihm gesagt, worauf ich aus war, und er hatte es mir geliefert. Einfach so. Totaler Schwachsinn.

»Wenn Sie mir nicht glauben«, zischte er, sprang aufgebracht hoch, taumelte aber und fiel gleich wieder in die Polster zurück, »dann kann ich Ihnen sogar den genauen Wortlaut dessen nennen, was ich damals gesagt habe! Ich kann Ihnen die Namen der Männer nennen, die für das Attentat verantwortlich sind! Ich kann …«

Ich unterbrach ihn. »Jedes Kind kennt den Wortlaut der Warnung.« Strenggenommen wusste ich nicht, ob das der Wahrheit entsprach, meinte aber, mich dunkel daran erinnern zu können, dass ich am Abend meiner Ankunft in Edens Unterlagen eine Mitschrift des Telefonats gefunden hatte. Unmittelbar bevor ich jenen Anruf bekam. O Gott, der Anruf! Ich erschauerte vor lauter Scham. Wie um alles in der Welt hatte mir bloß so etwas Peinliches herausrutschen können?

Ich zwang mich, ins Hier und Jetzt zurückzukehren.

»Ehrlich gesagt würde es mich viel mehr interessieren, was *Sie* zu der Zeit auf Zypern gemacht haben und wie es dazu kam, dass Sie in die Sache verwickelt wurden. Allem Anschein nach haben Sie mit geheimen Informationen ja nur so um sich geworfen – und das alles in Ihrer Freizeit? Wer zum Geier zieht nach Zypern, kreuzt dort rein zufällig den Weg der CIA und hat auch noch irgendwelche brisanten Geheimnisse in der Tasche, die er bei der Gelegenheit gleich an sie verkaufen kann? Unglaubwürdiger geht es ja wohl nicht. Sie müssen damals bereits für die Briten oder – Gott bewahre! – für die Russen gearbeitet haben. Oder waren Sie am Ende gar derjenige, der das Heroin geliefert hat? Was?«

Perry, in dem es während meiner Ansage sichtlich gebrodelt hatte, schleuderte sein leeres Glas gegen die Wand. Es fiel zu Boden, zerbrach jedoch nicht, sondern rollte lediglich unter einen staubigen Holzstuhl in der Ecke. Der Gipfel der Armseligkeit. Er ließ den Kopf in die Hände sinken und begann zu schluchzen.

Ich war inzwischen ziemlich angesäuert und stand auf. »Es war trotzdem nett, Sie kennenzulernen«, sagte ich zum Abschied kühl und machte mich auf den Weg zur Tür. Walter trat zur Seite, um mich durchzulassen, und zuckte entschuldigend mit den Schultern.

»Was soll man machen? Passiert oft, dass sie einfach so zusammenklappen. Gib mir zwei Sekunden, dann komme ich zu dir nach draußen. Warte beim Teich auf mich, wir sprechen über alles. Darüber, was du von der ganzen Sache hältst. Was meinst du? – Nein, das sagst du mir alles gleich, Faith. Lass mich nur kurz … du weißt schon. Ich kümmere mich um ihn, und dann komme ich runter. Du läufst mir nicht weg? Nein, du läufst mir nicht weg.«

Draußen war es unverändert heiß, und ich zog mich in den Schatten einer großen violett blühenden Glyzinie zurück. Ich hätte mir jetzt gern eine Zigarette angesteckt, hatte aber keine mehr. Was in Gottes Namen konnte Perry dazu veranlasst haben, mir solche Lügenmärchen zu erzählen? Dabei hatte einiges von dem, was er gesagt hatte, durchaus wahr geklungen. Dieser Mann zum Beispiel, einer der beiden Agenten im Flugzeug – ich glaubte tatsächlich, dass er Perrys Liebhaber gewesen war. Seine Trauer und sein Schmerz waren echt gewesen. Aber dass er im Voraus über den Anschlag Bescheid gewusst haben wollte, das glaubte ich ihm nicht. Denn wenn es so gewesen wäre, hätte er doch mit Sicherheit eine Möglichkeit gefunden, seinen Freund daran zu hindern, die Maschine zu besteigen. Habe ich recht? Vermutlich hätte er ihm sogar selbst von dem Koffer mit der Bombe erzählt. Oder war er vielleicht wirklich derjenige, der für die Schmuggler die Drogen herbeigeschafft hatte?

Jedenfalls war er eins mit Sicherheit nicht: der Anrufer von Reykjavik. Geradezu peinlich, dass er versucht hatte, mir eine dermaßen fadenscheinige Geschichte aufzutischen. Es sei denn …

Walter kam die Stufen herabgehüpft und trat in den glühenden Sonnenschein. Mit schiefgelegtem Kopf blieb er vor mir stehen und blickte mich fragend an.

»Du hast ihm ganz schön zugesetzt. Warum hast du ihm so zugesetzt? Du hältst ihn also für einen Schwindler, korrekt? Heißt das, es wird kein Buch geben? Sag schon. Lass Faith Zanetti sprechen! Hört, sie spricht. Sie spricht zu uns! Sie ist auf der Suche nach der Wahrheit. Und – hast du sie gefunden? Ich habe ihn extra wegen dir herbestellt. Er hat ständig bei mir angerufen. Behauptet, er sei in Gefahr. Sagt, man sei hinter ihm her. Du weißt schon, die Männer in den weißen Kitteln. Will alles loswerden, bevor sie ihn finden. Seit zwanzig Jahren auf der Flucht – Argentinien, Sizilien, in jedem Winkel dieser Welt hat er sich schon verkrochen. Wie diese alten Nazis, weißt du, was ich meine? Denen man dann irgendwann Jahrzehnte später zufällig in Panama über den Weg läuft. *Don't cry for me …*«

Obschon wir uns noch nicht lange kannten, hatte ich bereits gelernt, das, was er sagte, zu filtern und aus seinem Wortschwall die wichtigen Details herauszupicken, um zu begreifen, worauf er wirklich hinauswollte. Er klang immer sehr umständlich, aber wenn man genau hinhörte, merkte man, dass das gar nicht stimmte. Eigentlich war er ganz direkt.

Mit meiner Stiefelspitze malte ich nachdenklich einen Halbkreis in den Kies. Dadurch scheuchte ich eine Eidechse auf, die eilends in Deckung ging. »Er ist nicht der Anrufer. Er deckt jemanden. Und dieser Jemand hat ihm alle nötigen Informationen gegeben. Ich glaube ihm, wenn er sagt, dass er damals auf Zypern gelebt hat. Ich glaube *auch*, dass der Mann im Flugzeug sein Liebhaber war – obwohl ich natürlich noch nachprüfen muss, ob er tatsächlich existiert hat und ob er, wie Perry behauptet, wirklich für die CIA gearbeitet hat. Aber ich denke nicht, dass er in diesen Punkten lügt. Man weiß ja, dass zwei CIA-Leute in der Maschine nach Frankfurt gesessen haben. Einige weitere sind in Heathrow zugestiegen. Trotzdem bin ich mir in Bezug auf eins hundertprozentig sicher: Er ist nicht der, der er zu sein vorgibt. Er will jemanden schützen. Vermutlich jemanden, der wesentlich mächtiger ist als er.«

Ich blickte Walter forschend ins Gesicht. Es stand halb im Schatten, und auf der sonnenbeschienenen Hälfte konnte man ganz deutlich die Falten sehen, die sich in seine Haut eingegraben hatten. Er wirkte niedergeschlagen. Enttäuscht. Als hätte er sich größte Mühe gegeben, mir eine tolle Überraschung zu bereiten, die dann nicht gut angekommen war. Was hatte er bloß? Strenggenommen war es doch sein Projekt, nicht meins. *Er* hatte den Wunsch geäußert, Perrys Buch zu kaufen …

»Wenn ich du wäre, würde ich versuchen herauszufinden, wer hinter ihm steht, und mir das Buch von ihm schreiben lassen. Mit diesem ›Perry‹ – ich gehe davon aus, dass das nicht sein richtiger Name ist –, kannst du nichts anfangen. Er hat für dich keinen Wert«, erklärte ich abschließend und ließ damit unsere gemeinsame Illusion wiederauferstehen, dass ich eigentlich nur hier war, um Walter bezüglich seines Buchprojekts zu beraten und erste Sondierungsgespräche mit dem Autor zu führen.

»Er hat keinen Wert«, murmelte Walter gedankenverloren. »Hat keinen Wert.« Er schüttelte den Kopf, und ich musste lachen. Das Gleiche hatte Dad früher oft gesagt, wenn ich mir das billigere von zwei Geschenken aussuchte, nur *ein* Stück Torte bestellte oder das Fahrrad ohne die Wimpel am Lenker haben wollte.

»Wo hast du ihn überhaupt ausgegraben? Und wieso gerade jetzt? Findest du es nicht ein wenig sonderbar, dass er, kaum dass ich ihm gesagt habe, nach wem ich suche, sofort behauptet, er sei derjenige? Das macht ihn nicht gerade glaubwürdiger.«

»Schon mal was von Zufall gehört, Faith?«

»Nein.« Ich lachte. »Noch nie.«

»Er bekniet mich schon seit Jahren. Immer mal wieder kriege ich einen Anruf von ihm, weil er hören will, ob ich jetzt vielleicht bereit bin. Aber bisher hatte ich kein Interesse. Er will auch keinen anderen Verleger, er will nur mich. Mich und keinen anderen, Faith! Aber nun ja, jetzt, da der Jahrestag bevorsteht, dachte ich … all die Berichte in der Zeitung, im Fernsehen – jede Menge kostenlose Publicity. Vielleicht verkauft es sich ja doch, was meinst du? Soll ich oder soll ich nicht? Ich soll nicht, korrekt? Ich wusste es.«

»Trotzdem – irgendwie komisch, das Ganze.«

»Na ja«, sagte Walter obenhin, nahm mich dann beim Arm und führte mich zielstrebig zu meinem Wagen, als könne er es auf einmal gar nicht abwarten, mich endlich loszusein. Erstaunt stellte ich fest, dass ich ihm sein Verhalten übelnahm. Ich *wollte* noch nicht gehen.

Ich stemmte meine Hacken wie ein störrischer Esel in den Kies, und er blickte mir fragend ins Gesicht. Statt einer Antwort schenkte ich ihm ein Lächeln. Die Sonne verschwand hinter einer Wolke.

»Komm, ich zeig dir was«, sagte Walter, ergriff meine Hand und zog mich zu einem Pfad hinter dem Haus, der durch den weitläufigen Garten verlief. Wir gingen einige Stufen hinunter, an einem schmalen Bach entlang, der aus den Mäulern zweier steinerner Löwen entsprang. Walters Griff war trocken und fest. Dank des Wassers und der zahlreichen Bäume war es hier angenehm kühl. Die Treppe führte zu einer Terrasse aus goldenem Stein, von der aus wir auf Rom blicken konnten. Tief unter uns schimmerte die Stadt, und die Hortensienpracht ringsum im Garten des herrschaftlichen Anwesens leuchtete mit ihr um die Wette.

»Die Villa Aldobrandini, ein echtes Schmuckstück. Korrekt?«, sagte Walter. »Der Fürst ist ein guter Bekannter von mir. Sehr eng befreundet. Wir waren zusammen auf der Universität. Wunderbarer Mann. Du würdest ihn mögen. Immer, wenn ich in der Klemme bin, kann ich auf seine Hilfe zählen. Hat mir für heute sein Häuschen überlassen. Perry hat sich geweigert, sich in einem Hotel oder in einem Restaurant zu treffen. Total verstört. Verfolgungswahn. Aber irgendwie interessant, findest du nicht?«

Plötzlich, während wir schweigend nebeneinanderstanden und die Szenerie um uns herum betrachteten, erwachten sämtliche Springbrunnen der Villa gurgelnd zum Leben: Fische, die auf ihren Schwanzflossen aufgerichtet tanzten, Putten, springende Delphine und Flöte spielende Satyre. Wir lächelten uns an, sagten aber nichts.

»Ja, er ist interessant. Aber noch interessanter ist die Tatsache, dass er lügt. Ich hätte nie gedacht, dass an dieser Cairnbridge-Geschichte irgendetwas dran sein könnte. Seine Version mit dem Mord gefällt mir. Die habe ich noch nie gehört. Die Sache mit dem Koffer war mir natürlich bekannt. Manche behaupten, Jibrils Leute hätten die Bombe in Deutschland gebaut. Oder Abu Nidal, was weiß ich. Irgendwie ziemlich altmodisch. Aber es gibt noch eine andere Theorie, kennst du die? Der UN-Beauftragte für Namibia war im Flugzeug und die Südafrikaner auch … Oder – na ja, was auch immer. Aber als Mord … ich muss schon sagen! Ziemlich dramatisch, findest du nicht? Da hat jemand einen ganz schönen Aufriss gemacht, nur um seine Zielperson zu treffen.«

»Um seine Zielperson zu treffen«, murmelte Walter halblaut vor sich hin. »Um seine Zielperson zu treffen.«

Dann wandte er sich plötzlich zu mir um, seine Miene ernst wie bei Krebs im Endstadium.

»Es saßen eine Menge Kinder im Flugzeug. Viele Kinder. Anderer Leute Kinder. Wusstest du das? Kennst du die Geschichte der Gulhanes? Fünf waren es, aus Neu Delhi. Ursprünglich waren sie auf Flug Nummer 29 gebucht, aber dann hatte der Kleinste einen Asthmaanfall. Der Pilot hat den Start abgebrochen und die Familie aussteigen lassen. Der Kleine erholte sich wieder, und dann saßen sie auf einmal in der TAA 67. Das kleine Mädchen der Familie hieß Soraya. Sie war drei. *Drei* Jahre alt. Trug ein rotes Kleid. Einen Salwar mit Kurta, um genau zu sein. *Für das kleine Mädchen im roten Kleid, mit dem mein Flug nach Frankfurt so viel Spaß gemacht hat. Das hast du nicht verdient.* Erinnerst du dich daran? An die Botschaft? Erinnerst du dich, Faith? Ja? Wie heißt eigentlich dein Sohn? Ben? Er heißt Ben, korrekt? War eines der Kinder so alt wie Ben? Hat seine Mutter es im Arm gehalten, während das Flugzeug abstürzte? Die Kinder. Wer schert sich schon einen Scheißdreck um die anderen? Obwohl die auch irgendwann einmal Kinder waren. Korrekt? Faith?«

Mir standen Tränen in den Augen, und er lächelte triumphierend. Er wusste, dass er mich am Haken hatte.

Jetzt hatte ich meinen Auftrag. Und zwar einen richtigen.

»Mittagessen?«, schlug er vor.

»Ich bin am Verhungern«, sagte ich und verscheuchte resolut meine Gefühle. Es stimmte, ich hatte wirklich Hunger. Eine Feige und ein Pilz halten eben nicht den ganzen Tag vor.

Aber leider, leider sollte es anders kommen.

Ich persönlich glaube, es passierte, als wir die Stufen am Bach entlang zurück nach oben stiegen, aber Walter meinte später, er könne sich noch genau daran erinnern, dass wir bereits vor der Eingangstür des Hauses gestanden hätten.

Ich hatte schon oft Pistolenschüsse gehört und wusste, wie sie klangen. Das hier war einer.

»Ach du Scheiße«, entschlüpfte es mir.

»Bleib lieber hier!«, rief Walter über die Schulter zurück und stürzte Hals über Kopf ins Haus, die hölzerne Treppe hinauf, wobei er einen der Schmuckteller zu Boden fegte.

»Nein«, sagte ich und hätte mich wahrscheinlich dafür schämen sollen, dass ich hinter ihm herrannte.

Drinnen wirkte es noch dunkler als zuvor. Den Geruch, der mir entgegenschlug, kannte ich nur zu gut. Blut riecht süßlich und macht die Luft schwer und dick.

Walter stand über Perry gebeugt, als ich das Zimmer erreichte. Sein Körper zuckte noch, aber von seinem Gesicht war nicht mehr viel übrig. Der Fußboden war klebrig von seinem Blut, das aus der klaffenden Wunde in seinem Kopf sickerte. Die Waffe, eine Beretta, hielt Perry noch in der rechten Hand, wenngleich sich sein Griff gelockert und sein Finger sich vom Abzug gelöst hatte, als er zu Boden gestürzt war.

Wenn ich mir die Ereignisse jenes Abends erneut durch den Kopf gehen lasse, meine ich, das Knirschen von Kies unter den Reifen eines sich eilig entfernenden Wagens hören zu können.

Vielleicht bilde ich mir das bloß ein? Nein, ich denke nicht. Im Nachhinein scheint es mir unvorstellbar, dass ich zu jenem Zeitpunkt noch nicht wusste, mit wem ich es zu tun hatte. Ich komme mir vor wie eine Vollidiotin – zu blind, um etwas zu sehen, das mir direkt vor der Nase saß.

Aber vielleicht liegt das auch nur an der Perspektive. Vielleicht ist man rückblickend immer ein Idiot gewesen.

KAPITEL 7

»Ich verstehe das einfach nicht«, sagte ich, während ich mir eine Gabel Tagliatelle in den Mund schob. Eden, Ben und ich saßen in der Villa Aurora, einem auf dem Nachbarberg gelegenen Lokal, dessen Besitzer Marco Pesto von Haselnüssen und Rosen aus dem eigenen Garten herstellte. Pferde trotteten schläfrig über die nahegelegene Weide, und hin und wieder ließ einer von Marcos Hunden ein Bellen hören. Um uns herum zeichneten sich in der beginnenden Abenddämmerung die dunklen Berge vor dem blassblauen Himmel ab. Ben saß in einem Hochstuhl und stopfte sich mit den Fingern Fusili in Tomatensauce in den Mund. An einem Tisch in unserer Nähe saß ein einzelner junger Mann und las Zeitung. Er hatte kurzgeschorene Haare und sah aus wie … Moment mal! Er sah wirklich *genauso* aus wie der Marine vom Flughafen. Von *den* Flughäfen, besser gesagt – London und Pisa. Hm. Die Welt ist wirklich ein Dorf …

Restaurantbesitzer Marco trat an unseren Tisch, um Eden mit Handschlag zu begrüßen und Ben einen Schmatzer auf die Wange zu drücken.

»Bellissima«, sagte er, an mich gewandt, als wir einander vorgestellt wurden. Das nun wieder.

»Anche lei«, antwortete ich höflich. Sie auch. Ich beherrsche die italienische Sprache gut genug, um zu flirten. Genau genommen beherrsche ich – das hoffe ich wenigstens – die meisten Sprachen gut genug, um zu flirten. Ahlan habibi, kaif halak? Sie wissen schon.

»In dem Fall hätte es ›bellissimo‹ heißen müssen, mit o«, belehrte mich Eden, nachdem der Chef des Hauses sich empfohlen hatte. »Weil er ein Mann ist. Du bist eine Frau, also bellissima, mit a. Aber egal. *Was* verstehst du nicht?«, fragte er und goss mehr Wein in unsere Gläser. In vielen Restaurants hier wird die Flasche einfach auf den Tisch gestellt, und am Ende bezahlt man »nur« für das, was man auch tatsächlich getrunken hat. Geniale Verkaufsmasche: Wir waren schon bei unserer zweiten Flasche angelangt.

»Wieso hat Perry behauptet, genau derjenige zu sein, nach dem ich suche? Es war echt sonderbar. Ich sage: ›Ich muss unbedingt den Mann finden, der bei der Botschaft in Reykjavik angerufen hat.‹ Und er sagt: ›Na sieh mal einer an, das bin ja ich!‹ Ohne Vorrede, ohne alles. Abgesehen von der Geschichte mit seinem Liebhaber. Sitz Nummer 21A in der Maschine gehörte Rhett Summerman, 21B einem anderen, rangniedrigeren CIA-Agenten. Biff irgendwer. Man hat übrigens nie herausgefunden, was in ihrem Bericht aus Zypern stand, den sie im Hauptquartier vorlegen wollten.«

»Was geschieht denn jetzt mit Boyds Leichnam? Ich kann gar nicht glauben, dass ich damals bei meinen Recherchen nicht über den Mann gestolpert bin!«

»Du warst immer schon der miserabelste Reporter der Welt. Keine Ahnung, was aus ihm wird. Wir mussten stundenlang warten, erst auf den Krankenwagen, dann auf die Polizei. Mehr Papierkram als damals in der Sowjetunion, das sage ich dir. Deswegen habe ich auch nicht weiter nachgefragt, sondern bin sofort ins Auto gesprungen, als man mich endlich hat gehen lassen. Sonderlich kompliziert ist die Sachlage ja nicht: Ein Mann, schwer depressiv, seinem Erscheinungsbild nach zu urteilen todkrank, jagt sich eine Kugel in den Kopf. Obwohl es schwierig werden könnte, seine wahre Identität festzustellen. Ob er wohl Verwandte hat?«

»War es denn wirklich Selbstmord? Vielleicht war jemand hinter ihm her. Vielleicht wurde er … *ausgeschaltet.*« Eden grinste verschwörerisch und hob die Augenbrauen, wie um zu sagen: »Ganz schön unheimlich, oder?«, bevor er Ben den Mund mit einer Papierserviette abwischte.

»Pff! Glänzendes Timing. Ihn abzumurksen, *nachdem* er alles ausgeplaudert hatte.«

»Aber du hast doch gesagt, er hat gelogen. Vielleicht war das, was er zu sagen hatte, in Wirklichkeit etwas ganz anderes.«

»Hm. Schon möglich …« Und noch während ich dies sagte, tauchte die Erinnerung an das Geräusch eines davonfahrenden Autos im hintersten Winkel meines Kopfes auf und verschwand gleich darauf wieder.

Es war spät geworden. Die Schwalben, die uns die ganze Zeit umkreist hatten, hatten sich unbemerkt in Fledermäuse verwandelt. Nachdem ich meinen Teller mit einem Stück Brot blankgeputzt hatte, lehnte ich mich zurück und sah mich um. Einige der umstehenden Büsche schienen Funken zu sprühen. Ich beobachtete das Schauspiel noch eine ganze Weile lang mit scharfem Blick, ehe mein Hirn die hereinkommenden Daten soweit verarbeitet hatte, dass meine sprachlose Verwirrung ehrfürchtigem Staunen Platz machen konnte.

»Du liebe Zeit, was ist denn das?«, rief ich und zeigte auf den Strauch, in dem unzählige tanzende Lichtpunkte funkelten.

»Glühwürmchen«, sagte Eden.

»Unglaublich!«

Ich hob Ben aus seinem Stühlchen, nahm ihn auf den Arm und ging mit ihm zu dem Busch, damit wir uns die Sache aus der Nähe ansehen konnten.

»Lauter kleine Feen!«, rief ich. Er lachte laut, was mich freute.

Marco stellte zwei Gläser Limoncello vor uns hin, die, so teilte er uns mit, aufs Haus gingen. Das war auch wohl das Mindeste. Welcher Mensch, der noch all seine Sinne beisammen hat, würde für dieses ekelerregende Gesöff bezahlen wollen? Es ist dickflüssig und gelb, und wenn man es trinkt, schmeckt man nichts als einen Hauch Zitrone und ganz viel Zucker.

»Ich würde sagen«, begann Eden, stützte die Ellbogen auf den Tisch und grub die Hände in sein Haar, wie er es immer macht, wenn er nachdenkt, »ich würde sagen, man hat ihn benutzt.«

»Wen? Ach so, Perry. Was meinst du damit?«

»Na ja, ich nehme an, dass derjenige, vor dem er solche Angst hat …«

»Hatte.«

»Hatte … ihm befohlen hat, dir genau die Geschichte zu erzählen, die du hören wolltest, damit du …«

Er hielt inne. Wir verharrten für einen Augenblick regungslos und starrten einander an wie in der Szene des Wiedererkennens in einer Shakespeare-Komödie. Sie wissen schon: Einer nimmt den Hut ab, und – voilà! – auf einmal ist er die Schwester des Helden.

»Damit ich keine weiteren Nachforschungen anstelle. Ich fasse es nicht! *Damit ich keine weiteren Nachforschungen anstelle!* So eine bodenlose Frechheit!«

»Genau.«

Auf meinem Körper breitete sich prickelnd eine Gänsehaut aus. Ich denke oft daran, dass die Haut ein Organ ist – etwas, das immer als Ganzes betroffen ist und als Ganzes altert wie die Leber (oje) oder das Herz. Und wenn es prickelt, prickelt es an den Knöcheln, auf dem Rücken, am Kopf – überall. Ich setzte Ben auf Edens Schoß ab.

Damit ich keine weiteren Nachforschungen anstellte …

»Walter! Aber warum sollte *er* mich von meinen Recherchen abhalten wollen? Er ist Verleger! Und überhaupt, *er* war es doch, der von den Kindern angefangen hat. Er hat mir gesagt, ich müsse dranbleiben. Mehr oder weniger. Er hat mich ermuntert. Hat mir gesagt, ich solle mir vorstellen, Ben hätte in der Maschine gesessen. Jemand, der so alt war wie Ben und der nicht erwachsen werden durfte – der nie die Chance bekommen hat, seinen zwanzigsten Geburtstag zu feiern, mit einer Torte und Geschenken von seiner Freundin und …«

»Das hat er gesagt?«

»Na ja, nicht wörtlich.«

Ich senkte den Blick, und mir fiel auf, dass ich den Limoncello bis zum letzten Tropfen ausgetrunken hatte. »Bäh!«, machte ich angewidert, als ich unvermittelt den Geschmack auf meiner Zunge spürte.

Eden lehnte sich zurück und schaukelte Ben auf seinen Knien. Sie sahen sich so ähnlich, die beiden, ein Gesicht neben dem anderen. Drollige Kerle.

»Nein, nicht Walter«, nahm er den Faden wieder auf. »Er würde dich nicht hinters Licht führen. Wieso sollte er? Was hätte er davon? Das wäre doch … Ich habe mich gerade an die Zeit erinnert, als ich selbst an meinem Cairnbridge-Artikel arbeitete. Bei irgendeiner Buchpreisverleihung saß ich einmal neben ihm, und er meinte, es gäbe da jemanden, der ihn ständig belästige, weil er unbedingt etwas loswerden wolle. Aber als ich ihn einige Zeit später deswegen anrief, war dieser geheimnisvolle Informant untergetaucht. Als Walter und Phoebe dann hörten, dass ich jetzt hier wohne, haben sie mich gleich zum Essen eingeladen. Bei der Gelegenheit habe ich das Thema erneut angeschnitten – diesmal wegen deines Artikels –, und Walter meinte, in dem Fall müssten wir das nächste Mal *unbedingt* zusammen vorbeikommen, seine Quelle sei wieder aufgetaucht, und vielleicht könne er sein Buchprojekt endlich doch noch verwirklichen. Also glaube ich nicht, dass er … nein, ich bin mir ziemlich sicher, dass er nichts damit zu tun hat.«

»Hmm. Aber irgendwie benimmt er sich mir gegenüber seltsam.«

»Wahrscheinlich hast du es ihm angetan.«

»Ich bitte dich!«

»Ist das so abwegig?«

»Also ehrlich …« Ich schüttelte den Kopf. Über solche Themen wollte ich mit Eden jetzt wirklich nicht diskutieren.

»Jedenfalls scheint dir irgendetwas zu fehlen, Zanetti.«

»Und was wäre das?«

»Keine Ahnung. Aber es muss ziemlich groß sein. Eine Seele zum Beispiel. Oder ein Herz.«

»Schalom?« Ging das schon wieder los! Eine mitreißende Gardinenpredigt vom Vater meines Kindes, gewürzt mit einer

Prise psychoanalytischem Halbwissen. Sollte mich nicht wundern. Frustriert verdrehte ich meine rote Papierserviette.

»Ich meine es ernst, Faith. Der Mann hat sich *umgebracht.* Mir scheint, du bist so etwas wie ein Todesengel. Weißt du noch, in Jerusalem? Jeder, mit dem du zu tun hattest, ist tot umgefallen, unmittelbar nachdem du den Raum verlassen hattest.«

»Manchmal auch schon vorher.«

»Wie auch immer.«

»Jones, jeden Tag sterben Menschen. Menschen, die viel netter sind als Perry Wie-hieß-er-noch-gleich. Menschen, deren Ableben einen wesentlich größeren Verlust für die Menschheit bedeutet. Die Welt, in der wir leben, ist schön und traurig zugleich. Und überhaupt, spiel dich gefälligst nicht so auf!«

Eden seufzte tief.

Während der Heimfahrt schwiegen wir. Irgendwie schafft er es immer wieder, einen schönen Abend gründlich zu versauen.

Nicht, dass der Abend schon zu Ende gewesen wäre. Als wir beim Haus ankamen – Eden war um die Kurven gebrettert wie ein echter Italiener, um mir zu zeigen, wie sauer er auf mich war (als hätte ich das nicht gewusst. Allerdings gefiel er mir sauer immer noch besser als selbstgerecht) –, parkte ein kleiner Alfa Romeo mit Fließheck vor unserer Tür. Die Scheinwerfer brannten. Es war ungewohnt für mich, an einem Ort zu sein, an dem solche Kleinigkeiten jedem gleich ins Auge fielen. In Beirut oder Moskau kann man sich das nicht so recht vorstellen: Oh, sieh nur, ein *Auto*! Wem es wohl gehört?

Wir stiegen aus. Die Nacht war, mit Ausnahme des gelegentlichen Raschelns, das aus den umliegenden Wäldern zu uns drang, vollkommen still. Eden, der Ben auf dem Arm trug, beugte sich vor, um durch das Seitenfenster ins Innere des mysteriösen Wagens zu spähen.

»Mist«, wisperte er.

»Was ist denn?«, fragte ich und trat neben ihn. Meine Stiefel knirschten laut auf dem Kies.

»Phoebe.«

Tatsächlich, sie war es. Ihre Augen waren geschlossen, ihr Mund stand offen, und eine ihrer Hände lag schlaff auf dem Lenkrad. Die alte Dame im Haus nebenan schlug krachend die Fensterläden zu. Offenbar hatte sie sich auch gefragt, wer in dem fremden Wagen sitzen mochte.

Ein Wort zur Warnung: So kann es gehen, wenn man zu lange auf einem einsamen Berg lebt.

»Ist sie tot?«, flüsterte ich und klopfte beherzt an die Scheibe, bevor Eden mich zurückhalten konnte.

Nein, sie war nicht tot. Sie schrak auf, verwirrt, aber urplötzlich hellwach. Es dauerte eine Sekunde, bis sie uns erkannt hatte, dann wischte sie sich hastig mit der Hand über den Mund und setzte ihr Ausgehgesicht auf, indem sie die Augen weiter öffnete und ihre Mundwinkel leicht nach oben bog. Sie betastete flüchtig ihre Frisur, bevor sie aus dem Wagen kletterte und die Tür zuschlug. Sie trug ein bodenlanges, formloses Baumwollkleid mit langen fließenden Ärmeln, hochgeschlossenem Kragen und einem bunten Muster aus Blumen und exotischen Vögeln. Rote Perlen wanderten auf ihrem Busen hin und her, da sie merklich schwankte.

»Phoebe, hi«, sagte Eden und reckte sich über Bens Kopf hinweg, um sie auf beide Wangen zu küssen. Ich tat es ihm nach, wobei ich zwischen den Küsschen den Atem anhielt, um ihr nicht den Geruch meines Abendessens ins Gesicht zu pusten.

»Komm doch rein«, sagte ich und tastete mich durch die Finsternis des Vorgartens zur Eingangstür vor. Der große eiserne Schlüssel steckte wie immer im Schloss. Mir wurde klar, dass mein »Komm rein« von Eden ohne weiteres als eine Art Besitzdenken gedeutet werden konnte – als Freudsche Fehlleistung, die anzeigte, dass ich insgeheim sein Haus als unser gemeinsames Heim betrachtete. Solche Ausrutscher galt es in Zukunft zu vermeiden, wenn ich die Tentakel in Schach halten wollte.

Und das wollte ich. Ich spürte förmlich, wie sie mir bereits um die Füße glibberten.

Phoebe musste die Verwirrung angesichts des unangemeldeten Besuchs zu so später Stunde in unseren Gesichtern gelesen haben, denn sie begann sogleich, sich wortreich zu erklären. Oder vielmehr: sich wortreich *nicht* zu erklären.

»Ich habe mich gestern so gefreut, euch zu sehen! Was für ein bezaubernder Nachmittag, und wie assolutamente meraviglioso, dass Walter dir bei deiner Arbeit behilflich sein konnte, Faith! Er kennt für jede Lebenslage die richtigen Leute, ist es nicht so? Also habe ich mir gedacht, ich schaue rasch bei euch vorbei – ganz spontan –, um euch zu fragen, ob ihr vielleicht Lust habt, ein Gläschen mit mir zu trinken. Damit wir unsere *wundervolle* Unterhaltung von gestern Nachmittag fortsetzen können!«

Inzwischen waren wir im Haus angelangt. Eden war über einen Stapel Post hinweggestiegen und hatte das Licht eingeschaltet. Wundervolle Unterhaltung? Was um alles in der Welt redete sie da? Sie hatte kaum ein Wort mit uns gewechselt, nicht zuletzt, weil sie zum Zeitpunkt unserer Ankunft bereits breit wie ein Biberschwanz gewesen war. Außerdem schien sie alles andere als glücklich darüber gewesen zu sein, dass Walter mir seine Hilfe angeboten hatte. Und wenn man wie sie zwei Stunden entfernt wohnte, konnte man in Brandeglio nicht einfach »ganz spontan vorbeischauen«.

Nein – man brauchte einen wirklich sehr, sehr guten Grund, hier mitten in der Nacht aufzukreuzen.

Und den, so sollte sich schon bald herausstellen, hatte sie auch.

Sie setzte sich an den Küchentisch. Er stand unter einer gepunkteten Hängelampe, die Eden aus Moskau mitgebracht hatte. Phoebe legte die Hände zusammen, und mir fielen die alten Ringe auf, die an ihren Fingern blinkten. Bestimmt waren sie allesamt Erbstücke, kein gekaufter Schmuck. Das Gold hatte einen warmen, rosigen Glanz, den es nur bekommt, wenn es sehr alt ist, und die Steine schienen unmerklich in ihren Fassungen zu wackeln.

Eden goss Grappa in drei dickwandige Schnapsgläser. Sie waren wie Gänse geformt, die kopfüber auf den Spitzen ihrer Flügel balancierten – ebenfalls aus Russland. Eden hat ein ausgeprägtes Faible für Sowjetkitsch.

»Ganz reizende Gläser«, antwortete Phoebe und nippte an ihrem Drink. Dann holte sie tief Luft, was uns dazu veranlasste, einen Moment lang stockstill und erwartungsvoll zu verharren. »Eigentlich«, begann sie, »bin ich gekommen, um mit Faith zu sprechen.«

Okeli, dokeli. Was sie damit meinte, war klar: Sie wollte, dass Eden sich verzog. Mit der hervorragenden Ausrede, das schlafende Kind nach oben bringen und es für die Nacht auf seine Traumwolke betten zu müssen, tat Eden ihr den Gefallen.

Ich setzte mich. Es war kalt in der Küche, obwohl die Nachtluft draußen noch angenehm warm war. Eden hatte Poster von bröckelnden Wandgemälden aus Pompeji an den Türen befestigt, und sie sahen seltsam echt aus. Alles schrecklich authentisch, oder, wie Phoebe es vermutlich formuliert hätte, artigianale. Tja, ich sprach besser Italienisch, als ich mir Eden gegenüber anmerken ließ. Ich wollte auf keinen Fall, dass er dachte, ich würde mich an das Leben hier gewöhnen.

Schicksalsergeben seufzte ich in mich hinein. Bestimmt war ich schon hundertmal in einer Situation wie dieser gewesen. Allmählich wurde es langweilig.

»Phoebe«, sagte ich und sah ihr dabei direkt in die Augen. »Es tut mir leid. Ehrlich. Ich mache das nicht mit Absicht. Ich glaube, ich bin einfach von Natur aus ein Mensch, der gern flirtet. Oder ich habe eine besonders intensive Wirkung auf andere. Ich führe oft tiefschürfende Gespräche, vor allem mit Männern, das hat rein gar nichts zu bedeuten. Das ist einfach meine Art. Vielleicht liegt es auch an meiner Arbeit. So bringe ich die Leute dazu, mir Dinge zu erzählen, die sie andernfalls für sich behalten würden. Oder mir zu helfen, wenn ich Hilfe brauche. Zum Beispiel das Treffen, das dein … das Walter für mich arrangiert hat. Vermutlich hörte sich die ganze Sache aus seinem Mund viel aufregender an, als sie in Wirklichkeit gewesen ist. Jedenfalls möchte ich auf keinen Fall, dass du denkst –«

Phoebe hob die Hand, um mir Einhalt zu gebieten. Wie ein Indianer: Hugh! Ich verstummte und ließ meine Hände auf die Tischplatte sinken. Sie legte ihre obendrauf. Es war eigenartig beruhigend. Ihre Fingernägel hatten, vielleicht von der Gartenarbeit, dunkle Schmutzränder.

»Faith«, sagte sie, »glaubst du allen Ernstes, dass ich hierhergekommen bin, weil ich mir wegen meines Mannes Sorgen mache? Dio mio, seit zwanzig Jahren schläft er mit allem, was sich bewegt! Das erste Mal habe ich mich noch täuschen lassen, aber inzwischen … nun ja …« Sie starrte in ihren Grappa. »Inzwischen habe ich diesen kleinen Freund hier«, schien ihr Blick sagen zu wollen.

Warum lassen sich Frauen so etwas gefallen? Nein – ich meine es bitterernst, ich kann es mir beim besten Willen *nicht* erklären. Genau das ist es nämlich, was Eden von mir verlangt: Ich soll mich so tief in eine alptraumhafte Beziehung verstricken lassen – mit allem, was daran gekoppelt ist (scheußliche Formulierung) –, bis ich schließlich nicht einmal mehr die Kraft habe, meine Koffer zu packen und ihn zu verlassen, falls ich ihn dabei erwischen sollte, wie er das Au-pair-Mädchen vögelt. Weil es einfach viel zu anstrengend wäre und nichts als Unruhe in die Familie brächte … und überhaupt, was würde dann aus den Kindern?

Alles Mist.

»Phoebe, nein! Wir haben doch nicht … nicht einmal *ansatzweise*!«, quietschte ich. Lächerlich. Ich benahm mich, als müsste ich mich verteidigen. Dabei hatten wir doch wirklich nicht.

»Ich weiß, cara. Ich weiß. Inzwischen kann ich die Signale ganz gut deuten.« Sie lächelte. Kennen Sie dieses Lächeln, ohne den kleinsten Anflug von Freude oder Belustigung darin? Es müsste eigentlich ein anderes Wort dafür geben. Es ist mehr wie ein Krampf der Gesichtsmuskeln. Ein Aufzucken von Trauer oder Selbstaufgabe, Bitterkeit und Schmerz.

»Ich bin nicht gekommen, um mit dir über Walters Affären zu sprechen«, fuhr sie fort. »Sondern über meine. *Ich* habe nämlich damit angefangen. Ich glaube, bis dahin war er mir treu. Nicht, dass er jemals etwas davon erfahren hätte. Aber irgendetwas verschiebt sich trotzdem in der Beziehung. Es gibt etwas Unausgesprochenes … Tja. Das hat man nun davon.«

Was hat man wovon, fragte ich mich, unterbrach sie jedoch nicht.

»Als ich beim Mittagessen dein Gesicht gesehen habe … diese Augen, die Art und Weise, wie du deine Zigarette hältst. Faith, du siehst genauso aus wie er!«, rief sie, und ihre Augen füllten sich mit Tränen. Sie betrachtete mich mit einem flehentlichen Blick und auf ihren Wangen glühten rote Flecken.

Lieber Himmel! Ich hatte den Anlass unseres Vieraugengesprächs also vollkommen missverstanden – aber das bedeutete nicht, dass mir das Alternativszenario, das sie zweifellos gleich vor mir entfalten würde, weniger bekannt vorkam. Manchmal habe ich das Gefühl, als brächte ich mein halbes Leben damit zu, bei irgendeinem offiziellen Abendessen neben einer Frau zu sitzen, die mir im Laufe unseres Gesprächs völlig ungefragt eröffnet, sie sei mit meinem Vater im Bett gewesen. Was wollen die nur alle? Dass ich ihnen meine Glückwünsche ausspreche? Wieso müssen sie ausgerechnet *mir* ihre Liebschaft auf die Nase binden? Eine von ihnen wollte sogar eine Bewertung seiner Fähigkeiten als Liebhaber abgeben, aber ich habe mir gerade noch rechtzeitig die Finger in die Ohren gerammt. Sie haben also mit ihm geschlafen? Aha, na gut, schön für Sie. Aber sparen Sie sich um Himmels willen die Details. Diesen triefäugigen Blick (»Vergib mir! Akzeptier mich!«) habe ich schon viel zu oft gesehen. Ich kann ihn nicht ausstehen.

Ich zog meine Hände zurück.

»Aha. Verstehe«, sagte ich abweisend. Mit einem Mal empfand ich weit weniger Mitgefühl mit ihr. Oder vielmehr: Mit einem Mal hatte ich nicht länger das Bedürfnis, so zu tun, als ob ich welches empfände. Ach Mann, wo ist da überhaupt der Unterschied?

»Es ist schon viele Jahre her, Faith, und ich habe es keiner Menschenseele erzählt. Walter hat nie etwas davon erfahren. Hatte nie auch nur einen Verdacht. Vielleicht wollte er es auch gar nicht wissen. Weißt du, wie das ist? Wenn man etwas weiß und es gleichzeitig nicht weiß? Ja, vielleicht war es so …«

Gedankenverloren drehte sie einen ihrer Ringe am Finger hin und her. Zweifellos war sie früher schön gewesen – und das war auch schon die einzig notwendige Voraussetzung für die Rolle, die zu beichten sie hergekommen war. Ich ertappte mich dabei, dass ich mich fragte, ob sie es wohl getan hatten, bevor oder nachdem Dad Evie kennengelernt hatte, und ob auch Evie den Entschluss hatte fassen müssen, bestimmte Dinge nicht wissen zu wollen. Gleich darauf verbannte ich den Gedanken aus meinem Kopf. Wieso sollte ich mich in diese Geschichte emotional hineinziehen lassen? Das Leben war kompliziert, und die Menschen holten sich Trost und Zuspruch, wo sie sie finden konnten. Niemand hatte das Recht, darüber zu urteilen. Am allerwenigsten ich.

»Tja dann«, sagte ich und erhob mich. »Es war lieb von dir, extra deswegen vorbeizukommen. Aber ich bin ziemlich müde und muss allmählich ins Bett …«

Aber Phoebe schien gar nicht wahrzunehmen, dass ich aufgestanden war. Sie redete einfach weiter. »Verstehst du, weniger als ein Jahr danach wurde Jessie geboren … und … nun ja. Ich wollte es dir sagen.«

Wie ein nasser Sack plumpste ich auf meinen Stuhl zurück.

Ich musste nicht erst darüber nachgrübeln, was sie damit gemeint hatte.

»Jessie?«

»Jessica.«

Eine Schwester also. Ich war mir immer schon bewusst gewesen, dass es irgendwo ein oder zwei Geschwister geben musste. Wahrscheinlich noch mehr. Aber da es mir nie möglich gewesen wäre, sie ausfindig zu machen, hatte ich gar nicht erst das Bedürfnis verspürt, es zu versuchen. Hoffnung ist nichts für mich. Sie zermürbt einen bloß.

Hätte ich Phoebe Fragen gestellt? Sieht sie ihm ähnlich? Wie alt ist sie jetzt? Mag sein. Aber vielleicht hätte ich auch alles lieber im Unklaren gelassen. Ich hatte nie eine Familie gehabt. Ich hatte Ben, aber das war etwas anderes.

Allerdings wurde ich gar nicht erst vor die Wahl gestellt, weil Phoebe sich genau in diesem Moment auf die Lippe biss. Ihr Kinn begann zu beben, und Tränen quollen aus ihren strahlendblauen Augen. Ich beugte mich vor, um (ein ganz klitzekleines bisschen widerwillig) ihre Hand zu nehmen, aber daraufhin wurde ihr Schluchzen nur noch heftiger. Das passiert mir immer wieder: Am Ende muss ich die Leute trösten, die bei mir ihren Schutt abgeladen haben. Woran liegt das bloß? *Ich* war doch diejenige, die sich gerade eine sehr bestürzende Neuigkeit hatte anhören müssen, und was tat Phoebe? Sie ließ einfach den Kopf auf die Tischplatte sinken und öffnete die Schleusentore. Inzwischen schluchzte sie hemmungslos wie jemand, der eine schreckliche Tragödie durchlebt hat und jetzt alles in einem Rutsch herauslässt. Das ist typisch. Solange die Krise andauert, haben sich die Menschen im Griff, und kaum ist sie vorüber, brechen sie zusammen. Ich selbst habe mich schon ähnlich verhalten, aber davon will ich jetzt nicht anfangen.

Phoebe wollte sich partout nicht von mir trösten lassen, und irgendwann stürzte sie, noch immer in Tränen aufgelöst, aus der Haustür zu ihrem Auto, wobei sie immer wieder stammelte: »Es tut mir leid. Es tut mir so leid. Es tut mir leid.«

Ich rief ihr nach, sie solle zurückkommen, bot ihr ein Zimmer für die Nacht an (aha! Schon wieder dieses verfluchte Besitzdenken!), einen Tee, ein Glas Wein, mehr Grappa … Ich hoffte aufrichtig, sie würde sich zum Bleiben bewegen lassen, zumal ich der Ansicht war, dass sie, eingedenk der schlechten Straßenverhältnisse sowie der italienischen Autofahrer, in ihrem Zustand keinesfalls die Heimfahrt antreten sollte. Ganz zu schweigen davon, dass sie bereits gehörig einen sitzen hatte.

Andererseits jedoch war ich, als ich mich nach ihrem stürmischen Abgang erschöpft gegen die Haustür sinken ließ, heilfroh, dass sie gegangen war. Mitsamt ihrer Hysterie und ihren Neuigkeiten, die keiner hören wollte.

Ich bückte mich, um die Post aufzuheben, über die Eden vorhin beim Eintreten hinweggestiegen war. Endlich konnte ich mir die Zigarette anzünden, nach der ich mich die letzte halbe Stunde so gesehnt hatte. Phoebe hatte mir nicht einmal Zeit zum Luftholen gelassen. Ich seufzte und sah zu den Fotos auf, die Eden sorgsam gerahmt und an die Wand gehängt hatte. Ich und Ben im Krankenhaus (er noch funkelnagelneu und ganz zerknautscht mit einer Haut dünn wie Papier; ich zu Tode erschöpft und bis obenhin mit Morphin vollgepumpt); Eden, wie er Bill Clinton die Hand schüttelt; wie er bei einer Pressekonferenz hinter Musharraf steht; ich, wie ich einen Preis von Norman Tebbit entgegennehme … Ich zog tief und lange an meiner Zigarette und machte mich daran, die Post durchzusehen. Zuoberst auf dem Stapel lag ein Päckchen von einer Firma für Imkereibedarf aus Kalifornien, das eine Preisliste für verschiedene Bienenkorbvarianten und allerlei Infobroschüren enthielt. Der liebe Herrgott wusste, was mit Eden los war. Nervenzusammenbrüche konnte ich nachvollziehen, aber dies hier ging weit über das normale Maß hinaus. Er hatte sein Streben nach seelischem Gleichgewicht und häuslicher Geborgenheit so weit auf die Spitze getrieben, dass es auf der anderen Seite der Skala in den Wahnsinn abgestürzt war. Wie kam er bloß auf den Gedanken, dass normale Menschen Bienen züchteten?

Ich legte das Päckchen beiseite und sah die restlichen Briefe durch. Dabei stieß ich auf eine Postkarte, die – c/o Eden Jones – an mich adressiert war. Auf der Vorderseite war eine Ansicht von Palermo zu sehen: eine große Kirche vor einem flammenden, künstlich anmutenden Sonnenuntergang.

Dies war der Augenblick. Der Moment, in dem es endgültig unmöglich wurde, es noch länger zu leugnen.

Mein Vater hatte mir Millionen von Postkarten geschrieben, und ich hatte jede einzelne von ihnen aufbewahrt. Sie lagen in einem Pappkarton in einem gemieteten Verschlag in der Nähe der North Circular, zusammen mit all den anderen Überbleibseln aus meiner Vergangenheit, die mir etwas bedeuten würden, hätte ich Zeit und Mut, solche Gefühle zuzulassen.

Auf einmal schien der Boden unter meinen Füßen wegzusacken, schien zu schwanken und zu schlingern, als habe er sich verflüssigt.

Liebste Faithy,

schade um den alten Perry, was? Hat den Tod seines kleinen Kissenbeißers nie verwunden.

Lass sofort die Finger von der Story. Das ist doch bloß Fischer mit seiner Rachsucht. Lass die Finger davon und lebe glücklich, mein Liebling, solange du es noch kannst.

Wie immer der Deine.

Die Karte war nicht unterzeichnet. Aber das war auch gar nicht nötig.

Meine Hand flog an meine Kehle. Eine Karte von meinem toten Vater? Oder wollte mir jemand einen Schrecken einjagen – jemand, der genügend Proben seiner Handschrift besaß, um sie täuschend echt nachahmen zu können? Es klingt vermutlich seltsam, dass ich mir in Bezug auf seine Handschrift so sicher war. Nicht, dass ich mir die Karten und Briefe – die meisten mit albernen Zeichnungen verziert – regelmäßig angesehen hätte. Aber als Kind hatte ich es getan, immer und immer wieder. Sie waren alles für mich gewesen – meine Zuflucht, mein Tor zum wahren Leben, das ich eines Tages durchschreiten würde, wenn alles glattging. Ein Leben voller Swimmingpools,

Hotels und silbern glänzender Spezialbestecke, mit denen man Schnecken aß.

Ich taumelte gegen die Wand. Das Foto von mir und Ben im Krankenhaus fiel vom Nagel, und das Glas zersprang auf dem Boden. Ich sah darauf hinab, nahm es aber nicht wirklich wahr, hörte auch das Klirren nicht.

Ich zwang meine Füße, mich in die Küche zu tragen, einem weiteren Glas Grappa und der Hoffnung entgegen, im Alkohol wenigstens einen Teil meiner geistigen Gesundheit wiederzufinden. Ich schenkte mir ein, setzte mich und kippte den Schnaps in einem Schluck hinunter. Dann betrachtete ich erneut die Postkarte, als erwartete ich, darauf beim zweiten Hinsehen eine ganz andere Nachricht vorzufinden – vielleicht einen Urlaubsgruß von Don McCaughrean, in jedem Fall aber etwas Harmloses, Reales und nicht diese schauerliche Phantasterei, die mein gestörter Geist ausgebrütet hatte.

Aber nein. Es sollte nicht sein.

Ich versuchte, ganz in Ruhe alle Möglichkeiten durchzugehen. Entweder war hier etwas Übersinnliches am Werk – Geister, Botschaften aus dem Grab, unheimliche Zeichen aus dem Jenseits … Man kennt das ja. Wie in diesen dämlichen Horrorfilmen, bei denen man aufgeregt mitfiebert und unbedingt wissen will, wer der Täter ist, und am Ende stellt sich heraus, dass es Satan war, und man fühlt sich irgendwie betrogen. *Oder* irgendjemand war so fest entschlossen, mich von einem Auftrag abzubringen, der mir noch vor zwei Tagen vollkommen albern und sinnlos erschienen war, dass ihm alle Mittel recht waren, um sein Ziel zu erreichen. *Oder* aber – und auch das galt es als eine der Möglichkeiten anzuerkennen – mein Vater, dessen Beerdigung ich beigewohnt, dessen Tod ich all die Jahre betrauert hatte, war in Wirklichkeit noch am Leben und wohnte auf Sizilien. Oder verbrachte dort zumindest einen schönen Urlaub.

All diese Theorien ließ ich mir durch den Kopf gehen. Letzten Endes blieb natürlich nur eine übrig, denn die anderen beiden waren viel zu haarsträubend, als dass ein nüchterner Geist wie ich sie ernsthaft in Betracht hätte ziehen können. Also war die Schlussfolgerung klar: Mein Cairnbridge-Auftrag war gefährlich – wenn nicht für mich, dann mit Sicherheit für jemand anderen. Und noch etwas: Er war offenbar vor allem deshalb so brisant, weil *ich* diejenige war, die an der Story arbeitete. Reporter um Reporter war auf den Fall angesetzt worden, aber meines Wissens hatte keiner von ihnen derart beunruhigende Rückmeldungen bekommen.

»Du rauchst doch nicht etwa im Haus, Zanetti?«, rief Eden drohend von oben. Heilige Sacklatte.

»Nein!«, brüllte ich zurück und trat, die Postkarte noch in der Hand, nach draußen. Ich schlenderte durchs Gartentor hinaus und den Pfad entlang, der am Haus vorbeiführte. Über mir funkelten die Sterne. Jemand hatte eine Kerze in dem Schrein angezündet, der in Edens Gartenmauer hineingebaut ist. Ich lugte durch die Gitterstäbe auf die Gipsstatue der Jungfrau Maria, die mich unverwandt anblickte. Zum ersten Mal in meinem Leben begriff ich, warum sie den Menschen so viel bedeutet, warum sie ein derart wichtiges Symbol ist: Sie ist eine Mutter. Wie ich. Na ja, jedenfalls im weitesten Sinne. Fest entschlossen, mich nicht rühren zu lassen, stapfte ich auf die Piazza hinaus, wo ein alter Mann, ebenfalls mit einer Zigarette im Mundwinkel, mir zunickte und mir eine »Buona notte« wünschte.

»Buona notte«, grüßte ich zurück. Ein frommer Wunsch.

KAPITEL 8

Ich brauchte geschlagene zehn Minuten, um Pips Handynummer zu finden. Ich benutze noch immer mein fünfundzwanzig Jahre altes Filofax, in abgenutztes schwarzes Leder eingebunden und vollgestopft mit Nummern und Adressen zahlloser Menschen, von denen der überwiegende Teil inzwischen wahrscheinlich das Zeitliche gesegnet hat. Sämtliche Einstecktaschen sind voll mit Visitenkarten auf Englisch, Kyrillisch, Arabisch, Hebräisch und Chinesisch. Nur wenige von ihnen kann ich entziffern, und die meisten sind ohnehin hoffnungslos veraltet.

»Hallo!«, flüsterte ich laut in den Hörer.

»Faith Zanetti? Bist du das?«

»Entschuldigung. Hast du schon geschlafen?«, fragte ich, während ich angespannt in der Küche auf und ab tigerte und mit den Fingern auf jeder harten Oberfläche herumtrommelte, die in Reichweite lag.

»Höre ich mich an wie jemand, der schläft?«, fragte er zurück.

Ich lachte.

»Nein, ich sitze auf der Terrasse und trinke Whisky. Morgen geht's zurück nach London. Scheiße. Die Strafe für meine Sünden. Ich beneide dich wirklich. Es muss toll sein, hier ein Haus zu haben.«

»Eden hat ein Haus hier, nicht ich. Ich habe nirgendwo ein Haus, das weißt du ganz genau. Was ich fragen wollte: Kannst du für mich Walters Computer durchsuchen?«

»Äh, nein.«

»Jetzt sei doch nicht so bockig!«

»Also schön, ich denke darüber nach. Hmmm … na so was, die Antwort ist *immer noch* nein! Du bist wohl übergeschnappt, Zanetti. Er vergöttert dich! Ruf ihn doch einfach an und frag ihn, ob er dir die Informationen gibt, die du brauchst. Du musst sie doch nicht stehlen.«

»*Ich* werde sie auch nicht stehlen. Du wirst es tun. Ich meine es ernst, Pip, du musst mir helfen! Komm schon, der alten Zeiten wegen.«

»Soll das ein Witz sein?«

»Einen Versuch war es allemal wert.«

»Wohl kaum.«

»Okay, hör zu. Jemand hat es auf mich abgesehen. Ich bekomme unheimliche Telefonanrufe und Postkarten und …«

»Wie wäre es mit der Polizei? Für die meisten Menschen ist sie in einem solchen Fall die erste Anlaufstelle.«

»Mach dich doch nicht lächerlich! Es hat mit der Cairnbridge-Sache zu tun, für die ich recherchiere. Walter hat mir ein Interview mit einem Mann vermittelt, der erst das Blaue vom Himmel heruntergelogen und sich danach erschossen hat …«

»Ja, das erwähnte er.«

»Aber ich bin trotzdem der Ansicht, dass er einige durchaus interessante Dinge zu sagen hatte. Sein Liebhaber saß nämlich in der Maschine …«

»In der TAA-Maschine?«

»In welcher denn sonst? Perry – der Informant hieß Perry – ist überzeugt, dass es damals einen geheimen Drogenring gab. Die Schmuggler flogen auf und haben das Flugzeug in die Luft gejagt, um ihre Kollegen loszuwerden, die sie verraten wollten. Grundsätzlich allerdings hatte ich den Eindruck, dass Perry versucht hat, mich mit irgendeinem dummen Lügenmärchen abzuspeisen, damit ich meine Nase nicht weiter in die Angelegenheit stecke. Ich möchte einfach nur wissen, was Walter unter Peregrines Namen auf seinem Rechner gespeichert hat – irgendwelche Auszüge aus dem Buch, das er angeblich schreiben will, und so weiter. Erledigst du das für mich, Pip? Der Name ist Boyd. Peregrine Boyd.«

»Warum fragst du Walter nicht einfach? Wäre das nicht der normale Weg?«

»Aber *Walter* ist nicht normal, und für den Fall, dass er derjenige sein sollte, der mich von der Sache abbringen will, wird er mir wohl kaum etwas verraten, habe ich recht?«

Pip seufzte, und ich wusste, dass er langsam weich wurde. Also hörte ich auf, hin und her zu tigern, und wartete ab.

»Er hat rein gar nichts Zwielichtiges an sich, Faith. Er ist Verleger!«

»Ein Verleger, dessen Frau eine Affäre mit Karel Zanetti hatte, aus der ein uneheliches Kind hervorgegangen ist.«

»Was? Mit deinem Vater? Der war doch Walters Freund!«

»In der Tat. Phoebe war gerade bei uns. Hat sich die Augen ausgeheult und mir ihr Herz ausgeschüttet.«

»Und ich dachte immer, Walter wäre derjenige, der in der Gegend herumschläft! Welches Kind ist es?«

»Sie heißt Jessica. Kennst du sie?«

»Nein. Bis jetzt habe ich nur die Älteste kennengelernt. Tatiana. Aber hier im Haus hängen Porträts der Kinder, die irgendein Lokalkünstler gemalt hat. Sie sehen ziemlich alt aus. Ich glaube, unter einem von ihnen steht der Name Jessica.«

»Und? Sieht sie mir ähnlich?«

»Meine Güte, Faith!«

»Bitte, bitte, hilf mir, Pip. Du musst nur einen ganz klitzekleinen Blick riskieren … Ich fliege morgen nach Sizilien. Über London, das ist billiger, frag mich nicht, warum. Mein Handy ist kaputt, also rufe ich dich an, abgemacht? Um wie viel Uhr geht dein Flieger?«

»Viertel nach eins, glaube ich. British Airways.«

»Sehr gut. Mal sehen, ob ich noch einen Platz kriege.«

»Muss das alles sein?«, maulte Pip. »Ich bin im Urlaub!«

Ich lachte und legte auf. Es war ein freudloses Lachen.

Ich setzte mich an den Küchentisch, ließ den Kopf in meine

Hände sinken und raufte mir die Haare. Es war zwei Uhr früh. Dann stand ich auf und versetzte der geschlossenen Tür der Spülmaschine einen derart heftigen Tritt, dass eine Delle darin zurückblieb und ich mir empfindlich den Zeh stieß. Fluchend setzte mich wieder hin. Vor lauter Wut bekam ich kaum noch Luft. Ich war so lange stark gewesen, hatte so lange ganz allein in der Dunkelheit ausgeharrt, dass ich dadurch fast steif gefroren war. Ich habe einmal eine Geschichte über ein Mädchen gehört, das aus einem chinesischen Waisenhaus adoptiert worden war. Ihre neue Mutter spielte mit ihr Verstecken, aber sie versteckte sich so gut, dass das Mädchen sie nicht finden konnte. Statt in Tränen auszubrechen oder weiter nach seiner Mutter zu suchen, setzte es sich einfach hin, schloss die Augen und wartete. Riegelte sein Inneres vollständig ab. Das Gleiche habe ich vor Jahren, nach dem Tod meines Vaters, auch getan. Es fühlt sich an wie eine Art Tod, eine Starre, aber gleichzeitig gibt es mir die Gewissheit, dass ich in Sicherheit bin. Hier drinnen kann mich niemand erreichen – nicht einmal Ben, fürchte ich.

Und in dieser Nacht, als ich in Edens toskanischer Küche saß und meinen unsteten Blick über die Töpfe und Pfannen mit ihren schweren Kupferböden schweifen ließ, über den Zopf Knoblauch an der Wand, die Uhr in Form einer großen Bratpfanne, die Sträußchen von Kräutern, das Regal voller russischem Nippes und schließlich den breiten Herd mit seinem blau flackernden Gaslicht, musste ich zum ersten Mal der Möglichkeit ins Auge sehen, dass die ganze Anstrengung umsonst gewesen war. Dass er tatsächlich irgendwo da draußen herumlief und mich beobachtete, so wie Gott es tut oder die tote Verwandtschaft von ihrem Platz auf einem Stern aus – schweigend, mit unsichtbaren Händen, die halten und stützen. Nur, dass *er* gar nicht tot war. Sondern quicklebendig.

Am liebsten hätte ich ihm eins in die Fresse gehauen.

Und dann, als mir der Irrwitz dieses Gedankens bewusst

wurde, fing ich an zu lachen. Ich lachte laut und wie von Sinnen, während mir die Tränen über das Gesicht hinabrannen.

Irgendwann wischte ich mir die Tränen mit dem Handrücken ab und stapfte im Dunkeln die Treppe hinauf, in der Hoffnung, mich unbehelligt ins Bett verkriechen zu können. Aber Eden war noch wach. Er saß an seinem Rechner, Rücken krumm, Brille auf der Nase, und tippte fleißig.

»Schreibst du an deiner Kolumne?«, erkundigte ich mich und versuchte dabei, ganz normal zu klingen. Mehr noch: Ich war sogar froh, mich über etwas Belangloses unterhalten zu können, die Stimme meines anderen Lebens sprechen zu lassen.

»Nein. Ich bin auf der Suche nach Rhett Summerman.«

»Nach wem?«, fragte ich und trat hinter ihn. »Ach so, der Liebhaber.«

»Perry sagte doch, er sei auf dem Weg nach Washington gewesen, um die Drogenhändler anzuschwärzen. Existiert hat er jedenfalls, so viel weiß ich inzwischen. Und er saß tatsächlich in der Maschine. Nicht unattraktiv. Hier, schau mal.«

Er öffnete ein Foto von Summerman, das er auf einer Website für die Hinterbliebenen der Opfer von Cairnbridge gefunden hatte. Ein virtuelles Mahnmal für die Toten.

»Die volle Ladung Achtziger. T. J. Hooker in Reinform«, lautete mein Kommentar.

Eden wandte sich zu mir um und setzte zu einem Grinsen an. Dann sah er meine roten Augen und mein verquollenes Gesicht und runzelte verdutzt die Stirn. »Was ist los? Ist Phoebe auf dich losgegangen?«, erkundigte er sich. Irgendwo im Dorf bellte ein Hund.

»Ach Gott, Eden«, begann ich. »Nein, es hat nichts mit Phoebe zu tun. Obwohl auch das schon schlimm genug war. Stell dir vor, sie hatte eine Affäre mit meinem Vater! Die beiden haben ein gemeinsames Kind.«

»Aber er war doch mit Walter befreundet.«

»Dasselbe hat Pip auch gesagt.«

»Pip?«

»Ich habe ihn eben angerufen. Ihn gebeten, ein bisschen für mich in Walters Arbeitszimmer herumzuschnüffeln.«

»Oha.«

»Aber das ist es gar nicht. Ich weiß langsam überhaupt nicht mehr … Hier. Es hat damit zu tun.« Ohne weitere Erklärung reichte ich ihm die Postkarte.

»Palermo ist eine tolle Stadt«, sagte er, allerdings mehr zu sich selbst als zu mir.

»Darum geht es doch gar nicht, Jones!«, zischte ich ungehalten und tippte mit dem Finger auf die Rückseite der Karte.

»Ist ja schon gut …« Er las schweigend. »Oh. Was hat das denn zu bedeuten? Wie komisch, dass ich gerade eben … Was soll das heißen, Fischer und seine Rachsucht? Weil er dich auf die Geschichte angesetzt hat? Wer hat die Karte überhaupt geschrieben?«

»Das ist es ja gerade! Eden, sie ist … na ja, es sieht ganz so aus, als sei sie von meinem Vater.«

»Der seit geraumer Zeit tot ist.«

»Seit mehr als zwanzig Jahren. Du sagst es.«

»Gut. Dann können wir ihn als Absender also ausschließen.«

»Aber vorgestern Abend, weißt du noch, als ich das Weinglas zerbrochen habe? – da hat er mich auf dem Handy angerufen. Ich habe seine Stimme wiedererkannt! Ich weiß, es klingt absurd, aber sie hat wirklich … er hat ›Faithy‹ gesagt. Er hat mich früher immer Faithy genannt. Und ich … na ja, ich habe einen Riesenschreck bekommen und das Telefon in die Ecke geschleudert.« Ich brachte es nicht über mich, ihm zu gestehen, was ich erwidert hatte.

Eden stand auf. Er schlang die Arme um mich und hielt mich fest an sich gedrückt. »Ruhig, ruhig«, murmelte er sanft, als spräche er zu einem nervösen Pferd. »Ganz ruhig.«

Um ein Haar hätte ich meinen Kopf an seine Schulter gelehnt, stattdessen jedoch stieß ich ihn von mir und fuhr mir mit dem Ärmel unter der laufenden Nase entlang.

»Ich weiß, dass es total verrückt ist. Ich weiß auch, dass *ich* total verrückt bin. Aber die Stimme klang haargenau wie seine, und das hier ist *seine* Handschrift, und deswegen … fliege ich morgen nach Palermo.«

»Ich komme mit«, verkündete Eden sofort und ergriff meine Hände.

»Nein! Ich möchte, dass du dich um Ben kümmerst, bis das alles vorbei ist. Bitte tu mir den Gefallen.«

»Du fliegst auf keinen Fall allein. Ich könnte Don fragen, ob er Zeit hat …«

»Sei nicht albern. Ich habe tagelang mutterseelenallein in einer Höhle in Afghanistan gelebt, da würde man wohl meinen, dass ich mich auf Sizilien zurechtfinde.«

»Darum geht es in diesem Fall doch gar nicht …«

»Eden, worum es *in diesem Fall* geht, entscheide immer noch ich!« Damit wandte ich mich ab und marschierte wutschnaubend davon. Hoffentlich würde ich auf dem kurzen Weg in mein Schlafzimmer noch etwas finden, das ich zertrümmern konnte! Ansonsten blieb mir nichts, als mich für eine weitere Nacht voller blutgetränkter Alpträume zu wappnen, die mich unerbittlich hineinsaugten in ihre finsteren Wurmlöcher des Schreckens.

Stattdessen schlief ich wie eine Tote.

Am nächsten Morgen brachten Eden und Ben mich zum Bahnhof in Bagni di Lucca. Die Ladenbesitzer standen auf den Stufen vor ihren Geschäften wie Menschen in einem Spielzeugdorf und winkten uns breit lächelnd zu. Dem Käsemann Mario, der rosige Wangen und einen dicken Bauch hatte und der unermüdlich versuchte, Eden etwas von seinem Schmalz aufzuschwatzen (das ist hier eine Delikatesse, doch in der Ukraine reiben sich die Menschen damit die Brust ein, wenn sie erkältet sind), erwiesen wir sogar die Ehre, anzuhalten und auszusteigen, damit er uns mit Handschlag begrüßen konnte. Aber machen wir uns nichts vor: Wären wir Marokkaner gewesen, hätten sie uns nicht einmal mit dem Hintern angeschaut. Engländer bringen haufenweise Geld ins Land, mehr steckt nicht dahinter.

Auf dem Bahnsteig gibt es einen Springbrunnen, der von Unkraut überwachsen und die Heimstatt einer großen Kolonie Frösche ist. Er ist noch ein Überbleibsel aus jener Zeit, als Byron und Shelley den Kurort seiner berühmten Heilquellen wegen aufsuchten. Damals gab es sogar ein Casino und, so vermute ich, ein gutgehendes Bordell. In dieser Stadt trafen sich schillernde Persönlichkeiten aus ganz Europa. Heutzutage kommen nur noch wenige Italiener zur Wildschweinsaison her, wegen der Trüffel (die der Vater des Blumenhändlers, der ein Schwein besitzt, zum Verkauf anbietet) und natürlich zum Pilzesammeln. Die obligatorische Handvoll sonnenverbrannter Briten in Shorts und Sandalen darf selbstverständlich auch nicht fehlen.

Als ich Ben am Bahnsteig zum Abschied küsste, waren es wie immer nur mein Magen, meine Kehle und mein Herz, die weinten. Mein Gesicht ließ sich nichts anmerken, und mein Mund strahlte und gurrte und versprach, dass ich ganz bald wieder da sein würde. Ob ich daran glaubte, wusste ich nicht so genau.

Eden schob sich die Sonnenbrille hinauf in die Haare.

»Faithy«, begann er.

»Bitte nenn mich nicht so.«

»Entschuldige. *Faith.* Er kann es nicht gewesen sein, und das weißt du auch. Bitte mach dir keine Hoffnungen.«

»Hoffnungen? *Hoffnungen?* Hast du noch alle Tassen im Schrank?«

Ich zog Ben aus seinen Armen, presste meine Wange an seine und atmete tief seinen Duft ein, damit ich ihn mit auf die Reise nehmen konnte.

»Mama!«, rief er, schenkte mir ein Lächeln mit wenigen

Zähnchen und klatschte mir seine dicken Händchen ins Gesicht.

»Mein Süßer«, wisperte ich in sein Ohr und reichte ihn dann an Eden zurück. Mein Zug fuhr ein. Hastig wandte ich mich ab und stieg ein, ohne mich noch einmal umzusehen, obwohl ich hörte, dass Ben bitterlich weinte.

Ich traf Pip an der Bar auf dem Rasenvorplatz des Flughafens. Er versuchte krampfhaft, ein Pillenröhrchen zu öffnen.

»Scheiß Kindersicherung«, knurrte er und sah hilfesuchend zu mir auf.

Ich schmunzelte und öffnete die Dose für ihn. Als Pip sie mir wieder aus der Hand riss, zitterten seine Finger so stark, dass einige der Tabletten zu Boden kullerten. Hastig schob er sich drei oder vier in den Mund, zerkaute sie und spülte sie mit einem Schluck Bier hinunter.

»Immer noch Flugangst?«, erkundigte ich mich.

»Hm«, murmelte er. »Aber vier Diazepam und ein paar Bierchen, und alles ist wieder in Butter.«

»Klasse, Pip. Das freut mich für dich. Und – was ist mit Peregrine? Warst du erfolgreich?«

Ich bemühte mich, beiläufig zu klingen. In unserer Nähe hatte sich soeben eine britische Familie niedergelassen, mit sehr vielen sehr großen Koffern. Die Sprösslinge hackten auf ihre Gameboys ein, während ihre Eltern sich darüber stritten, ob sie es sich leisten konnten, von Gatwick aus ein Taxi nach Hause zu nehmen.

Pip sah mich verständnislos an.

»Ach so! Genau! Na ja, wie man es nimmt. Gott, ich komme mir wie ein richtiges Dreckschwein vor, so im Dunkeln herumzuwieseln. Das ist so – entwürdigend.«

»Und mit Würde kennst du dich aus, was?«

Er streckte mir die Zunge raus, auf der ein weißlicher Pelz spross. »Willst du nun wissen, was ich herausgefunden habe, oder nicht?«

Ich setzte mich. »Tut mir leid. Klar will ich es wissen.«

»Auf dem Rechner war nichts zu finden. Selbstverständlich bin ich kein IT-Genie, aber soweit ich erkennen konnte, war da nichts zu holen. Keine Ordner mit Namen ›Peregrine Boyd‹ oder Ähnliches. Habe mein Bestes getan. Aber danach habe ich noch die Unterlagen durchsucht, die auf seinem Schreibtisch herumlagen – wenn man schon in fremder Leute Sachen herumwühlt, kann man es auch gleich gründlich machen. Und ich habe noch unter ›Boyd‹ in Walts Rolodex nachgesehen, mehr ist mir nicht eingefallen. Aber jetzt pass auf: Oben auf der Adresskarte stand ›Peregrine Boyd‹ – klar – und darunter eine ellenlange Liste von Telefonnummern in verschiedenen Ländern, einige durchgestrichen, andere ergänzt und so weiter. Ganz offensichtlich zieht der Gute oft um.«

»Er *zog* oft um.«

»Richtig. Aber ganz oben neben seinem Namen stand in Klammern ›Ihsan El Sayed‹ und dahinter ein Fragezeichen.«

»Der Typ von Al-Dschasira? Merkwürdig.«

»Dasselbe habe ich auch gedacht. Glaubst du, er meint tatsächlich *den* Ihsan El Sayed? Ich bin nämlich ganz gut mit ihm bekannt. Oder war es zumindest, als ich noch …« Er verstummte.

»Arbeitet er nicht von London aus?«, fragte ich.

»Im Wesentlichen. Aber er reist viel herum. Ein großer Star. Das Aushängeschild des Senders.«

Ich hörte einen Hauch Bitterkeit in seiner Stimme.

»Kriecht ständig irgendwo im Irak herum, wo er mehr und mehr Beweise dafür ausgräbt, dass die Twin Towers tatsächlich von Terroristen in die Luft gejagt wurden.«

»Von *Terroristen*? Ist das wahr?«

»Oho! Tja, das ist die Frage aller Fragen«, sagte Pip und wedelte geheimnisvoll mit den Fingern. Wir lachten.

»Hast du seine Nummer?«

»Wessen Nummer? Ihsans? Denke schon.« Pip zückte seinen winzigen BlackBerry. Keine Ahnung, worauf ich noch warte.

Wie viel kann so ein Ding schon kosten? Und es ist so ungemein praktisch …

Als unser Flug aufgerufen wurde, hatte ich bereits einen Termin mit El Sayed vereinbart. Wir würden uns am Abend im Front Line Club treffen, bevor ich einen Tag später nach Palermo flog.

KAPITEL 9

Meinen Koffer (oder vielmehr: meine braune lederne Arzttasche) über die Schulter geschwungen, eilte ich in langen Sätzen die Treppe zum Mitgliederbereich des Front Line Clubs hinauf. In London regnete es mal wieder, und das leuchtende Grün der Parks und Bäume wirkte noch satter als sonst. Im fahlen Licht erschien alles viel schärfer. Es roch nach Heimat: Taxidiesel und Regen.

Der Front Line Club ist eines der wenigen öffentlichen Gebäude in London, in denen man noch rauchen darf, und alle nutzen dies weidlich aus. El Sayed war noch nicht da, also machte ich es mir auf einem Ledersofa bequem, und wenig später erschien eine junge Kellnerin mit weißer Schürze, um mir ein Glas Wodka und einen Aschenbecher zu bringen. Ich legte die Füße auf den Tisch, lehnte mich in die Polster zurück und nutzte die Wartezeit dazu, mich umzusehen. Ich erspähte zwei Redakteure vom *Chronicle,* die in ihren abgetragenen Anzügen und billigen Krawatten etwas fehl am Platz wirkten und offenbar versuchten, einem amerikanischen TV-Korrespondenten irgendeinen großen Knüller abzukaufen. Am Tisch daneben saß diese Frau, der in Bosnien das halbe Gesicht weggeschossen worden war und die zusammen mit ihrer Freundin einen kleinen Jungen aus Ruanda adoptiert hatte. Ich winkte halbherzig in ihre Richtung. Glücklicherweise kannte ich sie alle nicht gut genug, um mich mit ihnen unterhalten zu müssen. Oh, aber hallo! Da war er ja schon wieder: mein Marine. Der Mann, den ich erst in Gatwick, dann am Flughafen in Pisa und dann noch einmal in der Villa Dingsbums gesehen hatte. Wurde ich etwa *beschattet*? Du liebe Zeit …

Mein Verhältnis zum Front Line Club ist seit jeher ein zwiespältiges. Ohne Frage ist es gut zu wissen, dass es einen Ort gibt, an dem ich nicht (viel) verrückter bin als alle anderen, wo ich rauchen darf, wo das Essen schmeckt und wo man sich mit Kollegen treffen kann. Andererseits missfällt mir die Art, wie die Betreiber aus der Verherrlichung journalistischer Arbeit gnadenlos Kapital schlagen. Der gesamte Barraum ist tapeziert mit Porträts toter Fotografen, Kameramänner und Reporter, von denen ich die meisten (zumindest entfernt) persönlich kannte. Damals, als mein Vater erschossen wurde, löste es noch allgemeines Entsetzen aus, wenn ein Journalist bei der Arbeit ums Leben kam – zumal in Irland, wo es viel wahrscheinlicher war, dass einem einfach die Kniescheiben zertrümmert wurden. (Können Sie sich vorstellen, wie das weh tun muss?) Aber mittlerweile, im Zeitalter des 24-Stunden-Nachrichtenfernsehens, braucht man nicht nur die Story, sondern vor allem die Bilder dazu. Und die müssen immer spektakulärer sein. Folglich sind es heutzutage meistens die Kameramänner, die sterben. Einige von ihnen scheinen es geradezu darauf anzulegen. Ich kenne eine Frau, die nacheinander mit zweien dieser selbstmörderischen Irren verheiratet war und sie beide verloren hat. Und immer bleiben kleine Kinder zurück, die in schwarzen Anziehsachen einen mit Lilien überladenen Sarg anstarren und die Welt nicht mehr verstehen. Eden – und jeder andere, der ansatzweise bei Verstand ist – würde sagen, dass sich die gute Frau wohl ausschließlich zu Männern mit einer ausgeprägten Todessehnsucht hingezogen gefühlt haben muss. Aber wieso bloß?

Ich beschloss, diese Frage fürs Erste zu ignorieren. Ich hatte genug andere Sorgen.

Hinterbliebene haben zahlreiche Erinnerungsstücke für die Vitrinen des Clubs gespendet. Ein Kameraobjektiv, eine Lieblingsmütze oder Lieblingsjacke, eine Armbanduhr ... Es gibt sogar einen Schaukasten mit Gegenständen, die jemandem gehörten, der *beinahe* gestorben wäre, dann aber doch nicht gestorben ist. (Ich bitte Sie!) Sein Mobiltelefon hat ihm das Leben gerettet, indem es eine Kugel abfing, die sich andernfalls in sein Herz gebohrt hätte. Nun kann man sein kurzärmeliges Hemd mit dem Einschussloch in der Brusttasche bewundern und daneben das zertrümmerte Handy, das das Projektil aufgehalten hat. Für diejenigen unter uns, denen man im Leichenschauhaus eine Plastiktüte mit Kleidern in die Hand gedrückt hat, bewegt sich das jenseits der Grenze des guten Geschmacks.

Bei meinem letzten Besuch hatte ich ihn sogar getroffen, den Mann mit dem heldenhaften Handy.

»Na? Immer noch am Leben, Dave?«, hatte ich ihn gefragt.

»Das ist bloß meine körperliche Hülle, Eff Zett«, hatte er geantwortet. »Bloß meine körperliche Hülle.«

Was vermutlich auf viele von uns zutrifft.

Ich hatte mir nach der Landung in London noch am Flughafen Ersatz für mein kaputtes Mobiltelefon besorgt und den Fehler gemacht, in der Redaktion anzurufen, um meine neue Nummer durchzugeben.

»Mein Gott, Zanetti, wo zum Teufel hast du gesteckt?«, schimpfte Tamsin auf mich ein. »Der Chefredakteur geht schon auf dem Zahnfleisch! Er hat sich sogar bei mir erkundigt, ob dir etwas zugestoßen sei! Überhaupt nicht sein Stil. Und? Hast du schon etwas?«

»Offen gestanden ist die Sache interessanter, als ich zunächst vermutet habe. Sag ihm, er soll sich nicht in die Hose machen, ich werde schon rechtzeitig abgeben. Das habe ich bis jetzt noch immer getan.«

»Hast du nicht.«

»Habe ich wohl.«

»Unsinn!«

»Mach's gut, Tamsin.«

Ich hasse Handys.

Links neben dem Zeitungsständer, der erfrischenderweise mit Magazinen bestückt ist, in denen sich die Berichterstattung nicht ausschließlich um das Leben diverser Prominenter dreht, hängt auch ein Bild von meinem Vater, der inzwischen gewissermaßen zum Patenonkel aller toten Journalisten aufgestiegen ist. Oder um es anders auszudrücken: zum Vorbild für alle, die, damit sie sich irgendwo in die Schusslinie werfen können, denjenigen Menschen den Rücken kehren, denen es deutlich lieber wäre, wenn sie zu Hause blieben. Sind solche Menschen nun Helden oder Egomanen? Wer weiß. Wahrscheinlich ist es eine Sucht wie jede andere auch und ihr Verhalten demnach weder heldenhaft noch egoistisch, sondern ganz einfach zwanghaft.

Ich zündete mir eine neue Zigarette an, obwohl meine alte noch im Aschenbecher glomm. Ben war weit weg, also konnte ich tun und lassen, was ich wollte, richtig? Aber war das nicht in gewisser Weise auch eine Art Selbstmordversuch? Der Ausdruck einer versteckten Sehnsucht nach dem Tod?

Ach, verflixt! Missmutig drückte ich die Zigarette aus und seufzte tief.

Die nette Kellnerin brachte mir einen zweiten Wodka, was ich mit einem dankbaren Augenzwinkern quittierte. Mein Vater starrte mich weiterhin unverhohlen an. Er war auf dem Foto ungefähr zweiunddreißig Jahre alt und stand vor einem Hubschrauber, wie immer mit Sonnenbrille und Lederjacke (dieselbe, die ich jetzt abschüttelte und hinter mir zu Boden gleiten ließ), den obligatorischen Jeans, das Notizbuch gezückt. Er sah aus wie ein Filmstar. Und? War es das wert gewesen? Ich zwängte meine widerspenstigen Haare in einen Pferdeschwanz und schaute ihm fest in die Augen.

Ein Fünkchen verbotene Hoffnung glomm in mir auf, die sich auf meiner Zunge anfühlte wie ein Zweig Rosmarin. Ist Rosmarin in Italien nicht eine Zutat für Beerdigungskuchen? Ich spürte es in meinen Eingeweiden rumoren: Da war etwas, das mit aller Macht hinauswollte. Der Geschmack des Todes – oder der Geschmack einer irrsinnigen Hoffnung, dass es eben doch stimmte: dass es wirklich einen Gott gab und einen Himmel und einen langen weißen Tunnel hin zum ewigen Licht. Ein kleiner Zweig Rosmarin …

Die Tränen in meinem Innern, das dumpfe Gefühl, Ben im Stich gelassen zu haben, und meine uralte Trauer stiegen in mir unaufhaltsam nach oben. Entsprechend groß war meine Erleichterung, als endlich Ihsan El Sayed den Clubraum betrat.

Sein Gesicht war mir – wie vermutlich jedem – auf fast schon unheimliche Art und Weise vertraut. Er ist und bleibt der einzige Reporter auf der Welt, der vor laufender Kamera mit Osama bin Laden gesprochen hat. Er hatte viele der Terroristen des 11. September interviewt (vor dem Attentat, versteht sich), und da er darüber hinaus ein unverschämt schöner Mann war, sah man ihn fast täglich in irgendwelchen britischen und amerikanischen Nachrichtensendungen, wo er sein charmant gebrochenes Englisch sprach und die Moderatoren, vor allem die weiblichen, mit seinen schwarzen Augen und seiner glühenden Leidenschaft für die Wahrheit in Bann schlug. Oder wenigstens machte er den *Eindruck,* als sei die Wahrheit seine Leidenschaft. Vielleicht glühte er in Wirklichkeit nur so, weil er unbedingt wollte, dass man ihn attraktiv fand – ein Bedürfnis, das vermutlich regelmäßig befriedigt wurde.

In jedem Fall würde es an diesem Abend befriedigt werden.

Es gibt eine großartige Stelle im ersten Bridget-Jones-Film (den habe ich im Flugzeug gesehen, was denken Sie denn?), in der Bridget zum allerersten Mal den Mann sieht, mit dem sie am Ende des Films glücklich werden wird, und die Stimme aus dem Off sagt: »Ding-dong!« Das entspricht in etwa dem, was ich dachte, als El Sayed den Raum betrat. Ich lächelte ihm zu, brachte aber irgendwie nicht die Energie auf, mich vom Sofa zu erheben. So hob ich, um ihn auf mich aufmerksam zu machen, lediglich die Hand. Aber auch das war überflüssig, denn er hatte mich bereits erkannt. Vielleicht hatte er schon mal ein Foto von mir gesehen, oder aber der Ruf meiner Haare war mir vorausgeeilt.

Er streckte mir zur Begrüßung seine Rechte hin, und mir wurde klar, dass ich meine Füße vom Tisch würde nehmen müssen, wollte ich in der Lage sein, sie zu ergreifen. Also machte ich Anstalten, mich anständig hinzusetzen, beschloss dann aber, dass es einfacher wäre, gleich ganz aufzustehen. Das wiederum schien ihn glauben zu lassen, dass ich ihn umarmen wollte, und so endete es schließlich damit, dass wir uns umständlich auf beide Wangen küssten. Gerade hatte er nach arabischer Sitte zum dritten Wangenkuss angesetzt, als ich mich wieder in die Polster fallen ließ, so dass er eine Weile lang mit vorgerecktem Gesicht und gespitzten Lippen in der Luft hing. Davon jedoch gänzlich unbeeindruckt (schließlich hatte er schon so viel durchgemacht, dass ihn kleinere Missverständnisse in Bezug auf Fragen der gesellschaftlichen Etikette nicht im Geringsten aus dem Tritt zu bringen vermochten), steckte er sich eine Zigarette in den Mund und bot mir ebenfalls eine an. Ich nahm sie. Man lebt nur einmal, dachte ich.

Ja, so ist das mit dem Denken … manchmal tut man gut daran, es mit Vorsicht zu genießen. Ich musste nämlich schon bald feststellen, dass diese Sicht der Dinge in meinem Fall nicht ganz der Wahrheit entsprach.

Erst jetzt fiel mir auf, dass Ihsans Hände von Narbengewebe überzogen waren.

»Was ist passiert?«, erkundigte ich mich.

»Ein Bombenattentat in Kairo«, antwortete er gleichmütig, während er auf seine Handrücken blickte, als sähe er sie zum ersten Mal. »Einer meiner Freunde ist dabei ums Leben gekommen.«

»Oh«, war alles, was mir dazu einfiel.

»Das ist lange her.« Er zuckte mit den Schultern.

»Trotzdem …«

»Ja. Trotzdem.«

Wir lächelten uns verhalten an. Die Kellnerin kam und brachte ihm ein Glas Chablis, von dem sie, weil sie nicht aufhören konnte, nervös zu kichern, einige Tropfen verschüttete. Als Ihsan dankend seine Hand auf ihren Arm legte, wurde sie rot. Das Fenster hinter uns stand offen, und das Rauschen des Regens schien plötzlich lauter geworden zu sein.

»London!«, lautete Ihsans lapidarer Kommentar.

»Hm.«

Ich trank einen Schluck von meinem Wodka.

»Herzlichen Glückwunsch übrigens zu Ihrer Afghanistan-Reportage«, sagte ich schließlich.

»Danke. Wie Sie sich vorstellen können, rennen mir seitdem alle möglichen Fernsehsender die Tür ein. Erst heute Morgen hatte ich den allmächtigen CNN zu Gast.«

Er sprach mit starkem ägyptischen Akzent und hatte eine sanfte Schlafliedstimme. Beides wollte nicht recht zu seiner bemüht legeren Kleidung passen. Alles sah sehr teuer und sehr italienisch aus – eine Uniform, die er sich höchstwahrscheinlich zugelegt hatte, nachdem ihm aufgegangen war, dass Anzüge nicht gut fürs Image waren.

Ich konnte nicht recht deuten, ob seine Bemerkung über den CNN ironisch gemeint war oder nicht. Doch, bestimmt war sie das. Der Sender hätte ihn mit Kusshand genommen. Zweifellos hatten sie ihm bereits ein Angebot gemacht. Aber er war eben ein waschechter Al-Dschasira-Evangelist.

Die gesamte arabische Welt ist durch den Sender revolutioniert worden. Er war der erste, der Menschen, die nie zuvor Zugang zu objektiver Medienberichterstattung gehabt hatten, weil sie in Diktaturen lebten oder Analphabeten waren, mit echten Nachrichten versorgte. Selbstverständlich ist eine solche Mission im höchsten Maße lobenswert, allerdings sind die Beteiligten dafür bekannt, dass sie sich vor lauter selbstgerechtem Stolz am liebsten in den eigenen Arsch kriechen würden.

»Dann sind Sie also ein echter Al-Dschasira-Evangelist?«, fragte ich, völlig grundlos aggressiv.

»Was meinen Sie damit?«, fragte er zurück, während er meinen Blick suchte. Seine Augen blitzten.

»Tut mir leid.« Ich seufzte und hob die Hände. »Nein, ernsthaft. Es tut mir wirklich leid.« Ich hielt inne. »Sobald ich die Schwelle dieses Clubs überschreite, werde ich zur Hexe. Das da ist übrigens mein Dad«, fügte ich erklärend hinzu – falls man es als Erklärung bezeichnen konnte.

»Ich weiß.« Ihsan nickte und nippte mit einem Ausdruck enormer Erleichterung im Gesicht an seinem Wein. »Ich habe das Bild aufhängen lassen.«

Meine Miene war ein einziges Fragezeichen.

»Er war mein Held. Einmal hat er in meiner Schule einen Vortrag gehalten …«

»In Kairo?«

»Aber nein, auf dem Land. Ich bin im Nildelta aufgewachsen. Er muss damals gerade an einem Beitrag über die Wasserknappheit gearbeitet haben. Es herrschte Dürre in jener Zeit. Ich habe ihm erzählt, dass ich unbedingt Journalist werden wolle. Ich war noch sehr jung und kann gar nicht gewusst haben, was ich da eigentlich sagte. Ich glaube, ich war einfach nur scharf auf seine Sonnenbrille.«

»Es war eine erstklassige Sonnenbrille.«

»Zweifellos. Er hat mir das hier geschenkt.« Ihsan erhob sich, richtete sich zu seiner vollen – übrigens sehr stattlichen – Größe auf und begann in seinen Hosentaschen zu kramen. Schließlich zog er sein Schlüsselbund heraus und zeigte mir den Anhänger. Es war ein Stück Blei, auf dessen unterem Ende in winzigen Buchstaben und in Spiegelschrift »The London Chronicle« zu lesen war. Ein Überbleibsel aus alten Tagen, als jede Seite noch Buchstabe für Buchstabe in Bleilettern gesetzt werden musste. Ein Fossil aus grauer Vorzeit.

»Und Sie haben nie mit dem Gedanken gespielt, Kontakt mit mir aufzunehmen? Sie wissen schon – die Tochter des berühmten Mannes kennenzulernen?«, fragte ich etwas ernüchtert, wenn nicht gar gekränkt. Eifersüchtig? *Ich?*

»Faith – darf ich Sie Faith nennen?«

»Wie denn sonst?«

»Faith, wenn jeder, der Ihren Vater gekannt hat oder durch

sein Vorbild inspiriert wurde, bei Ihnen anriefe, würden Sie den ganzen Tag mit dem Telefonhörer am Ohr herumlaufen.«

Ich lachte. Natürlich hatte er recht.

»Ich wusste nicht, dass er tot ist, bis ich nach Kairo ging, um mit meiner Ausbildung anzufangen. Schade. Ich wollte ihm immer sagen … ihm zeigen, dass ich es tatsächlich geschafft habe.«

Ich blickte Ihsan forschend in die Augen und sah die absolute Ehrlichkeit darin. Erst dann wagte ich zu gestehen: »Ich auch.«

Ihsan konnte es nicht wissen, aber dies war eine überaus bedeutsame Einsicht für mich. War *das* wirklich der Grund, weshalb ich all die Jahre um die Welt gehetzt war, dem Kugelhagel getrotzt und zugesehen hatte, welche Grausamkeiten sich Menschen gegenseitig antun können? Hatte ich die ganze Zeit versucht, meinen toten Vater zu beeindrucken? Vermutlich. Und das, obwohl ich genau wusste, was er dazu gesagt hätte. »Wieso tust du dir das an?«, hätte er mich nämlich gefragt. »Wieso wirst du nicht Ärztin oder irgendetwas Vernünftiges? Sag bloß nicht, dass du so enden willst wie ich!« Aber genau das wollte ich offenbar: so enden wie er. Denn wenn ich er war, dann musste ich nicht ich sein, musste nicht allein zu Hause sitzen, einsam und verlassen im englischen Regen stehen, während Frauen mit langen roten Fingernägeln die Olive in ihrem Martini hin und her schubsten und unter sich wiegenden Palmen und goldenen Minaretten über seine Witze lachten.

»Wie ich höre, haben Sie ein Kind?«, erkundigte sich Ihsan höflich.

»Ja, das stimmt. Er heißt Ben.« Ich fischte ein Bild von Ben aus meinem Portemonnaie. Er sitzt darauf in der Badewanne und hat eine Schaumkrone auf dem Kopf.

»Er ist wunderschön. Kinder sind etwas sehr Kostbares. Es ist die Aufgabe einer Mutter, zu Hause zu bleiben und diesen Schatz zu hüten.«

»Soll das eine Moralpredigt sein?« Mein Gott, wieso werde

ich von Männern verfolgt, die unter allen Umständen auf dem hohen Ross sitzen wollen, obwohl sie überhaupt nicht reiten können? »Ich nehme an, Ihre Frau hockt mit den lieben Kleinen am heimischen Herd, während Sie losziehen, um sich in der Wüste abknallen zu lassen?«, fragte ich liebeswürdig.

»Leider bin ich nicht mit Frau und Kindern gesegnet. Im Übrigen war es nicht meine Absicht, Sie zu kränken«, fügte er mit einem leisen Lächeln hinzu.

Aha. Schwul, dachte ich, sprach es aber nicht aus.

»Sie haben mich nicht gekränkt. Oder nur ein bisschen. Man ist die Mutter, die man zu sein vermag. Ich tue mein Bestes. Mehr geht nicht.« Ich zuckte entschuldigend mit den Achseln.

»Selbstverständlich.« Er schenkte mir das bedächtige Kopfnicken eines weisen Mannes.

Ich beschloss, zur Sache zu kommen.

»Sagen Sie, wie gut kennen Sie – oder kannten Sie, besser gesagt – eigentlich Peregrine Boyd?« Mit einem kurzen Augenkontakt und einer flüchtigen Geste zeigte ich Ihsan an, dass ich mir eine weitere seiner Zigaretten genehmigen würde.

»Peregrine Boyd?«

»Cairnbridge. Sein Lebensgefährte starb in der Maschine.«

Er nickte. »Ach ja. Boyd … Hat immer wieder versucht, seine unbeweisbaren Theorien an den Mann zu bringen. Manches von dem, was er sagte, entsprach der Wahrheit, aber anderes … wer weiß? Gewiss ist allerdings, dass die zwei CIA-Männer tatsächlich das Ziel des Anschlags waren. Sie waren aus Beirut gekommen, dann nach Zypern geflogen und von dort aus auf dem Weg über London nach New York. Ich kannte Boyd eigentlich gar nicht richtig. Ich habe ihn nur einmal getroffen. Nein, zweimal. Dass er homosexuell war, ist mir neu. Wie ich gehört habe, wurde er umgebracht?«

»Es war Selbstmord. Ich war dabei. Unmittelbar nach einem Interview, das Walter Irving für mich arrangiert hatte.«

»*Den* wiederum kenne ich gut. Er wird mein Buch zum 11. September herausgeben.«

»*Noch* ein Buch über den 11. September?«

Ihsan lachte gutmütig und schüttelte nebenbei rasch die Hand einer stark geschminkten amerikanischen TV-Moderatorin mit Mikrofon am Revers, die an unserem Tisch vorbeieilte. »In zehn Minuten sind wir so weit, Ihsan«, sagte sie. Er nickte und wandte sich wieder zu mir.

»Sie sagen es. Noch eins.«

Eine Weile lang schien er ganz in Gedanken versunken, also winkte ich der Kellnerin zu, mir ein drittes Glas Wodka zu bringen. Vielleicht wurde es langsam Zeit, dass ich einen Happen aß?

»Boyd … Er muss für die Russen gearbeitet haben, was meinen Sie? Ich habe im Zuge meiner Nachforschungen zu dem Thema einige Hinweise gefunden, die in diese Richtung deuten. Er war mehrfach für längere Zeit in Moskau.«

»Der Gedanke ist mir auch schon gekommen. Ich glaube, Summerman hat von den Drogen erfahren und wurde deswegen liquidiert. Oder, was wahrscheinlicher ist: Boyd hat ihm von den Drogen erzählt – Sie wissen schon, Bettgeflüster –, und Summerman fühlte sich genötigt, der Stimme seines Gewissens zu folgen und die Sache zu melden.«

»Sehr interessant. Ja, durchaus denkbar.« Ihsan ließ sich die Sache durch den Kopf gehen, die Hände wie zum Gebet zusammengelegt.

»Da wir gerade davon sprechen, Ihsan. Waren Sie … hat man damals zu irgendeinem Zeitpunkt versucht, Sie von Ihren Nachforschungen abzuhalten? Zu verhindern, dass Sie sich weiter mit dem Thema befassen?« Womöglich entsprang meine Vermutung, ich sei die Einzige, die jemals wegen der Geschichte in Gefahr geraten war, bloß dem irrigen Glauben, ich sei der Mittelpunkt des Universums.

Er verscheuchte den Gedanken mit einer abfälligen Handbewegung. »Über mir schweben mehr als fünfzehn Todesdrohungen. Ich kann mich nicht mehr erinnern, welche ich mir wie und wo eingehandelt habe. Schon möglich, dass man mir Schwierigkeiten machen wollte. Aber um den Faden weiterzuspinnen … Ihnen ist natürlich klar, dass die Libyer nichts mit der Sache zu tun hatten? Einen von ihnen kannte ich sogar persönlich. Ein netter Mann. Die Theorie mit den Drogen allerdings ist korrekt, so viel steht fest. Israel Levy von Interfor, der den Fall im Auftrag der TAA untersuchen sollte, ist ein guter Freund von mir …«

Ich riss die Augen auf.

»Sie sind überrascht?«

»Na ja …«

»Weshalb? Glauben Sie etwa, ein Jude und ein Araber könnten nicht befreundet sein?« Er lächelte milde. »Nun, dann sieht es ganz so aus, als hätte Faith Zanetti wieder etwas dazugelernt.«

Ja doch. Ist ja schon gut …

Ihsan fuhr fort: »Ich kenne Levy gut, und das, was er herausgefunden hat, entspricht größtenteils der Wahrheit, auch wenn die beteiligten Regierungen nicht in allen Punkten seiner Meinung folgen wollten. In seinem Interfor-Bericht für die TAA behauptete er unter anderem, dass Karim Mohammed, ein libanesischstämmiger Amerikaner, der an Bord der Maschine war und Verbindungen zur Hisbollah unterhielt, die Bombe an Bord geschmuggelt habe, weil er glaubte, er transportiere Drogen für seine Arbeitgeber, eine Gruppe syrischer Dealer. Letzteres Detail trifft die Tatsachen im Übrigen nicht ganz. Aber diesen Teil von Levys Version hat der Westen sofort begierig aufgegriffen. Aus naheliegenden Gründen. Für mich markiert dieser Vorfall den Beginn der anti-islamischen Weltverschwörung. Zumindest, was dieses Jahrhundert angeht.«

Er lachte, aber die Bitterkeit in seinem Lachen klang nicht echt – so als käme er damit lediglich einer unausgesprochenen Erwartung nach, die andere vielleicht an seine Reaktion auf diese Erkenntnis hatten.

Gut. Überaus interessant – erst recht aus dem Munde eines Mannes, der sein ganzes Leben der Mission gewidmet zu haben schien, Beweise dafür zu finden, dass die El Kaida wirklich existiert und dass tatsächlich jede Menge Gräueltaten auf ihr Konto gehen. Ein solches Verhalten ist typisch für Menschen, die an einem bestimmten Thema allzu großen persönlichen Anteil nehmen. Der Großteil der Öffentlichkeit hegt natürlich keinerlei Zweifel daran, dass es die El Kaida gibt, aber je gründlicher man nachforscht, desto häufiger stolpert man über Verschwörungstheoretiker, die behaupten: »Nein, nein! Die Amerikaner waren es selbst, weil sie einen Grund brauchten, um … blablabla.« Und da man ein Märtyrer der Wahrheit ist, will man unbedingt beweisen, dass diese Spinner im Unrecht sind. Kurioserweise führt das dazu, dass man am Ende nur noch für diejenigen schreibt, die die offizielle Linie sowieso nie angezweifelt haben.

So ähnlich war es mit meinem Chefredakteur Sam Fischer und seiner Cairnbridge-Obsession. Die meisten Menschen gehen wie selbstverständlich davon aus, dass der Libyer, der im Gefängnis sitzt, sowie sein Komplize, der freigesprochen wurde, schuldig sind. Und bis vor ein paar Tagen war ich geneigt gewesen, dieser Sicht der Dinge vorbehaltlos zuzustimmen.

»Tatsächlich?«, fragte ich, hob die Augenbrauen, beugte mich vor und stützte meine Ellbogen auf den Knien ab.

»Ja, tatsächlich. Es stimmt, dass Karim Mohammed hin und wieder für Al Kassar tätig wurde. Wenn wir die Theorie vom gedeckten Koffer nun als Tatsache akzeptieren – und ich glaube, etwas anderes bleibt uns angesichts der Beweislage gar nicht übrig –, dann drängt sich die Schlussfolgerung auf, dass wir es mit mächtigen Drogenbaronen zu tun haben. So weit, so gut. Aber im nächsten Schritt wird angenommen, dass der Drogenhandel *deswegen* so lange gedeckt wurde, weil die Beteiligten im Austausch dafür Informationen aus Syrien und den Palästinensergebieten lieferten. Ich jedoch glaube – nein, ich bin *überzeugt* –, dass diejenigen, die damals Drogen via Europa in die Vereinigten Staaten schmuggelten, *keine* Araber waren.«

»Keine Araber?«, wiederholte ich in beschwörendem Ton, um ihn dazu zu bewegen fortzufahren.

»Nein. Keine Araber.«

»Wer denn dann? Israelis?«, rutschte es mir heraus. In meinem alkoholvernebelten Hirn muss ich wohl gedacht haben, die Theorie, die er in der Tasche hatte, würde sich als eine jener wahnsinnigen Umwälzungen erweisen, mit denen der Nahe Osten so übersättigt ist.

Ihsan sah mich verdattert an. Er stellte sein leeres Glas ab und nahm das volle in die Hand, das unsere umsichtige Kellnerin auf dem niedrigen Holztisch abgestellt hatte.

»Warum hätten die *Israelis* …? Ah, ich verstehe. Nein. Nein, es waren nicht die Israelis.«

Ich musste mich sehr beherrschen, um ihn nicht bei den Schultern zu packen, ihn zu rütteln und zu brüllen: »Wer war es dann? *Wer?*«

»Mein Beitrag über Cairnbridge wurde vor drei Jahren gesendet. Der Westen hat ihn vollständig ignoriert. Das kam nicht weiter überraschend. Es waren Italiener.«

»*Italiener?*«, kiekste ich und setzte mich ruckartig auf. Aus irgendeinem Grund – vielleicht weil ich gerade erst in Italien gewesen war –, gingen mir unwillkürlich Architekten, Maler, Käsereibesitzer und Olivenbauern durch den Kopf. Nur einen klitzekleinen Moment lang, Sie verstehen schon.

»Die Mafia«, erklärte er. »Wissen Sie übrigens, dass das Wort ›Mafia‹ aus dem Arabischen kommt? Mu'afa – das bedeutet ›Schutz‹.«

Menschen, die das Gefühl haben, ihre Kultur werde vom Westen überrollt, müssen einen ständig darauf hinweisen, dass die zivilisatorischen Errungenschaften ihrer potenziellen Unterdrücker in allen wesentlichen Punkten aus *ihrer* Kultur hervorgegangen sind.

»In Sizilien lebten früher viele Araber«, fügte er hinzu. »Aus naheliegenden Gründen.«

Allmählich wurde es wirklich spannend. Die Mafia. Sizilien. Palermo …

Leider sagte ich das alles laut. »Die Mafia. Sizilien. Palermo …«

Ihsan lachte schallend.

Ich räusperte mich würdevoll, dann fragte ich: »Welche Beweise haben Sie dafür gefunden?«

»Mehr als genug. Ich bin sogar über einen Namen gestolpert. Gianluca Caprese. Er lebte damals auf Zypern, wo er den Heroinhandel der Familie organisierte und nebenbei ein bisschen auf eigene Rechnung verkaufte.«

»Und wo ist er jetzt?«

Ihsan blickte zur Decke.

Ich begriff nicht.

»Da oben. Man hat ihn exekutiert. Nach dem Attentat sind alle Beteiligten mit einem Schlag untergetaucht. Fünf Jahre lang gelangte kein Gramm Heroin mehr nach Amerika – zumindest nicht über Europa. Sie können gern ein Videoband von meinem Beitrag haben. Und meine Aufzeichnungen, wenn Sie möchten. Erinnern Sie sich noch an die Zeit, als in Sizilien so viele Richter ermordet wurden? Es waren die Drahtzieher dieser Morde, die die CIA dingfest machen wollte. Um die Palästinenser oder die Syrer ging es in Wirklichkeit gar nicht. All diese Informationen sind der Öffentlichkeit zugänglich, Faith. Aber ich will nicht klagen. Ich bin froh, dass sich endlich eine renommierte Zeitung für meine Story interessiert.«

»Renommiert – also, ich weiß nicht«, begann ich, verstummte dann aber. »Danke. Das wäre wirklich sehr hilfreich. Ich fliege morgen nämlich nach Palermo, um … na ja, da geht es strenggenommen um eine andere Sache. Glaube ich zumindest …« Langsam kam ich ganz schön ins Trudeln.

»Sie werden niemanden finden.« Er schüttelte den Kopf. »Diese Leute tauchen einfach in den Dörfern unter. Sie lösen sich in Luft auf.«

»Vielleicht«, murmelte ich. »Vielleicht aber auch nicht.«

Ich musste los. Ich hatte Pip angeboten, bei mir zu übernachten, und da er keinen Schlüssel zu meiner Wohnung hatte, wartete er bestimmt schon auf mich. Bevor Ihsan und ich uns trennten, versprach er noch, umgehend einen Fahrradkurier mit dem Band seines Beitrags zur Beteiligung der Mafia am Attentat von Cairnbridge und der anti-islamischen Weltverschwörung loszuschicken.

»Wissen Sie, wer Ihnen höchstwahrscheinlich am ehesten weiterhelfen kann?«, fragte er, als ich mich bereits erhoben hatte. Mir war ein bisschen schwindlig vom Wodka.

Erwartungsvoll sah ich ihn an.

»Walter Irving. Ich habe ihm seinerzeit ein Buchprojekt zu dem Thema vorgeschlagen, aber er war nicht interessiert. Er hat meiner These zugestimmt – ganz so, als wüsste er über alles genau Bescheid. Aber er hat auch gesagt, ich würde damit noch warten müssen. Die Zeit sei noch nicht reif. Das waren seine Worte. Aber womöglich, Faith Zanetti, womöglich ist sie jetzt reif. Womöglich hat das Warten nun endlich ein Ende.«

Ich lächelte, doch in meinem Innern brannte lichterloh die Aufregung. »Ja«, stimmte ich ihm zu. »Womöglich.«

Ich verabschiedete mich von ihm und trat entschlossen auf meinen Marine zu.

»Ein gutgemeinter Rat: Wenn Sie mich verfolgen wollen, ohne dass ich etwas davon mitbekomme, müssen Sie sich ein klein wenig mehr Mühe geben. Und wenn Sie mir Angst einjagen wollen, sollten Sie endlich mal die Initiative ergreifen, statt immer nur in irgendeiner Ecke zu lauern. Einverstanden?«

Er sah mich mit ausdrucksloser Miene an.

Ich drehte mich um und lief die Stufen hinab nach draußen.

KAPITEL 10

Pip wartete bereits auf dem Gehweg vor meiner Wohnung, als ich aus dem Taxi stieg. Er trug weder einen Schirm, noch hatte er unter der Markise des Ladens im Erdgeschoss Schutz vor dem Regen gesucht. Es war dunkel, und der orangefarbene Schein der Straßenlaternen spiegelte sich auf der nassen Straße. Die Gegend war bevölkert von Männern in gebügelten Jeans mit nagelneuen Armbanduhren am Handgelenk. Sie führten junge Frauen mit langen glänzenden Haaren zum Abendessen aus. Bewohner einer Welt, der Pip und ich nie angehören würden.

»So, Deakin. Jetzt aber nichts wie rein mit dir ins Trockene«, sagte ich, als spräche ich mit einem kleinen Kind. In der Tat war Pip pudelnass und sah aus, als könne er dringend ein bisschen menschliche Wärme und Zuneigung brauchen. Ich glaube, das ist eine der Merkwürdigkeiten des Mutterdaseins. Man fängt an, die Menschen in einem ganz anderen Licht zu sehen, weil man sich auf einmal bewusst wird, dass auch sie früher Kinder gewesen sind und vermutlich immer noch Sehnsucht danach verspüren, in den Arm genommen zu werden. Leider fällt es mir schwer, das auf mich selbst anzuwenden, obgleich ja die Fähigkeit, Mitgefühl für sich selbst als (ehemaliges) Kind zu empfinden, ein Maßstab für die eigene seelische Gesundheit sein soll. Das hat mir jedenfalls mein Psychiater erzählt. Pff.

Wortlos folgte Pip mir nach oben. Ich ging durch die Wohnung, knipste diverse Lampen an und räumte Söckchen, knallbunte Spielzeuge und Plüschtiere aus dem Weg, die überall verstreut lagen, damit sie mich nur ja nicht sentimental machten. Kristy hatte mir eine Nachricht an den Kühlschrank gepinnt und darin wie immer anstelle der i-Punkte kleine Herzchen gemalt. Wie schön wäre es, wenn sie und Ben erst wieder hier wären und ich jeden Morgen wie gewöhnlich in die Redaktion schlurfen konnte! Ich sehnte mich nach Normalität – wie in dem Song von Joni Mitchell, in dem es darum geht, dass man etwas erst dann zu schätzen weiß, wenn man es auf einmal nicht mehr hat. Oder so ähnlich.

»Also, Pip, leg dich in die Badewanne. Mach, wozu du Lust hast. Im Kühlschrank ist Wein. Ich muss noch mal los, um einige meiner Sachen aus dem Lager zu holen. Wenn es klingelt, dann ist es der Fahrradkurier. Machst du ihm auf?«

»Danke, Zanetti. Ich weiß das wirklich zu schätzen.«

»Das möchte ich dir auch geraten haben«, sagte ich grinsend und war bereits wieder zur Tür hinaus. Auf der Straße ließ ich mich vom Regen durchweichen, während ich krampfhaft versuchte, mich daran zu erinnern, wo ich meinen Wagen geparkt hatte.

Bei Nacht und im Regen hat die North Circular etwas ungemein Deprimierendes an sich. Obwohl – eigentlich gilt das grundsätzlich, ganz egal, zu welcher Tageszeit und bei welchem Wetter. Das gigantische gelbe Lagerhaus, in dem der Großteil meiner Habseligkeiten untergebracht war, wurde an Trostlosigkeit nur noch von den Abstellplätzen übertroffen, auf denen Hunderte von beschlagnahmten und abgeschleppten Autos darauf warten, von ihren Besitzer ausgelöst zu werden. Ich meldete mich bei einer Frau in Reflektoruniform, die mich grüßte, indem sie ihre tief über den Augäpfeln hängenden Liddeckel eine paar Millimeter in die Höhe zucken ließ. Sie war von einer Dumpfheit beseelt, die nur Millimeter von einer katatonischen Starre entfernt schien, und jede ihrer Bewegungen war so schwerfällig, dass man ganz genau hinsehen musste, um sie überhaupt wahrzunehmen. Sie händigte mir Formulare aus, die ich unterzeichnen musste, und danach den Schlüssel zu meinem Lagerraum. Ich machte mich auf den gut eineinhalb Kilometer langen Fußmarsch die schwach beleuchteten, geteerten Gänge hinunter. Mich hätte es nicht gewundert, wenn in sämtlichen dieser riesigen Zellen Mordopfer vor sich hin verwesten. Wo hätte man sie, vielleicht in einen Teppich gerollt, besser verstecken können, bevor man sich nach Rio absetzte? Dieses Lager war wie geschaffen als Leichenparkplatz.

Ich schloss meinen Verschlag auf und schaltete das Licht an. Es war seltsam, meine Sachen aus Moskau wiederzusehen, die hier still und geduldig auf den Tag warteten, an dem ich mir endlich eingestehen würde, dass ich ein Kind hatte, und mir passend dazu ein Haus mit Garten kaufte – einen Ort, der all diesen Souvenirs aus meinem bisherigen Leben eine neue und endgültige Heimat geben konnte.

Die Kiste, die ich suchte, trug die Aufschrift »DADDY«, von einer Neunjährigen mit Filzstift in großen Druckbuchstaben geschrieben. In dieser Kiste hatte sie jeden Schnipsel, der sie an ihren Vater erinnerte, gesammelt und sorgsam verwahrt. Ich kam kaum jemals hierher, um mir den Inhalt der Kiste anzusehen, aber dennoch war sie stets griffbereit zuoberst auf einem Stapel in einem der zugänglicheren Regale platziert. Als ich sie herunternahm, hörte ich Ihsans Stimme sagen, dass das Warten jetzt vielleicht ein Ende habe. Das traf sicher auf vieles zu. Auch darauf, dass es in diesem Pappkarton Dinge gab, denen ich mich endlich stellen musste.

Als ich, schwer beladen und vom kurzen Dauerlauf zwischen Auto und Haustür erneut durchnässt, bei meiner Wohnung ankam, stellte ich fest, dass die Eingangstür unten nur angelehnt war. Ich konnte mich nicht daran erinnern, sie offengelassen zu haben, und spürte sogleich, wie in mir ein Gefühl à la »Oje, da haben wir's« aus dem Magen hochkroch – wenngleich ich es nicht an meinem inneren Zensor vorbeiließ, der mir riet, erst dann in Panik zu verfallen, wenn alle anderen Optionen erschöpft waren. Dennoch schlich ich, ohne das Licht im Treppenhaus anzumachen, ganz leise die Stufen hoch. Und tatsächlich: Die Tür zu meiner Wohnung (die ich nach Bens Geburt knallblau lackiert hatte, damit er sofort wusste, dass hier sein Zuhause war) stand ebenfalls offen. Drinnen lief der Fernseher, aber ich ahnte bereits, das etwas passiert sein musste. Nach einem Einbruch ändert sich die Atmosphäre, ich kenne das Gefühl noch genau aus meiner Kindheit. Bevor ich bei Dad und Evie einzog, wohnten meine Mum und ich in einer ziemlich ungemütlichen Gegend, und bei uns wurde mehrmals eingebrochen. Man spürt es an der Luft, vielleicht ist es ein ungewohnter Geruch, vielleicht die Tatsache, dass nicht mehr alles am selben Platz steht wie zuvor. Die Veränderungen sind zu minimal, als dass man sie bewusst wahrnehmen oder gar benennen könnte, aber irgendein Teil des Gehirns registriert sie dennoch.

Ich stellte die Kiste im Treppenhaus ab und wagte mich auf Zehenspitzen ins Wohnzimmer vor. Warum ich mich so vorsichtig verhielt, weiß ich nicht, denn ich war mir ziemlich sicher, dass der Eindringling längst über alle Berge war. Im Wohnzimmer angekommen, sah ich, dass beinahe alle meine Bücher – und es waren weiß Gott viele – aus den Regalen gerissen worden waren. Unter ihnen begraben lag Pip und regte sich nicht. Bei genauerem Hinsehen merkte ich allerdings, dass er noch atmete. Sehr gut. Ich würde also nicht anfangen müssen, wie von Sinnen zu kreischen oder dergleichen.

»Scheiße, Scheiße, Scheiße«, murmelte ich vor mich hin, kniete mich neben ihn und begann hektisch, die Bücher beiseitezuschieben. Die Ecke von *Spycatcher* hatte ihn an der Schläfe erwischt und dort eine blutende Wunde geschlagen. Pip stöhnte – es sollte wohl eine Art Begrüßung sein –, und ich atmete etwas ruhiger. Es schien ihm den Umständen entsprechend gut zu gehen. Er schlug die Augen auf, grinste mich mit fahlen, aufgesprungenen Lippen an und versuchte mannhaft, sich aufzurappeln. Ich nahm seinen Arm, um ihm zu helfen.

»Ganz langsam. Du setzt dich jetzt hin, und dann rufe ich sofort den Krankenwagen«, erklärte ich, zog ihn vorsichtig auf die Füße, begleitete ihn zum Sofa und ließ ihn sanft in die Kissen gleiten.

Dann schnappte ich mir das Telefon und setzte, weil man mich unverschämterweise in die Warteschleife verbannt hatte, erst einmal Teewasser auf. »Wir brauchen einen Krankenwagen, bitte. Ach, richtig – und die Polizei wohl auch. Ja. Mein Freund wurde brutal zusammengeschlagen. Nein, das weiß ich nicht. In Ordnung«, sagte ich, während ich gleichzeitig Pip im Auge behielt, damit er keine Dummheiten anstellte. O Gott. Der Einbruch hatte doch wohl nichts damit zu tun, dass ich meinen Stalker zurechtgewiesen hatte, er solle sich, falls er mich vergraulen wolle, gefälligst etwas mehr ins Zeug legen? *So* hatte ich das doch gar nicht gemeint! Verstehen keinen Spaß, diese Leute.

Wer auch immer Pip so zugerichtet hatte, hatte sein Gesicht verschont (wie gewalttätige Ehemänner und Väter es zu tun pflegen, damit die Kleidung alle Blutergüsse verdeckt), aber sein Arm sah aus, als sei er gebrochen. Zumindest hing er in einem etwas unnatürlichen Winkel herunter. Seine Kleider waren zerrissen und blutbefleckt. Er hatte zu große Schmerzen, um sich aufzurichten, und saß vornübergebeugt da, beide Arme auf den Magen gepresst.

Ich zog die Vorhänge zu.

»Du liebe Zeit, Pip, was ist denn bloß passiert?«, fragte ich, ließ mich neben ihm nieder und versuchte, ihm eine Tasse Tee aufzudrängen. Er schüttelte den Kopf, und ich stellte sie auf dem Couchtisch ab.

Er war heiser und schlotterte noch immer vor Angst. »Keine Ahnung. Es waren drei Männer. Haben kein Wort gesagt. Wollten nichts stehlen. Nichts wissen. Haben nur … die Wohnung verwüstet und sind dann abgehauen. Jede Menge Aftershave. Einer von ihnen stank aus dem Mund nach Zigaretten.«

Diese letzte Bemerkung beunruhigte mich ein wenig. Ich musste unbedingt aufhören zu rauchen! »Wie sahen sie aus?«, wollte ich wissen. Nicht, dass die Antwort auf diese Frage irgendetwas zu meinem Verständnis der Vorgänge hätte beitragen können. Schließlich ging ich nicht davon aus, dass ich die Übeltäter persönlich kannte.

»Skimasken. Billige Klamotten. Das Übliche«, sagte Pip, der sich vor Schmerzen hin und her wiegte.

Das Übliche? Wurde er etwa häufiger in fremder Leute Wohnungen überfallen? Ich sah mich im Zimmer um, ob irgendetwas fehlte, obwohl mir natürlich sonnenklar war, dass es sich bei der Aktion nicht um einen stinknormalen Raubüberfall gehandelt hatte. Nein, hier ging es um Cairnbridge. Aber warum? Über den Fall hatten bereits Hunderte Journalisten berichtet, und dennoch taten meine Finstermänner gerade so, als stünde ich kurz davor, die mörderische Vergangenheit eines russischen Oligarchen zu enthüllen oder den Beslan-Einsatz als ein von höchster Regierungsebene sanktioniertes Schlachtfest anzuprangern (obwohl das die reine Wahrheit gewesen wäre). Und außerdem kann man doch wohl erwarten, dass man wenigstens eine klitzekleine Warnung erhält, bevor die schweren Geschütze aufgefahren werden, oder?

Ich strich Pip beruhigend über den Kopf. Gemeinsam warteten wir auf den Krankenwagen und die Polizei.

Die Sanitäter untersuchten Pip und holten dann ihre Trage. Sie halfen ihm, sich darauf niederzulegen, und bevor er abtransportiert wurde, versprach ich ihm noch, ihn am nächsten Morgen aus dem Krankenhaus abzuholen.

»Nein, danke, Zanetti. Ich glaube, ich quartiere mich lieber woanders ein«, sagte er mit schmerzverzerrtem Grinsen.

Der Notarzt rückte ab, die Polizei rückte an. Eine ganze Mannschaft in Jeans und T-Shirts, die Knüppel drohend erhoben, als könnten die Bösewichte noch irgendwo im Schrank lauern, bemächtigte sich meiner Wohnung. Ihnen folgten einige Uniformierte von der Kriminaltechnik, Leute mit dürren Hälsen, die sofort begannen, sämtliche Oberflächen nach Fingerabdrücken abzusuchen.

»Detective Inspector Chowdry«, stellte sich die Chefin der

Truppe vor, nachdem eine halbe Stunde lang niemand von mir Notiz genommen hatte. Sie hielt mir ihre Polizeimarke hin, die sehr beeindruckend aussah. »Professionelle Arbeit. Keine Fingerabdrücke, kein Sachschaden – es sei denn, wir zählen die Knochen Ihres werten Gatten mit.«

Ich hob die Brauen. Sollte das ein Witz sein? »Er ist ein Freund von mir«, sagte ich säuerlich.

Sie nickte mit leicht hochgezogenen Mundwinkeln, als wolle sie mir deutlich machen, dass sie ganz genau wusste, dass ich in Wirklichkeit mit ihm schlief. Oder war das wieder mal nur meine kranke Fantasie?

»Fehlt irgendetwas?«

»Nicht dass ich wüsste.«

»Haben Sie eine Vorstellung, wer das getan haben könnte?«

»Nein.«

Ich schwieg und dachte nach.

»Na ja. Nicht *wirklich.* Aber ich … ich bin Journalistin, und die Recherchen, mit denen ich im Augenblick befasst bin, scheinen ein wenig … Ich habe jedenfalls Grund zu der Annahme, dass man mich bedroht. Aber ich weiß nicht, was Pip damit zu tun hat, es sei denn, der Überfall war als eine Art Warnung gedacht. Ich war zum fraglichen Zeitpunkt nicht in der Wohnung. Ich musste eine Kiste aus dem Lager holen …«

»Meinen Sie die oben an der Treppe?«

»Genau.«

Ich habe Grund zu der Annahme, dass man mich bedroht – niemals käme ich auf die Idee, eine solche Formulierung zu gebrauchen, es sei denn im Gespräch mit der Polizei. Die seltsam förmliche Nüchternheit ihrer Sprache färbt automatisch auf jeden ab, der mit ihnen zu tun hat, und lässt einen die bizarrsten Dinge von sich geben. Ein ähnliches Phänomen kann man bei Leuten beobachten, die schreiben. Plötzlich verfallen sie in einen gestelzten, aufgeblasenen Ton, den sie in einer normalen Unterhaltung niemals anschlagen würden.

Ich zog mich an den Tisch zurück, um von dort aus das Ende

der Invasion abzuwarten. Ich war heilfroh, dass Ben nicht hier war. Die Beamten nahmen seinen Kuschelbär in Augenschein und lüfteten seine gewürfelte Bettdecke. Chowdry stellte mir jede Menge Fragen, ohne jedoch tiefergehendes Interesse an meinen Antworten erkennen zu lassen. Irgendwann verabschiedete sie sich mit einem langen Seufzer, der ausdrücken sollte, dass sie nicht die geringste Hoffnung hege, diejenigen, auf deren Konto dieser überaus professionell und effizient ausgeführte Einbruch ging, jemals dingfest machen zu können. Wahrscheinlich nahm sie insgeheim an, Pip habe einigen meiner Exliebhaber Zutritt zur Wohnung gewährt, habe in der Hoffnung, sie würden bald wieder verschwinden, die Tür offen stehen lassen, sich dann aber stattdessen eine heftige Prügelei mit ihnen geliefert. Dass seine Hände keinerlei Verletzungen aufwiesen (eher ungewöhnlich nach einem Faustkampf) und auf den Türgriffen kein einziger Fingerabdruck zu finden gewesen war, schien sie nicht weiter zu stören. Hätte ihre Version der Ereignisse, so wie ich sie aus ihren Fragen an mich herausgehört hatte, der Wahrheit entsprochen, hätte die Spurensicherung doch wohl zumindest auf Pips Abdrücke stoßen müssen, oder nicht?

Statt meine Bücher alle einzeln aufzulesen und wieder ins Regal zu stellen, schob ich sie kurzerhand mit dem Fuß an die Wand. Dann holte ich die Kiste rein. Ich stellte sie auf dem Boden ab, ging davor in die Hocke und klappte den Pappdeckel mit einer Miene zurück, als handle es sich dabei um einen todesmutigen Akt. Noch nie hatte ich mich vor dem Inhalt gefürchtet. Wenigstens nicht so wie jetzt. Aber möglicherweise barg diese Kiste ein Geheimnis. Möglicherweise steckte darin etwas, das mehr war als nur ein persönliches Erinnerungsstück. Und vielleicht hatten Pips Angreifer ja genau dieses Etwas gesucht – meine These von der »freundlichen Warnung«, die ich Chowdry gegenüber geäußert hatte, hin oder her.

Als Erstes nahm ich einen Stapel Postkarten in die Hand. »Liebes Strahlekind, hier siehst du eine dampfende Hundewurst«, hatte Dad auf die Rückseite einer Wüstenansicht gekritzelt. Malawi. Mit blauem Kugelschreiber hatte er einen dicken Haufen dazu gemalt. Auf der nächsten schrieb er, er habe das größte Auto der Welt gemietet. Auf die Vorderseite hatte er eine lange dünne Limousine gemalt, die die gesamte Länge der Postkarte einnahm. Daneben waren zum Vergleich einige normal große Fahrzeuge abgebildet. Ich kannte seine Schrift und Ausdrucksweise besser als meine eigene. Schmunzelnd legte ich die Karten beiseite.

Weiter ging es mit Stapeln vollgeschriebener Notizbücher und kleiner Adressbüchlein, deren verblasste, rissige Ledereinbände sich an den Ecken bereits aufzurollen begannen. Dann allerhand unleserliche Kritzeleien und Presseausweise aus Plastik. Sie baumelten an Ketten wie die für Badewannenstöpsel. Aufgebrachte Liebesbriefe von Frauen, die Dad hatte sitzenlassen, einige Fotos von mir, laminiert und in meiner rundlichen Kinderhandschrift signiert. Dicke alte Reisepässe aus Leder, einige von ihnen so voll mit Visa und bunten Stempeln, dass ihre losen Seiten mit blauem Band zusammengehalten werden mussten. Eine mechanische Schreibmaschine, die mittlerweile zu einer Antiquität herangereift war.

Hier nun meine Theorie, die ich bislang allerdings nicht einmal in Gedanken auszuformulieren gewagt hatte: Wie es schien, hatte mein Vater Karel Zanetti, der berühmte und unter tragischen Umständen ermordete Kriegsberichterstatter, der zu Lebzeiten bekanntermaßen über ein Netzwerk ausgezeichneter Kontakte im gesamten Nahen Osten verfügte, einige der Leute gekannt, die in das Bombenattentat von Cairnbridge verwickelt gewesen waren. Oder er war in den Besitz von Informationen über einen oder mehrere der Hintermänner gelangt. Denn wer auch immer fünfundzwanzig Jahre später in seine Haut geschlüpft war, um mir Angst einzujagen, wusste, dass ich, seine Tochter, damit betraut worden war, den Fall neu aufzurollen. Darüber hinaus kannte diese Person Sam Fischer (oder hatte zumindest von ihm gehört) sowie den kürzlich verschiedenen Peregrine Boyd. All das ging aus der Postkarte hervor, die ich bekommen hatte und deren Brisanz noch dadurch verstärkt wurde (als wäre das wirklich nötig gewesen), dass Ihsan El Sayed glaubte, der Drogenring, auf dessen Geheiß die Bombe ins Flugzeug geschmuggelt worden war, sei Teil der Mafia gewesen.

Ich steckte mir eine Zigarette an, schloss die Augen und sog tief den Rauch ein. Wer auch immer mich angerufen und mir die Ansichtskarte geschickt hatte, wusste genau, was er tun musste, um mich aus dem Gleichgewicht zu bringen. Wusste, was mich zu dem Menschen gemacht hatte, der ich heute war, und was mich ebenso schnell, wenn nicht gar schneller, vernichten konnte. Die Verwandlung in eine neue Person – ein Prozess, der nach jedem Trauerfall einsetzt – geht besonders bei einem Kind nur sehr langsam vonstatten und wird durch Akte der Rebellion noch zusätzlich gebremst: durch die Weigerung, diese neue Persönlichkeit zu akzeptieren, und vor allem durch den verzweifelten Wunsch, sich wieder in jenen alten Menschen zurückzuverwandeln, der voller Unschuld war und es sich leisten konnte, dem Leben mit erwartungsvoller Arroganz zu begegnen. Der Prozess der Zerstörung aber konnte innerhalb einer einzigen Sekunde erfolgen. Ich wusste, wie zerbrechlich meine Schale war, und ich spürte deutlich, wie von außen etwas mit einer spitzen Klaue dagegenklopfte.

Ich begann, die Gegenstände aus der Kiste Stück für Stück vor mir auf dem Dielenboden auszubreiten. Zunächst ging ich dabei langsam und ehrfürchtig vor, aber mit der Zeit wurde ich immer hektischer, bis ich schließlich die Sachen, nachdem ich einen flüchtigen Blick darauf geworfen hatte, nur so von mir schleuderte. Es schneite haufenweise vergilbtes, dünnes Schreibmaschinenpapier, eng betippte Seiten, Listen mit Namen und Telefonnummern, Artikel, die geschrieben, aber nie eingereicht worden waren, zusammengeheftete Texte von Presseabteilungen und Agenturen … und schließlich ein Blatt, auf dem ganz oben »Karim Mohammed« stand. Der Name war unterstrichen.

Ich hielt inne, zündete mir eine neue Zigarette an und zog mich aufs Sofa zurück, um mir das Blatt genauer anzusehen. »Möglicherweise von Nutzen«, stand dort. »Arbeitet bereits für Syrer. Bereitschaft zur Diversifizierung von Boyd bestätigt«. Es folgte eine Liste von Flugnummern und Daten. Dad hatte mit Filzstift ein großes Fragezeichen auf die Seite gemalt, das mit der Zeit verlaufen war.

Plötzlich klingelte es. Ich kreischte unwillkürlich auf, bevor ich mir schnell die Hand vor den Mund schlug, mich aufrappelte und mit pochendem Herzen zur Tür hetzte. Einige Sekunden lang blieb ich ruhig stehen, um mich zu sammeln. Es dauerte eine Weile, bis ich die Stücke meiner selbst, die überall auf dem Planeten verstreut zu sein schienen, die sich über Zeitzonen und Ländergrenzen hinweg in Terroristenzellen und Flugzeugcockpits eingeschlichen hatten, wieder beisammen hatte.

»Hallo?«, flüsterte ich in die Gegensprechanlage und erschrak angesichts des heiseren Krächzens, das wohl meine Stimme sein musste.

»Kurier für Faith Zanetti von Al-Dschasira«, meldete ein freundlicher junger Mann.

»Gott sei Dank. Kommen Sie hoch«, sagte ich und gestattete mir ein breites Grinsen heilloser Erleichterung, bevor ich auf den Summer drückte.

Es war schon nach Mitternacht. Ich saß mit dicht an die Brust gezogenen Knien auf der Couch und schlürfte eisgekühlten Wodka aus einem filigranen marokkanischen Teeglas, während ich mir Ihsans Film zu Gemüte führte, der – seltsamerweise von einem Texaner – auf Englisch eingesprochen worden war. Große Enthüllungsgeschichten wie seine haben eine ganz eigene Dynamik. Während man daran arbeitet, lässt man sich von dem Geflüster, den vagen Andeutungen, den Geheimdokumenten, die man zugesteckt bekommt, den nächtlichen Telefonaten, den Morddrohungen und dem mysteriösen Verschwinden von Informanten dermaßen gefangennehmen, dass man am Ende felsenfest davon überzeugt ist, dass die eigenen Enthüllungen die gesamte Welt erschüttern werden. Irgendwann schreibt man alles, was man herausgefunden hat, zu einem Artikel zusammen oder macht, wie in Ihsans Fall, einen Fernsehbeitrag daraus – und mit einem Mal wirkt alles furchtbar lapidar. Sobald alles beschrieben, erklärt und mit Beweisen untermauert ist, ist jedes Geheimnis verflogen, und was übrigbleibt, scheint nichts weniger als selbstverständlich.

Deswegen kam es mir, während ich Ihsans Film über Cairnbridge ansah, geradezu irrwitzig vor, dass es überhaupt jemals andere Theorien als die seine gegeben hatte. *Natürlich* hatte man die Sache den Libyern in die Schuhe geschoben. Ihsans Beweise für die Unschuld der beiden Sündenböcke waren über jeden Zweifel erhaben. Er hatte sogar die ursprünglich mit der Untersuchung des Vorfalls beauftragten Polizeibeamten aus Dumfries und Galloway interviewt, die nicht den kleinsten Hinweis darauf gefunden hatten, dass Libyen oder libysche Staatsangehörige in den Massenmord verwickelt waren. Stattdessen hatten sie – so wie alle anderen, die sich mit dem Fall befasst hatten – Verbindungen nach Zypern aufgedeckt. Dann noch die Sache mit der Reykjavik-Warnung, die im Sande verlaufen war, weil die Beamtin am Frankfurter Flughafen, die am Röntgengerät der Sicherheitskontrolle stand und das Gepäck auf Sprengstoff untersuchte, noch nie in ihrem Leben von Semtex gehört hatte.

Ihsan hatte sogar die Originalaufzeichnungen des Funkverkehrs aus dem Cockpit der Maschine verwendet. Der Pilot MacDonald war zunächst, in einem sogenannten Daventry-Abflug, in Richtung Nordwest von Heathrow aus gestartet. Nach einer Weile lenkte er die Maschine dann in nördliche Richtung gen Schottland. Um achtzehn Uhr sechsundfünfzig, kurz vor der schottischen Grenze, erreichte das Flugzeug seine Reiseflughöhe von neuntausendvierhundert Metern, und Kapitän MacDonald drosselte den Schub auf Reiseflugniveau.

(Hierzu hatte Ihsan eine hochdramatische Rekonstruktion in Auftrag gegeben – Hände am Steuerknüppel, MacDonalds berühmter Daumen, marineblaue Jackenärmel, verwackelte Aufnahmen der Instrumente, Stimmengewirr, ein Himmel voller Wolken ...) Um punkt neunzehn Uhr wurde TAA 67 dann vom Luftraumüberwachungszentrum in Preswick, Schottland übernommen, wo die Freigabe für den Flug über den Atlantik eingeholt werden musste. Sobald die Maschine in den schottischen Luftraum einflog, stellte Archie Green, der zuständige Fluglotse am Boden, Kontakt zu den Piloten her.

Nach dieser einleitenden Schilderung wurden die Sprachaufnahmen abgespielt. MacDonald antwortete dem Lotsen: »Guten Abend, Schottland, hier Clipper 67. Wir sind auf Fläche drei eins null.« Dann meldete sich Copilot Updike zu Wort: »Clipper 67, wir erbitten Ozean-Freigabe.«

Dies war das letzte Lebenszeichen von Bord der Maschine gewesen.

Ein kalter Schauer rieselte mir über den Rücken.

Es folgten mehrere ziemlich langatmige Interviews, in denen verschiedene Experten (lauter Männer jenseits der fünfzig) die Theorie des gedeckten Koffers erläuterten. Sobald die Grundlagen des Attentats und seiner Hintergründe umrissen worden waren, machte sich Ihsan daran, die Verbindungen zur Mafia aufzuzeigen. Er zeichnete die Geschichte der Mafia auf Zypern nach und bewies (unter anderem anhand mehrerer durchaus unterhaltsamer Gespräche mit Insassen diverser New Yorker Gefängnisse), dass die Insel zum Zeitpunkt des Anschlags tatsächlich Ausgangspunkt eines florierenden Heroinhandels gewesen war. Er hatte sogar Fotos von Gianluca Caprese aufgetrieben – des Mannes, der, wie er mir bereits im Front Line Club offenbart hatte, unmittelbar im Anschluss an Cairnbridge hingerichtet worden war. Seinen verstümmelten Körper hatte man Tage später irgendwo im Hudson River gefunden, obgleich es keinerlei Hinweise darauf gab, dass er je von Zypern in die USA eingereist war.

Das war die letzte Szene, die ich bewusst mitbekam. Obwohl das emotionale Erdbeben des Abends mich gehörig durchgeschüttelt hatte und mir das, was meine Persönlichkeit im Innersten zusammenhielt, vor meinen Augen durch die Finger zu gleiten drohte, musste ich eingenickt sein. Ich erwachte zitternd vor einem rauschenden Fernsehbildschirm, noch immer gefangen in meinem Traum von einem schwarzen Panther, der auf leisen Pfoten durch meine Wohnung schlich. Ich hatte ihn aus dem Zoo befreit und mit zu mir nach Hause genommen, weil er wunderschön und gutmütig war. Aber irgendwann ging mir auf, dass es sich trotz allem um ein gefährliches Raubtier handelte. Wie leicht konnte es Ben etwas antun, mich verstümmeln oder ausreißen und auf der Straße einen Unfall verursachen? Ich ärgerte mich: Es war eine völlig hirnrissige Idee gewesen, den Panther mitzunehmen, und es war meine Pflicht, ihn so schnell wie möglich wieder zurückzubringen!

Das Teeglas war mir aus der Hand gerutscht und auf dem Fußboden in drei Teile zersprungen. Die rosafarbenen Scherben mit den Goldsprenkeln lagen in einer kleinen Pfütze Wodka, die sich genau über das Blatt mit der Überschrift »Karim Mohammed« ergossen hatte. Mit einem Schlag ging mir auf, dass der Panther in meinem Traum ein Sinnbild für die Wahrheit gewesen war.

Ich nahm den Telefonhörer ab und wählte Walter Irvings Handynummer.

»Hmpf?«, meldete er sich schlaftrunken.

»Walt? Ich bin es, Faith. Wir müssen reden.«

KAPITEL 11

Ich hörte, wie Irving aus dem Bett kletterte. Es raschelte, als er die Bettdecke beiseiteschob. Phoebe, schlaftrunken und verwirrt, murmelte etwas Unverständliches. Dann tappte er barfuß im Zimmer umher, zog sich vielleicht einen Morgenmantel über, schlüpfte mit den Füßen in lederne Pantoffeln und nahm schließlich seine Brille von der marmornen Deckplatte einer Kommode.

»Faith Zanetti, ich kenne dich! Ich weiß genau, wer du bist«, sagte er, und ich konnte das Schmunzeln in seiner Stimme hören, konnte die Dunkelheit jenseits der blauen Fensterläden seines Schlafzimmers erahnen, das Sirren der Insekten, das matte Funkeln der Sterne und die Kälte des Steinfußbodens unter seinen Füßen. Mein Gott, ich klinge schon wie Eden! Ich sollte mich um eine eigene Kolumne bemühen.

»Hi, Walt. Hör zu.« Ich kauerte noch immer zusammengekrümmt auf dem Sofa, weil ich mich kaum zu rühren wagte. »Es geht schon wieder um die Cairnbridge-Sache. Pip wurde in meiner Wohnung zusammengeschlagen, und zwar von Leuten, die hinterher fein säuberlich sämtliche Fingerabdrücke abgewischt haben. Und Ihsan El Sayed, der Korrespondent von Al-Dschasira, hat mir von seiner Theorie erzählt, dass die Mafia hinter dem Anschlag gesteckt habe. Dann bin ich Dads alte Sachen durchgegangen, und es sieht ganz so aus, als hätte er Karim Mohammed persönlich gekannt. Er scheint auch gewusst zu haben, dass Mohammed Drogen schmuggelte. Außerdem kannte er Perry Boyd. Ich will, dass du mir jetzt endlich sagst, was hier läuft. Ich glaube nämlich, du weißt ganz genau Bescheid.«

Ich hatte das alles in einem einzigen, hastigen Wortschwall hervorgestoßen und rechnete fest damit, dass er mir mit einem ähnlichen Schwall antworten würde, so wie es seine Art war. Stattdessen jedoch sagte er kein Wort. Auch das Geräusch seiner Schritte war verstummt.

»Walt?«, fragte ich, streckte endlich doch meine Gliedmaßen und langte nach der Zigarettenschachtel.

»Hmmm«, brummte er. Er klang abwesend.

»Walt, ich fliege morgen nach Sizilien. Nach Palermo. Ich will wissen, wer mich bedroht, und ich will herausfinden, ob vielleicht irgendjemand aus Gianluca Capreses Familie bereit ist, mit mir zu sprechen. Weißt du, wer Gianluca Caprese ist?«

Walter schwieg weiterhin, aber ich erlöste ihn nicht.

»Ja.« Er räusperte sich schließlich. »Ja, ich weiß, wer er ist. El Sayed glaubt, er hätte damals von Zypern aus den Drogenring der Mafia geleitet, und wir wissen, dass er auf Mafiaart hingerichtet wurde. Man hat seine Leiche in den Fluss geworfen. Ja, ich weiß Bescheid über Gianluca Caprese, aber ich glaube kaum, dass du in Palermo jemanden finden wirst, der bereit ist zuzugeben, dass er in Drogengeschäfte oder Ähnliches verwickelt war. Du musst …« Er verstummte mitten im Satz, was gar nicht zu ihm passte.

»Ich muss *was*? Sag es mir bitte, Walter! Kannte mein Vater diese Leute wirklich? Wusste er über den Heroinhandel Bescheid? Hat er damals an einer Story darüber gearbeitet? Vielleicht wurde er deswegen getötet? Haben sie ihn in Irland umbringen lassen, damit ihnen niemand auf die Schliche kommen konnte? Ist *das* der Grund, weshalb man mich jetzt bedroht? Weil jemand von der Mafia weiß, dass Dad etwas wusste? Etwas, das ihnen auch fünfundzwanzig Jahre später noch gefährlich werden könnte? Und jetzt haben sie Angst, dass ich, seine Tochter, womöglich Zugang zu seinen Unterlagen habe, dass ich einen Beweis finde, den sie damals nicht beiseiteschaffen konnten? Sie haben Angst, dass ich … ich endlich die Story vollenden könnte, an der mein Vater damals gearbeitet hat? Stimmt das, Walter? Du musst es mir sagen. Bitte!«

Während ich sprach, war ich aufgestanden und hatte versehentlich das zerbrochene Teeglas mit dem Stiefel in die Bodendielen getreten. Mein Gehirn arbeitete auf Hochtouren.

Am anderen Ende der Leitung hörte ich Walter Irving husten.

»Faith Zanetti, Faith Zanetti«, murmelte er schließlich und seufzte.

»Faith *Cleopatra* Zanetti, um genau zu sein«, warf ich leicht irritiert ein.

Er lachte. »Ja. Faith Cleopatra Zanetti.«

Verdammt noch mal, langsam reichte es aber!

»Hör zu, Faith. Ich werde ehrlich zu dir sein. Ich werde so ehrlich zu dir sein, wie es mir möglich ist. Und du kennst ja meine Meinung zur Ehrlichkeit, korrekt? Wenn man ehrlich sein will, muss man nicht sagen, dass man ehrlich sein will. Sag, dass du ehrlich sein willst, und du wirst entweder im nächsten Moment anfangen zu lügen oder jemandem eins reinwürgen. Also, ich behaupte nicht, dass ich dir alles sagen werde, was ich weiß oder jemals wusste. Das behaupte ich nicht. Teufel, das würdest du auch gar nicht hören wollen! Willst du hören, wie ich aus dem Talmud rezitiere? Ich glaube kaum. Ich glaube kaum, dass du das willst, Faith. Also kein Wort davon. Verstehst sowieso kein Hebräisch, korrekt? Oder, Faith? Natürlich nicht. Aber was ich dir sagen werde, ist Folgendes: Ich werde dir sagen, dass deine Schlussfolgerungen ziemlich solide sind. *Ziemlich* solide. Du bist noch nicht am Ziel. Du bist noch meilenweit vom Ziel entfernt. Vielleicht kommst du nie an. Aber ich habe immer schon gewusst, dass du einen klugen Kopf auf deinen Schultern sitzen hast. Ich habe deine Artikel gelesen. Deine Artikel sind fantastisch! Wir sollten ein Buch daraus machen. Habe ich das schon vorgeschlagen? Haben wir uns schon einen Titel überlegt? Haben wir. *Herrin der Schlachten.* Toll! Muss unbedingt Allegra anrufen. Gleich morgen. Wo war ich stehengeblieben?«

»Ich bin noch meilenweit vom Ziel entfernt«, sagte ich leise.

»Richtig. Meilenweit. Aber du kannst denken. Du hast Grips. Setz Faith Zanetti auf eine Story an, und du kannst sicher sein, dass sie etwas liefert. Sie hält, was sie verspricht. Korrekt? Wirst du das tun, Faith? Wirst du halten, was du versprichst?«

Ich hatte erwartet, er würde noch weiterreden, aber stattdessen verstummte er erneut.

»Ich weiß nicht recht. Sag du es mir.«

»Ah, eine Frage mit einer Gegenfrage beantworten! Korrekt. Du bist gut. Richtig gut. Verdammt gut! Also werde ich ehrlich sein, so weit ich kann. Und das ist ungefähr so weit, wie du mich werfen kannst, verstanden? Wir alle wissen, was mit Sam Fischer los ist. Wir wissen, wie der Hase läuft. Der übelste Spitzel, den die Welt je gesehen hat. David Cornwell hat ihn jedenfalls nie als Vorlage benutzt. Weißt du, wen ich meine? John le Carré. Heißt mit bürgerlichem Namen David Cornwell.«

»Ich weiß«, warf ich ein.

»Aber selbstverständlich weißt du das! Und ich bin immer noch ehrlich: Er hat Sam Fischer nie zum Mittagessen eingeladen. *Nie.* Und der andere auch nicht. Freddie. Freddie Forsyth. Aber eine tolle Methode, umsonst an eine warme Mahlzeit zu kommen. Wirf ihnen irgendeinen verfahrenstechnischen Firlefanz hin – Dinge, die die Öffentlichkeit in Erstaunen versetzen –, und ich sage dir, sie stürzen sich auf dich wie der Hund auf den Knochen. Brillant. Brillant! Sag ihnen meinetwegen: ›Ja, natürlich schmuggeln wir Koffer voller Heroin im Austausch gegen geheime Informationen!‹ Risiken und Chancen – die muss man gegeneinander abwägen.«

Ich wusste nicht, ob das, was mir bei seinen Worten in die Kehle stieg, Angst, Erregung oder echte Galle war. Vermutlich ein Cocktail aus allen dreien.

»*Wir?*«, flüsterte ich.

Walter lachte. Und plötzlich begriff ich, ohne dass ich den Gedanken bewusst formulieren musste, dass die Villa in Frascati, in der wir uns mit Boyd getroffen hatten, ein geheimer Unterschlupf gewesen sein musste. Wenn auch einer, der sich als nicht besonders geheim – und folglich nicht besonders sicher – herausgestellt hatte.

»Hör zu«, fuhr er fort. »Das ist keine Unterhaltung, die man am Telefon führen sollte. Wie die Russen sagen würden: Eto nje telefonny rasgowor. Korrekt? Finde ich großartig. Dies ist kein Telefongespräch! Und die ganze Zeit über spricht man mit ihnen am Telefon und möchte sagen: Doch, ist es wohl! Aber Faith, wir können das *wirklich* nicht am Telefon ausdiskutieren.« Er klang beinahe so, als wolle er mich necken. »Weißt du, was ich für dich tun werde? Ich werde mich mit dir in Palermo treffen. Wir werden der Sache gemeinsam auf den Grund gehen. Was sagst du dazu? Das ist allemal sicherer, würde ich meinen. Nimm dir ein Zimmer im Villa Igiea. Wir treffen uns dort. Um wie viel Uhr kommst du an? Also, du kannst mich anrufen, sobald du gelandet bist. Ja. Ruf mich an.«

»Mein Flugzeug landet um halb sieben«, antwortete ich automatisch, zu verdattert, um etwas anderes sagen oder weitere Fragen stellen zu können.

»Abends, richtig? Ich werde jemanden hinschicken, der dich abholt. Sind wir jetzt fertig? Abmarsch zurück in die Federn? Ja, ich glaube, wir sind fertig.«

Er legte auf.

Danach stand ich so lange unter der kochend heißen Dusche, bis ich es nicht mehr aushielt. Ich wusste, was Walt mir hatte sagen wollen, und ich zweifelte nicht daran, dass es der Wahrheit entsprach. Ich war lediglich wie vor den Kopf geschlagen ob meiner eigenen Dummheit. Dass ich nie etwas davon gewusst, nie einen Verdacht gehegt, nie auch nur die Möglichkeit in Betracht gezogen hatte, schien mir schlicht unfassbar. In jedem Fall war es reichlich naiv, wenn man bedachte, dass man an mich bereits mehrfach mit einem ähnlichen Anliegen herangetreten war. Hin und wieder hatte ich den Treffen sogar zugestimmt. Ich war in einem Café in der Innenstadt von London von einem Mann im Anzug begrüßt worden, der sich als Bob vorstellte, so dass man gleich durchschaute, dass es auf keinen Fall sein richtiger Name sein konnte, auch wenn er selbst sich dieser Tatsache vermutlich schon gar nicht mehr bewusst war. Bob lockte mich mit erstklassigen Kontakten, bot mir Interviews mit dem Papst, Osama bin Laden und Fidel Castro an – wenn ich mich nur bereit erklärte, das zu schreiben, was gewisse Kreise gern in der Presse lesen wollten. Die Versprechungen waren wirklich allerhand: Sie würden die Miete zahlen, die Schulgebühren der Kinder übernehmen … und normalerweise verlangten sie im Gegenzug gar nichts Dramatisches – in vielen Fällen nichts anderes als das, was man so oder so ähnlich ohnehin geschrieben hätte, aber … Aber was? Ich weiß nicht. Doch, ich weiß es wohl: Ich war immer davon ausgegangen, dass Dad solche Spielchen abgelehnt hätte. Er wäre mit Sicherheit dagegen gewesen, dass ich mitmachte – hatte ich gedacht –, weil es meine Wahrheitsfähigkeit kompromittiert hätte. Ich hatte schließlich versucht, wie er zu sein.

Und das, obwohl er selbst all die Jahre …

Plötzlich erinnerte ich mich an einen Vorfall aus meiner Kindheit. Wir saßen in einem Hotelzimmer irgendwo in Amerika – ich glaube, in Stockbridge, Massachusetts – und bewarfen uns gegenseitig mit winzigen Kräckern, die wie Fische geformt waren und nach Käse schmeckten. Den ganzen Tag über war ich wieder und wieder bis zum Grund des Swimmingpools getaucht, um den Silberdollar heraufzuholen, den er hineingeworfen hatte. Einen Silberdollar, den ich jetzt noch in der Hosentasche trug. Dann hatte Dad mich auf seine Schultern geschwungen und war mit mir um den Pool gerannt. Ich kreischte wie am Spieß, und fast wäre ich ins Wasser gefallen, bis Evie, die damit beschäftigt war, ihre makellos goldene Haut gleichmäßig mit nach Kokosnuss duftendem Sonnenöl einzureiben, ihm sagte, er solle gefälligst damit aufhören. Daraufhin setzte er mich ab und schnappte sich ihre Armbanduhr – ein ziemlich teures Ding, für das sie lange vor der Kamera hatte schmollen müssen. Er drohte ihr damit, die Uhr ins Wasser zu werfen, und sie sprang auf und setzte ihm quietschend und zeternd nach, während die weißbefrackten Kellner, Silbertabletts mit Drinks vor sich her balancierend, ihr Treiben milde lächelnd beobachteten. Als sie ihn endlich eingeholt hatte, warf er die Uhr in hohem Bogen ins Wasser. Sie nannte ihn ein Arschloch und weigerte sich, mit uns zum Abendessen zu gehen. Also aßen wir zwei allein, knackten Hummer mit blitzenden Zangen, und ich trank einen Erdbeer-Daiquiri ohne Daiquiri. Das war damals mein Lieblingsgetränk. Als wir wieder oben im Zimmer ankamen, hatte Evie bereits ihre Sachen gepackt und war abgereist. Insgeheim war ich froh. Dad schaltete den Fernseher ein, und dann kamen die Fische ins Spiel. Irgendwann lief ein Bericht über eine Flugzeugentführung: eine Maschine der Air France in Uganda, palästinensische Entführer, der Großteil der Passagiere Israelis. Dad wurde blass und begann sofort, unsere Sachen zusammenzuraffen. In heller Aufregung rannte er im Zimmer hin und her und rauchte eine Zigarette nach der anderen. Dann rief er jemanden in New York an, eine Bekannte namens Arla, deren Wohnung nach Katzen roch, und fragte sie, ob er mich bei ihr absetzen könne, weil er schnellstens zum Flughafen müsse. »Ruf Evie an. Wenn sie nach Hause kommt, wird sie dich abholen«, instruierte er mich, bevor er mich zusammen mit unserem Gepäck unsanft in den alten Buick beförderte. Die fünf- oder sechsstündige Fahrt zurück in die Stadt über menschenleere Freeways raste er wie ein Verrückter, so dass die Lichter und Schilder in übelkeitserregender Geschwindigkeit an mir vorbeisausten. Ich lag hinten auf der Rückbank und er qualmte und qualmte und qualmte.

Wohin flog er in jener Nacht?

Plötzlich erinnerte ich mich daran, dass er oft von Nikosia aus die Fähre in den Libanon genommen hatte, weil es angeblich sicherer war als der Luftweg. Sicherer? Oder vielmehr unauffälliger? Diese Frage stellte ich mir jetzt. Und mir fiel nur ein Mensch ein, der eine Antwort darauf wissen konnte.

»Schatz?«, murmelte Evie verschlafen in den Hörer.

»Hi. Tut mir leid. Ich bin es schon wieder. Aber hier gehen gerade einige sehr merkwürdige Dinge vor sich. Kannst du dich noch daran erinnern, wie Dad einmal deine Uhr in den Pool geworfen hat und ich bei Arla übernachten musste?«

»Wann war das denn, im Jahr 1823? Rufst du mich um drei Uhr morgens an, um mir eine Frage über eine Phase meines Lebens zu stellen, in der ich so zugekokst war, dass es mir unmöglich gewesen wäre, meine Armbanduhr auch nur von meiner Mumu zu unterscheiden?«

Ich lachte. »Mumu« ist wirklich ein tolles Wort.

»Ja. 1976 war das, glaube ich. Er musste ganz überstürzt abreisen, weil irgendwo in Afrika ein Flugzeug entführt worden war. Wo ist er damals hingeflogen?«

»Schatz. Ich nehme an, er ist genau *dorthin* geflogen, wo das Flugzeug war. Damit er darüber berichten konnte.«

»Du weißt es aber nicht mit Sicherheit?«

»Sieht wohl so aus.«

»Aber warum hätte er nach Uganda fliegen sollen? Es muss doch einen Afrikakorrespondenten gegeben haben, der direkt vor Ort war. Er hatte mit der Sache doch gar nichts zu tun! Evie, ich glaube, er war irgendwie in die Entführung verwickelt. Als Spitzel. Ich glaube, er hat damals für die Regierung gearbeitet … oder für jemand anderen …«

Da hockte ich also im Dunkeln auf dem Sofa, nachdem ich bereits den Notarzt und die Polizei zu Besuch gehabt hatte, mit einer schockierenden Enthüllung nach der anderen konfrontiert worden war, die ganze Zeit über keinen Bissen gegessen hatte, und zitterte vor lauter Anspannung, weil ich es einfach alles nicht fassen konnte. Und so wundert es sicher nicht, dass ich ein wenig länger brauchte, um zu begreifen, dass die Geräusche, die aus dem Hörer drangen, nicht daher rührten, dass Evie im Begriff war zu ersticken oder gerade einen Herzinfarkt erlitt oder in hemmungsloses Schluchzen ausgebrochen war.

Nein: Sie lachte sich tot.

Es war ansteckend. Ich war so hundemüde und völlig durcheinander, dass ich automatisch mitzulachen begann. Ich lachte, bis meine Wangenmuskeln krampften und ich mich vornüberkrümmen musste und Evie japsend anflehte, in Gottes Namen aufzuhören.

Als wir beide wieder zu Atem gekommen waren, ergriff sie das Wort.

»Meine Güte, Schatz«, stieß sie hervor. »Ich kann nicht glauben, dass du nichts davon wusstest!«

KAPITEL 12

Im Flugzeug (ich saß neben einer Nonne) schlief ich ein, und als ich wieder erwachte und mir die Sonnenbrille in die Haare schob, um aus dem Fenster der Maschine zu blinzeln, stellte ich fest, dass wir bereits gelandet waren.

Draußen sah ich das glitzernde, leuchtendblaue Meer, Palmen, vom Sonnenschein vergoldete Häuser und Kirchen, ein niedriges weißes Flughafengebäude wie auf den kleineren Flugplätzen im ländlichen Afrika und eine wunderschöne gebräunte Frau in khakifarbener Uniform und mit Spiegelbrille, die das Flugzeug mit großen runden Kellen einwies. Es kam mir gar nicht wie Italien vor, eher wie Griechenland oder der Nahe Osten, und mit einem Mal war ich viel eher bereit dazu, Sizilien zu mögen, als noch vor meiner Abreise. Selbst von meinem Platz 43F aus konnte ich erkennen, dass hier genau das Ausmaß an Hitze und Chaos herrschte, das ich brauchte, um mich wohlzufühlen.

Mein nächtliches Telefonat mit Evie hatte fast bis zum Morgengrauen angedauert. Die meiste Zeit über hatte ich sie wüst beschimpft, weil sie mir nie etwas von Dads Nebenjob als Spitzel erzählt hatte. Aber Evies Erklärungen klangen allesamt glaubhaft: Wenn wir uns früher über ihn unterhalten hatten, dann fast ausschließlich darüber, was wir für ihn empfunden hatten und wie sehr ich ihn vermisst hatte, wenn er fort war. Über seine Arbeit, über den Mann, der er war, wenn er nicht bei uns sein konnte, sprachen wir nie. Darüber hinaus hatte ich nie Fragen zu seiner Arbeit gestellt, und Evie wiederum war nicht auf den Gedanken gekommen, es mir von sich aus zu erzählen, weil sie es schlicht und ergreifend nicht für wichtig gehalten hatte. Schließlich war es nichts Ungewöhnliches, dass ein Reporter im Ausland nebenher ein bisschen spionierte. Wenn Sie zum Beispiel aus den Nachrichten erfahren, dass ein Journalist im Ausland wegen des Verdachts auf Spionage festgenommen wurde, wundern Sie sich nicht: Aller Wahrscheinlichkeit nach ist die Anschuldigung wahr, und wer sich darüber erstaunt zeigt oder gar ereifert, beweist nur, dass er hoffnungslos naiv ist. Vor gar nicht allzu langer Zeit habe ich einen Reporter vom *Telegraph* im Fernsehen gesehen, der irgendwo in Asien – Malaysia, glaube ich – verhaftet worden war und nun in Handschellen vor den Kameras seine Unschuld beschwor. Und alles, was ich dachte, war: »Oh. Der also auch.«

Ich zerrte gerade – bereits umweht von der Hitze, dem Salzgeruch des Meeres und dem Duft von Zitronen, der durch die offene Kabinentür hereingeströmt kam – meine Tasche aus dem Gepäckfach über mir (»Sehr geehrte Damen und Herren, herzlich willkommen auf dem Flughafen Falcone-Borsellino«), als ich hörte, wie jemand weiter vorn sich lautstark beschwerte.

»Hey, du Fummeltrine, nimm gefälligst die Pfoten von meinem Gerät! Ich habe gesagt, Pfoten weg. Bist du taub?«

Ich reckte mich auf die Zehenspitzen, um besser über die Köpfe der anderen Leute hinwegspähen zu können, auch wenn ich längst wusste, um wen es sich bei dem Störenfried handelte.

»Don McCaughrean!«, brüllte ich nach vorn. Seit wann konnte er sich einen Platz in der Business Class leisten? Sauerei.

Ich war einmal bei einer Talkshow eingeladen gewesen – Sie wissen schon, man sitzt im Kreis und lässt seine Meinung zum gegenwärtigen Zustand der Nachrichtenberichterstattung vom Stapel (Fachwissen nicht erforderlich) – und musste dafür mit dem Zug nach Manchester fahren. Mit mir reiste ein Mann vom CNN, dem man doch tatsächlich eine Fahrkarte für die erste Klasse spendiert hatte, während ich mich mit der Holzklasse begnügen musste! Ich wusste nicht recht, ob es daran lag, dass er fürs Fernsehen arbeitete und ich nur für eine Zeitung, oder ob er als Amerikaner gewisse Privilegien genoss. Jedenfalls mampfte ich ein Käsesandwich aus einer Zellophanverpackung, während ihm an seinem affigen kleinen Klapptischchen ein komplettes englisches Frühstück mit allem Drum und Dran serviert wurde. Mistkerl.

Don wirbelte herum und zog dabei versehentlich dem hinter ihm stehenden Passagier eins mit seiner Kameratasche über. Der Geschädigte war ein junger Mann mit zu hochkomplizierten Streifen getrimmter Gesichtsbehaarung. Seine Sonnenbrille balancierte zwischen Augen und Haaransatz mitten auf seiner Stirn. Wie bringt man das bloß fertig?, frage ich mich jedes Mal, wenn ich so etwas sehe. Und ist der Grund dafür, warum diese merkwürdige Trageweise allerorten als Gipfel der Lässigkeit gefeiert wird, einzig und allein der, dass es nur wenige gibt, die das Kunststück überhaupt hinbekommen?

Der Mann zischte eine aufgebrachte Beleidigung, in der unter anderem das Wort »culo« vorkam und die ihr Adressat zum Glück nicht verstand.

Trotz allem freute ich mich aufrichtig, Don zu sehen.

»Piss die Wand an, Eff Zett! Hier drin ist es so eng wie in der Möse einer Jungfrau!«, trompetete er noch, bevor er von einem leicht angespannt wirkenden Flugbegleiter aus der Maschine komplimentiert wurde – hinein in die flammende Hitze Siziliens. Eine Hippiemutter mit einem Baby im Tragetuch und drei weiteren kleinen Rotznasen mit verschmierten Gesichtern am Rockzipfel schnalzte laut und missbilligend mit der Zunge. Ohne Frage war sie Engländerin.

Ich drängelte mich an den Passagieren vorbei, quetschte mich beim Aussteigen seitwärts auf der Treppe entlang und stolperte prompt über einen zusammengeklappten Kinderwagen, der unten auf dem Flugfeld auf seinen Besitzer wartete. Komisch, dass man manche Dinge erst dann zur Kenntnis nimmt, wenn sie im eigenen Leben eine Rolle spielen. Vor Bens Geburt war mir nie irgendwo in der Nähe eines Flugzeugs ein Kinderwagen aufgefallen. Aber jetzt kam es mir so vor, als stünde jedes

Mal, wenn ich aus einer Maschine stieg, eine ganze Flotte Buggys am Fuß der Treppe.

Der Himmel war so blau wie der Schleier der Jungfrau Maria auf einem mittelalterlichen Gemälde. Fast tat es weh hinzusehen.

Ich holte Don ein, als dieser bereits in die Ankunftshalle torkelte und trunken mit seinem Pass in der Luft herumwedelte. »Schon gut, schon gut. Freu dir bloß kein zweites Loch in den Hintern. Ich bin hier, um dir zu helfen. Ich werd schon nicht weglaufen«, lallte er und küsste mich schmatzend auf beide Wangen. Schweiß tropfte von seinem Gesicht auf meins.

»Igitt«, sagte ich. »Was soll das heißen, mir helfen? Was zum Teufel hast du hier zu suchen?«

»Jonesy hat mich angeklingelt. Hat gesagt, ich soll kommen und ein Auge auf dich haben. Ein paar Bilder für dich schießen«, erklärte McCaughrean und stellte seine Kameratasche auf einen Tisch, damit die dunkelhäutige Schönheit vom Zoll sie in Augenschein nehmen konnte. »Ich habe alles mit deiner Auslandsredaktion geklärt. Obacht, Schätzchen«, wandte er sich an die Frau. »Das Ding ist ein Klassiker.«

Sie fixierte ihn mit einem trägen Blick und zeigte ihm danach die kalte Schulter. Ich konnte es ihr nicht verübeln.

»Was? Hat er dir allen Ernstes gesagt, ich brauche ein Kindermädchen? Was ist bloß in ihn gefahren? Ich bin fast hundert Jahre alt! Ich habe dich in Grosny unter einem Autowrack hervorgezogen und ich werde gar nicht erst *anfangen* aufzuzählen, wie oft ich Eden Jones seinen dürren Hals gerettet habe!« Insgesamt viermal. »Ich brauche keinen Babysitter!« Inzwischen war auch mir der Schweiß ausgebrochen. Inmitten einer kreischenden, wild gestikulierenden Menge wurden wir zur Gepäckausgabe geschwemmt – einem unordentlichen Kofferstapel, der in der Mitte der Halle aufgeschichtet worden war. Geschäftstüchtige Taxifahrer versuchten uns hierhin und dorthin zu ziehen. Don wurde von der wogenden Masse fortgerissen.

»Schön! Dann fahre ich eben zurück nach Moskau, Zanetti.

Nett, dich gesehen zu haben und so weiter. Hat Spaß gemacht. Arrivederci!«, blökte er mit rückwärts gewandtem, rotglühendem Kopf.

»Nein!«, rief ich. »Geh nicht! Bleib hier. Ich meinte doch nur …«

Und plötzlich wurden wir durch eine Glastür nach draußen gespieen, mitten hinein in das lärmende Tohuwabohu einer Bushaltestelle und eines Taxistandes. Dort wartete auch ein Fahrer mit einem Pappschild, auf dem weithin lesbar »Zanetti« geschrieben stand. Don ging schnurstracks auf den Mann zu, schüttelte ihm kräftig die Hand und quetschte sich dann mitsamt seinem Gepäck auf die Rückbank. »Wo steigen wir ab?«, fragte er ächzend, während er sich eine Zigarette ansteckte.

»*Wir* steigen nirgendwo ab. *Ich* habe ein Zimmer im Grand Hotel Villa Igiea. In welchem Schweinestall *du* übernachtest, bleibt dir überlassen. Kommt ganz darauf an, was dein Geldbeutel hergibt.«

»Grand Hotel Igiea, klingt gut. Vielleicht buche ich mir eine Suite. Schließlich bin ich jetzt in der freien Wirtschaft tätig. Leckmuscheln im Anzug – aber man verdient sich dumm und dämlich dabei.«

Ich seufzte. Arme Ira. Wie hielt sie es bloß mit ihm aus?

Don hat eine Russin geheiratet, die er in Bagdad kennengelernt hat, und zusammen mit ihrem kleinen Sohn leben sie in einem Vorort von Moskau, wo sie hin und wieder Besuch von Dons älteren Kindern aus erster Ehe bekommen. Er versucht mannhaft, trocken zu bleiben, und schleppt sich sogar artig zu den Treffen der Anonymen Alkoholiker in der Britischen Botschaft – bis er früher oder später wieder abstürzt und, nach original russischer Sitte, auf wochenlange Sauftouren geht, tatkräftig unterstützt von alten Männern, die er beim Pfannkuchenessen in heruntergekommenen Cafés aufgegabelt hat.

Mit einem gewaltigen Röhren erwachte der Motor des Autos zum Leben. Wir fuhren an und wirbelten dabei eine dichte Wolke orangefarbenen Staub auf. Der Fahrer hatte ein Kruzifix auf seinem Armaturenbrett befestigt, und daneben klebte in einem goldenen Plastikrahmen ein Foto seiner Tochter im Kommunionskleid. Die Straße, über die wir fuhren, folgte dem Verlauf der Küste, aber nur selten sah ich das Meer durch die Bäume blitzen. Hier und da saßen Familien im Schatten und picknickten. Zwei zerzauste Mädchen im Badeanzug kurvten mit flatternden Zöpfen ausgelassen auf ihren Fahrrädern herum. Ich sah Olivenhaine und Zitronenhaine, Bäume mit Orangen und noch grünen Walnüssen. Immer wieder knatterten junge Männer auf Vespas an uns vorüber. Einer von ihnen, die Zigarette lässig im Mundwinkel, hatte seine Freundin hinter sich auf dem Sitz. Sie trug ein geblümtes Kleid, dessen Rock sich im Fahrtwind blähte, und klammerte sich an den halbnackten gebräunten Körper ihres Freundes. Wie gern wäre ich an ihrer Stelle gewesen!

Alle Welt befand sich auf dem Heimweg vom Strand, und Frauen und Kinder scharten sich um die Lieferwagen, aus deren geöffneten Heckklappen Obst, Brot, Girlanden aus rotem Chili, Salami und Käse verkauft wurden. Das Licht des Tages ging ganz allmählich in sanftes Rosa über, und die alten Männer, die am Straßenrand über ihren Bottichen voller Oliven und Kapern hockten, grinsten sich gegenseitig an, dass ihre Goldzähne nur so blitzten.

»Es ist wunderschön hier!«, rief ich begeistert und lehnte mich aus dem Fenster, um tief die Seeluft einzuatmen. Ich hätte es besser wissen und mir einen solchen Ausbruch unverhohlener Verzückung im Beisein von Don McCaughrean verkneifen sollen.

»Was faselst du da?«, röchelte er unwirsch und schnippte seine Zigarettenkippe aus dem Fenster. Der Fahrer fuhr herum und wies ihn mit ernster Stimme zurecht: Das sei verboten wegen der Waldbrandgefahr. Don verstand natürlich nur Bahnhof.

»Was hat der denn im Arsch stecken?«, blaffte er eingeschnappt.

Ich versuchte es noch einmal: »Du weißt schon, Don – *Schönheit.* Die Sonne. Das Meer. Natur in Hülle und Fülle. Und so weiter.«

»Sieht hier aus wie im Libanon, wenn du mich fragst«, brummelte er. »Und wie jeder weiß, ist der Libanon ein Scheißloch voller Spinner.«

Er hatte recht, es sah wirklich ein bisschen aus wie im Libanon – und wie jeder weiß, ist der Libanon *kein* Scheißloch voller Spinner, sondern wunderwunderschön. Meer und Berge. Allerdings keine Vulkane. Und die armen Sizilianer sind nicht so arm wie die armen Libanesen. Den Menschen hier ist eine gewisse verträumte Ruhe zu eigen, die verrät, dass sie nicht in einem Land leben, das im Laufe des letzten halben Jahrhunderts permanent von Kriegen heimgesucht wurde. Sie wirken wie Menschen, die daran gewöhnt sind, dass immer die Sonne scheint, dass sie alljährlich eine reiche Ernte einfahren und die Fische aus dem Meer direkt auf ihre Teller springen. Ich erhaschte einen Blick auf einen Mann mit einem schwarzen Trilby aus Filz auf dem Kopf, der so aussah, als habe er ihn etwa 1952 gekauft. Voller Besitzerstolz hatte er sich vor einem gigantischen Berg Wassermelonen aufgestellt. Hunderte Früchte waren es, eine auf die andere gestapelt. Ihre grün gestreiften Schalen glänzten in der Sonne.

»Was wollen wir hier überhaupt?«, lamentierte Don von hinten.

»Weißt du, vorhin im Flieger habe ich mich eine Sekunde lang tatsächlich gefreut, dich wiederzusehen«, seufzte ich. »*Ich* bin auf Recherchereise für meine Kolumne über sizilianische Lebensart. Und du?«

»Wirklich? Du willst, dass ich Tontöpfe mit eingelegten Zitronen und Holzlöffeln knipse? Ich dachte, wir sind hinter Verbrechern her.«

Ich lachte. »Cairnbridge«, berichtigte ich ihn und genehmigte mir nun ebenfalls eine Zigarette.

»Cairnbridge? Die Geschichte hat doch einen ellenlangen

Bart!«, protestierte Don, und seine Hängebacken bebten vor Empörung.

»Ich weiß, Don. Aber dir ist ja bekannt, dass unser Chefredakteur von dem Thema regelrecht besessen ist. Und jetzt, wo der Jahrestag vor der Tür steht …«

»Der fünfzehnte, oder?«

»Wovon träumst du nachts, McCaughrean? Der *fünfundzwanzigste.*«

»Leck mich an den Füßen!«

»Aber gern. Jedenfalls ist damals bei der amerikanischen Botschaft in Reykjavik eine Warnung eingegangen …«

»Wie überaus mysteriös«, säuselte er und wackelte verschwörerisch mit seinen Wurstfingern.

»Oder auch nicht. Dass Attentate vorher angekündigt werden, ist ja nichts Ungewöhnliches. Leider hat man diese Warnung mehr oder weniger ignoriert. Außerdem lief es üblicherweise so ab, dass diejenigen, die vor dem Anschlag gewarnt hatten, sich danach auch zu der Tat bekannten. Aber im Fall Cairnbridge ist das nie passiert. Wie dem auch sei – besagtem Anrufer von Reykjavik bin ich auf den Fersen.«

»Aber, Eff Zett, der ist doch bestimmt schon tot oder ein ganz kleines Licht, und wen interessiert die Sache denn noch einen Fliegendreck, und das soll eine Story sein, und überhaupt, ich will zurück nach Hause!«

»*Grundsätzlich* würde ich dir zustimmen. Anfangs habe ich genauso gedacht. Aber dann wurde es doch noch richtig spannend. Ich habe einen alten, schwulen Exspion interviewt, der sich, unmittelbar nachdem er mir gegenüber behauptet hatte, höchstselbst die Reykjavik-Warnung ausgegeben zu haben, den Kopf weggepustet hat. Natürlich war seine Geschichte von vorn bis hinten gelogen. Und dann wurde Pip in meiner Wohnung vermöbelt, während ich gerade nicht da war …«

»Pip Deakin? Oh. Tut mir echt leid.«

»Wer's glaubt. Darüber hinaus sind noch einige andere Sachen passiert, mit denen ich dich jetzt nicht langweilen will.

Auf jeden Fall ist es interessanter, als es auf den ersten Blick scheint. Kennst du Ihsan El Sayed?«

»Von Al-Dschasira?«

»Hm.«

»Wichsaffe.«

»Also, ich mag ihn. Sehr appetitlich anzusehen.«

»Sag ich doch: Wichsaffe.«

»Jedenfalls hat er schon vor Ewigkeiten in einem Fernsehbeitrag die These aufgestellt, dass es eben *nicht* die Libyer oder die Syrer oder die Iraner oder die Palästinenser waren oder sonst einer von diesen ...«

»Terroristen.«

»Arabern.«

»Wie auch immer.«

»... sondern dass in Wirklichkeit die Mafia hinter dem Anschlag steckte. Zwei Agenten der CIA seien kurz davor gewesen, den Drogenschmuggel auffliegen zu lassen, also hat man sie kurzerhand in die Luft gejagt, noch bevor sie dem Hauptquartier Bericht erstatten konnten.«

»Hilf mir ein bisschen auf die Sprünge«, sagte Don und beugte sich vor, während wir durch tiefe Schlaglöcher holperten und rasant schlingernd einer Ziege auswichen. »Ich dachte, die CIA hätte die Drogenkoffer gedeckt.«

»Ja, das stimmt. Aber das war gewissermaßen eine inoffizielle Operation von einigen wenigen Agenten. Im Austausch dafür wollten sie Informationen über wichtige Personen von der Insel ...«

»Du meinst *diese* Insel?«

»Ja, Sizilien. Erinnerst du dich noch daran, als damals die Richter erschossen wurden? Der Flughafen ist nach zweien von ihnen benannt. Die CIA war hinter den Auftraggebern her. So lautet jedenfalls Ihsans Theorie.«

»Also muss es jemanden in der Mafia gegeben haben, der der CIA diese Informationen hat zukommen lassen.«

»So muss es wohl gewesen sein.« Ich hob die Schultern.

»Krass.«
»Ich weiß.«

Wir schwiegen, während um uns herum allmählich die Stadt emporzuwachsen begann. Wir fuhren durch schmale, schmutzige Straßen, die von Geschäften gesäumt waren. Läden, die abends genauso plötzlich unter dem lauten Gerassel eines Eisengitters schlossen, wie sie morgens öffneten, und die oft nur von einer einzigen nackten Glühbirne beleuchtet waren, die unter einem Baldachin hin und her baumelte. Die Waren der Händler ergossen sich bis auf den Gehsteig. Die meisten boten Säcke mit bunten Gewürzen oder Süßigkeiten an: Schachteln mit rosafarbenem türkischen Honig, Nougat mit Pistazien, grüne überzuckerte Geleebonbons und karamellisierte Nüsse. Die Läden mit höherem Kundenaufkommen (sechs beleibte alte Damen in schwarzen Kleidern und mit Kopftüchern, blickdichten fleischfarbenen Strumpfhosen und schwarzen Slippern, die vier Größen zu klein waren und aus denen ihre speckigen Füße an den Seiten hervorquollen) waren in aller Regel Haushaltswarenbuden, die Waschschüsseln aus Plastik, Kehrbleche, Handfeger und Putzmittel mit fremdartigen Etiketten im Angebot hatten. Gelegentlich nahm unser Fahrer eine besonders enge Kurve unter Zuhilfenahme der Handbremse, und mehrmals röhrten wir in Höchstgeschwindigkeit für den Verkehr gesperrte Gassen hinauf, in deren Winkeln einäugige Katzen und dreibeinige Hunde lauerten, während Frauen Abwässer (vielleicht war es auch nur Waschwasser) und Plastikbeutel voller Müll aus den Fenstern ihrer Häuser auf die Straße kippten.

»Heilige Spritzwurst«, sagte Don und musste doch tatsächlich würgen. Trotz seiner großen Klappe ist er sehr sensibel.

»Übergib dich bitte nicht im Auto«, ermahnte ich ihn.

»Geht klar.« Er nickte.

Dann wurde die Umgebung mit einem Mal eleganter: Wir hatten das touristische Zentrum erreicht. Gepflegte Gärten mit vor Gesundheit strotzenden Palmen und mit Rutschen und

Schaukeln hinter hohen Eisengitterzäunen, ein Zuckerwattestand, prächtige Barockvillen in Gelb und Rosa mit geschwungenen Treppen und bunten Blumenbüscheln in Pflanzschalen vor den Türen. Dazwischen allerhand noble Boutiquen und Cafés, vor denen gut aussehende Menschen in der Sonne saßen und Granita oder Rotwein tranken, während kleine Hündchen an ledernen Leinen artig warteten. Ich sah keine einzige Frau, egal welchen Alters, die keine hochhackigen Schuhe trug. Pärchen schlenderten vorbei, und ältere Herrschaften saßen auf den Bänken vor einer majestätischen Kirche, deren Architektur fast islamisch anmutete, obgleich ihr Turm von einem Kreuz gekrönt wurde.

Ich gab mich der Wärme des späten Nachmittags hin und war drauf und dran einzudösen, das Gesicht an die klappernde Seitenscheibe gepresst, als plötzlich ein geschniegelter Jüngling in Zylinder und Schwalbenschwanz, einen blitzenden Kofferwagen aus Messing hinter sich herziehend, die Beifahrertür aufriss.

»Signora?«, grüßte er und beugte sich herab, um mir beim Aussteigen behilflich zu sein.

»Oh. No, no, grazie«, stammelte ich, kletterte selbständig hinaus und gab ihm zu verstehen, dass ich nur mein Handgepäck dabeihatte. Er machte ein enttäuschtes Gesicht und wandte sich an Don, um ihm seine Hilfe anzubieten. Na dann viel Glück, dachte ich, bevor ich die reich verzierte Treppe zum Hoteleingang hinaufhüpfte. Er war von Palmen gesäumt und gab den Blick auf spiegelblanken Marmor im Innern der Lobby frei. Ich trat ein und erschauerte in der Eiseskälte der Klimaanlage.

KAPITEL 13

Champagner, der in seinem silbernen Kühler schwitzte, Vase um Vase mit pinkfarbenen, gelben und weißen Rosen darin und buttergelbe Musselinvorhänge, die sich in der sanften Ozeanbrise blähten – das nenne ich ein Hotel. Faith Zanetti hatte es weit gebracht.

Ich warf mich auf die Bettdecke, ließ meine bestiefelten Füße über den Rand baumeln, lag eine Weile lang auf dem Rücken und rauchte. Das Bettzeug war blendendweiß und knirschte wie Neuschnee. Zweifellos würde es durch den Kontakt mit meinen Jeans, meiner Jacke und meinen Haaren umgehend einen Schmutzschleier bekommen. Ein Moskito sirrte um meinen Kopf herum. Ich fing ihn in meiner Faust.

Don rief an, um mir zu melden, dass er losziehen und ein paar Aufnahmen von Palermo a notte machen wolle, die sich in der Heimat an Reisemagazine verkaufen lassen würden.

»Zerbrich dir um mein Wohlergehen bloß nicht den Kopf«, sagte er hustend. »Der alte Don kommt schon klar.«

»Da fällt mir aber ein Stein vom Herzen«, entgegnete ich sarkastisch.

»Nein, ehrlich, ich finde mich auch allein zurecht.«

»Das! Weiß! Ich!«, bellte ich in den Hörer und legte auf.

Ich glaube, bevor Ben in mein Leben trat, hätte ich Walters große romantische Geste – die Blumen, den Champagner – als ein wenig maßlos empfunden. Überkandidelt und schmierig – nicht mein Geschmack. Wenn jemand mit mir schlafen wollte, dann erwartete ich von ihm, dass er mich fragte. Geradeheraus und ohne jegliches Drumherum. Denn wenn ich keine Lust gehabt hätte, hätte ich mich durch ein solches Theater keinesfalls umstimmen lassen, und *wenn* ich Lust gehabt hätte, wäre es vollkommen überflüssig gewesen. Aber inzwischen hatte ich meine Haltung geändert: Es tat gut zu wissen, dass ich immer noch die Aufmerksamkeit eines Mannes auf mich ziehen konnte. Schon erstaunlich, wie mühelos ein einziges kleines Baby das weibliche Selbstbewusstsein annagen kann. Vielleicht ist es auch das Wissen, dass man seinen biologischen Zweck erfüllt hat und die eigene Attraktivität folglich keine Rolle mehr spielt.

Ich stand auf und goss Champagner in das bereitstehende Glas. Es hatte eine filigrane Gravur und war ganz offensichtlich antik. Als ich mit dem Drink in der Hand auf den Balkon hinaustrat, konnte ich mir ein zufriedenes Grinsen nicht verkneifen: Trotz allem ging es mir doch ziemlich gut. Boote schaukelten auf dem glitzernden Meer, und auf der Terrasse unter mir wurden in Vorbereitung auf das Abendessen gestärkte Tischtücher schwungvoll über die Tische gebreitet. Silbernes Besteck wurde herbeigefahren, und uniformierte schwarzhaarige Kellner falteten Servietten zu komplizierten Gebilden, während sie sich lachend unterhielten. Und dann das Meer …

Auf meinem Couchtisch lag eine Nachricht, ein Blatt schweres cremefarbenes Papier mit dem Logo des Hotels. »Dinner auf der Terrasse um neun? W.« Als ich auf einen der Rosensträuße zutrat, sah ich, das eine Karte darinsteckte. Du liebes Lottchen, der Gute legte sich ja mächtig ins Zeug.

Oder war sie gar nicht von ihm? »Die Menschen Siziliens heißen Faith Zanetti willkommen« stand auf der Karte. Aha.

Nun, ich würde sagen, Faith Zanetti freute sich mächtig, von den Menschen Siziliens willkommen geheißen zu werden. Wenngleich sie darüber auch ein klitzekleines bisschen verwirrt war …

Wenig später lag ich in der riesigen eisernen Wanne mit Löwenfüßen inmitten einer Wolke aus nach Rosen duftendem Badeschaum und kämmte Haarspülung aus einer blauen Glasflasche (der Deckel war aus echtem Silber) durch meine Locken, so wie meine Mum es mir immer geraten hatte. Danach ein frisches weißes T-Shirt, saubere Jeans … hm. Eine Sexbombe sah anders aus. Ich fand einen kleinen Schwamm in einer Plastikdose, auf der stand, er sei zum Schuheputzen gedacht, und wischte damit kurz über meine Stiefelspitzen. Na bitte: Was konnte ein Gentleman mehr verlangen?

Zugegeben, das war eine rein rhetorische Frage. Aber was tun, wenn es einem am Notwendigsten fehlt? Lippenstift, Schmuck – all das besaß ich nicht. Njet, wie man in Russland zu sagen pflegt.

Walter erhob sich von seinem Platz, als ich über die steinerne Terrasse auf ihn zuging. Er ließ seine Serviette fallen und küsste mich auf beide Wangen. »Und hier ist sie auch schon: Faith Zanetti!«, sagte er, setzte sich wieder und vertiefte sich in die Weinkarte. »Also, ich habe schon etwas zu essen bestellt, Faith. Diese kleine Freiheit habe ich mir erlaubt. Gavi, Gavi, Gavi. Der ist genau nach unserem Geschmack, denke ich. Wie war die Reise? Angenehm? Angenehm, sehr schön. Ausgezeichnet. Und schon sitzen wir hier beisammen. Was meinst du? Nicht übel, oder?«

In der Tat, genau mein Gedanke.

Ein Kellner mit Augen schwarz wie Öl kam zu uns, und Walter bestellte den Wein.

»Nur das Beste für unsere Miss Zanetti.« Er schmunzelte, während er mich über den Rand seiner Brille hinweg mit einer Mischung aus Ironie und Zuneigung betrachtete.

»Miss Zanetti?«, fragte der Kellner, den der Klang meines Namens in ehrfürchtiges Staunen versetzt zu haben schien. Er machte eine schwungvolle Verbeugung.

»Man wird dich hier *lieben*«, prophezeite Walter mir und nickte nachdrücklich. »Oder zumindest so tun als ob, korrekt? Und wer sind wir, dass wir den Unterschied allzu genau nähmen? Wer sind wir *überhaupt*? Hör zu, Faith. Ich habe dich erschreckt, ist es nicht so? Am Telefon? Ich weiß es genau. Tatsache ist, ich wurde vor Jahren einmal in die Mangel genommen, in den Staaten. Bin nach Arlington rausgefahren, zum Verhörtraining. Erst zermürbt man uns, versucht, unseren Widerstand zu brechen, baut uns wieder auf, und schon geht die Fragerei von vorn los. Was soll ich sagen? Damals war ich jünger. Jünger und gesünder. Aber so schlimm ist es ja auch wieder nicht. Ganz so schlimm ist es noch nicht, oder?«

Er streckte seinen Arm aus und spannte die Muskeln an, damit ich sie befühlen konnte. Ich lachte.

»Sieht ganz gut aus«, bestätigte ich. Inzwischen kann ich mich gar nicht mehr daran erinnern, ob ich die Wahrheit sagte oder nicht. Vielleicht waren es auch bloß der Champagner, das Meer und die Sterne, die mir den Satz eingegeben hatten.

Die Tische um uns herum waren fast alle besetzt: alte Ehepaare, Frauen mit toupierten Frisuren und klaffenden Ausschnitten und Männer in Hemdsärmeln, die Kragen lässig geöffnet, obgleich die meisten von ihnen den Eindruck erweckten, dass sie sich mit einer Krawatte um den Hals wohler fühlen würden.

»Schau dir den an. Den Kerl da drüben. Siehst du ihn? Mit dem blauen Hemd? Auf den ersten Blick *könnte* man ihn für ihren Vater halten. Aber fällt dir auf, wie nahe sie nebeneinandersitzen? Siehst du, wie er sie anschaut? Oooh. Ist sie nicht zuckersüß?« Walter grinste süffisant. »O nein, der Mann ist *nicht* ihr Vater, Faith.«

Ich nickte zustimmend. Die Frau trug auffällige Schuhe mit Strasssteinen an den Fesselriemchen.

Walter schien sich nicht bewusst zu sein, dass er selbst ebenfalls alt genug war, um als mein Vater durchzugehen. Aber vielleicht verringern sich die Altersabstände in der Wahrnehmung der Menschen mit den Jahren, und zwischen vierzig und siebzig sieht man keine allzu große Lücke mehr. Vielleicht hat eine Frau in meinem Alter auch für jede Form von männlicher Aufmerksamkeit dankbar zu sein.

Ich war es jedenfalls. Und wie.

Der Kellner servierte auf großen weißen Tellern gegrillte Riesengarnelen. Walter griff zu, noch bevor der Junge den Teller ganz losgelassen hatte, und begann gierig, die Schale mit den Zähnen abzupulen.

»Ich sage dir, ich *stehe* auf diese Dinger. Grazie mille, übrigens. Köstlich! Also, ich war beim Bewerbungsgespräch, man hat mich in die Mangel genommen, und dann? Dann habe ich die Stelle nicht gekriegt! Und weißt du was, Faith Zanetti? *Niemand* bekommt jemals die Stelle. Also stehe ich da, arbeitslos. Ich hänge in Beirut herum, auf Zypern, trinke Ouzo, schaue mich ein bisschen in der Gegend um, recherchiere für Buchprojekte. Und dann ist da plötzlich Perry Boyd, der immer in denselben Cafés sitzt wie ich und die *Prawda* liest. Ich übertreibe ein wenig, aber du weißt, worauf ich hinauswill. Und weißt du, wer noch da sitzt? Sam Fischer. Sam Fischer, dieser Hornochse! Der hatte doch keine Ahnung. Keine Ahnung von gar nichts. Keine Regierung auf der ganzen Welt kann damals schlechter informiert gewesen sein als die britische. Aber Beirut war einmalig. Die schönsten Frauen, die ich je gesehen habe. Grüne Augen, makellose Haut. Du weißt ja, wie sich das anfühlt, Faith. Wie fühlt sich das an?«

»Im Moment nicht schlecht«, sagte ich leise und überließ mich ganz dem Abend und Walters Stimme, die mir Dinge erzählte, die ich wahrscheinlich niemals hatte wissen wollen. Ich schälte eine Garnele.

»Mit Zypern bin ich nie warm geworden. Zu viel Trubel für meinen Geschmack. Noch schlimmer als Beirut. Brandgefährliche Arbeit – wenn man denn Arbeit hatte. Aber ich *hatte* ja keine. Ich hatte die Stelle nicht gekriegt, korrekt? Daran erinnerst du dich noch. Aber *niemand* kriegt je die Stelle, Faith. Wie ich sagte. Sie geben sie *niemandem.* Und ich verrate dir noch etwas: Eigentlich will sie auch niemand haben!«

»Was ist mit Karel Zanetti? War er auch da?«

Walter tunkte seine Hände in eine Schüssel mit Eiswasser, in dem Zitronenscheiben schwammen. Er trocknete sie an seiner Serviette ab und wischte sich über den Mund. Dann nahm er einen Schluck Wein, seufzte, setzte seine Brille ab, klappte sie zusammen und legte sie neben sich auf den Tisch.

»Ah. Bis hierhin bist du also vorgedrungen! Wir haben schon darauf gewartet«, sagte er und gab unserem Kellner ein Zeichen, dass er die Teller abräumen konnte. Dann glitt Walters Blick hinüber zu einem anderen Tisch ganz in unserer Nähe. Dort saß ein einzelner junger Mann, die Haare hinten und an den Seiten kurzgeschoren, gekleidet in ein sauberes Hemd und gebügelte Hosen. Er sah meinem Marine zum Verwechseln ähnlich. Vermutlich sein Ersatzmann. Aha. Dann hatte man meinen alten Schatten also gefeuert – etwa, weil ich ihn angesprochen und so seine Deckung zerstört hatte? Nach wie vor wusste ich nicht, ob sie mir folgten, um mich einzuschüchtern oder um für meine Sicherheit zu sorgen, aber aus unerfindlichen Gründen hatte ich mich mittlerweile an ihre Anwesenheit gewöhnt. Sie war irgendwie beruhigend, denn dass ich beschattet wurde, bewies zumindest eines zweifelsfrei: Meine Instinkte hatten mich nicht getrogen. Im Fall Cairnbridge stand einiges auf dem Spiel – und nicht nur für mich.

»Schau dir das an!«, sagte Walter. »Sie sind hier! Auf wen haben sie es wohl abgesehen – auf dich oder auf mich? Diese Typen erkennt man schon aus hundert Kilometern Entfernung. Lächerlich. Man sollte meinen, nach all den Jahren … oder nicht? Sie könnten doch wenigstens *versuchen*, sich ein wenig anzupassen, korrekt? Sahen wir damals auch so aus? Sind wir dermaßen aufgefallen? Ich glaube nicht. Selbstverständlich glaube ich das nicht. Oder, Faith – glaube ich das?«

»Wahrscheinlich nicht. Ich denke, er gehört zu mir. Seit ich mit meinen Recherchen angefangen habe, kleben sie an mir wie Kletten. Anfangs dachte ich, ich wäre paranoid. Gestern habe ich meinen Beschatter angesprochen, daraufhin wurde der Arme wohl gefeuert. Das da ist sein Nachfolger. Der andere sah besser aus …«

Walter lachte.

»Steinbutt mit Morcheln«, verkündete der Kellner auf

Englisch und präsentierte uns einen großen platten Fisch mit einer Garnitur aus Pilzen. Er stellte ihn auf einem Servierwagen ab und begann, ihn unter Zuhilfenahme von zwei Löffeln zu filetieren. Die Lichter im Innern des Hotels waren heruntergedimmt worden, und hier draußen auf der Terrasse leuchteten nur noch die Kerzen in den gläsernen Windlichtern. Sie spiegelten sich flackernd auf den Gesichtern der Paare, die eng aneinandergeschmiegt den dunklen Abend am Meer genossen.

»Ach ja. Karel Zanetti. Ja, er war auch dabei, Faith. Und wie er das war. Er war mittendrin, aber er war anders als die anderen. Hatte immer die hübschesten Mädchen, saß immer an irgendeiner Bar mit einem Martini in der Hand. Mit Twist!«, rief er und ahmte die Art nach, wie Dad stets seinen Drink bestellt hatte – mit einer raschen Drehung des Handgelenks, die das gelockte Stück Zitronenschale illustrieren sollte. »Mit Twist, weißt du noch? Wahrscheinlich nicht. Mit Twist …« Walter seufzte und warf sich eine Morchel in den Mund.

Ich schob den Teller von mir und nahm die Serviette von meinem Schoß. Aufgegessen. Ich zündete mir eine Zigarette an.

»Hör zu, Walter. Das ist alles überaus spannend, aber ich bin tanto ratloso. Die CIA lässt mich beschatten, meine Freunde werden zu Brei geschlagen, ich bekomme sehr beunruhigende Anrufe und Postkarten, und es ist mir absolut schleierhaft, welche Rolle du bei all dem spielst. Ich habe das dumpfe Gefühl, dass ich mir den Allerwertesten aufreiße, um etwas herauszufinden, was du längst weißt. Warum sagst du es mir nicht einfach? Wozu die Heimlichtuerei? Was versprichst du dir davon? Was hast du vor?«

Noch während ich sprach, keimte in mir der Verdacht auf, dass Walter Ihsans Namen absichtlich auf das Adresskärtchen seines Rolodex gekritzelt hatte, weil er genau wusste, dass ich Pip zum Schnüffeln schicken würde. Grrr.

Am Nachbartisch knallte ein Champagnerkorken, und

instinktiv zuckten unsere Köpfe nervös in die Richtung. Dann mussten wir beide schmunzeln.

»Aha. Was ich *vorhabe.*« Walter krempelte die Ärmel seines Leinenjacketts auf und fuhr sich mit beiden Händen durch das graumelierte Haar. Ist Ihnen übrigens schon einmal aufgefallen, dass Frauen nie »graumeliertes« Haar haben? Frauen haben immer nur »graues« Haar. Oder – noch schlimmer – »von grauen Strähnen durchzogenes« Haar.

»Was ich vorhabe. Das war auch mir lange Zeit ein Rätsel, Faith. Was soll ich sagen? *Kann* ich es dir sagen? Ist es vielleicht sogar meine *Pflicht,* es dir zu sagen? Ist es das? Ja, das ist es. Ich muss es tun. Hm. Habe sie nie wirklich leiden können. Von der Bombe hatte ich keine Ahnung. Ich wusste von den Drogen, und ich sage dir, wir hatten die Sache im Auge. Ich war nicht in die Geschichte verwickelt, hatte aber vor, alles zu melden. Tja, da hätte es auch mich erwischen können, korrekt? Ich kannte Summerman und Leith. Perry war in Summerman verliebt. Ich glaube, sie hatten kurz was miteinander – bevor er herausfand, dass Perry ein Doppelagent war … War er das? Ach, ich kann mich nicht einmal mehr genau daran erinnern. Vielleicht hat er seine Seele auch im Ganzen verkauft. Ja, so muss es gewesen sein. Er hat sie verkauft, und zwar in einem Stück. Aber nicht an die Russen! Ich wusste nichts von der Bombe, Faith. Aber viele andere wussten Bescheid. Ich glaube, sie wussten es, o ja. Und ich will … Ich werde froh sein, wenn man sie findet. Ich selbst habe nicht die Befugnis … mir sind die Hände gebunden. Aber die Zeit ist reif.«

Ich winkte, um einen Espresso zu bestellen, und bedeutete dem Kellner, sich ganz dicht zu mir herabzubeugen. »E una piccola vodka, per favore. Senza ghiaccio. Grazie.« Ich zwinkerte ihm verschwörerisch zu, und er zwinkerte zurück. Walter hatte eine missbilligende Miene aufgesetzt, die ihn mit einem Schlag zwanzig Jahre älter aussehen ließ. Er hob mahnend einen Finger. Hoch oben hinter ihm trat gerade eine Frau in einem langen seidenen Nachthemd auf den Balkon ihres Zimmers. Die Szenerie erschien mir wie eine verklärte, weichgezeichnete Version vergangener Zeiten. Angeblich war Caruso gelegentlich hier abgestiegen. Hätte mich nicht gewundert.

»Ich gebe dir einen Tipp. Das wird dir nicht helfen. Das wird dir kein bisschen weiterhelfen. Kein bisschen. Nicht auf kurze Sicht, nicht auf lange Sicht. Aber es ist deine Sache. Deine Entscheidung. Die alleinige Entscheidung von Faith Cleopatra Zanetti. Ihre eigene Baustelle.«

Ich stützte die Ellbogen auf den Tisch. Jemand hatte sich an den weißen Flügel gesetzt, der unter einem knorrigen Baum in einer Ecke der Terrasse stand, und spielte Frank Sinatra. Die Bäume ringsum sahen aus, als gehörten sie nach Louisiana. Von ihren Zweigen hing langfädiges Moos, dessen Anblick automatisch ein Gefühl von drückender Hitze in einem wachruft, selbst wenn es in Wirklichkeit gar nicht heiß ist.

Aber an diesem Abend war es heiß.

»Walter, was soll das alles? Du und der Mann da drüben, ihr sitzt hier und wartet darauf, dass ich irgendetwas über die Mafia enthülle, was mich vielleicht das Leben kosten könnte, nur damit ihr alles aus sicherer Entfernung beobachten und euch in dem Gefühl sonnen könnt, durch mich ein uraltes Unrecht gerächt zu haben? Ein Verbrechen, das du selbst nicht aufdecken darfst, weil dir angeblich ›die Hände gebunden‹ sind? Das ist doch absoluter Blödsinn, von vorn bis hinten!«

»Blödsinn? Natürlich ist es Blödsinn, Faith! Das ganze Geschäft ist ein einziger Blödsinn. Das habe ich schon vor vielen Jahren erkannt. Lange bevor ich ausgestiegen bin. Nur dass ich natürlich gar nicht ausgestiegen sein *kann,* weil ich niemals eingestiegen war, korrekt? Lange, lange bevor ich ausgestiegen bin. Ja, es ist Blödsinn. Aber die Menschen tun, was sie können. Sie geben ihr Bestes. Mehr geht nicht. Sie können nicht mit uns, und sie können auch nicht ohne uns. So läuft es nun mal auf der Welt. Wir haben versucht, den Frieden zu bewahren, Faith. Die meisten jedenfalls. Nicht mehr, nicht weniger. Und lass dir eins gesagt sein: Sie werden nicht zulassen, dass die Sache mit dem Drogenschmuggel an die Öffentlichkeit gelangt. Dass irgendjemand Beweise ausgräbt. Sie werden es immer abstreiten, ganz egal, was passiert. So viel kann man an zehn Fingern abzählen. Kennst du den Mann, der gesagt hat ›Unser beider Regierungen wissen, was geschehen ist, und sie werden es niemals laut sagen‹? So ungefähr läuft das.«

Scheinheiliges Gelaber!, dachte ich aufgebracht. *Den Frieden bewahren?* Pah. Welchen Frieden? Wo ist denn dieser Friede, der angeblich bewahrt wird?

»Scheinheiliges Gelaber«, sagte ich laut. »Dieses Weltretter-Gequatsche kannst du dir in die Haare schmieren. Das nimmt dir doch kein Mensch ab! Was ist bei der Sache für dich drin? Was willst *du,* Walter? Sag es doch endlich!«

Unser Beobachter langweilte sich offenbar allmählich und hatte eine Flasche Wein bestellt. Ich war versucht, zu ihm zu gehen und ein Machtwort zu sprechen. Es gehörte sich nicht, während des Dienstes zu trinken. Aber dann kam mein Wodka, und der Pianist erhielt Verstärkung durch einen Geiger, und all das brachte mich von dem Gedanken wieder ab.

»Die Kinder. Mir geht es um die Kinder«, sagte Walter schließlich, und mir fiel auf, dass seine Lippen bebten. Jegliche Romantik zwischen uns war mit einem Schlag verflogen. Er erhob sich, setzte sich die Brille wieder auf und blickte auf mich herab. »Die Kinder«, wiederholte er noch einmal mit lauter Stimme, wandte sich ab und ging ins Hotel.

Alle Gäste hatten sich zu mir umgedreht, und ich winkte lächelnd in die Runde. Hallo, guten Abend. Wie geht es Ihnen? Ja, Sie sehen richtig, ich hatte einen Streit mit einem Mann, und jetzt hat er mich sitzenlassen! Mein Bewacher verharrte regungslos an seinem Platz und tat so, als wäre er in ein Buch vertieft. Das beantwortete dann auch die Frage, auf wen er angesetzt war. Mein Ich-bin-der-Mittelpunkt-des-Universums-Komplex hatte neue Nahrung bekommen.

Ich beschloss, noch eine Zigarette zu rauchen, und leerte erst meinen Wodka, dann den restlichen Wein. Die Musiker spielten »Love me tender«, und sofort musste ich an den unheimlichen Anruf denken – und an meine übersteigerte Reaktion. Ich schüttelte den Kopf, und plötzlich fröstelte mich. Meine Haut schien sich am ganzen Körper zusammenzuziehen. Der Vorbote des Gedankens, der sich kurz darauf einstellte.

Denn schlagartig war mir alles klar.

Um ein Haar hätte ich den Stuhl umgeworfen, weil ich vor lauter Aufregung zu hastig aufsprang. Im Laufschritt spurtete ich zum Kellner, um ihn zu bitten, das Essen auf meine Zimmerrechnung zu setzen, dann lief ich ins Hotel, in großen Sätzen die Marmortreppe hinauf, hinein in mein Zimmer voller Luxus. Eine der Vasen war durch einen Windstoß umgefallen, so dass nun überall Rosen herumlagen und der Raum traurig und verwüstet aussah.

Ich setzte mich an meinen Computer. Anschalten. Passagierliste, Passagierliste, Passagierliste. Ich scrollte mich durch die Namen, und dachte währenddessen immer wieder: Bitte, lass es nicht wahr sein. Bitte, lass es nicht wahr sein. Bitte nicht! Wie hatte ich bloß so dumm sein können? Wieso war es mir nicht aufgegangen? Wieso hatte ich nichts gewusst?

»Wie – du wusstest nichts davon?« Die Frage traf im Moment auf vieles in meinem Leben zu.

Illaryan, Ipswitch, Irving. Jessica Irving. Alleinreisendes Kind, sieben Jahre.

Ich beugte mich vor und ließ den Kopf in die Hände sinken. Jessica Irving. Jessie. O Gott. Hoffentlich hatte sie keine Zeit gehabt, sich zu fürchten! Ob jemand sie im Arm gehalten hatte? Tränen rannen zwischen meinen Fingern hindurch, und ich griff nach dem Telefon.

»Hey«, sagte ich, kaum in der Lage, ein Wort herauszubringen.

»Hi, Liebes. Geht es dir gut? Du klingst so seltsam«, antwortete Eden leise.

»Nein, es ist alles in Ordnung. Ich habe nur … geht es Bennie gut? Kann ich mit ihm sprechen?«

»Er ist hier bei mir. Es könnte ihm nicht besser gehen. Allerdings schläft er gerade, Schatz. Soll ich ihn wecken?«

Ich seufzte, dann musste ich lächeln. Gewisse Dinge erinnern einen immer wieder daran, wie selbstsüchtig man ist. Denn eigentlich ist mir nur eins im Leben wichtig. Vielleicht ist es gut, hin und wieder mit der Nase darauf gestoßen zu werden.

»Nein, nein, weck ihn nicht. Ich melde mich morgen noch mal …«

»Leg noch nicht auf! Jetzt bin ich eh wach. Wie läuft es denn so bei dir? Hast du schon irgendetwas herausgefunden?«

Ich seufzte schwer. »Ach, Eden, ich weiß gar nicht, wo ich anfangen soll. Aber um ehrlich zu sein, möchte ich nicht darüber sprechen.« *Um ehrlich zu sein* … Walter würde sich die Haare raufen. »Ich rufe dich morgen wieder an. Gute Nacht.«

»Nacht, Süße. Ich liebe dich«, flüsterte Eden zum Abschied. Ich legte auf. Na bitte.

Es war mir schier unerträglich, ihren Namen auf dieser widerlichen Liste lesen zu müssen. Den Namen meiner Schwester. Aber das erklärte immerhin, warum Phoebe während ihres nächtlichen Besuchs vor ein paar Tagen so außer sich geraten war und Hals über Kopf die Flucht ergriffen hatte. Nicht wegen der Sache mit Dad oder meinetwegen – sondern weil ihre Tochter damals über Cairnbridge ums Leben gekommen war. Weil ihre Tochter in dem beschissenen Flieger gesessen hatte! Wie alt wäre sie jetzt gewesen? Nur zwei Jahre jünger als ich. Zwei Jahre … Wir hätten Freundinnen sein können. Ich hätte eine Schwester haben können, so wie ich es mir immer gewünscht hatte. Plötzlich wurde mir auch klar, dass ich mir an jenem Abend mit Phoebe nicht deshalb alle Fragen verkniffen hatte, weil Jessie mir gleichgültig war. Vielmehr hatte ich mir in Gedanken bereits ein komplettes Leben für sie ausgemalt, mir vorgestellt, wie sie in Jeans, mit einer Handtasche über der Schulter und einer Sonnenbrille auf der Nase, eine Straße überquert. Ich hatte sie zur Schule geschickt und danach drei Jahre auf die Universität, hatte ihr Freunde und Klavierstunden geschenkt. Alles in einem einzigen Augenblick. Aber das hier – ein solches Schicksal hatte ich gewiss nicht für sie vorhergesehen. Eine berstende Lunge. Hatte sie kleine, pummelige Hände gehabt? Mochte sie Schmetterlinge?

Jetzt hasste ich mich mit einem Mal dafür, dass ich früher jeden Abend mein Gebet gemurmelt, mich mit einem Gott auf Verhandlungen eingelassen hatte, der entweder gar nicht existierte oder durch und durch böse war. Ich schleuderte die umgefallene Vase quer durchs Zimmer. Eine Wasserspur landete auf dem salbeigrünen Teppich. Ich hasse Rosen. Und die Menschen auf Sizilien können mich mal.

Einen Moment lang dachte ich, er sei nicht im Zimmer, weil ich an seine Tür klopfte und keine Antwort erhielt. »Walter?«, rief ich und klopfte erneut. »Walter, bist du da? Bitte lass mich rein.«

Ich hörte ein Rascheln und schließlich ein Klicken, als er die Tür öffnete. Er trug ein viel zu großes graues T-Shirt und lange Shorts und blinzelte mich verwirrt an.

Ich warf ihm die Arme um den Hals und drückte ihn so fest ich konnte. »Oh, Walter, es tut mir so leid! Es tut mir so furchtbar leid.«

Als er begriff, was ich meinte, erwiderte er die Umarmung. Dann begann er zu weinen.

Ohne das Licht anzuschalten, gingen wir zu seinem Bett und legten uns hin. Ich küsste seine Wangen, seine Stirn und seine Augen, und dann küsste ich seinen Mund, ganz sanft, als könne ich seinen Schmerz wegküssen. Ich musste an eine Frau denken, die ich einmal kennengelernt hatte. Ihr Sohn war gerade gestorben und sie hatte zu mir gesagt: »Ich *muss* einfach an Gott glauben. Ich kann nicht anders. Ich muss glauben, dass ich mein Kind eines Tages wiedersehen werde. Sonst würde ich den Verstand verlieren.«

Ich wollte glauben, dass diese Hoffnung berechtigt war. Und ich will es immer noch. Ich will glauben, dass es jemanden gibt, der auf Jessie aufpasst und ihre Hand hält, bis ich komme. Weil ich mir so sehr wünsche, sie in die Arme nehmen zu können. Und es wird nicht mehr lange dauern. So, wie die Dinge im Moment stehen, bin ich ihr dicht auf den Fersen.

Walter hielt mich fest umschlungen, eine Hand an meinem Rücken, die andere in meinem Haar.

»Faith«, murmelte er. »Faith.«

Und ich verstand, dass er es nicht wusste. Und es niemals erfahren durfte.

In jener Nacht träumte ich, ich sei im Himmel. Ich wusste, dass es der Himmel war, weil es um mich herum nichts gab als Weiß und über allem ein dichter Nebel lag. Der Verbrauch an Trockeneis muss im Jenseits enorm sein. Der Himmel in meinem Traum war eine sehr ernste und tieftraurige Angelegenheit, aber gleichzeitig auch wunderschön, so dass selbst wegen des Trockeneisnebels keinerlei Zynismus in mir aufkam. Ich war eben erst angekommen und ging auf eine lange Reihe von Menschen zu, die sich versammelt hatten, um mich zu begrüßen. Sie lächelten mich offen an, fast ein bisschen wehmütig, als wollten sie sich dafür entschuldigen, dass wir aus unzähligen albernen Gründen während unserer gemeinsamen Zeit auf der Erde zu viele Möglichkeiten, einander zu lieben, ungenutzt gelassen hatten.

Als Erster trat mein Dad vor und umarmte mich. Er trug meine Lederjacke und sah aus, als hätte er mich bereits erwartet, als hätte er sich die ganze Zeit über gewünscht, er könne mir sagen, dass es nicht mehr lange dauern würde. Danach kam Dimitri an die Reihe, mein russischer Exmann, der die Schultern hob, wie um zu sagen: »Na ja, so ist das eben. Was soll man machen?« Dann Shiv, die sich vor Jahren in Jerusalem erhängt hatte und mir nun lachend einen Kuss auf die Wange drückte. Und ganz am Schluss Jessie, die direkt in meine Arme sprang, ihre Beine um meine Körpermitte schlang und ihr Gesicht in meinen Haaren vergrub. »Ich habe schon so lange gewartet!«, rief sie, und ich drückte sie so fest, wie ich nur konnte.

Am nächsten Morgen trat ich in einem weißen Bademantel hinaus auf den Balkon. Ich hatte sogar die hoteleigenen Hausschuhe angezogen, um zu spüren, wie das Frottee meine sauberen Zehen kitzelte. Es waren die Zehen eines neuen Menschen. Eines Menschen, der eine Schwester gehabt und sie gleich wieder verloren hatte.

Walter trat neben mich. Sein Gesicht wirkte finster, irgendwie gealtert. Keine Spur mehr von seiner üblichen Großtuerei. War das etwa der Grund, weshalb er immer redete wie ein Wasserfall, nie innehielt, seinem Gegenüber nie auch nur einen Moment lang Stille gönnte? War *sie* der Grund? Versuchte er in Wirklichkeit, sie damit zu trösten?

Er hielt ein kleines Foto in der Hand. Es war ein Schulfoto in einem braunen Papprahmen. Jessie blickte mit einem breiten Grinsen – vermutlich, weil man sie angewiesen hatte, »Cheese!« zu sagen – in die Kamera, die Augen zugekniffen, Grübchen in den rosigen Wangen. Sie hatte braune Haare, die Phoebe ihr zu zwei Zöpfen geflochten hatte, wodurch sie noch vorwitziger aussah. Einzelne lockige Strähnen umrahmten ihr Gesicht.

»Was hatte sie an?«, wisperte ich. »Was hatte sie an dem Tag an?«

»Ich habe … ich sollte sie in New York abholen. Ich hatte ihr versprochen, mit ihr am Rockefeller Center Schlittschuh laufen zu gehen. Seitdem kann ich den Ort nicht mehr ertragen. Dabei wird er ständig überall gezeigt. In jedem Film. Phoebe hatte mir ihre Kleidung beschrieben, als sie mich anrief, um mir mitzuteilen, dass sie die Kleine in der Obhut einer Stewardess gelassen hatte und in Begleitung eines anderen Kindes, das ebenfalls allein unterwegs war. Sie hatte gesagt, dass sie einen gestreiften Pullover trug. Und Jeans. Jeans mit gestickten Blumen drauf. Kleine Blumen.« Er nahm mir das Foto aus der Hand, wandte sich ab und ging wieder hinein.

Der Himmel war stechend blau, und darunter glitzerte das Meer. Es war so klar, dass man den Sand am Grund sehen konnte. Verkrüppelte, vom Wind zerzauste Bäume standen oberhalb des Strandes in der Nähe der Terrasse, auf der Don McCaughrean saß und sein Frühstück einnahm. Ich rief mich zur Ordnung.

»Guten Morgen!«, brüllte ich hinab.

»Zanetti, du altes Luder. Ich hab die ganze Nacht an deine Zimmertür geklopft, weil ich dringend jemanden zum Bumsen brauchte! Hattest du eine Mogadon geschluckt, oder was?«, blökte er zurück.

Natürlich war das ein Witz. Ich hoffte jedenfalls inständig, dass es ein Witz war.

»Don, du bist unvergleichlich!«, rief ich und warf ihm eine Kusshand zu. »Ich bin in einer Sekunde unten!«

KAPITEL 14

Don hatte sich die Serviette in den Kragen gesteckt. Es prangten bereits einige Schokoladenflecken darauf. In seiner Tasse hatte er einen Zigarettenstummel ausgedrückt und war gerade dabei, die untere Hälfte eines Croissants mit Butter zu bestreichen, wozu er ein winziges, blankes Messer benutzte, das in seiner Riesenpfote aussah wie Puppenbesteck.

»Du wirst es nicht glauben, Eff Zett, aber wir haben richtig Glück. Rate mal, wie viele tote Mafiosi es heute Morgen bereits in einem Umkreis von zehn – eins, zwei, drei, vier, fünf, sechs, sieben, acht, neun, zehn – Kilometern gegeben hat?«

Ich setzte mich, und gleich darauf brachte man mir eine schwere silberne Kanne mit Kaffee.

»Keine Ahnung, Don. Zwei?«

Weiße Vögel fegten pfeilschnell durch den Himmel, der so blau war, dass ich meine Sonnenbrille aufsetzen musste.

»Siebzehn. *Siebzehn!* Zieh dir das rein. Ich hab es in den Nachrichten gesehen. Verstehe natürlich kein Wort von dem italienischen Gequatsche, aber es lief zeitgleich auf BBC World. Sie haben noch keinen Korrespondenten aus Rom hergeschickt, also mussten sie das Material von Dingsbums benutzen. Wie heißt der Sender? RAI. Angeblich eine Fehde. Ein waschechter fetter Bruderkrieg. Machen sich gegenseitig kalt, als gäb's kein Morgen. Armleuchter.«

Während er sprach, klingelte mein Handy, das in der Fronttasche meiner Lederjacke steckte.

»Hi, Zanetti. Hier ist Tamsin. Du bist doch gerade in Palermo … Hat Don dich übrigens gefunden?«

»Ja und noch mal ja. Und die Nachrichten habe ich auch schon gehört. Willst du einen Bericht?«

»Ob ich einen Bericht will? Was soll die Frage? Das kommt auf die Titelseite! Ort des Geschehens ist irgendein Kaff in den Bergen bei …« Sie legte den Hörer hin, um nachzusehen. Ich hörte, wie sie jemanden anschrie: »Hey! Ihr da! Wo war das noch gleich mit den Mafiamorden?« Dann war sie wieder in der Leitung. »In der Nähe von Bis-ac-qui-no.«

Wenn man die Namen solcher Orte zum ersten Mal hört, klingen sie ganz unschuldig. Cairnbridge, Zeebrügge, Bhopal, Littleton. Allesamt völlig unbedeutende Städtchen, die niemand kennt, bis ihre Namen plötzlich zum Sinnbild eines grausamen Todes werden. Bei Bisacquino würde es nicht anders sein.

»Soll eine alte Mafiahochburg sein. Das Übliche. Da oben in der Nähe der Stadt, in der man nach Jahren endlich den Kerl geschnappt hat, der die Richter auf dem Gewissen hatte – und noch ungefähr hundert andere Leute. Prizzi oder so. Erinnerst du dich? Er hat da gewohnt, völlig sorgenfrei, ein unbescholtener Bürger, bis sein Fahrer – mal im Ernst, sein *Fahrer*! – ihn bei der Polizei angeschwärzt hat. Dahin müsst ihr jedenfalls … Ich glaube, es ist nicht allzu weit weg. Ich will achthundert Wörter bis sechzehn Uhr unserer Zeit. Wir sind schon dabei, einen kleinen Infokasten zum Thema zusammenzustellen. Du weißt schon – die Top Ten der Mafiamassaker, die Top Ten der Mafiafilme. *Der Pate* Teil eins, Teil zwei, Teil drei …«

»Tamsin«, fiel ich ihr ins Wort, »es ist angekommen. Wie wäre es mit einer Collage der DVD-Cover? Frag Sam, was er davon hält.«

»Gar keine schlechte Idee, aber dafür reicht die Zeit nicht. Vielleicht in der Samstagsausgabe. Hast du schon Fortschritte in der anderen Sache gemacht? Ach, weißt du, nicht jetzt – erzähl mir alles später«, sagte sie und hatte vermutlich den Hörer schon halb aufgelegt, noch bevor sie den Satz zu Ende gesprochen hatte.

Ich musterte Don, der sich den Mund abwischte und eine Zigarette ansteckte.

»Unser Einsatz, McCaughrean. Ich gehe gleich an die Rezeption und bestelle uns einen Wagen. Wir müssen nach Bisacquino, das ist ein kleiner Ort in den Bergen. Ganz in der Nähe solch illustrer Städte wie Corleone und Prizzi. Angeblich nicht weit von hier«, erklärte ich ihm.

»Kannst du nicht die Karre von deinem Lover ausborgen?«, fragte Don und rülpste laut. Eine fette Wespe summte um seinen Kopf herum.

»Du liebe Güte. Gibt es irgendetwas, was du nicht weißt?«

Don schlug sich die Hände auf die Ohren und drehte auf eine Art und Weise, die er für den typischen Modus Operandi eines Mediums zu halten schien, seinen Kopf hin und her.

»Außerdem ist er nicht mein *Lover,* sondern ein Freund meines verstorbenen Vaters, und wenn du es unbedingt wissen willst: Wir können seine Karre nicht ausborgen, weil er heute zu irgendeiner Schriftstellerkommune auf der anderen Seite der Insel unterwegs ist. So. Ich kümmere mich jetzt um den Mietwagen.«

Don rülpste erneut.

»Herrschaftszeiten!«

»Ist dir klar«, begann Don, während er seinen massigen Leib aus dem Stuhl hievte (man sah bereits mehrere Schweißflecken auf seinem T-Shirt, obwohl es noch kein bisschen heiß war), »dass wir den ganzen Weg im Stau stecken werden? Jedes Käseblatt, jeder letzte Lokalsender wird einen Kollegen da raufschicken. Die Leute lieben so was. Männerleichen in schwarzen Anzügen, die von Kugeln durchsiebt auf offener Straße herumliegen. Al Pacino.«

»Glaubst du, der kommt auch?« Ich lachte.

Don hatte gar nicht hingehört. »Weißt du was?«, fuhr er eifrig fort. »Ich bin heute Morgen an der Kirche vorbeigekommen, wo eine Szene aus *Der Pate III* gedreht wurde. Ganz am Ende, wenn er auf den Treppenstufen erschossen wird, und …«

»Alles klar, Don. *Der Pate.* Schon mal gehört. Ein Film über die Mafia, richtig? Tamsin ist soeben dabei, einen Infokasten darüber zusammenzustellen. Meine Güte, wir reden hier von der Realität! Von echten Menschen, die ums Leben gekommen sind …«, hörte ich mich sagen.

»Uuuuuh!«, spottete Don und watschelte mit seiner Kameratasche über der Schulter hinter mir her.

»Wie dem auch sei.« Ich drehte mich um und ging rückwärts weiter. »Ich glaube, wir liegen gut im Rennen. Vielleicht sind wir sogar die Ersten vor Ort. Bis jetzt haben es bestimmt nur die Einheimischen geschafft. Der Flug von Rom hierher dauert anderthalb Stunden. Du wirst sehen, wir werden den Tatort ganz für uns allein haben!«

Nach den Enthüllungen des Abends zuvor war ich heilfroh, meinem Cairnbridge-Alptraum für eine Weile entfliehen und wie eine ganz normale Reporterin zusammen mit Don meiner Arbeit nachgehen zu können. Meine seelische Gesundheit war fürs Erste gerettet. Überhaupt hatte ich mich, seit ich vom Agentendasein meines Vaters erfahren hatte, ein wenig entspannt. Denn wie groß der Schock angesichts dieser Neuigkeit zunächst auch gewesen war, so hatte sie den unheimlichen Anruf und die Postkarte doch in ein weit weniger beunruhigendes Licht gerückt. Vermutlich waren Geheimagenten von Haus aus geübt darin, ihre Stimme zu verstellen und fremder Leute Handschriften zu fälschen – vor allem die eines ehemaligen Kollegen. Natürlich fand ich die ganze Sache nach wie vor ziemlich seltsam, und viel schlauer als am Anfang war ich auch nicht, aber immerhin hatte ich das Gefühl, keine Angst mehr haben zu müssen. Es gab jemanden, der unbedingt verhindern wollte, dass ich in den Besitz der Informationen gelangte, die Karel Zanetti einst über das Attentat von Cairnbridge gesammelt hatte – und der wusste, mit welchen Mitteln er mich am ehesten aufhalten konnte. Das war alles. Mehr nicht.

Wir lungerten eine Weile in der Lobby herum, weil wir auf

den Mietwagen warten mussten. Don zog sich in einen gelbseidenen Polsterstuhl unter einer maurischen Glaslaterne zurück, wo er hingebungsvoll seine Linsen und Objektive polierte und hin und wieder das Wort »Hasselblad« vor sich hinmurmelte. Aus seinem Mund klang es wie ein Kraftausdruck. Oder wie ein magisches Wort, durch das Stroh zu Gold wird. Rumpelstilzchen!

Ich beobachtete, wie eine Frau die Empfangshalle betrat. Sie hielt ein kleines Mädchen mit roten Schleifen im Haar an der Hand, und unwillkürlich krampfte sich mein Magen zusammen. Nun ja, Don würde ich mein Herz bestimmt nicht ausschütten. Solche Themen waren nichts für ihn. Er würde bloß anfangen zu heulen.

Als der Page uns mitteilte, dass der Wagen vor dem Eingang wartete, vollführte er dabei, wie schon der Kellner am Vorabend, eine tiefe Verbeugung. Fast sah es aus, als wolle er sogar die Hacken zusammenschlagen. Auch meinen Namen, »Miss Zanetti«, sprach er mit derselben bebenden Verehrung in der Stimme aus – an die ich mich durchaus hätte gewöhnen können. Vielleicht hatte er mir die Blumen aufs Zimmer gestellt?

Don watschelte eilig die Stufen hinab, durch das eiserne Tor und an blühenden Oleanderbüschen vorbei zu unserem kleinen Fiat.

»Ah!«, rief er, die Hand bereits am Griff der Fahrertür. »Endlich wieder hinterm Steuer sitzen.«

»Ich glaube nicht, Dondon«, widersprach ich, schubste ihn aus dem Weg und ließ mich auf den Fahrersitz sinken. So weit kam es noch!

Es machte mir großen Spaß, durch Palermo zu fahren. In einem Kreisverkehr mussten wir dreimal um den großen steinernen Springbrunnen in der Mitte kurven, weil die anderen Fahrer uns nicht abbiegen lassen wollten. Als wir endlich die Landstraße erreicht hatten, knallte die Sonne bereits mit voller Macht auf unser kleines Auto nieder und drohte uns im Innern zu schmoren. Die Landschaft erinnerte mich an Kreta, mit

Klippen, die bis ins Meer hinein abfielen, mit kargen Olivenhainen, weißen Felsen, umherstreunenden Ziegen, verwitterten Kirchen, weitläufigen Friedhöfen mit reich verzierten weißen Grabplatten und langen schmalen Wegen. Die Straßen waren in angenehm schlechtem Zustand, und langsam kehrte mein altes, furchtloses Selbst zurück, einfach weil ich wusste, dass ich in eine zerklüftete, von der Mafia regierte Bergwelt unterwegs war, um mir ein paar verwesende Leichen anzusehen.

Wir kamen an mehreren Menschen zu Pferde vorbei, die selbstverständlich weder Reitkappen noch Gerten oder gar Reitstiefel trugen.

Bisacquino war ein verschlafenes Bergnest mit denselben verwinkelten, steilen, kopfsteingepflasterten Gassen, die ich oft in meinen Träumen hinaufzurennen versuche, während sich meine Beine allmählich in Pudding verwandeln und ich irgendwann erschöpft aufgeben muss. Balkone, bekränzt mit roten Blumen, und Leinen voller Wäsche schwebten über den engen Straßen. Das durchschnittliche Alter der Bevölkerung schien bei runzligen, zahnlosen und bekopftuchten dreiundneunzig Jahren zu liegen. Außerdem herrschte hier, wie in vielen kleinen Städtchen im Süden Italiens, eine beinahe schon arabisch anmutende Atmosphäre. Ich sah mehrere Häuser mit geschwungenen, spitz zulaufenden Torbögen, die den Blick auf eingetopfte Zitronenbäume in mit Teppichen ausgelegten Innenhöfen freigaben.

Der Tatort war nicht schwer zu finden. Wir mussten lediglich den Carabinieri folgen. Und dem massigen weißen Übertragungswagen mit Schüssel auf dem Dach und dem geschwungenen Schriftzug »Sicilia 1« an der Seite. Ich stellte unseren Fiat etwas abseits der Straße am Rande eines Olivenhains ab, von dem aus man nach allen Seiten einen ungehinderten Blick auf das Meer und den Horizont hatte.

»Scheiß, mich an!«, sagte Don entgeistert und stürzte fast kopfüber aus dem Wagen, den Fotoapparat bereits fest ans Gesicht gedrückt. Sein Hemd war schweißdurchtränkt. So schnell ihn seine Beine trugen, rannte er zur Polizeiabsperrung, die so aussah, als sei sie eben erst errichtet worden. Die Szene kam mir vor wie aus einem Film. Das musste wohl an der Landschaft liegen. An einer verlassenen Landstraße irgendwo auf einer beschaulichen Mittelmeerinsel erwartet man allerhöchstens einen alten Mann, der im Staub sitzt und aus einem Eimer Oliven verkauft. Oder aber, stünde einem der Sinn nach einer echten pastoralen Idylle, ein junges Mädchen, das einen verfallenen Schrein am Straßenrand mit Girlanden aus roten Blumen schmückt, während der Wind, der bereits eine weite Reise übers Meer hinter sich hat, mit ihren Haaren spielt.

Was man vor einer solchen Kulisse ganz sicher nicht erwartet, ist ein gutes Dutzend Leichen, allesamt junge Männer in teuren Klamotten, deren Blut am Straßenrand in dünnen Rinnsalen in der trockenen Erde versickert und auf der Motorhaube eines von Kugeln zersiebten Autos groteske Spritzer hinterlassen hat. Der Wagen war ein alter roter Alfa Romeo Spider. Ein italienischer Reporter war bereits live auf Sendung. Er brüllte unverständliche Laute in sein Mikrofon und gestikulierte wild dazu. Don hatte sich auf dem Bauch bis unter das Polizeiband vorgerobbt und fotografierte das Gesicht eines der toten Männer aus nächster Nähe. Es sah wirklich so aus, als hätte hier eine Schlacht getobt. Vielleicht ein Treffen, das aus dem Ruder gelaufen war und in einem Blutbad geendet hatte. Überall waren Reifenspuren zu sehen, was darauf hindeutete, dass mindestens ein weiterer Wagen vor Ort gewesen sein musste, der blitzschnell verschwunden war. Es gab also Überlebende. Der Fahrer des Alfa Spider saß noch am Steuer, den Kopf zurückgeworfen, die toten Augen starr. Überall war Blut. Noch nie in meinem Leben hatte ich etwas Vergleichbares gesehen. An Munition hatte allem Anschein nach kein Mangel geherrscht.

Kleine graue Vögel beobachteten uns von den Zweigen der Bäume aus, und unweit entfernt stand ein Ziegenhirte, dessen Tiere mit klingelnden Glocken zwischen den weißen Felsen umhersprangen. Ich konnte mir vorstellen, dass man ihn heute Abend noch gehörig ausquetschen würde, ganz egal, wie sehr er versuchte, sich unauffällig zu verdrücken.

Ich ging so nahe ran, wie ich konnte, und hörte den sizilianischen Reportern zu, die der Polizei ihre Fragen zuriefen. Alle wollten sie Namen hören, aber natürlich gab die Polizei nichts preis. Eine Polizistin in sehr engen Hosen, die Pistole im weißen Lederholster an der Hüfte, zeichnete mit Kreide die Umrisse der toten Mafiosi nach – denn niemand hier hegte auch nur den geringsten Zweifel, dass es Mafiosi waren. Bereits die allerersten Berichte, die Don am Morgen im Hotel gesehen hatte, waren wie selbstverständlich davon ausgegangen. Wahrscheinlich lag es daran, dass man solche Vorkommnisse hier zur Genüge kannte, wenn auch nicht in dieser Größenordnung. Und nicht in jüngster Zeit. Ein Blutbad solchen Ausmaßes konnte sich sogar mit dem St. Valentine's Day Massaker von Chicago messen.

Ich versuchte, die Toten den verschiedenen Lagern zuzuordnen. Angezogen waren sie alle ähnlich: die typisch italienische Uniform aus Designerjeans, schmalen weißen Sneakern mit diagonalen Streifen oder Campers, und engen T-Shirts, einige mit einer kleinen Tasche auf der Brust, andere mit Logostickerei in farbigem Garn. Mehrere Sonnenbrillen lagen auf der Straße, einige der Toten hatten ihre noch auf. In einer Lache aus klebrig geronnenem Blut lag ein Schlüsselbund mit einem Schlüsselanhänger in Form des Buchstabens »G« aus purem Gold. Und natürlich jede Menge Handfeuerwaffen. Einer der Männer hatte eine Maschinenpistole in der Hand, womöglich eine Colt, die so ähnlich aussah wie die, die Polizisten an englischen Flughäfen im Anschlag haben. Die meisten Waffen jedoch waren Pistolen. Ich konnte unter anderem eine silberne Beretta 36.2oz erkennen, eine schwarze Smith & Wesson Double Action und erstaunlicherweise auch eine russische Makarow 9 Millimeter. Verblüffende Artenvielfalt. Ich zerrte mein Notizbuch aus der hinteren Tasche meiner Jeans, zog den Kugelschreiber hinterm Ohr hervor (ich weiß, das klingt nach einem Klischee, aber meine Haare sind so kraus, dass sie allen Ernstes der beste Aufbewahrungsort für mein Schreibgerät sind – wenngleich es ein wenig stillos wirken mag, ich gebe es zu) und schrieb alles auf. Don war es gelungen, sich an der Polizei vorbeizumogeln, und nun kauerte er neben dem Alfa Spider, von wo aus er noch immer eifrig ein Foto nach dem anderen schoss. Irgendwann entdeckte ihn die Polizistin mit der Kreide und schrie ihm aufgebracht »Via! Via!« zu, woraufhin er sich murrend trollte.

»Stronza!«, fluchte er halblaut. Ich hatte gar nicht gewusst, dass er Italienisch konnte.

Ich stelle mir gewohnheitsmäßig immer zuallererst die Frage, was das hervorstechende Merkmal einer Szene ist. Das Sonderbarste, was mir an diesem Tatort auffiel – abgesehen von der Anzahl der blutüberströmten Leichen, versteht sich –, war die Tatsache, dass einige der Opfer blond waren. Natürlich nicht strohblond wie die Menschen in Sibirien, aber soweit ich es von meinem Platz aus erkennen konnte, hatten zwei der Männer kraus gelockte dunkelblonde Haare, die meinen nicht unähnlich waren. Es kommt mir immer seltsam vor, wenn ich in Süditalien auf Menschen stoße, die nicht die typischen schwarzglänzenden Schöpfe haben, in die ich am liebsten sofort meine Finger wühlen möchte.

Die Ähnlichkeit der Haare, so schloss ich messerscharf, konnte nur bedeuten, dass es sich bei den beiden um Brüder handelte – oder wenigstens um Cousins –, zumal sie altersmäßig nicht weit auseinanderlagen. Und während die Frau von Sicilia 1 ihren Beitrag beendete, das Mikrofon sinken ließ und eine abrupte Handbewegung machte, bei der ich am liebsten laut »Schnitt!« gerufen hätte, schloss ich die Augen und dachte an die Frau, die an diesem Abend weinen würde. An diesem Abend und an allen darauffolgenden Abenden bis zum Ende der Zeit.

Ich ließ mich auf einem Stein nieder und zündete mir eine Zigarette an, bevor ich mir die Sonnenbrille wieder über die Augen schob und meine Haare mit einem Gummiband zu einem Pferdeschwanz zusammenband. Ich sah zu, wie eine Eidechse ihre glasigen Augen hin und her zucken ließ. Sie nahm weder von mir noch von dem Geschehen weiter oben auf der Straße Notiz.

»Love me tender, love me true …«, ertönte es aus meiner Jackentasche. Ich zückte mein Handy.

»Pronto?«

»Faith?«

»Ja?«

»Hier ist Ihsan. Störe ich?«

»Nein, ganz und gar nicht. Ich sitze gerade auf einem Berg in Sizilien, zusammen mit siebzehn ermordeten Mafiosi. Und Sie?«

Er lachte. »Wow. Die müssen gewusst haben, dass Sie kommen. Haben Sie meine Bänder erhalten?«

»Oje. Ich hätte Sie anrufen sollen. Ja, ich habe sie bekommen, vielen Dank. Sie haben mich überzeugt, Ihsan. Und ich glaube, ich weiß inzwischen, warum man mich an weiteren Nachforschungen hindern will. Weil ich ganz besonders gefährlich bin. Mein Vater war nämlich, wie sich herausgestellt hat, britischer Spitzel, der in irgendeiner Weise mit Cairnbridge zu tun hatte. Ich schätze, er hat damals etwas herausgefunden. Beweise entdeckt, die zu den wahren Tätern führen. Und die glauben jetzt wahrscheinlich, dass ich Zugriff zu dem Material habe.«

»Allah! Das ist ja ein Ding. Wie sind Sie dahintergekommen?«

»Sie hatten recht mit dem, was Sie über Walter gesagt haben. Er hat es mir erzählt. Er war damals auf Zypern und hat sich mit einigen anderen Spionen herumgetrieben. Und mit Ihrer Annahme, dass er die ganze Zeit gewusst hat, dass es die Italiener waren und nicht die Araber, lagen Sie auch richtig. Ich habe keinen blassen Schimmer, was er sonst noch weiß, aber was auch immer es ist – ich vermute, es ist genau das, wonach ich suche.«

»Haben Sie denn schon die eine oder andere Idee?«

»Na ja, ich habe die Sachen von meinem Vater aus dem Lager geholt, aber viel Aufschlussreiches war nicht dabei. Außer dem Beweis, dass mein Vater Karim Mohammed kannte und an ihm interessiert war. Möglicherweise wollte er ihn anwerben. Boyd war ebenfalls mit den beiden bekannt.«

»Nicht uninteressant, aber … kaum gut genug für die Titelseite.«

»Nein«, pflichtete ich ihm bei. »Seine Tochter saß übrigens in der Maschine.«

»Wessen Tochter? Die Ihres Vaters?«

Du liebe Zeit, was für eine verzwickte Frage. Sofort hörte ich Edens Stimme: Ich hätte die Frage herausgefordert, weil sie mir ständig im Kopf herumspukte und ich händeringend nach einer Gelegenheit suchte, endlich jemandem alles beichten zu können. Mein Psychiater hätte ihm sicher zugestimmt. Klugscheißer, alle beide.

»Ja. Nein. *Walters* Tochter«, sagte ich schließlich.

»Irvings Tochter saß damals im Flugzeug? Allah, Allah, Allah. Sind Sie sicher? Wie alt war sie?«

»Sieben«, flüsterte ich kaum hörbar. Dann noch einmal, etwas lauter: »Sieben.« Der sanfte Klang seiner Stimme weckte in mir den Wunsch, ihm zu erzählen, was Phoebe mir offenbart hatte. Ihm zu sagen, dass sie meine Schwester war. Aber ich konnte es nicht tun. Ich wusste, dass es ein Fehler gewesen wäre.

»Hören Sie, Faith, ich bin gerade in Rom. Am Flughafen. Man hat mich nach Bisacquino beordert, was, so vermute ich, der Name des Ortes ist, an dem auch Sie sich im Moment aufhalten. Das trifft sich ganz ausgezeichnet. Ich habe nämlich Neuigkeiten für Sie …«

Ich setzte mich auf. Ich liebe Neuigkeiten. Neuigkeiten sind toll.

»Her mit den Neuigkeiten«, sagte ich eifrig.

»Sie schulden mir etwas, Faith Zanetti«, erwiderte er lachend.

»Bis jetzt noch nicht«, widersprach ich, trommelte ungeduldig mit den Fingern auf den heißen Stein und scheuchte damit meine Eidechse auf. Eine stetig zunehmende Zahl an Übertragungswagen und Autos voller Reporter blockierte inzwischen die Straße, und die Polizei hatte Mühe, sie in Schach zu halten. Die Frau mit der Kreide hatte den Rachen zum Brüllen so weit aufgerissen, dass man ihre Mandeln sehen konnte.

»Sobald ich den Bericht auf CNN gesehen hatte, rief ich meine italienischen Kontakte in New York an – die Leute, die mir damals bei meinem Cairnbridge-Beitrag geholfen haben. Einer von ihnen ist letztes Jahr aus dem Gefängnis entlassen worden – wie er heißt, kann ich Ihnen selbstverständlich nicht verraten. Aber als ich den Namen ›Bisacquino‹ erwähnte, sagte er, Zitat: ›Moment mal! Caprese kam doch aus Bisacquino. Der Typ, über den du mich damals ausgefragt hast, als ich noch im Bau saß.‹ Zitat Ende.«

»Oh. Hoppla. Was hat das denn zu bedeuten?«

Ein Martinshorn schrillte den Hügel herauf.

»Ich muss jetzt los, mein Flug wird gerade aufgerufen. Wir sehen uns heute Abend. Wo sind Sie abgestiegen? Für mich hat man im Grand Hotel Elegia gebucht, oder so ähnlich.«

»Tja, da sind wir auch. Da bin *ich* auch«, korrigierte ich mich, stand auf und wandte dem Lärm den Rücken zu. »Was hat das alles zu bedeuten, Ihsan?«

»Da bin ich überfragt. Ich dachte nur, es hilft Ihnen eventuell weiter. Vermutlich kommt nur die Schlussfolgerung in Frage, dass der Ort eine Mafiahochburg ist, auch wenn er bis jetzt nicht als solche bekannt war. Vielleicht hat irgendjemand seinen Wohnsitz verlagert. Wie dem auch sei – Sie haben dort unter Umständen die Möglichkeit, jemanden zu finden, der mehr weiß. Ich hatte damals nie eine brauchbare Spur. Ich wusste gar nicht, wo ich hätte anfangen sollen. Natürlich habe ich mein Glück trotzdem versucht, aber ohne Erfolg. Deswegen sage ich es jetzt Ihnen. Vielleicht finden Sie jemanden. Bisacquino ist schließlich nicht gerade riesig.«

Ich lachte.

»Nicht allzu groß, nein.«

Don war in ausgezeichneter Stimmung, als ich ihn wieder ins Auto verfrachtete. Ich ließ heulend den Motor an, wendete, eine dichte Staubwolke aufwirbelnd, und fuhr zurück in Richtung Dorf. Oft hatte ich Mühe, den Wagen an den Pressefahrzeugen vorbeizumanövrieren, die sich mittlerweile in einem endlosen Konvoi den Hang hinaufwälzten.

Unten angekommen, parkte ich vor einer kleinen Bar mit dem Namen Ristorante Borghese. Ristorante – dass ich nicht lache! Im Innern befanden sich drei piepsende, surrende Spielautomaten, ein Flipper und zwei Tische so groß wie Frühstücksteller. An einem von ihnen saßen zwei alte Männer, die weder aßen noch tranken, sondern bloß Karten spielten. Der Fußboden sah schmierig aus, und die Besitzerin war dabei, auf einige Gläser einen gleichmäßigen Fettfilm aufzutragen, indem sie sie mit einem angegrauten Lappen polierte. In einer gläsernen Vitrine lagen, wie es sich für ein Lokal dieser Klasse gehörte, drei angetrocknete Croissants, Käse-Schinken-Sandwiches, auf denen die Fliegen herumkrabbelten, sowie einige versteinerte Pizzastücke.

Wir bestellten Espresso mit Cognac, und die Frau hinter dem Tresen machte ein zufriedenes Gesicht. Sie wuchtete ihren enormen Busen hoch, um an die Flasche zu gelangen, von der sie mit der Hand den Staub abwischte. An der Espressomaschine von der Größe eines Sargs blitzte der Chrom, und im Radio, das mit sehr hoher Lautstärke lief (womöglich, damit die tauben Greise auch etwas davon hatten) wurde soeben eine Liveübertragung vom Tatort gesendet. Interessiert nahm ich zur Kenntnis, dass die Reporterin von »jungen Männern aus der Gegend« sprach.

Durch diese Information ermutigt, beschloss ich, die Wirtin

nach Gianluca Caprese zu fragen. Sie warf jedoch lediglich den Kopf zurück und brach in schallendes Gelächter aus. Dabei wippten ihre dunkelgrauen Locken, seit deren letzter Tönungswäsche gut und gern ein halbes Jahr ins Land gegangen war. Die alten Männer drehten sich zu uns um und beäugten uns in zahnloser Verachtung.

»Lei non è la prima, e non sarà l'ultima«, sagte sie. Sie sind nicht die Erste und werden auch nicht die Letzte sein. Was, so mutmaßte ich, mir signalisieren sollte, dass sie nicht die Absicht hatte, mit Wildfremden über Mafiahinrichtungen zu sprechen. Schon gar nicht heute.

Ich nuschelte etwas, von dem ich hoffte, dass es »Schrecklich, was da passiert ist, nicht wahr?« bedeutete. Sie wiederum brummte, während sie die Kaffeetassen vor uns hinknallte und je einen Schuss Cognac hineingluckern ließ, etwas, das verdächtig nach »Geschieht denen allen ganz recht« klang.

Ich trank rasch aus, schob der Frau einen Fünfhundert-Euro-Schein über die Theke, sah ihr in tief die Augen und hob vielsagend eine Braue. (Die Fähigkeit, eine einzelne Braue zu heben, gehört für mich zum unentbehrlichen journalistischen Rüstzeug.)

Sie knüllte das Geld zusammen und stopfte es in ihre Schürze. »Oi, Giovanotto! Bring die Leute hier zu Ornella!«, bellte sie.

Einer der Alten antwortete knurrend: »Ich gewinne gerade!« Er war einmal ein attraktiver Mann gewesen, das verrieten ein Rest seines großspurigen Charmes und das Funkeln, das noch immer in seinen Augen glomm. Abgesehen davon allerdings machte er den Eindruck, als sei er von einer dicken Staubschicht überzogen. Obwohl das wahrscheinlich gar nicht stimmte.

Die Wirtin funkelte ihn drohend an. Widerwillig stand er auf, nahm seinen Gehstock und kam auf uns zugeschlurft. Ohne uns aufzufordern, ihm zu folgen, oder uns in irgendeiner anderen Weise anzusprechen (obgleich er unablässig leise mit sich selbst redete), trat er auf die Straße. Ich musterte ihn genauer: ein Meter zwanzig groß, uralter schwarzer Anzug, Filzhut, O-Beine. Meine Stiefel hallten laut auf dem Kopfsteinpflaster wider, und ich sah, wie sich die Spitzengardinen und Fensterläden an den Häusern ringsum sachte bewegten. Heute waren alle Bewohner nervös und neugierig. Mit jeder Minute, die verstrich, mit jedem Schritt, den wir taten, wurde ihr Dorf berühmter.

Aber es war nicht die Art Berühmtheit, die man sich wünschen würde.

KAPITEL 15

Ornella wohnte direkt an der Piazza. Gestreifte Plastikvorhänge verdeckten die hölzernen Eingangstüren der Häuser, Geranien standen in säuberlich aufgereihten Töpfen auf den Balkonen, und es war so still, dass man selbst draußen den Klang der Fernseher hören konnte.

Der alte Mann drückte auf Ornellas Klingel. Sie öffnete uns in einer Schürze und mit Teig an den Händen. Sie lächelte den Mann an, aber dann fiel ihr Blick auf uns, und sie hörte auf zu lächeln.

»Wie geht's, wie steht's?«, fragte Don, und ich versetzte ihm einen ärgerlichen Fußtritt. Allmählich wurde es glühend heiß in der Sonne. Der Mann drehte sich wortlos um und machte sich auf den Rückweg in Richtung Bar. Ornella rief ihm etwas nach, worauf er jedoch nicht reagierte. Dann strich sie sich die Haare glatt und musterte uns. Sie war dünn, ungefähr fünfzig Jahre alt und hatte die schwarzen Haare zu einem Knoten geschlungen. Winzige goldene Ringe steckten in ihren Ohrläppchen, und an den Füßen trug sie Flipflops. Sie bat uns herein, aber nicht etwa, wie sie uns durch ihre missmutig gespitzten Lippen zu verstehen gab, aus freien Stücken, sondern weil sie nicht unhöflich sein wollte.

Drinnen war es düster und angenehm kühl. Das Zimmer, in das uns Ornella führte, war ein langer schmaler Schlauch mit einem Holzofen an der Wand und Vasen mit Plastikblumen auf sämtlichen Oberflächen. Christus in all seinem blutenden Elend hing an einem Kreuz über der Kommode, in der, wie es den Anschein hatte, das gute Geschirr aufbewahrt wurde. Der Fußboden war mit grünem Linoleum ausgelegt, der Tisch mit einer Art Netzgardine bedeckt. Den wuchtigen Fernseher zierte ein ähnliches Stück Stoff. Ornella nahm eine schwere Kristallschüssel mit Bonbons herunter und bot uns welche an. Don nahm sich eins, wickelte es umständlich aus dem Papier und lutschte so geräuschvoll daran, als würde er einen Milchshake schlürfen.

Da der Gastfreundschaft nun Genüge getan war, setzte sich Ornella – die uns bedeutet hatte, auf dem Sofa Platz zu nehmen (ein hartes, unbequemes Ding aus Plüsch, das man wahrscheinlich zu einem Bett ausziehen konnte) – auf einen Küchenstuhl, faltete die Hände im Schoß und neigte den Kopf zur Seite.

»Umm … cerchiamo gente chi cognosce Gianluca Caprese«, begann ich. Ob ich hier drinnen wohl rauchen durfte?

Sie bekreuzigte sich und hob das Kruzifix, das um ihren Hals hing, an die Lippen, um es zu küssen. Aha. Also kannte sie ihn tatsächlich.

»Er war mein großer Bruder«, sagte sie – Gott sei Dank auf Englisch –, während sie mich mit ruhigen Augen anblickte.

»Ah, Sie sprechen Englisch.« Ich lächelte breit und einnehmend. Sie erwiderte das Lächeln nicht.

»Meine Mutter hat während des Krieges in England gelebt«, erklärte sie schlicht. »Sie hat es uns beigebracht.«

»Aha.« Ich nickte. »Schön. Also, ich bin Reporterin aus England. Vom *Chronicle*.«

Siehe da, diese Bemerkung verfehlte ihre Wirkung nicht – wie so oft bei Menschen, die sich noch an den alten Ruf meiner Zeitung erinnern und die nicht wissen, dass sie mittlerweile von einem rechtskonservativen Tycoon aufgekauft worden ist, der sämtliche Drucker gefeuert und das Blatt auf Tabloidformat zusammengeschrumpft hat. (Heutzutage gibt es ja fast nur noch Tabloidformate, aber das meine ich nicht. Ich rede vom Niveau.) Ornellas schwarze Augen begannen vor Bewunderung zu leuchten. Ich beglückwünschte mich. Hin und wieder trifft man eben doch noch auf Menschen, die – so erstaunlich das auch klingen mag – Vertreter der Presse hochachten und glauben, dass sie einem Reporter alles sagen müssen, was er wissen will, als gäbe es dazu ein entsprechendes Gesetz.

»Ich weiß, dass Ihr Bruder … ermordet wurde. Und … die meisten Menschen denken, dass sein Mord etwas mit dem Anschlag von Cairnbridge zu tun hatte – erinnern Sie sich noch, der Flug TAA 67? Die Maschine, die vor fünfundzwanzig Jahren über Schottland explodiert und abgestürzt ist?«

»Ja.«

»Ich frage mich, ob Sie glauben, dass es tatsächlich zwischen diesen beiden Ereignissen eine Verbindung gab. Oder ob es unter Umständen eine andere Version der Geschichte Ihres Bruders gibt, die Sie uns gern erzählen möchten. Es wird gemeinhin angenommen, dass er für die Mafia Heroin aus dem Nahen Osten und Afghanistan nach Amerika geschmuggelt hat. Darüber wurde seinerzeit ausführlich in den Medien berichtet …«

Ich bin wirklich nicht stolz darauf, aber ich schwöre, mir war kaum bewusst, dass ich eine altgediente Interviewtechnik anwendete, um die Frau zum Reden zu bringen. Wenn man nämlich ausführlich schildert, wie viel Schmutz in der Öffentlichkeit über jemandem – zum Beispiel einem toten Verwandten – ausgegossen worden ist, fühlen sich die meisten Menschen sofort genötigt, Partei für ihn zu ergreifen und das vor einem auszubreiten, was sie für die Wahrheit halten. Wenn man Glück hat, *ist* es sogar die Wahrheit.

»Ja«, sagte sie wieder.

»Wussten Sie denn, dass er als Drogenkurier für die Mafia gearbeitet hat?« Ich wollte ganz sicher gehen.

Sie bekreuzigte sich erneut, schwieg jedoch.

»Ornella … Signora Caprese …« Ich machte eine bedeutungsschwere Pause. »Meine Schwester saß in der Maschine.«

Don setzte sich mit einem Ruck auf und glotzte mich verdattert an. »Äh, schalom?«, sagte er.

Ich warf ihm einen warnenden Blick zu.

Ornellas Augen füllten sich mit Tränen. Ich weiß, es klingt mies, aber ich sah das als Schritt in die richtige Richtung an.

»Er musste es tun. Er war ... Carlos Vater hatte ihm einen Gefallen getan. So machen sie es immer, mit allen anständigen Jungs. Das ist ihr Trick. Er war auf der Suche nach Arbeit. Sehen Sie sich diese Stadt an, was soll ein junger Mann hier tun? Und damals war es noch schlimmer. Er brauchte Arbeit, und sein Freund Massimo, Gott sei seiner Seele gnädig, nahm ihn mit zu Carlos Vater. Seinen Namen kennt niemand. Sie haben ihn immer nur Großvater genannt. Nonno. Er fand eine Stelle für ihn, in Amerika. Gute Arbeit. In einem Lagerhaus, sagte er. Aber dann, irgendwann, trat Carlos Vater mit einer Bitte an ihn heran. Als Gegenleistung. Gianluca sollte für ihn nach Zypern fliegen. Als er herausfand, worum es sich bei dem Auftrag handelte, sagte er nein. Doch dann sind sie hierhergekommen, zum Haus meiner Mutter, Gott sei ihrer Seele gnädig. Ich war noch jung. Ich war noch sehr jung damals und ...« Im Laufe ihrer Erzählung war Ornella immer verzweifelter geworden. Jetzt ließ sie das Gesicht in die Hände sinken und begann zu schluchzen.

»Ich raff's nicht«, zischte Don mir zu. »Was faselt sie da?«

»Sie wurde vergewaltigt. Und allem Anschein nach hat ihr Bruder danach weiter für die Mafia gearbeitet. Raffst du es jetzt?«

»Gerafft.« Don nickte. Unter enormer körperlicher Anstrengung erhob er sich und genehmigte sich ein weiteres Bonbon.

Ich trat zu Ornella und legte ihr einen Arm um die Schultern, obwohl ich wusste, wie jämmerlich eine solche Geste angesichts ihres Schmerzes war. Dennoch tätschelte sie dankbar meine Hand. Vielleicht bedeutete ihr mein Mitgefühl mehr, als ich für möglich gehalten hatte.

»Wer ist Carlo?«, fragte ich.

Jetzt lachte sie bitter auf. Sie wischte sich die Nase am Saum ihrer Schürze ab und straffte die Schultern. Als hätte sie nichts mehr zu verlieren.

»Wer Carlo ist? Sie sind Reporterin und Sie wissen nicht, wer Carlo ist?«, fragte sie ungläubig. »Man merkt, dass Sie keine Italienerin sind.«

Don hustete. »Verschluckt«, erklärte er spuckend und röchelnd. »*Ich* weiß, wer Carlo ist. Mysteriöser Typ. Lebt vollkommen zurückgezogen. Niemand weiß genau, ob er überhaupt wirklich existiert. Als sein Vater bei einer Razzia von der Polizei erschossen wurde, hat er den Laden übernommen. Das ist inzwischen zehn oder fünfzehn Jahre her.«

»Mehr als zwanzig«, berichtigte Ornella ihn. »Nonno wurde vor mehr als zwanzig Jahren getötet, und jetzt schmort er im Höllenfeuer. Für alle Ewigkeit wird er brennen.«

Hmm. Ganz schön heftig. Obwohl – höchstwahrscheinlich hatte er es verdient.

»Woher hast du das?«, fragte ich Don und machte eine ungeduldige Handbewegung. »Und wieso fühlst du dich nicht bemüßigt, mich darüber aufzuklären, wenn du doch *weißt*, dass wir an einer Story über die Mafia arbeiten?«

»Klaro, Faith. Wenn du zu mir gesagt hättest: ›Oh, Don, verrate mir doch bitte, wer angeblich der Kopf der sizilianischen Mafia ist, du weißt schon – wir arbeiten doch gerade an einer Mafia-Story!‹, dann hätte ich dir sofort alles erzählt. In meiner grenzenlosen Beschränktheit habe ich angenommen, du wüsstest Bescheid.«

»Wusste ich aber nicht«, brummte ich. Noch etwas, von dem jeder dachte, ich müsste es wissen. Ehrlich gesagt war mir nicht einmal klar gewesen, dass die Mafia immer noch derselbe Familienbetrieb war wie früher. Ich hatte angenommen, das organisierte Verbrechen sei mittlerweile ein völlig undurchsichtiges Netzwerk von Leuten – die meisten von ihnen Politiker, die Verbindungen zu irgendwelchen mächtigen Geheimbünden pflegten. Die Freimaurer oder so.

»Wir benutzen das Wort ›Mafia‹ nicht«, merkte Ornella an.

Na also – *das* hatte ich aber gewusst!

»Die Bonbons sind echt lecker«, murmelte Don.

»Bitte. Essen Sie ruhig noch welche«, forderte Ornella ihn auf und hielt ihm erneut die Schüssel hin. Don nahm sich gleich drei.

»Aber eigentlich weiß niemand genau Bescheid«, fuhr er fort. »Es gibt immer Leute, die sich opfern. Die behaupten, sie seien diejenigen, welche. Es ist wie in diesem Film mit Kevin Spacey. Er ist ein großer Unterweltkönig, aber das erfährt man erst am Ende, und selbst seine Freunde haben die ganze Zeit über nichts davon gewusst.«

»Die üblichen Verdächtigen«, sagte ich seufzend.

»Er rief mich an, bevor … bevor es passierte«, unterbrach uns Ornella, die nicht begriff, worüber wir gesprochen hatten. Sie war ganz in ihrer eigenen Geschichte gefangen.

»Vor dem Unglück in Cairnbridge?«

»Nein. Oder – ja. Bevor sie … bevor er getötet wurde.«

Ich blieb stumm. Wartete darauf, dass sie mir offenbarte, was er ihr gesagt hatte. Spürte, wie die Erwartung dessen, was sie mir gleich mitteilen würde, schon auf meiner Zunge brannte, wie meine Hände sich in den Jackentaschen zu Fäusten ballten, meine Zehen sich in den Stiefeln versteiften, meine Bauchmuskeln sich zusammenkrampften.

»Was *hat* er denn nun gesagt?«, fragte Don und brach damit nicht nur das angespannte Schweigen, sondern auch sämtliche Regeln. Ich atmete ganz langsam aus.

»Er sagte, die Amerikaner hätten Wind von der Sache bekommen. Dass er sich Nonno gegenüber illoyal verhalten habe und dass man sie alle bestrafen würde. Die Männer, die mein Bruder in New York kennengelernt hatte – viele von ihnen wurden damals verhaftet. Das Drogengeschäft steckte in Schwierigkeiten. Ich glaube, er hat den Amerikanern Namen genannt, und sie haben im Gegenzug versprochen, ihn zu beschützen.«

»Sie haben den *Koffer* beschützt«, sagte ich, als endlich alle Teile der Geschichte an ihren Platz glitten.

»Ich weiß nichts von einem Koffer.« Ornella schüttelte den Kopf und sah zu einer Fotografie auf der Anrichte empor. Sie zeigte einen adretten Jungen mit Zahnlücke und einem breiten Lächeln, der einen wuschligen Hund auf dem Arm hielt. »Aber jemand ist ihm auf die Schliche gekommen. Er hat gesagt, dass er mich lieb hat und dass ich nie jemandem davon erzählen soll.«

Ich nickte, während ich mich flüchtig fragte, was sie dazu veranlasst hatte, seiner Bitte nach so langer Zeit zuwiderzuhandeln. Aber sie erklärte es mir, noch bevor ich den Gedanken zu Ende gedacht hatte. »An Ort und Stelle beschloss ich, dass ich alles sagen würde, was ich wusste. Mich hatte man schon genug bestraft, und jetzt wollten sie auch noch meinen Bruder holen. Das hat meine Mutter umgebracht. Es hat sie umgebracht! Aber wissen Sie was? Bis heute hat mich niemand gefragt. Wenn sie mich fragen, sage ich es ihnen, das hatte ich mir geschworen. Aber keiner hat gefragt. Alle glauben die Lügen. Dieses Märchen. Dass sich die Cosa Nostra unsichtbar machen kann. Sich einfach in Luft auflöst. Das ist es, was sie sagen.«

»Ja, das tun sie«, bestätigte ich mit einem nachdenklichen Lächeln. »Genau das sagen sie.«

»Einer, ein Araber, kam einmal hierher. Ins Dorf. Hat überall herumgefragt. Aber ich mag die Araber nicht«, sagte sie. »Sie sind unehrlich. Hinterlistig.«

»Ihsan El Sayed?«, fragte ich und hasste sie plötzlich trotz all ihres Leids.

»Woher soll ich das wissen? Die Namen klingen alle gleich«, erwiderte sie barsch.

Es war Zeit zu gehen. Als wir gerade wieder durch den Vorhang aus Plastikbändern ins Licht treten wollten, fasste Ornella mich am Arm.

»Es tut mir leid wegen Ihrer Schwester«, sagte sie. »Gott wird sie behüten.«

Genau das hat er *nicht* getan, dachte ich, obwohl ich wusste, dass sie etwas anderes gemeint hatte. Ich drehte mich zu ihr um.

»Danke. Ich hoffe, Sie haben recht«, sagte ich, während mein Herz wieder einmal versuchte, durch meinen Mund ins Freie zu springen.

Ein Jesuitenpater in Israel hatte mir einmal gesagt, dass sich manche Menschen Gott nur dadurch nähern können, indem sie hoffen, dass es ihn gibt. Zu mehr seien sie nicht fähig, aber genau diese Hoffnung sei der Spalt in ihrem Panzer, durch den der Herr eines Tages seine Liebe strömen lassen würde. Damals hatte ich das Ganze als das Gefasel eines Fanatikers abgetan, aber jetzt hätte ich am liebsten losgeheult.

»Wenn Sie am Borghese vorbeikommen, könnten Sie meinen Mann bitten, zum Mittagessen nach Hause zu kommen?«, rief Ornella uns nach.

Hallo?, dachte ich. Offenbar stand mir die Verwirrung deutlich ins Gesicht geschrieben. Oder besser: das sprachlose Entsetzen.

»Er war ein Freund meines Vaters«, sagte sie schulterzuckend. »Nach dem, was geschehen war, wollte mich sonst niemand mehr haben.«

Jesus Christus, möchte man nicht weinen und weinen angesichts dieser Welt?

Dann schloss Ornella die Tür, um sich endgültig vor uns und dem Leben draußen zurückzuziehen.

War das nun die Lösung des Rätsels? Das Ende meiner Cairnbridge-Story? War Gianluca Caprese der Schlüssel zu allem, so wie Ihsan es vermutet hatte? War meine Geschichte im Wesentlichen genau dieselbe wie die, die er vor drei Jahren auf Al-Dschasira gesendet hatte? Gianluca Caprese, der gewusst hatte, dass sein letztes Stündlein geschlagen hatte? Der gewusst hatte, dass Nonno, wer auch immer das war, das Flugzeug in die Luft jagen würde, um die CIA-Männer auszuschalten, die auf dem Rückweg in die Staaten waren? Womöglich hatte er Mohammed den Koffer persönlich übergeben?

Wenn man das glaubte, dann lag es nahe, in Caprese zugleich den Anrufer von Reykjavik zu vermuten. Warum auch nicht? Aber was hatte dann die Postkarte zu bedeuten? Die Bemerkung über Fischers Rachsucht? Ich hatte die Story. Es war nicht besonders schwierig gewesen. Wieso also »Rachsucht«? Was war damit gemeint?

Es gab nur eine Antwort: Ich hatte die Story *nicht*. Noch nicht.

Ich blies meine Backen auf und stieß die Luft aus. Im Geiste sah ich ein Banner über allem schweben, auf dem groß und schnörkelig »The End« geschrieben stand. Aber irgendwie glaubte ich nicht recht daran.

»Sag mal, Eff Zett«, begann Don, blinzelte in die Sonne und wuchtete sich die Kameratasche über die Schulter, »wieso hast du nie erzählt, dass deine Schwester in diesem Flieger war? Das kam wie aus heiterem Himmel. Hast du dir das ausgedacht, damit sie dir ihr Herz ausschüttet?«

Ich lachte und marschierte in Richtung unseres Wagens. Hoffentlich hatte ich im Schatten geparkt. »Ich wusste es selbst bisher nicht. Ich habe es erst gestern Abend erfahren.«

»Gestern Abend?«, rief Don und scheuchte mit einem Fußtritt eine räudige Katze aus dem Weg.

»Walter Irvings Frau kam vor einigen Tagen mitten in der Nacht zu uns. Sie war völlig aufgelöst und erzählte mir, sie sei – möglicherweise – vor hundert Jahren von meinem Vater geschwängert worden. Und dann beim Abendessen gestern erzählte Walter, der übrigens für die CIA tätig war und der Dad damals auf Zypern gewissermaßen durch die gemeinsame Arbeit kennengelernt hat, dass seine Tochter – *selbige* Tochter! – damals im Flugzeug gesessen habe. Ohne Begleitung. Auf dem Weg nach New York, wo sie ihn besuchen wollte.«

»Und er hat keine Ahnung, dass sie gar nicht seine Tochter ist?«

Oje. Hätte ich die Sache bloß niemals erwähnt …

»Genau. Er weiß nichts. Und, Don: Er wird es auch nie erfahren, verstanden? Phoebe ist sich nicht einmal hundertprozentig sicher, also ist es … na ja, du weißt, was ich damit sagen will.«

»Ehrlich gesagt, nicht ganz, Zanetti. Ein Geheimagent offenbart dir, dass deine Schwester, die du nie gekannt hast, vor Jahren ums Leben gekommen ist, und das inspiriert dich dazu, dich die ganze Nacht lang von ihm durchnudeln zu lassen? Brillant.«

Ich blieb stehen und drehte mich zu Don um, der über die schmale gepflasterte Straße hinter mir herdackelte, prustend und mit hochrotem Kopf. Als er mein Gesicht sah, erkannte er, dass er zu weit gegangen war.

»Wir hatten keinen Sex«, sagte ich und beugte mich ganz dicht zu seinem Gesicht. »Wir haben uns nur im Arm gehalten. Weil wir traurig waren. Ach, und noch etwas«, fügte ich hinzu und rammte ihm mit aller mir zur Verfügung stehenden Kraft die Faust in den Magen. Und mir steht viel Kraft zur Verfügung.

Don krümmte sich vornüber und begann zu würgen, als müsse er sich übergeben.

»Bis gleich beim Wagen«, sagte ich und betrat die Bar, um die Nachricht zu überbringen.

Ich habe mich immer schon gefragt, wieso mich die Natur mit einem derart dünnen Geduldsfaden ausgestattet hat. Nein, er ist nicht nur dünn, sondern auch viel zu kurz. Und mittlerweile schien es mir, als habe er sich vollends in Wohlgefallen aufgelöst.

Während wir bei Ornella gewesen waren, hatte die Weltpresse das Borghese für sich entdeckt. Vermutlich hatte das Lokal nie zuvor solche Menschenmassen beherbergt. Journalisten aus Palermo und einige wenige ihrer Kollegen, die es bereits aus Rom hierher geschafft hatten (man konnte sie daran erkennen, dass sie besser angezogen waren und teurere Sonnebrillen trugen), bestellten einen Kaffee nach dem anderen, und meine alte Freundin, die Wirtin, wusste kaum noch, wo ihr der Kopf stand. Bevor der Tag vorüber war, würde sie weitere fünfhundert Euro in der Kasse haben. Sie hatte sogar von irgendwoher einen Schinken geholt, um die hungrigen Scharen zu verköstigen.

In einer Ecke – in ein Videospiel vertieft, bei dem der Spieler ein Kampfflugzeug steuern musste – stand ein junger Amerikaner mit einem Haarschnitt wie mein Marine und schielte unauffällig zu mir herüber. Ich lächelte und winkte ihm zu, woraufhin er rasch den Blick abwandte.

Das Kartenspiel war noch in vollem Gange. Ich beugte mich zu dem alten Mann hinab und sagte ihm, er solle nach Hause gehen.

»Nur noch dieses eine Spiel«, antwortete er (glaube ich), und dann klopfte er auf den Stuhl neben sich, weil ich Platz nehmen und zuschauen sollte. Ich tat wie geheißen, und prompt landete seine verschrumpelte, mit Leberflecken übersäte Hand auf meinem Knie. Oder strenggenommen auf meinem Schenkel, ein gutes Stück oberhalb meines Knies. Ich versteifte mich, beschloss aber, mir nichts anmerken zu lassen.

»Was wissen Sie über Carlo?«, fragte ich ihn in meinem holprigen Italienisch.

Er heulte auf. Es klang wie das Jaulen eines kleinen Hundes. (Sie wissen schon, die mit den Triefaugen, aus denen die Tränenflüssigkeit immer ins weiße Fell sickert und dort unansehnliche Krusten bildet.) Es dauerte einen Atemzug, bis mir klar wurde, dass er lachte.

In einer dramatischen Geste zog er sich den Finger über die Kehle. »Er liegt im Sterben«, sagte er. »Deswegen streiten sich alle! Sein Nachfolger ist heimgekehrt. Wussten Sie das etwa nicht?«

Mein Gott, langsam hatte ich wirklich die Schnauze voll von dieser Frage!

Der Freund des Alten schoss in die Höhe und warf dabei den Tisch um, wodurch er meinen Verehrer von seinem Stuhl auf den Boden beförderte. Er brüllte ihm irgendetwas zu und stürmte davon. Oder vielmehr: Er quälte sich mit seinem Stock mühsam bis zur Tür, wobei er fortwährend Flüche gegen seinen betrunkenen, allzu redseligen (ehemaligen) besten Freund ausstieß. Ich half Ornellas Mann auf die Beine und begleitete ihn schließlich noch bis vor die Tür. Und wenn dies in den Augen derjenigen, die durch ihre Netzgardinen spähten, wie ein Akt der Selbstlosigkeit aussehen mochte, so war es alles andere als das: Ich wollte einfach nur sichergehen, dass er seine Neuigkeiten an niemand anderen im Café weitergab. Zwar wussten die Kollegen womöglich bereits Bescheid, aber man konnte nie wissen.

Don wartete am Wagen auf mich. Sein Gesicht war tränenüberströmt. Als er mich sah, breitete er die Arme aus.

»Es tut mir so leid, Zanetti«, sagte er. »Komm und drück mich.«

Was hätte ich tun sollen? Ich hielt die Luft an und schlang meine Arme um ihn, während er sein Gesicht in meinen Haaren vergrub und schniefte.

»Es tut mir so leid wegen des kleinen Mädchens, Eff Zett! Das ist alles so schrecklich traurig.« Sein Körper wurde von Schluchzern geschüttelt.

»Ich weiß, Don, ich weiß«, redete ich besänftigend auf ihn ein. Sehen Sie? Deswegen hatte ich ihm nichts davon verraten wollen. Ich wusste, er würde nur wieder weinen.

KAPITEL 16

Ich ließ Don in seinem Zimmer zurück (er hatte doch tatsächlich seine Drohung wahrgemacht und sich eine Suite gemietet!), damit er die Fotos per E-Mail nach London schicken konnte. Er wusste nicht, dass ich es wusste, weil es sein streng gehütetes Geheimnis war. Er hatte nämlich einen furchtbaren Aufstand gemacht, als es darum ging, sich eine Digitalkamera anzuschaffen (obwohl Pentax ihm Milliarden und Abermilliarden Dollar geboten hatte, damit er in ihrer Werbung auftrat), und behauptet, er würde sich lieber einen rotglühenden Spieß in den Hintern rammen. Er hielt auf fast schon zwanghaft zu nennende Weise an seiner altgedienten Nikon fest. Man hatte ihn mehr als einmal zu dem Thema interviewt, und jedes Mal hatte er sich irgendeinen Unsinn aus dem Kreuz gedrückt, dass das Klicken des Auslösers einer klassischen Spiegelreflexkamera ihm das Gefühl gebe, die Welt sei noch in Ordnung, und so weiter. In Wirklichkeit hatte er natürlich bloß Angst, dass die neue Technologie seinen Verstand heillos überfordern könne. Als ihm schließlich klar wurde, wie kinderleicht eine Digitalkamera zu bedienen war, entschloss er sich, doch noch auf das großzügige Angebot oben genannten Kameraherstellers zurückzukommen. Das hält ihn jedoch keineswegs davon ab, immer noch seine alte Nikon mit sich herumzuschleppen und so zu tun, als würde er mit ihr fotografieren, nur um sie dann in einem unbeobachteten Moment gegen die digitale Kamera auszutauschen. Das ist eigentlich ganz putzig, hat allerdings für ihn den großen Nachteil, dass er ziemlich oft Kopfschmerzen vortäuschen muss, damit er sich zurückziehen und die Bilder heimlich auf seinen Rechner laden kann.

Die Rosen in meinem Zimmer waren während meiner Abwesenheit fortgeräumt worden. Gut so. Ich hatte mich ohnehin an ihnen sattgesehen. Mir blieb nicht mehr viel Zeit bis zu Tamsins Deadline um vier Uhr, trotzdem recherchierte ich noch ein wenig im Internet, um Konkretes über Carlo herauszufinden – ohne Erfolg. Alles, was ich las, basierte auf Gerüchten. In einigen Artikeln italienischer Herkunft stieß ich auf vage Andeutungen, dass es jemanden gebe, der das Geschäft von Nonno übernommen habe – in einem Fall war sogar das grobkörnige Foto eines Mannes zu sehen, der mir irgendwie bekannt vorkam –, aber mir wurde rasch klar, dass niemand wirklich irgendetwas über ihn wusste.

Ich ließ meine Jacke im Zimmer und machte mich auf den Weg nach unten, in der Hoffnung, bei einem kleinen Spaziergang durch die Stadt würde mich vielleicht doch noch ein Geistesblitz ereilen. Natürlich hätte ich ganz einfach das schreiben können, was alle anderen auch schreiben würden. Dons Fotos sprachen für sich, Hollywood sei Dank verfügten die meisten Menschen über den nötigen kulturellen Hintergrund, und ein Großteil der Leserschaft des *Chronicle* war irgendwann schon einmal in Italien im Urlaub gewesen. Ich hätte mich also damit begnügen können, die Zahl der Toten zu nennen und ein paar Worte über mögliche Gründe des Massakers zu verlieren (Gebietskämpfe, Nachfolgestreitigkeiten, Familienehre und der ganze Zirkus). Als Draufgabe eventuell noch einen kurzen historischen Abriss über sämtliche Mafiaskandale der letzten siebzig Jahre, die Expansion der Organisation nach Amerika, die Globalisierung des Geschäfts und so weiter. Das wäre schnell erledigt gewesen. Aber ich wollte Carlo! Und dazu brauchte ich handfeste Beweise. Natürlich hätte mein Blatt auch einen Artikel abgedruckt, der nichts als pure Spekulation enthielt. Aber das musste ja nicht unbedingt sein.

Ich erkundigte mich an der Rezeption, ob jemand eine Nachricht für mich hinterlassen habe, und eine junge Frau mit hüftlangem schwarzen Zopf und einem Seidenband um den Hals reichte mir einen Umschlag. »Sie sind bei uns herzlich willkommen«, sagte sie und neigte demutsvoll den Kopf. Ich hob meine Brauen, sagte aber nichts, sondern schnappte mir nur den Umschlag und machte mich davon. *Herzlich willkommen, herzlich willkommen* – langsam ging mir das wirklich auf die Nerven. Warum war die ganze Bagage nicht beim letzten Ausbruch des Ätna unter einem riesigen Berg Flugasche begraben worden?

Mich fröstelte, als ich mich in der Lobby in Dons Sessel fallen ließ, mir eine Zigarette zwischen die Lippen schob und meine Füße auf einem kleinen marokkanischen Messingtisch ablegte. Ich sah mich selbst vor meinem geistigen Auge, eine kleine Glasflasche mit einem winzigen Korken in der Hand haltend. »Vulkanstaub vom Berg Ätna«, hatte Dad mir erklärt und dann irgendetwas zitiert. Ich versuchte, es aus dem Nebel im hintersten Winkel meines Gedächtnisses hervorzuholen, bekam es aber nicht zu fassen.

Ich schüttelte den Kopf, wie um den Gedanken zu verscheuchen, und öffnete das Kuvert. Hotel-Briefpapier, also wahrscheinlich eine Nachricht von Walter, der früher als geplant von seinem Ausflug zur Schriftstellerkolonie zurückgekehrt war. Obwohl – wer hätte zum gegenwärtigen Zeitpunkt noch behaupten wollen, dass er tatsächlich dorthin gefahren war? »Niemand kriegt je die Stelle« – schon verstanden. Aber vielleicht konnte man trotzdem irgendwann kündigen? Schließlich war Walt ein bekannter Verleger, also musste er sich mittlerweile wohl mehr auf seine Bücher als aufs Spionieren konzentrieren.

Im Umschlag steckte eine Postkarte mit einer Ansicht von einem der Zimmer des Hotels. Von Walter stammte sie allerdings nicht.

Es war dieselbe Handschrift. Die Handschrift, bei deren Anblick sich alles in meinem Kopf drehte und mein Herz sich schmerzhaft zusammenzog. Bei deren Anblick mich wie eine

Flutwelle das Gefühl überschwemmte, dass alles, was ich je für fest und unumstößlich gehalten hatte, in Wirklichkeit nur aus Schaum oder Spinnfäden bestand.

Und das stand auf der Rückseite:

Wenn du nicht abreist, Faithy, wird es nie ein Ende haben.

Was wird nie ein Ende haben? *Was wird nie ein Ende haben?*

Ich sprang auf, zerfetzte die Postkarte in hundert kleine Schnipsel und schrie so laut ich konnte: »Was wird nie ein Ende haben?«

Sämtliche Gäste in der Lobby erstarrten: eine Prostituierte im eleganten Kostüm, die gerade dabei gewesen war, ihre Zigarette anzuzünden. Vier Männer in rosafarbenen Hemden und Leinenhosen, die um einen der zierlichen Messingtische herumsaßen und Granita mit Minzeblättern tranken. Der Page, der das Gepäck einer alten Dame durch die Halle schob. Und die Rezeptionistin, die mir die Nachricht überreicht hatte.

Mit einem Satz war ich bei ihr.

»Wer hat das abgegeben?«, brüllte ich sie an. »Wer hat diesen Umschlag abgegeben? War es ein Mann? Ungefähr so groß?«, fragte ich und hob meine Hand bis über meinen Kopf, um anzuzeigen, wie groß mein Vater gewesen war. »Ja?«

Sie beäugte mich angstvoll. »Nein, Signora … Ein Junge hat den Umschlag hereingebracht. Das ist nicht ungewöhnlich … er hat sich wahrscheinlich einen Euro damit verdient. Auf der anderen Straßenseite ist ein Spielplatz. Dort warten die Kinder und fragen die Leute, ob sie irgendetwas zu erledigen haben. Vor allem an Samstagen, Signora …«, stammelte sie schlotternd.

Ich lehnte mich vor, stützte die Ellbogen auf dem Tresen ab und ließ den Kopf in die Hände sinken. Vergeblich versuchte ich, meinen keuchenden Atem zu beruhigen. Und während ich dort verharrte, fiel es mir wieder ein:

Ich saß im Innenhof eines Hotels irgendwo im ländlichen

England. Ich trug das Kleid mit den Teekesselchen, das mein Vater so sehr mochte, und hielt meinen Plüschhund Bernard auf dem Schoß. Mein Vater kam mit großen Schritten auf mich zu. Er trug ein dunkelblaues Hemd, die Ärmel hochgekrempelt, saubere, wenngleich knittrige Jeans, eine Rolex Oyster am Handgelenk und weiße Tennisschuhe an den Füßen. In seinem Mundwinkel hing eine Zigarette. Er hatte nasse Haare, ein Lächeln im Gesicht und ging wie so oft leicht nach vorn gebeugt – nicht, weil er sich nicht aufrecht halten konnte, sondern weil er immer in Eile war.

Seine nassen Haare dufteten nach Head & Shoulders. Er hasste es, wenn sie nach Zigarettenrauch stanken, also wusch er sie sehr häufig. Sie waren immer feucht. Wie meine.

Meine Vorstellung von ihm war plötzlich wieder so real, dass sie mir zum ersten Mal wirklich vor Augen führte, wie viel ich von ihm im Laufe der Zeit vergessen hatte, ohne es zu merken. Natürlich hatte ich nicht meinen Vater an sich vergessen. Aber seine Eigenarten. Wie es sich angefühlt hatte, wenn er, so wie in dieser Erinnerung jetzt, auf mich zukam. Die absolute Gewissheit, dass mich jemand aufheben würde, wenn ich hinfiel. Dass jemand vor mir stand und hinter mir und unter mir, mich auf seinen Schultern trug – *das* war es, was mir entfallen war. Der Kern meines Verlustes war wie ein plötzliches Entblößtsein, als hätte mir jemand alle Kleider vom Leib gerissen und mich aus einem fliegenden Flugzeug gestoßen. Und ich fiel immer noch, obgleich ich seinen Tod so schnell verarbeitet hatte, wie ich nur konnte. Fünfundzwanzig Jahre lang hatte ich eisern so getan, als stünde ich aufrecht in meinen Kleidern da – während ich in Wahrheit splitternackt durch den Himmel stürzte.

»Geschmolzene Felsen zum Himmel drängt er mit dumpfem Gekrach und tobt aus dem untersten Grund auf.« Das war es gewesen.

»Faith?«, erklang eine sanfte Stimme hinter mir. »Faith? Sind Sie das?«

Ich hob den Kopf, wandte mich um und jagte dem armen Ihsan mit meinen geschwollenen roten Augen und meiner vor Entsetzen verzerrten Miene vermutlich einen gehörigen Schrecken ein. Aber nein, ich hätte es besser wissen sollen. Er kannte keine Angst – jedenfalls nicht vor mir. Er hielt mich eine Weile lang bei den Schultern und sah mich an, dann zog er mich in eine Umarmung, die ich unter normalen Umständen niemals zugelassen hätte. Ich lehnte meinen Kopf an seine Schulter und überließ mich seiner Nähe, bis ich wieder ruhig atmen konnte. Wahrscheinlich waren es nur Sekunden, aber es reichte aus, um den vermischten Duft von Minze und Zitrone, Pomade und Zigarettenrauch zu riechen, den er verströmte.

»Hey«, sagte er leise. »Geht es Ihnen gut?«

Ich musste lachen, und das bewirkte, dass ich wieder zu mir kam. Ich trat einen Schritt beiseite, damit er der armen Rezeptionistin, die noch immer dastand wie vom Donner gerührt, seine Kreditkarte reichen konnte.

»Nein!«, erwiderte ich, öffnete meinen Pferdeschwanz und schüttelte kräftig die Haare. Eden sagt immer, ich sehe dabei aus wie ein Löwe, der seine Mähne ausschüttelt. »Nicht besonders gut! Ich werde verfolgt. Von einem Marine.« Ich blickte mich um, konnte ihn aber merkwürdigerweise nirgendwo entdecken. »Und jemand schickt mir Karten …« Ich sah auf meine Hände hinab, die leer waren, und erinnerte mich, dass ich die Schnipsel auf den Boden hatte rieseln lassen. Ein Junge in olivgrüner Uniform mit goldenen Epauletten an den Schultern war bereits dabei, sie aufzufegen. »Und ich glaube … ich glaube, jemand will mich … umbringen. Möglicherweise. Ich weiß, das klingt albern, und bis jetzt ist auch noch rein gar nichts passiert, aber …«

Ihsan nahm seinen Schlüssel entgegen und lachte. »In meinen Ohren klingt das ganz und gar nicht albern. Mich wollen auch viele Menschen umbringen. Ich bekomme Morddrohungen von der El Kaida.« Unvergleichlich, dieses gutturale arabische »Q« … »Und natürlich von den Amerikanern – weil ich vor einiger Zeit in einem Bericht zu behaupten gewagt habe, sie hätten unsere Redaktion in Bagdad absichtlich bombardiert. Und von … ach, ich kann gar nicht mehr alle zählen, Faith. Das gehört zu unserer Arbeit«, fügte er gleichmütig hinzu.

Aha. *So* einer war er also. Ich für meinen Teil finde es nicht besonders erstrebenswert, einem Berufsstand anzugehören, für den es »zur Arbeit gehört«, Todesdrohungen zu erhalten. Herzlichen Dank. Ich bin keine unerschrockene Kämpferin im Dienste der Wahrheit. Wenigstens nicht absichtlich.

»Scheißarbeit«, lautete daher mein Kommentar.

Ihsan schüttelte ungläubig den Kopf. »Das meinen Sie doch nicht ernst«, sagte er, hob seinen Koffer auf, der übersät war mit Aufklebern, und machte sich auf den Weg zu seinem Zimmer.

»Ich muss heute noch nach Bisacquino fahren«, meinte er und bedeutete mir, ihm zu folgen. Kaum hatte er das gesagt, fiel mir siedendheiß ein, dass ich für das Verfassen und Einreichen meines Artikels noch genau … vierzehn Sekunden Zeit hatte!

»Übrigens, vielen Dank für den Tipp. Ich habe tatsächlich Capreses Schwester gefunden, das war gar nicht so schwer. Sie hat Ihre Meinung im Wesentlichen bestätigt. Ich glaube, er ist der Richtige. Der Anrufer von Reykjavik. Ja, ich nehme es an …«, wiederholte ich, obwohl ich genau wusste, dass er es nicht war. Was ich allerdings *nicht* wusste, war, wieso das überhaupt eine Rolle spielte.

»Gut gemacht«, lobte Ihsan.

Also, eins sage ich Ihnen: Ich mag ausländische Männer. Und ich verrate Ihnen auch, warum: Sie kennen sich mit unseren kulturellen Gepflogenheiten nicht gut genug aus, um Angst vor mir zu haben, um mich runterputzen oder mit mir konkurrieren zu müssen oder das Gefühl zu haben, ich würde sie durch meine bloße Existenz herabwürdigen. Sie behandeln mich … nein, ich kann es nicht sagen. Doch: Sie behandeln mich wie eine *Frau.* Urgs. Wie ich mich dafür verachte, dass mir das wichtig ist!

Ihsans Zimmer lag einige Stockwerke über meinem, also bestiegen wir einen der alten Liftkäfige mit Knöpfen aus Elfenbein und einem Liftboy, der, sobald Ihsan ihm das Reiseziel genannt hatten, einen großen Messinghebel umlegte.

»Aber als Gegenleistung für Ihre Hilfe bekommen Sie auch etwas von mir«, sagte ich und sah zu ihm auf. »Angeblich ist hier ein Krieg ausgebrochen, weil ein gewisser Carlo, der die Leitung des Geschäfts von seinem Vater übernommen hat, welcher wiederum landauf, landab ausschließlich unter dem Namen Nonno bekannt ist, im Sterben liegt. Es soll eine Nachfolgestreitigkeit sein, aber bislang habe ich noch keine konkreten Beweise dafür gefunden. Leider kann man hier nicht einfach auf jemanden zugehen und sagen: ›Ach, übrigens, haben Sie in letzter Zeit Carlo mal gesehen?‹ Sie wissen schon.«

Ihsan lachte. »Zu dumm. Vielleicht sollten wir Ihren Freund Walter Irving fragen, was er zu alldem zu sagen hat. Was meinen Sie?«

»Natürlich! Dass ich nicht gleich daran gedacht habe! Wahrscheinlich ist er Carlos allerbester Kumpel.« Ich lachte ebenfalls und merkte plötzlich, dass wir bereits vor Ihsans Zimmer angekommen waren. Er steckte den Schlüssel ins Schloss, und ich lehnte an der Wand neben der Tür. Ein Zimmermädchen in einer entwürdigenden, zweifelsohne von einem Mann entworfenen Uniform kam auf uns zu. Ihr Wagen, auf dem sich saubere Handtücher stapelten, parkte neben einer offenen Zimmertür.

»Oh, tut mir leid … Ich lasse Sie dann jetzt in Ruhe. Ich muss ohnehin meinen Artikel zu Ende schreiben. Ich wollte nur …«, plapperte ich und rannte den Korridor entlang zurück zum Aufzug, während Ihsan sein Zimmer betrat und dabei lauthals lachte – vermutlich über mich und meine typisch britische Prüderie, weil es mir peinlich war, dass ich neben der Tür zum Schlafzimmer eines Mannes gestanden hatte.

Na ja, eigentlich ist es ja nur *dann* peinlich, wenn …

Ich setzte mich an den Rechner, ohne vorher die Lampe anzuschalten, und als ich mit meinem Artikel fertig war, war das gräuliche Glimmen des Bildschirms das einzige Licht im Zimmer. Ich hatte nicht mit Klischees gespart und sogar, wie ich zu meiner Schande gestehen muss, mehrfach das Wort ›Pate‹ benutzt. Zwischendurch hatte ich eine geschlagene Stunde am Telefon verbracht, um mir zunächst von sämtlichen offiziellen Stellen in Palermo und dann noch von den Behörden in Rom die nötigen Zitate abzuholen. Erwartungsgemäß beteuerte man mir überall, dass man mit der ganzen Härte des Gesetzes gegen die Verantwortlichen des Massakers vorgehen werde, damit die gesetzestreuen Bürger Italiens endlich wieder in Frieden leben konnten, frei von den Fesseln des organisierten Verbrechens … Und dann kam noch irgendein Trallafitti über die Europäische Union. Aber Ehre, wem Ehre gebührt: Strenggenommen war mein Artikel nicht viel mehr als die Bildunterschrift zu Dons spektakulären Fotos.

Der Redakteur unserer Meinungsseite – von dem jeder Stein und Bein geschworen hätte, dass er stockschwul war, bis er eines Tages zur allgemeinen Verblüffung eine Feature-Autorin mit Riesenbrüsten vom *Telegraph* geheiratet hatte – rief mich an, um mir den Kommentar vorzulesen, den er zum Thema verfasst hatte. Er handelte davon, wie harmlos die Verbrechen der Mafia im Gegensatz zu der wachsenden Bedrohung durch den fundamentalistisch-islamischen Terror wirkten. Was ich am Morgen gesehen hatte, hatte einen alles andere als harmlosen Eindruck gemacht, aber ich wusste, worauf er hinauswollte: Die Mafia war ein Verein, der keine unmittelbare Bedrohung für die Sicherheit der britischen Bevölkerung darstellte. Aber das tat die El Kaida in meinen Augen auch nicht.

Was soll's? Lassen wir sie doch reden, wenn es sie glücklich macht.

Es war schon spät, und ich rief in Walters Zimmer an, um zu fragen, ob er wieder mit mir zu Abend essen wolle.

Es klingelte und klingelte, und dann, als ich schon auflegen wollte, glaubte ich zu hören, wie jemand den Hörer abnahm und etwas hineinflüsterte.

»Walter? Walter, bist du das?«, rief ich und kam mir dabei etwas dämlich vor. Der Himmel draußen war tiefschwarz, und die Brise vom Meer kühler als am Tag zuvor. Das Klavierspiel und das Gemurmel gedämpfter Unterhaltungen drangen von der erleuchteten Terrasse herauf, wo Kellner schwungvoll silberne Cloches von Tellern mit Hummer rissen und jemand Crepes à table flambierte.

Ich legte auf und machte mich, leicht beunruhigt, auf den Weg zu Walters Zimmer. Ich klopfte, aber niemand öffnete. Als ich jedoch mein Ohr an die Tür legte, konnte ich im Innern Geräusche hören. Jemand bewegte sich.

Hm, was jetzt? Sollte ich zur Rezeption gehen und dort jemanden bitten, mir die Tür aufzuschließen? Allerdings bestand die Möglichkeit, dass man mir meinen Wunsch abschlagen würde, zumal ich nicht beweisen konnte, dass ich keine eifersüchtige Ehefrau oder gemeingefährliche Verrückte war. Obwohl man mich hier ja sehr ins Herz geschlossen zu haben schien …

Ich konnte auch einfach allein essen gehen. Oder …

Ach, was soll's, dachte ich, machte entschlossen einen Schritt zurück und trat dann so heftig ich konnte gegen das Schloss. Die Tür sprang auf, und die Vorhänge vor den offenen Fenstern blähten sich im plötzlichen Luftzug. Ich knipste das Licht an und sah Walter neben dem Bett am Boden liegen, vollständig bekleidet in Leinenhosen, Sandalen und einem weiten Hemd. Seine Brille lag neben ihm. Er bewegte sich kaum merklich. Kein Blut. Also war er nicht zusammengeschlagen worden. Herzinfarkt.

Ich hechtete zum Telefon und wies die Rezeptionistin an, sofort einen Krankenwagen zu rufen. Dann kniete ich mich neben Walter auf den Boden und ergriff seine Hand.

»Meine Brust«, röchelte er, als bekomme er keine Luft. Sein Gesicht war aufgedunsen vor Schmerz.

»Ich weiß«, murmelte ich. Ich wollte schreien, durfte aber nicht, weil ich ihn unbedingt beruhigen musste, damit er vielleicht doch nicht starb.

»Ich sterbe«, sagte er prompt und sah mir in die Augen.

»Quatsch. Das ist doch keine große Sache. Man gibt dir eine Aspirin und ein paar Gerinnungshemmer, und morgen ist schon wieder alles in Butter. Tutto in burro. Der Notarzt muss jede Sekunde hier sein. Es dauert nicht mehr lange, versprochen.«

Etwas zu versprechen ist ein bisschen so, wie einem Satz das berüchtigte »ehrlich gesagt« voranzustellen, nicht wahr? Wenn man schon ein Versprechen geben muss, lauert irgendwo der Zweifel. Und wenn irgendwo der Zweifel lauert, dann tut er das bestimmt nicht ohne Grund. Walter wusste das.

Er lächelte matt.

»Diesmal nicht«, hauchte er und schüttelte mühsam den Kopf. »Diesmal ist es so weit. Ich werde meine Jessie wiedersehen.«

Seine Augen trübten sich, die Pupillen rollten nach oben unter die Lider, und ich dachte schon, er wäre allen Ernstes gestorben, bis er zu reden begann. O Gott, er sprach mit Jessie!

»Gleich ist Daddy bei dir«, wisperte er. »Daddy kommt jetzt.« Ich kniff meine Augen zusammen, in dem verzweifelten Bemühen, mich irgendwie abzuschotten, aber Walter drückte meine Hand und zwang mich zurück in die Wirklichkeit.

»Faith«, sagte er. Mit einem Mal war er wieder klar. »Wenn sie Carlo erwischen – wenn du Carlo findest, dann sag ihm, es tut mir leid. Aber ich habe mein ganzes Leben darauf gewartet. Er weiß das.«

Ich traute meinen Ohren kaum. Schon wieder hatte Ihsan recht gehabt! Dieses vermaledeite Arschloch Walter *kannte* das vermaledeite Arschloch Carlo! Ich beugte mich ganz dicht über sein Gesicht. Jede Spur von Rührung war schlagartig verflogen.

»Walter! Du *musst* mir sagen, wo ich Carlo finden kann. War er es? Ist es das, was Dad herausgefunden hat? Wer er war? Wo er ist? Walter!«

Plötzlich wusste ich, dass es stimmte: *Dies* war die Information, der ich die ganze Zeit hinterhergelaufen war, ohne es zu wissen. Das war es, was mein Vater herausgefunden hatte. Der Grund, weshalb er ermordet worden war. Und der Grund, warum sie ihn jetzt wieder zum Leben erweckt hatten, um mich einzuschüchtern.

Aber Walters Blick hatte sich erneut verschleiert. Ich kam mir vor wie in einem Film. Sie wissen schon: Jemand sagt: »Der Schatz liegt direkt hinter dem …« – und dann stirbt er. Die Situation war grotesk, aber gleichzeitig auch furchtbar traurig. Vielleicht ist der Tod immer so. Mit einer Prise des Absurden gewürzt, gewissermaßen als ein letztes trotziges Sichaufbäumen im Angesicht der Ewigkeit.

Ich packte Walters Schultern und rüttelte ihn, was aus medizinischer Sicht wahrscheinlich ein unverzeihlicher Fehler war. Aber es schien zu wirken, zumindest für kurze Zeit. Seine Augen wurden wieder klar, versuchten zu fokussieren, doch statt mich anzusehen, legte er sich die Hand auf die Brust und krampfte sich vor Schmerz zusammen.

»Sag Phoebe …«, stieß er noch hervor. Und das, so war ich mir absolut sicher, war das Ende vom Lied.

Als die Sanitäter im Laufschritt ins Zimmer geeilt kamen, saß ich auf dem Balkon und rauchte. Ich hatte komplett dichtgemacht wie das Sicherheitssystem einer Bank – massive Stahltüren sausen wie Guillotinen von der Decke und riegeln jeden Ausgang ab, schließen die Ursache des Alarms hermetisch ein. Es gibt kein Entkommen. Unten auf der Terrasse tanzte ein Pärchen Walzer um den Flügel herum. Die beiden waren gar nicht mal besonders alt. Neid überschwemmte mich. Abrupt wandte ich mich ab, um wieder ins Zimmer zu gehen und mich dem Unvermeidlichen zu stellen … dem *Unvermeidlichen*? Was war das überhaupt?

Die Sanitäter warfen Walters leblosen Körper aufs Bett – den Körper, den ich weniger als vierundzwanzig Stunden zuvor im Arm gehalten hatte, der mich getröstet und dem ich, so hoffte ich zumindest, auch ein wenig Trost gespendet hatte. Sie rissen ihm das Hemd auf und begannen mit der Herzmassage und der Beatmung. Vermutlich hätte ich das selbst erledigen sollen. Aber ich war mir sicher gewesen, dass jede Hilfe zu spät kam.

Sobald der Defibrillator angeschlossen war und durch Piepsen, Blinken und Summen seinen Aufladestatus signalisierte (»Andiamo!«), machten sie sich daran, Walt mit Elektroschocks ins Leben zurückzuholen. Dann jedoch gebot der Arzt, nachdem er den Befehl schon hinausgebellt hatte, den Sanitätern urplötzlich Einhalt. Er rüttelte am Herzmonitor und starrte ungläubig auf die Anzeige.

»Respira bene«, verkündete er ehrlich verblüfft, während er sein Stethoskop auf Walters Brust drückte. Dann versetzte er ihm eine saftige Ohrfeige.

Und Walter setzte sich auf.

»Hey!«, sagte er verdattert. »Faith Zanetti, was im Namen des Allmächtigen geht hier vor?«

Zögernd trat ich auf ihn zu. Ich war mir nicht sicher, was ich von der Sache halten sollte. War das Ganze eine Art epileptischer Anfall gewesen? Eine Panikattacke?

Walter selbst schien diese Frage nicht im Mindesten zu interessieren. Mit einem Mal putzmunter, weigerte er sich rundheraus, zu weiteren Tests mit ins Krankenhaus zu fahren, und beteuerte, während er aufsprang und sein Hemd zurechtzupfte, immer wieder, er sei in blendender Verfassung – weshalb zum Teufel hier alle ein solches Theater veranstalteten? Die verdutzten Rettungsleute trollten sich, und nachdem er die Tür hinter ihnen geschlossen hatte, musterte Walter Irving mich forschend.

»Muss wohl Sodbrennen gewesen sein«, sagte er dann.

Noch immer sprachlos, verließ ich ihn. Ich ging hinauf in

mein Zimmer, rollte mich dort, ohne das Licht anzuschalten, an der Wand zu einer Kugel zusammen und schrie lautlos, bis ich keine Luft mehr bekam und völlig leer war.

Lange würde ich nicht mehr durchhalten.

KAPITEL 17

Ich schluckte drei Valium, bevor ich Phoebe anrief, und genehmigte mir dazu einen Wodka aus der Minibar. Anders kann ich mit Ereignissen wie diesen einfach nicht umgehen. Nun ja, vermutlich kann das sonst auch niemand. Es sei denn, man zieht ein unverzügliches Abgleiten in den Wahnsinn als Alternative in Betracht.

»Phoebe? Hier ist Faith. Faith Zanetti.«

»Oh, hallo, cara. Ich wollte mich schon bei dir entschuldigen. Ich weiß, es ist das Letzte, was du …«

Ich schnitt ihr das Wort ab. »Phoebe, ich bin mit Walter in Palermo. Gerade eben hatte er einen sehr merkwürdigen Anfall. Seine Brust tat ihm weh, und es sah aus, als würde er jeden Augenblick sterben. Ich habe den Notarzt gerufen, der fing mit den lebensrettenden Maßnahmen an, aber dann ging es Walter urplötzlich wieder gut – einfach so. Kommt das häufiger vor?«

Sie schwieg.

»Es tut mir leid, Phoebe. Ich wollte nicht … ich … es hat mir nur einen Heidenschreck eingejagt. Er hat nicht gelitten, falls du das meinst. Glaube ich zumindest.«

Diese Formulierung ließ mich unwillkürlich an meinen Vater denken. Genau das hatte man uns nach seinem Tod auch gesagt, wortwörtlich: »Er hat nicht gelitten.« Nicht *gelitten*? Leck mich am Arsch, man hat ihm in die Brust geschossen! Wenn man dabei nicht leidet, wann dann?

»Faith, cara«, sagte Phoebe schließlich. »Mein Mann ist seelisch nicht im Gleichgewicht. Die Antipsychotika wirken nicht immer so, wie sie sollten. Ich weiß nicht, was ich dir sonst noch sagen kann.«

»Aha, dann, äh …«, stotterte ich. Aber sie hatte bereits aufgelegt.

Danach lag ich lange in der heißen Badewanne. Ich putzte mir die Zähne mit der vom Hotel bereitgestellten Zahnbürste und Zahnpasta aus einer winzigen Tube, legte mich aufs Bett und schloss die Augen, in der Hoffnung, das Vergessen würde über mich kommen. Ich musste wohl eingeschlafen sein, denn ich träumte von Ben, oder zumindest dachte ich an ihn und daran, wie er sich anfühlte, wenn er an meiner Brust schlief. Deswegen war ich mir, als jemand an meine Tür klopfte, zuerst nicht ganz sicher, ob ich wach war oder träumte. Ich stand auf und machte ein paar Schritte. Dabei kam ich mir vor, als schwebte ich. Ich trug noch den Bademantel, und meine Haare waren feucht.

»Wer ist da?«, fragte ich – das heißt, ich wusste nicht, ob ich die Worte tatsächlich aussprach.

»Ich bin es. Ihsan«, flüsterte Ihsan, und ich erinnere mich noch daran, dass ich mit einem Lächeln die Tür öffnete. Er hob mich hoch, als sei ich eine Braut, die er über die Schwelle tragen muss, und trug mich zum Bett. Ganz langsam zog er mir den Bademantel aus, vorsichtig, als entkleide er eine Puppe, und küsste jedes Stück meiner Haut, das er dabei freilegte. Er lachte, als er meine Tätowierung sah – Elvis' Autogramm an meiner Hüfte – und leckte mit der Zunge darüber. Die Nachtluft war warm, und ich war bereits vollkommen nackt, bevor er mich schließlich auf den Mund küsste und mein Gesicht in seine Hände nahm. Seine schwarzen Augen waren halb geschlossen. Er hatte sehr lange Wimpern und seine Haut die Farbe von Honig.

»Du bist wunderschön«, sagte er, und ich musste lächeln.

»Zieh dich aus«, wisperte ich. Ich wollte meine Haut an seiner spüren, mich an ihm vergessen.

Er stand auf. Im Licht, das von der Terrasse heraufschien – wo der Klavierspieler gerade die größten Romantikhits zum Besten gab –, sah ich zu, wie Ihsan sein weißes Hemd aufknöpfte. Er hielt den Kopf gesenkt und war voller Ernst, wie ein kleiner Junge. Er hatte Narben auf dem Rücken, die aussahen, als sei er gefoltert worden, und ich hätte am liebsten losgeheult. Als er leise zu mir ins Bett stieg, strich ich mit den Fingern darüber, stellte aber keine Fragen. Wir beide wussten, wie schlecht die Welt war, in der wir lebten, und verspürten nicht das Bedürfnis, darüber zu sprechen. Wir versuchten beide, ihr zu entkommen.

Mir kam es vor, als wollten wir uns gegenseitig verschlingen, bis nur noch kleinste Hautfetzen und Knochensplitter von uns auf der Bettdecke zurückblieben. Ich biss ihm in die Schulter, als er in mich eindrang, und er küsste mich auf die Lider. Ich kannte diesen Mann kaum und würde ihn vermutlich nie näher kennenlernen, aber er hatte mich hier entdeckt, und er war gekommen, um mich zu holen, und dafür war ich ihm dankbar. Ich hatte das Gefühl, verliebt zu sein.

»Ich liebe dich«, sagte ich hinterher, meinen Kopf an seine Brust gebettet. Er lachte nicht, strich mir bloß übers Haar.

»Ich liebe dich auch, Faith Zanetti«, antwortete er, und da wusste ich, dass er verstanden hatte.

Ich habe nie die Regel begriffen, nach der man, um das Recht zu haben, diesen Satz auszusprechen, sich nicht nur zu einhundert Prozent sicher sein muss, dass man einen bestimmten Menschen mit jeder Faser seines Herzens liebt, sondern auch zu schwören bereit sein muss, sich bis in alle Ewigkeit zu lieben, und zwar mit allem, was daraus an Konsequenzen erwächst. Das ist vollkommen unverständlich. Die Menschen ändern sich, ihre Ansichten ändern sich, und die Liebe, die sie ursprünglich empfunden haben, die ändert sich auch. Man müsste diesen Satz daher strenggenommen mit einer unendlichen Zahl von Einschränkungen versehen, wenn man wirklich sicher sein wollte, dass er wahr ist. Idiotisch. Warum kann man es nicht einfach sagen, wenn einem danach ist – die Möglichkeit, dass man innerhalb der nächsten fünf Minuten seine Meinung ändert, mit eingeschlossen? Das macht das Gefühl selbst doch nicht unehrlich. Kann es nicht einfach nur das bedeuten, was es bedeutet? In dem Augenblick, in dem es ausgesprochen wird, ohne Rücksicht auf die Zukunft und den ganzen Rest?

Denn so hatte ich es gemeint, und so hatte Ihsan es verstanden. Er küsste mich auf die Wange.

»Du bist einmalig«, sagte er.

»Dann fick mich noch einmal«, bat ich lächelnd.

»Aber gern«, erwiderte er lachend. Und er tat es.

Später, als er schlief, die dunkle Terrasse menschenleer dalag und die stille See bis zum Horizont im Mondlicht glitzerte, stand ich mit einer Zigarette und dem letzten Wodka aus der Minibar auf dem Balkon. Sex und Tod, darum dreht sich alles. Niemand gibt es bereitwillig zu, aber so ist es nun mal.

Ich hätte liebend gern diesen existenzialistischen Gedankengang weiter verfolgt, über Walter und Jessie nachgegrübelt, noch ein bisschen an Ihsan genascht und ihn auf meiner Haut gerochen, zu den Sternen emporgeschaut und an all die Dinge gedacht, die ich nicht über meinen Vater wusste. Aber leider klingelte das Telefon. Ihsan wälzte sich im Bett herum und zog sich ein Kissen über den Kopf.

»Signora Zanetti? Hier ist jemand, der Sie sprechen möchte«, teilte mir der Mann von der Rezeption mit.

»Es ist mitten in der Nacht«, zischte ich.

»Signora?«

»Wer ist es denn? Wer will mich sprechen?«

»Ein Mann, Signora. Er hat seinen Namen nicht genannt. Bitte kommen Sie.« Er klang ein wenig verzweifelt, also stieg ich in Jeans, T-Shirt, Stiefel und Jacke und schlüpfte aus dem Zimmer. Vielleicht Walter? Bei dem Gedanken regte sich mein schlechtes Gewissen. Ich stapfte die Marmortreppe hinunter, matt und benommen von den Tabletten und dem Wodka. Wann hatte ich überhaupt zum letzten Mal etwas gegessen?

Vor lauter Müdigkeit sah ich nicht auf, bis ich hinter den eingetopften Palmen unmittelbar neben der Rezeption hervortrat. Hätte ich vorher hochgeschaut, wäre ich vermutlich schnurstracks zurück nach oben gerannt und hätte mir eine andere Vorgehensweise überlegt. Aber als ich schließlich den Blick hob, war es dafür zu spät. Plötzlich begriff ich, weshalb der Anrufer so darauf gedrungen hatte, dass ich schnellstens hinunterkam.

Der junge Mann mit dem unechten Brillantstecker im Ohr und dem albernen Ziegenbärtchen schlotterte merklich in seiner grüngoldenen Uniform, denn ein zweiter Mann, der hinter dem Tresen ganz bestimmt nichts zu suchen hatte, stand dicht neben ihm und sah erwartungsvoll in meine Richtung, während er dem Rezeptionisten, so vermutete ich, den Lauf einer Waffe in die Seite drückte. Dass er dabei von zehn Videokameras aufgezeichnet wurde, schien ihn nicht zu stören. Er trug eine schwarze kurze Bomberjacke, ein grünes T-Shirt, saubere Jeans, die obligatorischen Campers in Lila und Beige und reichlich Gel in den Haaren, die wie die Stacheln eines Igels von seinem Kopf abstanden.

Sobald er meiner ansichtig wurde, schubste er den armen Jungen beiseite, hob die Klappe des Rezeptionstresens an und trat auf mich zu. Dann ließ er die Klappe hinter sich mit einem lauten Knall, der in der leeren Lobby ungehört verhallte, zufallen. Wir waren allein, aber ich sah, dass draußen ein Wagen wartete.

»Sie müssen mitkommen«, sagte er steif und in einem Englisch, das mit einem starken italienischen Akzent durchsetzt war. Er winkte mit der Waffe, die in der Tasche seiner Jacke steckte, Richtung Ausgang.

Ich versuchte es mit: »Äh, nein.«

War das, was über sein Gesicht zuckte, ein Lächeln? Schwer zu sagen. Erneut zeigte er mit der Waffe in Richtung des wartenden Fahrzeugs, und diesmal ließ ich mich erweichen. Wenn ich ehrlich war, wollte ich sowieso unbedingt mitgehen. Ich war bereit, alles dankbar anzunehmen, was mich der Antwort auf die Frage, was hier vor sich ging, einen Schritt näher brachte.

Wenn sie mich umbringen wollten, dann hätten sie es an Ort und Stelle getan, stimmt's? Aber wenn sie mit mir spazieren fahren wollten, konnte das nur bedeuten, dass ich dem Kern der Sache langsam näherkam. Zugegeben, die unangenehme Vorstellung von einer Hinrichtung an einem verlassenen Strand kam mir flüchtig in den Sinn. Aber ich verscheuchte sie resolut, genau wie jeden Gedanken an Ben, damit sich mein Herz nicht vor lauter Sorge und Sehnsucht zusammenkrampfte.

Als ich durch die Türen ins Freie trat, sah ich hinter einer der Palmen in der Lobby meinen Marine hervorlugen und schmunzelte. Stockholmsyndrom, oder wie nennt man das? Früher oder später vertraut man den Menschen, in deren Nähe man sich aufhält, ganz egal, wer sie sind. Seit nunmehr fast einer Woche war er mir nicht von der Seite gewichen. Ich hatte begonnen, mich auf seine Gegenwart zu verlassen. Oder auf *ihre* Gegenwart. Bestimmt waren es mehrere.

Vielleicht hätte ich mich fürchten sollen, aber dazu fehlte mir die Energie. Ich ging die prächtige Eingangstreppe hinunter und hörte aus der Ferne den nächtlichen Verkehr von Palermo, hörte das Klagen der Insekten und selbst hier, auf der dem Meer abgewandten Seite des Hotels, das Rauschen der Brandung. Obwohl es sich allem Anschein nach um eine Entführung handelte, kam es mir nicht so vor. Zwar hatte ich keinen nennenswerten Widerstand geleistet, um meine Theorie zu testen, dennoch ging ich davon aus, dass mein Begleiter mich weder getötet noch mir Gewalt angetan hätte, wäre ich ihm nicht artig zum Auto gefolgt.

Der Wagen war ein dicker neuer BMW. Ich kroch auf den Rücksitz, während Bomberjacke vorn einstieg. Es roch nach Leder und nach …

»Don?«, stieß ich verdattert hervor.

»Zu Diensten«, sagte er und hob genervt die Brauen.

»Was machst du denn hier?«

»Eigentlich hatte ich gehofft, dass du mich darüber aufklären könntest, Eff Zett. Weißt du, was ich meine?«

Nein. Ich wusste es nicht.

Ich wusste nur eins: Die Angelegenheit wurde immer merkwürdiger.

Sobald Bomberjacke seine Tür zugezogen hatte, fuhr der Fahrer, ein weiterer Mann in ähnlicher Uniform und mit sehr viel Aftershave auf der Haut, rasant an. Bomberjacke schaltete das Radio ein, und hin und wieder machte einer der beiden eine Bemerkung zur unserer nächtlichen Fahrt. Der Fahrer fluchte jedes Mal, wenn jemand, auf den er sehr dicht aufgefahren war, nicht schnell genug Platz machte, und Bomberjacke wies ihn gelegentlich auf Hindernisse hin. »Attenzione al cane!« oder was weiß ich. Sie schienen kein bisschen angespannt, ganz anders als die Leute, die mich normalerweise entführen. (Ich könnte Ihnen Geschichten erzählen …!) Sie benahmen sich wie zwei normale sizilianische Jungs, die spätabends zu einer Party unterwegs waren.

»Eins sag ich dir, Zanetti«, grollte Don. »Wenn ich gekillt werde, dann bin ich echt sauer.«

»Alles klar.« Ich nickte. »Ich werde es mir merken.«

Dann stutze ich. »Moment mal, gibst du etwa *mir* die Schuld daran?«, fragte ich ihn und blickte auf zwei weiße Flecken im Fußraum vor seinem Sitz, die sich als seine Füße entpuppten.

»Ich war im Bett, als die Hampelmänner aufgekreuzt sind! Konnte in der Eile meine Latschen nicht finden. Und ja, ich gebe dir die Schuld!«

»Ist ja schon gut …«

Als wir die Häuser der Stadt hinter uns gelassen hatten, erinnerte sich Bomberjacke plötzlich an etwas und bat seinen Kumpel, in der Nähe eines Porchetta-Standes anzuhalten. Der Kopf eines Ferkels lag auf einem Klapptisch, und beim Geruch des gegrillten Fleischs lief mir das Wasser im Mund zusammen. Mit einem überraschend verbindlichen Lächeln drehte sich Bomberjacke nach hinten um und reichte uns zwei Schlafmasken, wie man sie im Flugzeug manchmal bekommt.

»Per favore«, bat er. Folgsam nahm ich sie entgegen und reichte eine an Don weiter.

»Scheiß mich an, Zanetti. Das letzte Mal, als ich das machen musste, hat man mich in eine Höhle verschleppt, um mir sechs abgeschlagene Köpfe zu zeigen!«

»Tschetschenien?«

»Nein.«

»Ruanda?«

»Nee.«

»Afghanistan?«

»Jawoll.«

»Na ja«, sagte ich, »schlimmer als das kann es ja wohl nicht werden, oder?«

»Wenn *wir* die Köpfe sind, schon«, grummelte er, setzte sich aber dennoch gehorsam die Maske auf.

»Hmmm. Eigentlich ganz angenehm«, sagte ich, schloss die Augen und forderte damit alle Verantwortung auf, von mir abzufallen.

Ich überlegte, ob ich Don von Walter erzählen sollte, fürchtete aber, er würde dazu einen seiner unmöglichen Kommentare abgeben. Also schwieg ich. Und auf gar keinen Fall wollte ich ihm verraten, mit wem ich heute die Nacht verbracht hatte.

Das war auch gar nicht nötig.

»Du hüpfst ja fleißig durch die Betten, Zanetti«, sagte er, während wir durch eine Reihe von Schlaglöchern holperten. Als wir eine scharfe Kurve nahmen, grabschte er nach meinem Knie, um sich festzuhalten.

»Eigentlich nicht, Don. Die letzte Nacht habe ich in meinem eigenen Bett verbracht«, erwiderte ich und schob seine Hand resolut beiseite.

»Aber viel Platz kannst du nicht gehabt haben. Wenn man bedenkt, dass ein riesiger Ägypter …«

Ich trat heftig nach ihm, und er brüllte so laut auf, dass einer unserer beiden Freunde sich bemüßigt fühlte zu fragen, ob alles in Ordnung sei. »Tutto bene?«

Da mussten wir beide lachen. Man hatte uns die Augen verbunden, und zwei bewaffnete Schergen kutschierten uns mitten in der Nacht an einen unbekannten Ort. Aber abgesehen davon …

»Si, si. *Benissimo!*«, rief ich, und wir prusteten immer lauter. Vermutlich war es die Anspannung, denn viel zu lachen hatten wir realistisch betrachtet nicht.

Wie unglaubwürdig es auch immer klingen mag: Als der Wagen hielt (wie lange die Fahrt gedauert hatte, wusste ich nicht), schliefen Don und ich tief und fest. Ein bisschen fühlte es sich an wie früher, wenn ich als Kind im Auto eingenickt und irgendwann wieder aufgewacht war, den Geschmack des Schlafs noch auf der Zunge und ohne Orientierung. Alles, was man wusste, war, dass man aufgehört hatte, sich zu bewegen.

Ich nahm die Schlafmaske ab. Don war seine während der Fahrt von den Augen gerutscht.

»Diese Dinger sind fantastisch«, sagte ich.

»Griffel weg!«, bellte Don, der gerade unsanft aus dem Schlaf schreckte.

»Sieh nur, McCaughrean!«, zwitscherte ich. »Wir sind da!«

Er schüttelte sich wie ein Hund, um wach zu werden. Bomberjacke öffnete mir die Wagentür, als wäre ich Prinzessin Diana. Ich stieg aus (ohne die Grazie der Prinzessin, versteht sich), und streckte mich. Don krabbelte nach mir ins Freie.

Wir standen vor einer imposanten Villa auf einer Klippe hoch über einem weißen Strand, der im Mondschein leuchtete. Der Wagen hatte in einer geschwungenen Kieseinfahrt gehalten, und vor mir lag eine Rasenfläche mit bunt blühenden Oleanderbüschen und ein Weg, der zur Haustür führte. Alle Fenster erstrahlten in jenem goldenen Licht, das Geld und jede Art von Annehmlichkeiten bedeutet. (In Wirklichkeit hat es bloß damit zu tun, dass es nicht *ein* großes Deckenlicht gibt, sondern in allen Ecken und Winkeln Lampen mit Schirmen in warmen Beigetönen stehen. Dies nur für den Fall, dass es sich um einen Effekt handelt, den Sie in Ihrem eigenen Heim gern nachahmen möchten.) Noch während wir, gefolgt von unserer Eskorte, auf das Haus zuschritten, wurde die Tür geöffnet. Vor uns stand eine Frau in Jeans und einer gestärkten weißen Bluse. Die Jungs verstanden, dass sie drinnen nicht erwünscht waren, nickten der Frau kurz zu und kehrten angeregt plaudernd zum Wagen zurück.

»Avanti«, lud sie uns mit einem Lächeln ein, und dann küsste sie mich herzlich auf beide Wangen. Aha. Sie hatte lange dunkle Haare, die sie zu einem Pferdeschwanz gebunden trug, sehr weiße Zähne und gepflegte Nägel. Sie roch nach Shampoo und teurem Parfum. Am Finger trug sie einen glitzernden Diamantring und in den Ohren goldene Creolen.

Die Eingangshalle des Hauses war in arabischem Stil mit blaugrünem Mosaik gefliest. An einer Wand lehnte ein Fahrrad. Über einem marmornen Waschtisch hing ein Bild, das verdächtig nach Cezanne aussah. Oberhalb war eine Bilderleuchte aus Messing angebracht, was wiederum suggerierte, dass es sich bei dem Gemälde nicht um eine billige Kopie handelte, die man in Palermo auf dem Trödelmarkt erstanden hatte.

»Irgendjemand hat es hier aber dicke«, lautete Dons Kommentar. Er hielt seine Kameratasche fest an die Brust gepresst, als fürchte er, dass die fremde Frau auf die Idee kommen könnte, sie ihm zu entreißen und ins Feuer zu schleudern.

Was das angeht, verdächtigt er übrigens jeden, Freund oder Feind.

»Sono Annarita«, stellte sich die Frau vor und klang dabei sehr warmherzig. Sie führte uns in ein Wohnzimmer mit riesigen Flügelfenstern, die aufs Meer hinausgingen. An den Füßen trug sie Tods. Wenn ich diese kleinen Knubbel an den Sohlen sehe, wird mir immer ganz anders, ich weiß auch nicht, warum. Die Frau war sonnengebräunt (obschon bereits von Natur aus dunkelhäutig) und strotzte vor Gesundheit, als habe sie den ganzen Tag auf dem Tennisplatz verbracht.

»Hm, na ja, Sie wissen es bestimmt schon. Ich bin Faith und das ist Don.«

Sie streckte Don zur Begrüßung die Hand hin. »Piacere«, sagte sie.

Bizarrer als bizarr. Obwohl wir mit verbundenen Augen verschleppt worden waren und es inzwischen bestimmt auf drei Uhr am Morgen zuging, benahm sie sich, als wären wir ganz normale Gäste, die zu einer Dinnerparty erschienen waren.

Im Kamin brannte ein munteres Feuer (das jedoch nicht darauf zu warten schien, mit Dons Kamera gefüttert zu werden), und verstreut im Raum hingen weitere Kunstwerke, die alle sehr echt aussahen: eine Zeichnung von Repin, auf der zu sehen ist, wie Iwan der Schreckliche gerade seinen Sohn umbringt (mein absolutes Lieblingsgemälde), eine Skizze von Surikow, ein sehr großer Dufy sowie einige kleinere Porträts (holländischer Provenienz?), die mir entfernt bekannt vorkamen. Aber selbstverständlich bin ich zu ungebildet, um sie genauer einordnen zu können. Mehrere große Ledersofas standen in der Mitte des Raumes, und in den Ecken leuchteten Stehlampen mit kleinen Drehschaltern aus Messing. Die Glastüren zum Strand hin waren geschlossen, aber wir konnten den Mond und die sich bis zum Horizont ausbreitende Dunkelheit sehen.

»Qualcosa da bere?«, fragte Annarita und trat zu einem Getränkewagen, auf dem kristallene Karaffen, ein Eimer Eis mit einer Zange darin und ein kleiner Teller mit Zitronenscheiben standen.

Ich schüttelte den Kopf.

»Liebend gern. Brandy, wenn es keine Umstände macht.« Don nickte nachdrücklich. Offenbar erwärmte er sich allmählich für unser Gefängnis – und vor allem für unsere Gefängniswärterin. Es war zum Totlachen, wie er versuchte, sich locker und würdevoll zu geben und sogar (du lieber Himmel, bitte nicht!) mit Annarita zu flirten – und das ohne Schuhe in diesem hochherrschaftlichen Haus.

Sie goss ihm Brandy in ein riesiges funkelndes Ballonglas

und erkundigte sich dann bei mir, ob ich müde sei. Natürlich bin ich müde, du Wahnsinnige, wollte ich rufen, unterließ es aber. Stattdessen sagte ich bloß: »Si. Molto.« Ich lächelte bescheiden wie ein Hausgast, der niemandem zur Last fallen will, aber beschämenderweise gewisse Bedürfnisse verspürt, die er einfach nicht verleugnen kann.

Daraufhin nahm sie mich am Arm und führte mich zurück in die Halle, von dort aus durch einen dicken Samtvorhang und eine dahinter verborgene Steintreppe hinauf.

»Bagno.« Sie deutete mit der Hand auf eine offenstehende Tür. Ich entdeckte eine große eiserne Badewanne und dicke weiße Handtücher, die über einer Heizung hingen. »E Lei è qui«, sagte sie und öffnete die Tür zum Raum gegenüber, der allem Anschein nach mein Schlafzimmer für die Nacht sein würde.

Auf dem antiken Himmelbett lag ein bodenlanges viktorianisches Nachthemd mit gesmokter Vorderpasse und langen Ärmeln. Das Kopfteil des Bettes war mit Engeln bemalt, die Harfen im Anschlag hielten. Die Farbe war alt und rissig. Das Bett war riesengroß und hatte weiße Spitzenvorhänge. Unweit davon stand ein Frisiertisch mit einem Set aus silberner Haarbürste und Spiegel sowie zwei rosafarbenen Lederschatullen, von denen die eine fast so groß war wie ein Schachbrett, die zweite etwas kleiner.

»A domani, allora«, verabschiedete sich Annarita lächelnd und schloss die Tür hinter sich.

Ich öffnete die größere der beiden Schatullen. Zum Vorschein kam ein umfangreiches Make-up-Set mit Lippenstiften, Lidschatten, Rouge und Nagellack in allen nur erdenklichen Farben. Ich musste lachen. Als ich klein war, hatte ich mir so etwas immer gewünscht. Ich fummelte an der winzigen Goldschließe der anderen Schatulle herum und fand darin eine Perlenkette mit passenden Ohrringen. Langsam wurde mir ein wenig unheimlich zumute. Schließlich trat ich zum Kleiderschrank, einem wuchtigen, massiven Teil, das ebenfalls vor

Hunderten von Jahren mit Engeln und ihren Instrumenten bemalt worden war. Ich drehte den Schlüssel im Schloss herum und zog die Tür auf. Der Schrank hing voller Abendkleider: eines aus grauer Seide, ein anderes aus salbeigrünem Chiffon, ein drittes aus cremefarbenem Satin … Zu jedem Kleid gab es, am Boden des Schrankes aufgereiht, ein passendes Paar hochhackige Schuhe. In was für einem Zimmer war ich hier bloß gelandet? Wem gehörte es? Ich setzte mich aufs Bett und vergrub mein Gesicht in dem Nachthemd. Es duftete nach Rosen. Aus irgendeinem Grund war mir nach Weinen zumute. Ich kam mir selbst so unwirklich vor, als wäre ich Teil eines Traums, den jemand anders träumte. Als würde ich mich, sobald diese Person aufwachte, einfach in Luft auflösen. Ich zog mich aus und streifte das Nachthemd über. Dann stellte ich mich vor den mannshohen Spiegel und betrachtete mich voller Unglauben, wie Jane Eyre, die zum ersten Mal ihr Hochzeitskleid anprobiert. Ich wollte schreien, aber kein Laut kam aus meinem Mund.

Die Person, die mich aus dem Spiegel anblickte, war ein kleines Mädchen.

Ich kletterte ins Bett und fragte mich, ob ich vielleicht während der Fahrt hierher gestorben war. Ich bekam kaum Luft, beugte mich zu meinem Kleiderberg hinab, fischte die Zigaretten aus meiner Jackentasche, zündete mir eine mit meinem Zippo-Feuerzeug an, das mir beruhigend schwer in der Hand lag, und setzte mich auf der Matratze zurecht. In viktorianischer Nachtwäsche, mit wild zerzausten Locken, barfuß und mit einer Kippe im Mund. Ich betrachtete meine Hand. Es war definitiv die Hand einer erwachsenen Frau. Trotzdem wagte ich es nicht, ein zweites Mal in den Spiegel zu schauen.

Auf dem Tischchen neben dem Bett stand ein weißer Porzellanaschenbecher mit Streublümchenmuster. Ich musste mir also keine Sorgen machen: Für jedes meiner Bedürfnisse war gesorgt. Es sei denn, ich hätte spontan Lust auf eine Dose Macadamianüsse aus der Minibar meines Hotelzimmers bekommen.

Ich versuchte, keinen einzigen Gedanken zu fassen, bis ich die Zigarette zu Ende geraucht hatte. Und dann – nachdem ich einen Schluck aus der Flasche San Pellegrino getrunken hatte, die ebenfalls auf dem Nachttisch stand – kroch ich unter die Daunendecke und ließ den Kopf ins Kissen sinken. Wo er auf etwas Hartes, Kaltes traf. Blitzschnell setzte ich mich wieder auf, weil ich dachte, es sei ein Frosch oder eine Schlange oder Gott weiß was.

Dort, wo mein Kopf gelegen hatte, sah ich ein herzförmiges Medaillon an einer schweren Goldkette. Beides sehr alt. Um nicht vor Angst in Ohnmacht zu fallen, schob ich, ohne zu überlegen, einen abgenagten Fingernagel unter den Schließmechanismus und ließ ihn aufschnappen. Ich war darauf vorbereitet, Maden oder Spinnen oder das Foto eines unaussprechlichen Grauens im Innern vorzufinden, aber was ich stattdessen sah, war in gewisser Weise ungleich beängstigender: Das Medaillon enthielt ein Foto von Ben, das, so schätzte ich, vor weniger als einem Monat aufgenommen worden sein musste.

Mit dem Medaillon in meiner geschlossenen Faust und in der Hoffnung, dass mein Herz nicht aufhören würde zu schlagen, schlief ich ein. Das Licht im Zimmer brannte noch, und an den Felsen unter meinem Fenster brachen sich tosend die Wellen.

KAPITEL 18

Ich träumte von einem Flugzeug. Ben war erwachsen, arbeitete als Steward und wies mir den Weg durch die riesige Maschine, die ganz im dunklen Violett meiner früheren Schuluniform gehalten und wie der Palast eines Paschas mit goldenen Vorhängen geschmückt war. Eigentlich hätte ich mich gar nicht in dem Flieger aufhalten dürfen, und so riet er mir, mich in einem Gepäckfach zu verstecken, in das ich mich auch tatsächlich bereitwillig hineinzwängte. Nach dem Start bekam das Flugzeug Schlagseite und kippte immer weiter nach links. Irgendwann drehte es sich vollständig auf den Rücken, stieg aber dennoch weiter in den Himmel. Ich rief den Passagieren zu, sie sollten ihre Sitzgurte öffnen, damit sie, statt kopfüber von der Decke zu hängen, mit mir zusammen am Boden sitzen konnten. Wir flogen in niedriger Höhe über endlose Eisfelder hinweg, unter denen man im Wasser Wale dahingleiten sah. Irgendwann sagte Ben, dass er sich nicht sicher sei, wer überhaupt der Pilot des Flugzeugs war, und dass es besser wäre, ins Cockpit zu gehen und nachzusehen. Also machten wir uns gemeinsam auf den Weg nach vorn, wobei er meine Hand hielt, als sei ich ein Kind. Wir gelangten in einen Raum, in dem ein großer Tisch stand. Es war der Tisch eines Riesen, dessen Platte über unseren Köpfen schwebte. Wir reckten uns, konnten aber nicht einmal die Kante berühren, wo die Schneide eines gewaltigen Messers blinkte. Und in diesem Moment teilte Ben mir mit, dass sich eine Bombe an Bord befinde. Das habe ihm sein DEA-Kontaktmann aus Zypern gesagt. Es würde keine Überlebenden geben. Unsere Lungen würden platzen, und das FBI würde keine einzige Spur finden, die zu den Tätern führte.

Als ich aufwachte, fühlte ich mich, als hätte ich hundert Jahre lang geschlafen. Im Sonnenlicht sah das Zimmer vollkommen anders aus. Die Kleider, die gemalten Engel und die eigenartigen Geschenke (falls es denn Geschenke waren) auf dem Frisiertisch wirkten nun vollkommen harmlos, beinahe albern. Ich reckte meine Arme in die Höhe und blinzelte in das Licht, das durch die weißen Leinenvorhänge fiel. Es musste schon nach Mittag sein.

Als ich zum Fenster schlurfte, um es zu öffnen, sah ich neben einigen Segelbooten draußen auf dem Meer auch ein Motorboot, das entlang der Küste kreuzte. Ein Wachtposten oder eine potenzielle Bedrohung? Schwer zu sagen. Ich zog die Vorhänge wieder zu, weil ich keine Lust hatte, darüber nachzudenken. Jenseits meiner Zimmertür hörte ich weder Stimmen noch Schritte, also zog ich mich an, um nach unten zu gehen. Selbstverständlich ließ ich die Finger von den Kleidern im Schrank, aber das Medaillon nahm ich mit, weil ich den Gedanken nicht ertrug, es zurücklassen zu müssen, sollte ich nicht mehr in das Zimmer zurückkehren. Ich konnte mir nicht vorstellen, dass ich in Bezug auf die Programmgestaltung des Tages allzu viel Mitspracherecht genießen würde. Ich überlegte kurz, ob ich die Perlen einstecken sollte, entschied mich dann aber dagegen. So geschmacklos war ich nun auch wieder nicht.

Ich überquerte den gebohnerten Dielenboden der oberen Halle (die ebenfalls über ein Fenster mit Seeblick verfügte und deren Wände dunkelrot gestrichen waren), ging ins Bad und spritzte mir eine Ladung kaltes Wasser ins Gesicht. In einer Schale neben dem Waschbecken lag ein herzförmiges Stück Glycerinseife mit Teerosenduft von Crabtree & Evelyn, das ich jedoch nicht anrühren wollte.

Also gut, vielleicht sind Sie der Ansicht, dass es vernünftiger gewesen wäre, wenn ich allmählich einen Versuch unternommen hätte, herauszufinden, wo ich war und was hier vor sich ging. Aber das war in meinen Augen gar nicht notwendig, rechnete ich doch fest damit, dass sich früher oder später alles von selbst finden würde. Ich war völlig konfus, aber gleichzeitig hatte das Haus eine seltsam beruhigende Wirkung auf mich. Außerdem hatte Annarita sich so viel Mühe gegeben, damit ich mich wohlfühlte. Ich wusste, dass ich mich eigentlich hätte gruseln sollen, und alles, was ich zu meiner Verteidigung vorbringen kann, ist, dass mir meine Lage nicht im Mindesten gruselnswert vorkam. Ich fühlte mich … nun ja, ehrlich gesagt war ich *erleichtert,* weil ich einmal, ein einziges Mal, keinerlei Verantwortung trug, sondern mich zurücklehnen und entspannen konnte. Absurd, aber so war es eben.

Ich ging nach unten ins Wohnzimmer. Don saß mit gekreuzten Beinen da und las den *Guardian International.* Auf dem Tisch standen eine volle Cafetière, Bruschetta mit Tomaten und Basilikum und ein Teller mit Salami, Schinken und Melone. Daneben war auf einem Ständer ein silberner Weinkühler mit einer geöffneten Flasche Pinot Grigio aufgebaut. Don schlürfte Wein aus einem zierlichen Glas. »Der Prosciutto ist ganz vorzüglich«, sagte er, über den Rand seiner Zeitung hinwegschielend. Er trug weiße Frotteeslipper an den Füßen. »Schon eine Ahnung, was Phase ist? Ich bin heute Morgen zur Eingangstür rausspaziert und wurde gleich von unserem Freund von gestern Nacht zurückgeschickt. Hat mir mit seiner kleinen Wumme vor der Nase rumgefuchtelt. Pissnelke.«

Aber alles in allem klang er ganz entspannt.

»Ich habe keinen Schimmer. Ist Annarita da?«, fragte ich, setzte mich und goss mir ein bisschen Kaffee in eine blaue Tasse.

»Keine Sau. Keine Seele. Kein Furz da«, lautete seine Antwort. »Habe übrigens wie ein Baby geschlafen. Jedenfalls, nachdem ich mir einen von der Palme gewedelt hatte.«

»Das ist toll, Don. Wirklich beeindruckend.«

Ich nahm eine Bruschetta. Erst jetzt merkte ich, dass ich einen Bärenhunger hatte.

Don stach mit dem Finger auf die Titelseite seiner Zeitung

ein. »Ha, schau dir das an! Die mussten die Fotos von Reuters benutzen, diese Versager!«

»Mmmm«, nickte ich mit vollem Mund. »Wowaff.«

Nachdem ich mich vollgestopft hatte, trat ich ans Fenster, um erneut aufs Meer hinauszublicken. »Da unten patrouilliert ein Boot«, teilte ich Don mit.

»Schon gesehen. Andererseits, Eff Zett, fühle ich mich bis jetzt ganz wohl hier. Irgendwann wird man uns schon sagen, was abgeht.«

»Hoffentlich bald«, entgegnete ich. »Du müsstest das Zeug sehen, das in meinem Zimmer herumliegt!«

»Bondage-Zubehör oder was?«, fragte Don, warf die Zeitung hin und rülpste.

»Nein. Zubehör für kleine Mädchen. Total unheimlich. Sag mal, hast du zufällig dein Handy dabei?«

Don beklopfte seine Hemdtasche und dann seine Hosentasche, bevor er schließlich ein winzigkleines hypermodernes Mobiltelefon hervorzog. »Kein Empfang«, verkündete er. Ich sah mich um, aber es gab kein Festnetztelefon im Zimmer. Hatte ich auch nicht erwartet. War das Haus vielleicht ein geheimer Unterschlupf? Hatte es mit Walter zu tun? Oder mit meinem CIA-Burschen, der mich seinen Bossen übergeben wollte, jetzt, da ich Gianluca Capreses Schwester ausfindig gemacht und meinen Reykjavik-Anrufer identifiziert hatte? Oder arbeiteten Walter und mein Aufpasser am Ende gar zusammen?

»Ach nein, warte mal!«, rief Don plötzlich. »Wenn du dich hier drüben hinstellst …«

Ich riss ihm das Handy aus der Hand, trat ans Fenster und lehnte meine Wange gegen das kühle Glas. Eden nahm bereits nach dem ersten Klingeln ab, und ein scharfer Schmerz durchzuckte mich. Vielleicht mein schlechtes Gewissen wegen dem, was gestern Abend passiert war? Eigentlich war es nicht seine Angelegenheit, und außerdem musste er ja nichts davon erfahren. Er selbst konnte seine Hosen bekanntlich kaum eine halbe Stunde lang anbehalten. Aber vielleicht war genau das der

Punkt: Ich wusste, dass er zwar sein Leben lang in der Gegend herumvögeln würde, aber dass sein Herz mir gehörte – sollte ich mich jemals dazu entschließen, das Geschenk anzunehmen, was natürlich nie passieren würde. Er wiederum wusste, dass ich so etwas nicht besonders oft tat, nur wenn ich wirklich verzweifelt war und dringend menschliche Nähe brauchte oder mich in jemandem verlieren musste. Und natürlich war es von vorneherein nur ein ganz bestimmter Typ Mann, der dafür überhaupt in Frage kam. Aus seiner Sicht war es also vermutlich ein viel gefährlicheres Szenario. Nein, ich würde ihm ganz bestimmt nichts sagen. Ich würde ihm nicht einmal beichten, dass ich Walter im Arm gehalten hatte.

Aber im Augenblick spielte das alles sowieso keine Rolle.

»Süße, wo steckst du denn? Ich habe heute Morgen deinen Bisacquino-Artikel im Internet gelesen – Glückwunsch! Hat mächtig für Wirbel gesorgt. Wir haben schon auf deinen Anruf gewartet. Wir haben darauf gewartet, dass sich Mummy bei uns meldet, nicht wahr, mein Knuddelchen?«, gurrte er.

Mummy, o Schreck. Wie eine Mummy hatte ich mich seit Ewigkeiten nicht mehr gefühlt. In Wirklichkeit waren es natürlich nur ein, zwei, drei … ja, ganze drei Tage.

»Soll ich dir etwas sagen? Ich habe nicht die geringste Ahnung, wo ich bin. Gestern Nacht sind zwei Männer ins Hotel gekommen und haben mich und Don gekidnappt. Dann haben sie uns zu einem Haus gebracht …«

»Du liebe Zeit, Faith! Was für ein Haus?«

»Mach dir keine Sorgen. Es ist alles in Ordnung. Na ja, zumindest *glaube* ich, dass alles in Ordnung ist. Man hat uns nicht bedroht oder so. Gut, natürlich sind sie bewaffnet, aber sie haben uns nicht angerührt, und sie waren ausnehmend höflich, sogar als wir uns die Augen verbinden mussten. Und dann, als wir hier ankamen …«

»Man hat dich mit vorgehaltener Waffe verschleppt und dich gezwungen, dir die Augen zu verbinden, und das nennst du nicht bedroht werden?«

»Genau. Und dann, als wir –«

»Faith?«

»Hm?«

»Sag mir auf der Stelle, was los ist!«

»Hörst du nicht zu? Ich habe keine Ahnung! Wir sind hier in einer riesigen Villa oben auf einer Klippe in einem Zitronenhain, und ich habe ein wunderschönes Zimmer bekommen, mit einem Himmelbett mit gemalten Engelchen drauf. Es ist eine echte Antiquität und hat …«

»Faith? Das alles klingt vollkommen aberwitzig. Seid ihr in einem Hotel? Wer sind diese Leute? Was wollen sie von dir?«

»Das weiß ich noch nicht, aber alle sind ausgesprochen nett zu uns und sehr gastfreundlich, und ich habe wie ein Stein geschlafen. Zum Frühstück haben wir Bruschetta gegessen, und es gibt Wein, und Annarita hat mir sogar ein viktorianisches Nachthemd aufs Bett gelegt …«

»Okay. Hör zu. Ich frage Carolina, ob sie ein paar Tage auf Ben aufpasst. Ich kann spätestens heute Abend bei dir sein. Klippen und ein Zitronenhain? Das ist alles, was du weißt? Ich rufe sofort bei der Polizei in Palermo an –«

Ich unterbrach ihn hastig. »Nein! Ruf bloß nicht die Polizei! Und wehe, du lässt Ben allein. Uns geht es *gut*. Es ist nur … ich weiß auch nicht so recht. Vielleicht ist es ein Geheimversteck. Wie gesagt, niemand bedroht uns hier, es …«

Ich hielt inne, als ich Ben hörte. »Mama«, sagte er. Und mein Herz stürzte ab.

Eden hielt Ben den Hörer ans Ohr, und ich spürte, wie mein gesamter Körper weich wurde. Mit einem Schlag war ich wieder Mummy, tröstend und sanft.

»Hallo, Baba!«, sagte ich und noch andere, ähnliche Dinge. Lauter süße Lügen, die ihm vorgaukelten, dass ich in der Lage war, ihm Trost zu spenden, dass ich die Kraft hatte, ihn zu beschützen und seine Welt heil zu machen. Und dass ich in Sicherheit war, dass es mir gut ging und dass ich ganz bald nach Hause kommen würde. Nach Hause. Ha! Schon wieder reingefallen.

»Hör zu, Eden«, sagte ich, als er wieder den Hörer übernommen hatte. »Das hier ist Dons Mobiltelefon, und wir haben kein Aufladegerät dabei, also tu mir einen Gefallen. Ruf mich heute Abend unter dieser Nummer an. Bis jetzt geht es uns gut. Ich glaube, man will uns bloß ein paar Fragen stellen oder ein Interview geben oder so. Ruf nur zur Sicherheit an. Damit du Bescheid weißt.«

»Wie du meinst, Faith. Aber nur damit *du* Bescheid weißt: Ich finde nicht, dass jetzt der richtige Zeitpunkt für solche verrückten Eskapaden ist. Was sagt Walter überhaupt dazu? Gibt es Neuigkeiten in Bezug auf die Postkarte?«

Ich wollte ihm erzählen, dass Walter unter ernstzunehmenden psychischen Störungen litt, aber irgendwie gefroren die Worte auf meiner Zunge. Ich hasse es, wenn man mir eine Gardinenpredigt hält. Auch wenn es nur eine angedeutete ist. Also entschied ich mich dafür, es kurz zu machen. »Wir sprechen uns später, Jones. Gib meinem Baby einen Kuss von mir.«

Seltsam, diese Zerrissenheit. Teile von mir waren in einem völlig anderen Leben verblieben. Ich seufzte. Dann fiel mein Blick auf einen Fernseher in einer Nische beim Fenster, durch das man die bunten Blumen im Vorgarten sehen konnte. Jenseits der Oleanderbüsche erstreckten sich scheinbar kilometerweit Zitronenbäume, deren Früchte in der Sonne glänzten. Ich schaltete die Glotze ein und ging dann zurück zum Tisch, um meinen Kaffee zu holen. Ich verfolgte einige Werbespots, in denen sich nackte oder halbnackte Frauen räkelten. Dunkel erinnerte ich mich daran, wie berüchtigt das italienische Fernsehen für seine bodenlose Qualität war. Einmal hatte die gesamte italienische Bevölkerung es für ein Wochenende lang aus Protest boykottiert. Allem Anschein nach hatte der Streik jedoch keine nennenswerte Wirkung gezeigt – es sei denn, das Programm hatte vorher ausschließlich aus aufwändigen Fernsehdramen, packenden Dokumentationen, Liveübertragungen aus der Oper und Naturfilmen mit bahnbrechenden, nie zuvor gesehenen Aufnahmen bestanden.

Den Werbespots folgte ein reißerischer Nachrichtenüberblick, in dem eine Sprecherin, auch sie spärlich bekleidet, Neuestes vom Massaker in Bisacquino berichtete und dazu Live-Bilder vom Tatort zeigte. Er war allerdings in der Zwischenzeit geräumt worden, so dass es nichts mehr zu sehen gab außer den grausigen Resten der Blutflecken auf dem Asphalt.

»Hey, sieh dir das an!«, rief ich, und sofort kam Don herübergeschlurft.

»Warum zeigen die Bilder, auf denen nichts zu sehen ist?«, fragte er indigniert und ließ sich auf eine Chaiselongue fallen, die unter seinem Gewicht knackte und ächzte.

»Weil es nichts zu sehen *gibt,* vermute ich«, antwortete ich. Doch dann wurden Aufnahmen vom Vortag wiederholt, auf denen man die Leichen der jungen Männer sah.

»Mann, waren das viele«, bemerkte Don und wischte sich die Nase mit dem Handrücken ab.

»Eden hat übrigens gesagt, unser Bericht habe für jede Menge Wirbel gesorgt.«

»Darum will ich auch gebeten haben, Zanetti. Ich bin nämlich ein Genie.« Er hielt seine zu einer Pistole geformten Finger hoch und blies auf den Lauf.

»Sicher, Don.«

Sein Blick wanderte wieder zum Bildschirm. »Ich hoffe, dass mein Dontschik nicht so aufwächst.«

»Wie meinst du? Tot? Oder als Mitglied der Mafia? Eher unwahrscheinlich, glaubst du nicht?«

»Hast recht«, pflichtete er mir bei. »Eher unwahrscheinlich.«

Danach wurde ein Polizeisprecher gezeigt, der mit einem Wald aus Mikrofonen vor der Nase vor einem imposanten Gebäude irgendwo in Palermo stand und einen Kommentar zu den Ereignissen abgab. Die anwesenden Menschen brüllten ihm aufgeregt Fragen zu, die er geflissentlich ignorierte. Stattdessen begann er, Namen von einer Liste vorzulesen. Er wirkte sehr nervös. Die Namen der Toten. Sobald er angefangen hatte, wurde das Geschrei der Menge noch frenetischer. Einige machten sich eifrig Notizen, andere ließen Klagelaute hören, wieder andere machten lautstark ihrer Empörung Luft.

»Gianfranco Pici«, las der Mann und räusperte sich. »Massimiliano Pici, Marcello Pici, Alessandro Pici, Jacopo Pici.«

Er wurde von einer Frau unterbrochen, vielleicht eine Mutter, die, als sie den Vornamen ihres Sohnes hörte, laut zu schluchzen anfing. Vermutlich hatte sie das Schlimmste bereits geahnt, aber dennoch hartnäckig weiter gehofft, so wie jeder es an ihrer Stelle getan hätte. Wenngleich ich persönlich immer versuchte, es nicht zu tun.

Er fuhr fort. »Marco Zanetti …«

Ich schrie: »Hey! Hast du das gehört? Hast du das gehört? Hey, Don! Er hat ›Zanetti‹ gesagt! Marco Zanetti!«

Don wollte gerade zu einer Antwort ansetzen.

»Schhhh!«, zischte ich und fuchtelte aufgeregt mit den Armen in der Luft herum.

Die Liste ging weiter.

»Fabiano Zanetti, Mattheo Zanetti, Andrea Zanetti, Giovanni Zanetti, Paolo Francini, Mario Langoni …«

Inzwischen rannte ich wie ein aufgescheuchtes Huhn im Zimmer hin und her. Irgendwann stieß ich mir das Knie an einem Beistelltisch und hopste unbeholfen auf einem Bein weiter.

»Oh, Don! Wieso haben alle diese toten Mafiosi meinen Nachnamen?«, schrie ich.

»Keine Ahnung, Schätzchen.« Er zuckte mit den Achseln. »Aber im Augenblick ist das vermutlich die geringste deiner Sorgen.«

»Was soll das heißen?«, wollte ich wissen, woraufhin er wortlos mit dem Finger aus dem Fenster zeigte. Drei Wagen waren auf dem Kies vor dem Haus zum Stehen gekommen. Aus dem ersten und dem letzten waren bereits mehrere Männer ausgestiegen, die jetzt ausschwärmten und mit wachsamen Blicken die Gegend absuchten. Einer von ihnen legte seine Hand an einen Knopf, den er im Ohr trug, ein anderer schwenkte seine

Maschinenpistole durch die Gegend. Im üppig goldenen Sonnenlicht und vor dem Hintergrund des weiten Himmels mutete die Szenerie sehr seltsam an. Eigentlich hätte man hierfür eine schäbige Stadtkulisse mit Stripclubs und Autowracks gebraucht.

»Oh, oh«, sagte ich und machte unwillkürlich einen Schritt rückwärts.

Der Mann mit dem Knopf im Ohr öffnete die hintere rechte Tür des mittleren Wagens, einer Mercedes-Limousine, und ein Mann stieg aus. Dann beugte er sich wieder ins Wageninnere, um etwas zu holen, das er auf dem Rücksitz liegengelassen hatte. Es sah aus wie eine Zeitung. Er stützte sich mit der Hand auf dem Wagendach ab, um sich dann zu seiner vollen Größe aufzurichten, und blickte sich um. Er beklopfte die Taschen seiner Lederjacke, als suche er nach Zigaretten, bevor er sich an einen seiner Leibwächter wandte, um eine von ihm zu schnorren. Offenbar machte er dabei einen Witz, denn der jüngere Mann lachte, während er seinem Boss Feuer gab.

Dieser trug leicht abgetragene Levis, schäbige Turnschuhe und ein grünes Hemd, dessen obere Knöpfe offenstanden. Er sah kurz zum Himmel auf, fuhr sich mit der linken Hand durch das dichte graue Haar und prüfte mit einem raschen Zucken seiner Schultern, ob er auch wirklich seine Jacke anhatte, bevor er sich zum Haus wandte. Auf dem Weg zur Tür plauderte er lebhaft mit den zwei Männern, die ihn flankierten, beugte sich näher zu einem von ihnen, um genau zu hören, was er sagte, lachte und konterte mit einer offenbar witzigen Erwiderung.

»Alles klar bei dir, Eff Zett?«, rief Don laut, als befände er sich in einem anderen Raum. Alles Blut war aus meinem Gesicht gewichen, und ich hatte zu schwanken begonnen. Die Welt verschwamm vor meinen Augen, und in meinem Kopf pochte es wie rasend. Als ich nach hinten kippte, sprang Don zu mir, um mich aufzufangen, und seine Kamera, die er sich um den Hals gehängt hatte, krachte mir ins Rückgrat.

»Mann, du wiegst eine Tonne, Zanetti! Steh gefälligst auf!«, schnaufte er und hievte mich in eine aufrechte Position. »Und stinken tust du auch!«

Selbst jetzt machte sich ein Teil meines Gehirns die Mühe, mit einer Antwort aufzuwarten. Erstaunlich, nicht wahr? »Das musst *du* gerade sagen.«

Die Eingangstür öffnete sich, und gleich darauf hörte ich aus der Halle Schritte und Stimmen. Wir beide wandten uns zur Wohnzimmertür. Ich grub meine Nägel in die Handflächen.

»Ist sie wirklich hier?«, fragte der Mann.

Und dann hörte ich Annarita, die von oben heruntergekommen sein musste, als sie die Wagen gehört hatte, in besänftigendem Tonfall »Si, si« sagen.

»Sind meine Zähne nicht zu gelb?«, fragte er sie nervös. »Sehe ich alt aus? Ich sehe viel zu alt aus!«

»Sei still und geh da rein«, befahl sie ihm auf Englisch.

Ich hatte mir die Hand vor den Mund geschlagen. Ich stand auf meinen eigenen Beinen, aber wacklig und vornübergekrümmt. Mein Gesicht war nass von Tränen. Alle Luft blieb mir weg, als die Tür zum Wohnzimmer aufschwang und mein Vater hereinspaziert kam.

KAPITEL 19

Ich konnte ihn nicht ansehen, konnte nicht einmal den Blick heben. Don trat vor, um ihm die Hand zu schütteln. Er hatte keine Ahnung, was mit mir los war. Die beiden unterhielten sich angeregt, aber ich tat alles, um mich abzuschotten. Sie kennen das sicherlich – wenn Leute sagen, sie wünschen, es würde sich ein Loch im Boden auftun und sie verschlingen? Ich finde, das ist ziemlich einfach zu bewerkstelligen. In einer Sekunde ist man noch da, und in der nächsten ist man weg. Der Umstand, dass der Körper am selben Ort verbleibt und manchmal sogar noch einwandfrei weiterfunktioniert, ist kein Beweis für die eigene Anwesenheit.

Don war mit einem Mal ganz aufgedreht – vielleicht deswegen, weil die Leibwächter auch dieses Mal wieder hatten draußen bleiben müssen.

»Don McCaughrean, ich freue mich so, Sie endlich kennenzulernen«, sagte … mein toter Vater!

Mein doch nicht toter Vater? Der Mann, dessen Abwesenheit ein riesiges Loch in mein Inneres gerissen hatte, der meine Hoffnung, meinen Mut und alles Strahlen, das es in meinem Leben andernfalls hätte geben können, mit sich ins Grab genommen hatte. Ein Grab, in das ich als Kind einen Klumpen Erde geworfen hatte, gefolgt von einem Sträußchen welker Freesien. Der Mann, wegen dem ich Nacht für Nacht, Jahr um Jahr vor Angst und Trauer zu einer winzigen Kugel zusammengerollt im Bett gelegen und Gebete zu einem Gott gemurmelt hatte, der überhaupt nicht existierte. Der Mann, dem kein anderer in meinem Leben jemals das Wasser hatte reichen können, weil er den gewaltigen Tisch aus meinem Traum verkörperte.

Der Vater, der, als er mich verließ, in meinem kleinen Kinderkopf so unvorstellbar riesig war, dass alle anderen im Vergleich zu ihm immer winzig klein erscheinen mussten. Selbst wenn sie sich zu ihrer vollen Größe streckten, konnten sie dankbar sein, wenn sie ein paar Krümel von seinem Tisch erhaschten.

Aber ich war nicht daran zugrundegegangen. Ich hatte die Zähne zusammengebissen, die Schultern gestrafft, mein Kreuz geschultert, die Dinge von der positiven Seite gesehen. Dabei war ich zum bloßen Abdruck eines Menschen geworden, zu einer zerbrechlichen Hülle, die ich, um ihr Festigkeit zu geben, mit Beton ausgegossen hatte, so dass ich hart und schwer und unangreifbar war. Allerdings im Innern leer – bis auf eine graue Masse.

Und nun war er hier, quicklebendig. Nun stand ich ihm gegenüber und musste erkennen, dass all das umsonst gewesen war: Die Grundfesten meines Glaubenssystems und meiner Persönlichkeit ruhten auf einem Fehler. So ungefähr musste sich das Ende des Kommunismus angefühlt haben: Man hatte all die Menschen, die unermüdlich gearbeitet und gekämpft und gehorcht und geglaubt hatten, in ihre Fabriken bestellt und dort ihre roten Parteiausweise eingesammelt – die Ausweise, für die viele andere ihr Leben gelassen hatten und die nun nur noch ein Stückchen Pappe in einer Plastikhülle waren, eine Hülle, die schon jetzt uralt aussah, hoffnungslos gestrig. Und dann kam die Ansage: Es war alles ganz anders. Wir haben gelogen. Es ist vorbei. Geht nach Hause.

Und trotzdem … Trotzdem. Hätte man mich irgendwann in meinem Leben – egal wann – gefragt, was ich mir wünschen würde, wenn ich einen Zauberstab hätte oder eine Handvoll magische Bohnen, eine Wunderlampe oder ein Paar rote Glitzerschuhe wie Dorothy in Oz, dann hätte ich mir gewünscht, noch ein einziges Mal meinen Vater umarmen zu dürfen, noch einmal mit ihm zu lachen und in Kenwood spazierenzugehen, um dort Schekel in den Teich zu werfen. Es gibt einen Song (den ich nicht gern höre), in dem eine junge Frau erzählt, dass sie, wenn sie einen letzten Tanz mit ihrem Vater tanzen könnte, dazu ein Lied auflegen würde, das niemals endet. Und genau diesen Wunsch hätte ich auch gehabt. Bevor Ben geboren wurde, war das alles, was ich je wollte: mich wieder heil fühlen zu können.

Hier stand er nun. Und ich fühlte mich leerer denn je.

Mit dem letzten Rest meiner Kraft richtete ich mich auf und sah ihm ins Gesicht. Ich strich meine Haare zurück und reckte mein Kinn vor.

»Hi«, sagte ich.

Es war eine Herausforderung. Ein Angriff. Was ich in Wirklichkeit damit meinte, war: »Leck mich am Arsch.« Ich wusste, dass ich gealtert war, dass er in mir auf keinen Fall das kleine Mädchen wiedererkennen konnte, das er damals zurückgelassen hatte. Kennen Sie den Song? *Would you know my name, if I saw you in heaven?* Diese Frage hatte ich mir oft gestellt. Würde er noch wissen, wer ich war? Würde er mich erkennen hinter der Fassade dieses müden, verlebten Gesichts? *Would you hold my hand?* Denn nach seinem Tod hatte ich geglaubt – nein, ich hatte die *Gewissheit* verspürt –, dass nie wieder jemand diese Hand mit den abgebissenen Nägeln in der seinen würde halten wollen. Also hatte ich so früh wie möglich eine Zigarette hineingesteckt. Das wäre zumindest Edens Erklärung.

»Wundere dich nicht, ich bin erwachsen«, wollte ich zu ihm sagen. »Ich bin nicht mehr wie *sie.* Und? Entsetzt? Ich bin kaum jünger als deine Freundin. Tja, das hast du jetzt davon.«

Aber ich sagte es nicht. Sagte gar nichts. Ich hielt meinen Blick starr auf die winzigen weißen Segel der Boote im Dufy-Gemälde gerichtet.

»Willst du deinen alten Daddikins nicht drücken? Na?«, sagte er, breitete einladend die Arme aus und trat auf mich zu. Er umarmte mich. Er roch nach Zigaretten. Ich schob ihn von mir.

»Was ziehst du hier eigentlich ab? Was soll dieser ganze Zirkus? Was willst du von mir? Und komm mir bloß nicht mit deinem Daddikins und dem ganzen Scheiß. Du bist *tot*! Du hast so getan, als wärst du tot! Was … Hast du etwa gedacht, das macht mir nichts aus?« Ich hatte mich warmgeredet und brüllte inzwischen aus vollem Hals.

Don hatte es endlich gerafft.

»Wow! Auferstehungs-City!«, rief er, hockte sich, die Kamera im Anschlag, auf die Armlehne des Sofas und schoss ein Foto nach dem anderen von mir und meinem Vater, bis ich aufgebracht fauchte: »Don, könntest du den Mist bitte sein lassen?«

Also ließ Don den Mist sein.

Mein Vater war verletzt. Zerknirscht. Das große Wiedersehen verlief nicht ganz nach Plan.

»Na ja, ich habe jedenfalls nicht gedacht, dass du *so* reagieren würdest. Ich dachte … ich dachte, du würdest dich freuen, mich zu sehen! *Ich* freue mich jedenfalls«, erklärte er. Er stand immer noch vor mir, abwartend, beinahe demütig. Es roch nach Pasta. Jemand musste in der Küche einen Topf aufgesetzt haben. Wenige Meter entfernt ging das Leben ungerührt seinen Gang.

»Hättest du dich nicht auch gefreut, mich ein bisschen *früher* zu sehen als jetzt? Irgendwann während der letzten fünfundzwanzig Jahre zum Beispiel? Oder direkt nach deiner Rückkehr aus Irland? Ich für meinen Teil hätte mich *außerordentlich* darüber gefreut. Wieso hast du uns das angetan? *Wieso?*«

»Haben dir die Sachen nicht gefallen?« Meine Wut schien ihn ehrlich zu verblüffen, und er flüsterte eindringlich: »Das Bett … Du hast immer gesagt, du möchtest ein Himmelbett mit Engeln drauf! Ein goldenes Medaillon, ein Nachthemd wie Wendy in *Peter Pan*. Faithy, ich habe alles besorgt, was du dir je gewünscht hast. Ich dachte …«

Ich legte meine Hände vors Gesicht. O ja, langsam begann es mir zu dämmern. Vermutlich hatte ich es bereits gewusst – und doch nicht gewusst, wie Phoebe es beschreiben würde. Ich hätte die Erkenntnis nicht ertragen, also hatte sich ein Teil von mir kurzerhand entschlossen, alles wegzudrängen. Ich wollte die alten Geschichten nicht aus meinem Gedächtnis hervorkramen. Ich konnte einfach nicht.

Plötzlich kam mir mein Traum wieder in den Sinn: Ben als erwachsener Mann, die Farben meiner alten Schuluniform. Vielleicht hatte ich auf diese Weise im Schlaf meine Vergangenheit abgehakt: die Kleider, das Bett – all das brauchte ich nicht mehr. Denn jetzt war mein Sohn an der Reihe, ein Kind zu sein und irgendwann erwachsen zu werden. Ich hatte das alles hinter mir.

Aber irgendwie tat Dad mir leid. Es kränkte ihn, dass ich mich nicht über seine Überraschung freute. Offenbar war er der Ansicht, ich sei ihm ein Mindestmaß an Begeisterung schuldig. Schob mir damit einfach die emotionale Verantwortung zu. Mir, deren ganze Welt er zerstört hatte – und das mit voller Absicht! Er besaß die Dreistigkeit, *mich* um Vergebung zu bitten! Mein Vater – er war nicht der Erlöser, zu dem ich ihn in meiner Fantasie hatte anwachsen lassen. Er war bloß jemand, der Forderungen stellte. Der irgendetwas von mir wollte, genau wie alle anderen.

»Äh, das ist … die Sachen sind toll … Sieh mal: Ich trage sogar das Medaillon. Wie bist du überhaupt an ein Foto von Ben gekommen? Nein, sag es mir lieber nicht. Die Geschenke sind wirklich alle wunderschön. Ehrlich. Aber … D…«

Es war mir unmöglich, das Wort herauszubringen. »Karel, ich bin eine erwachsene Frau. Ich trage kein Make-up. Und keine Kleider. Na ja, die Perlen könnte ich zu Geld machen.«

Er lachte und steckte sich eine Zigarette an.

»Das wirst du kaum nötig haben. Und nenn mich Dad. Bitte«, sagte er, sog mit hohlen Wangen den Rauch ein und hustete, als er in seine Lungen strömte. »Verflucht.«

»Gib mir auch eine«, sagte ich und streckte die Hand aus.

»Nein! Du rauchst doch nicht etwa, oder?«, rief er, ehrlich erschrocken.

»D…*ad,* ich bin Mutter. Ich rauche, seit ich fünfzehn bin. Jetzt gib mir schon eine Kippe«, befahl ich und ließ mich nun meinerseits auf der Sofalehne nieder.

»Also schön, wenn es sein muss«, brummte er, warf mir eine Schachtel Silk Cut zu und dann die Streichhölzer. Sie kamen so hoch geflogen, dass sie über meinen Kopf hinweggesegelt wären, hätte ich nicht blitzschnell den Arm ausgestreckt, um sie aufzufangen. »Aber ich möchte, dass du so schnell wie möglich damit aufhörst. Das ist nicht gut für dich.«

Ich blies das Streichholz aus und sah ihn an. »Es ist ein bisschen spät, den strengen Vater raushängen zu lassen«, sagte ich und hob die Brauen.

»Und überhaupt – wieso trägst du kein Make-up, verdammt noch mal?«, fragte er und lachte, um die Stimmung ein wenig zu heben. »Du siehst aus wie ausgekotzt.«

Jetzt musste ich auch lachen.

»Du bist also der Meinung, ich sollte in Stilettos und kurzen Röckchen durch die Gegend stöckeln und mir jeden Tag Schminke ins Gesicht kleistern, damit ich fetten alten Säcken wie dir gefalle. Verstehe ich dich richtig?«

Er ging zum Tisch und nahm die Cafetière auf. Seine Silhouette, seine leicht vornübergebeugte Körperhaltung beim Einschenken des Kaffees war mir so vertraut, dass mein Herz weh tat – so wie es all die Male weh getan hatte, wenn ich auf Flughäfen einen flüchtigen Blick auf jemanden erhascht hatte, der aussah wie er, und Hals über Kopf hinterhergerannt war, ohne daran zu denken, dass er es gar nicht sein *konnte.* Und richtig: Am Ende hatte ich jedes Mal in die hässliche Fratze eines Fremden geblickt.

Mein Vater fuhr sich mit den Fingern durch die Haare. Sein Gesicht wirkte eingefallen. Tiefe Furchen hatten sich darin eingegraben.

»Herrgott«, sagte er, »was redest du denn? Nein! Natürlich nicht! Aber vielleicht möchtest du zur Abwechslung mal etwas Hübsches anziehen. Du würdest umwerfend aussehen in einem der …« Er machte mit seiner Hand eine vage Geste dorthin, wo mein Zimmer lag. *Mein* Zimmer …

Dann trat er wieder an meine Seite, eine Tasse Kaffee in der

Hand. Ganz allmählich begann ich es zu begreifen. Es zu spüren: Er lebte.

»Dad, es ist mir egal, wie ich aussehe. Kapiert?«

Er schnaubte. »Unsinn! Niemand will wie die Darmfrucht einer Ratte aussehen.«

»Ich sehe nicht wie die Darmfrucht einer Ratte aus!«, protestierte ich.

Don lachte bellend.

»Eine echte Schande, dass Walters Hirn komplett im Eimer ist«, bemerkte Dad unvermittelt und nahm schlürfend einen großen Schluck von seinem Kaffee, den er gleich darauf zurück in die Tasse spie. »Kalt wie Pinguinpisse!«

Ich lächelte unsicher. Woher um alles in der Welt wusste er, wie es Walter ging? »Tja, sehr merkwürdig. Wie Phoebe wohl damit zurechtkommt? Hast du … kennst du Phoebe eigentlich?« Ich war neugierig, was er antworten würde. Nun, da ich endgültig wusste, dass er ein schamloser Lügner und Betrüger war.

»Hm.« Mein Vater nickte. »Jawohl, wir kannten uns ganz gut.«

»Aha.« Ich grinste, und er grinste zurück.

»Eigentlich war er schon vor Jahren fällig. Jemand hätte sich erbarmen und ihn aus einem fahrenden Auto heraus erschießen sollen. Wegen vorsätzlichen Langweilertums.«

»Er ist kein Langweiler!«, widersprach ich. »Ich finde ihn kein bisschen langweilig.«

»Dann bist du offensichtlich immun gegen Stumpfsinn wie Hermeline«, stellte mein Vater trocken fest.

»Ich habe keine Ahnung, wogegen Hermeline immun sind, aber ich finde Walter sehr nett. Und ich finde auch, du hättest auf keinen Fall seine Frau vögeln dürfen.« So. Er würde schon noch merken, dass ich mit den Lebenden nicht so freundlich umsprang wie mit den Toten.

»Das ist dreißig Jahre her!«, begehrte er auf und machte ein belämmertes Gesicht.

»Dad – so lange ist es her, dass wir dich *überhaupt* zu Gesicht bekommen haben!«

Er holte tief Luft und blies seine Backen auf, eine Angewohnheit, die ich von ihm geerbt habe. Dann setzte er sich an den Tisch, auf dem das Essen stand, und begann, die Tomaten von einer Bruschetta zu picken. »Haben wir Steaksauce?«, brüllte er, wahrscheinlich an Annarita gewandt, in Richtung Küche, aber es kam keine Antwort. Draußen schossen die Schwalben zwischen den Klippen hin und her, und ich wünschte mir, ich wäre eine von ihnen.

»Fünfundzwanzig waren es, um genau zu sein. Fünfundzwanzig Jahre. Wenn ich eine Wahl gehabt hätte, Faith …«

Ich wollte ihm schon meine Faust in die Visage rammen, aber da meldete sich Don unerwartet zu Wort. Er war vom Sofa aufgestanden und hatte seine Kameratasche über der Schulter hängen.

»Hört mal, das ist alles absolut bewegend, aber ich glaube, ich mache mich langsam auf die Socken, wenn niemand etwas dagegen hat … fünftes Rad am Wagen und so weiter.«

»Ah!«, sagte Dad. Allein das Wort »Dad« machte mich in meiner Vorstellung zu einer dieser Frauen um die vierzig, deren Eltern beide noch leben und die sich selbst immer noch als kleine Mädchen betrachten. Ekelhaft. »Oooh, Daddy, kannst du mir bitte, bitte ein Kleid kaufen?« Und der alte Vater geht hin und kauft ein Kleid für seine Tochter, die darin längst nicht mehr hübsch, sondern nur noch traurig aussieht, dieser Tatsache aber nicht ins Auge blicken muss, weil Daddys Gesicht bei ihrem Anblick vor Liebe (vielleicht auch ein bisschen vor Mitleid) erstrahlt. War ich jetzt eine von ihnen? Ich glaube, man kann Leute, deren Eltern nicht mehr leben, daran erkennen, dass sie keine Probleme damit haben, ihr wahres Alter zu akzeptieren. Sie haben erkannt, dass sie als Nächste ins Gras beißen werden, wohingegen alte Frauen in Rüschenkleidern noch immer mit dem Erwachsenwerden beschäftigt sind.

»Verstehe. Ja, natürlich. Ein Wagen kann Sie zurück in die

Stadt bringen«, sagte mein Vater. »Aber wenn Sie noch ein paar Fotos von mir machen möchten, habe ich selbstverständlich nichts dagegen … Himmel, wie sehe ich aus? Nein! Nichts sagen«, murmelte er, nahm seine Brille ab und steckte sie in die Hemdtasche, leckte sich über die Zähne, strubbelte sich erneut durchs Haar und setzte ein komisches Fotogesicht auf, indem er seine Backen einsog und die Lippen vorschob. Ich lachte, obwohl mir nicht danach zumute war. Ich kam mir vor, als stünde ich jemandem gegenüber, der meinen Vater so erschreckend gut imitieren konnte, dass mir davon schlecht wurde.

»Äh, klaro«, sagte Don und kramte in seiner Tasche nach einem passenden Objektiv. Bevor er sich an die Arbeit machte, blickte er mich fragend an.

Ich hob die Achseln. »Wieso willst du, dass er dich fotografiert?«, fragte ich meinen Vater.

Dad sah mich verdattert an und trat unbehaglich von einem Fuß auf den anderen. »Will ich doch gar nicht! Ich dachte, *du* willst es. Du willst ein Foto von mir. Für deinen Artikel. Ich bin der Anrufer von Reykjavik. Ich habe sie damals gewarnt. Ich dachte, das wüsstest du.«

Ich warf Dad einen Blick zu und rang mir ein kraftloses Lächeln ab. Dann ging ich zu dem Weinkühler mit der Flasche Pinot Grigio und goss mir etwas davon in eine weiße Tasse. Ich stürzte den Wein in einem Zug hinunter und nahm einen langen Zug von meiner Zigarette, bevor ich sie im Aschenbecher ausdrückte. Dann trat ich wieder zu Don, der in hektischer Betriebsamkeit ein Porträt nach dem anderen von meinem Vater schoss.

»Die linke Hand ein bisschen höher …« Für ihn war es eine Story wie jede andere. Ein Tag im Leben des Don McCaughrean. Für mich war es nicht ein Tag, sondern *DER* Tag. Bestimmter Artikel, Großbuchstaben, Kursive, alles drum und dran: *DER Tag.*

»Nein, das wusste ich ehrlich gesagt nicht. Jedenfalls nicht so richtig. Als ich die Karte bekommen habe und alles auf einmal so … Möglicherweise hatte ich da schon eine Ahnung. Dein Anruf hatte mich natürlich noch nicht überzeugt. Ich hätte nie gedacht, dass …«

»Ich es gewesen sein könnte?« Er lächelte. »Wenn nicht ich, wer dann?«

Es war eine Anspielung auf einen Satz aus dem Talmud. »Wenn nicht jetzt, wann? Wenn nicht ich, wer dann?« Obwohl diese Version angeblich eine Fehlübersetzung ist und es strenggenommen lauten müsste: »Wenn ich nicht für mich bin, wer ist dann für mich?« Dad hatte mir das Zitat einmal vorgesagt, als ich noch ganz klein war. Er hatte es von einem Rabbi in Jerusalem gehört, den er für einen Artikel interviewte. (Ach, was weiß ich – vielleicht hatte er auch geheime Informationen von ihm gekauft, die er an den MI6 weitergeben konnte!) Damals hatte ich ihm geantwortet: »Wenn nicht jetzt, dann in sechs Minuten. Wenn nicht ich, dann du.«

Ich lachte nicht, konnte nicht lachen. Nicht darüber.

»Dad, ich dachte, ich verliere den *Verstand*! Ehrlich gesagt glaube ich das immer noch.«

»Na ja, du warst immer schon ein wenig sensibel. Nicht alle Kacheln an der Wand, hm? Aber hör mal, wir schicken Don zurück nach Palermo, und heute Abend kommt die ganze Familie zum Essen. Um dich kennenzulernen, Faithy. Und wenn du deinen Artikel schreiben willst, kannst du dich gern in mein Arbeitszimmer zurückziehen. Ich wusste von dem Koffer. Ich hatte das mit der Bombe herausgefunden. Wäre ich damit an die Öffentlichkeit gegangen, dann wäre ich erledigt gewesen. Sie hätten mich umgebracht und dich auch. Damit haben sie mir gedroht – dass sie dich umbringen würden. Ich habe ihnen geglaubt.« Er pflückte sich ein Stück Tabak von der Zunge. »Diese CIA-Einheit, die den Drogenring gedeckt hat – sie hätten es getan, ohne mit der Wimper zu zucken. Die anderen genauso. Mit dem Anruf habe ich mein Leben riskiert. Ich bin extra nach Reykjavik geflogen. Widerliche Schlangengrube! Die Mörder waren von der Cosa Nostra aus New York, die Zielpersonen Summerman und Leith. CIA-Leute, die genügend Informationen beisammen hatten, um das ganze Netzwerk der Italiener hochgehen zu lassen. Deren Existenz hing vom Drogengeschäft ab! Es wären noch viel mehr Menschen gestorben oder ins Gefängnis gewandert als die, die es in Cairnbridge erwischt hat. Also, da hast du deinen Knüller. Seit Watergate hat es doch keinen anständigen Skandal mehr gegeben, stimmt's? Ihsan El Sayed, die kleine Drecksnutte – warum müssen die immer solche Unmengen an Aftershave benutzen, das frage ich dich! Der war vor Jahren schon mal ganz nah dran. Natürlich hat kein Hahn danach gekräht. Aber vor ihm hatte sich nie jemand ernsthaft für den Anrufer interessiert. Bis Fischer – möge auch das letzte fettige Haar auf seinem Kopf ausfallen …«

»Schon geschehen«, unterbrach ich ihn, und noch während ich sprach, ging mir auf, dass ich seine Art zu reden mit mir in die Welt hinausgetragen hatte, so dass nun Don und Eden und ich allesamt Floskeln benutzten, die mit Dad ihren Anfang genommen hatten. Unter Umständen hätte ich nach Abschluss dieses Gedankengangs auch noch darüber sinniert, wie seltsam es doch ist, dass die Verstorben durch solche winzigen Überbleibsel ihrer Persönlichkeit in uns weiterleben. Nur dass es mit dem Verstorbensein meines Vaters nicht so weit her war wie ursprünglich gedacht.

»Ausgezeichnet! Bis also Sam Fischer meinte, die Zeit sei reif. Dieses Oberarschloch.«

Don hatte einen Bücherstapel aufgeschichtet, auf dem er nun balancierte, um von oben herunterfotografieren zu können. Ohne Pause klickte der Auslöser. Don schnaufte. Schweißperlen standen auf seiner Stirn.

Mich zog es erneut zum Weinkühler. Diesmal trank ich direkt aus der Flasche. Dann zündete ich mir eine neue Zigarette an, ließ mich aufs Sofa fallen und sah zu, wie Dad sich im schönsten Fleckchen natürlichen Lichts, das der Raum zu bieten hatte, für die Aufnahmen in Pose warf. Ich grübelte über alles nach, was ich erfahren hatte.

»Aber … aber wenn sie dich umgebracht hätten … und mich auch – falls du sie damals verraten hättest … werden sie uns dann jetzt nicht *immer* noch umbringen wollen?«

»Wer denn?«, fragte er irritiert, als würde ich durch meine Fragen eine an sich simple Angelegenheit unnötig verkomplizieren.

»Na, die Mafia. Oder die CIA.«

»Verdammter Mist!«, zischte Dad und blickte gehetzt über die Schulter, als hätte man angefangen, aus allen Richtungen auf ihn zu feuern. »Hm. Ja. Vermutlich werden sie das tun. Ich hatte gehofft … Nun, mir ist zu Ohren gekommen … Du musst wissen, ich höre alles über dich. Ich habe gehört, dass Sam dich auf die Cairnbridge-Sache angesetzt hat, und ich hatte gehofft, ich könnte dich aufhalten. Du brauchst das alles hier nicht, Faithy. Du brauchst mich nicht. Du hast es ganz allein geschafft! Dir geht es gut. Du hast Ben. Und diesen, wie heißt er noch gleich? Eden. Sneeden.«

Ich hopste auf der Sofakante auf und ab. Mein Psychiater – und glauben Sie mir eins, sobald ich wieder in London gelandet war, wollte ich postwendend bei ihm auf der Matte stehen – würde tot umfallen. Wie in dem Film mit Robert de Niro, kennen Sie den? *Reine Nervensache.*

»Hättest du mich nicht auf irgendeine andere Weise aufhalten können? Ohne mich glauben zu lassen … in mir die Hoffnung zu wecken, dass du …«

Don war bereits dabei, seine Sachen zusammenzupacken. »Ich glaube, das war's«, murmelte er. Jetzt hatte er es auf einmal sehr eilig, nach Hause zu kommen. Zurück nach Moskau, zu Ira und Dontschik. Das Rennen war gelaufen, und das Pferd freute sich auf seinen Stall.

»Sicher«, sagte mein Vater zu Don. Dann sah er mich an und zuckte mit den Schultern.

»Tja, ich nehme an, ein Teil von mir … Du weißt schon. Sobald ich wusste, dass Sam dich losgeschickt hatte, stellte ich mir vor, wie du hier ankommen würdest. Du würdest aus dem

Auto steigen und an der Tür klingeln … Ich wusste natürlich, dass ich das nicht zulassen durfte. Wir sitzen jetzt ganz schön in der Tinte, Faithy, du und ich. Aber wen kratzt das? Wir sind endlich wieder zusammen!«

»Sam Fischer wusste also Bescheid? Mein Chefredakteur, mit dem ich praktisch tagtäglich zu tun habe, *wusste,* dass mein Vater noch am Leben ist und dass er der Anrufer von Reykjavik war?«

»Gewusst hat er es nicht. Allenfalls geahnt. Ja, eine dunkle Ahnung hatte er. Aber er wird immer noch bezahlt, deswegen kann er nichts tun. Muss brav die Klappe halten, wenn er nicht riskieren will, dass ihm jemand zur Strafe einen vergifteten Regenschirm in den Allerwertesten rammt. Deswegen hat er die letzten fünfundzwanzig Jahre damit zugebracht, Reporter anzuheuern, von denen er hoffte, sie würden die Wahrheit ohne seine Hilfe erschnüffeln. Aber dass er *dich* …«

Don räusperte sich vernehmlich.

»Jawohl! Kommen Sie«, sagte Dad und geleitete Don zur Tür. Draußen stand schon der Wagen bereit, der ihn zurück ins Hotel bringen würde. Mein Vater schüttelte Don die Hand. »Dieses Foto von dem Kerl in Kaschmir, mit der Granate im Schnee – wie er durch die Luft fliegt – einmalig!«, sagte er und wedelte mit den Armen wie der Soldat, der auf Dons weltberühmter Aufnahme durch die Luft segelt. Bestimmt haben Sie sie irgendwo schon mal gesehen.

»Hm. Danke.« Don nickte. »Also bis dann, Eff Zett. Ich sage Ira, sie soll dich anrufen und einen Termin ausmachen, wann du uns mal wieder besuchen kommst. Und … äh … ich hebe die Bilder vom ersten Teil des Wiedersehens auf, falls du mal ein großes Feature machen willst … Du weißt schon: *Die Rückkehr meines Vaters aus dem Reich der Toten* von Faith Zanetti.«

»Kratz ab, Don.« Ehrlich – was für eine Schnapsidee. Ich wusste genau, dass ich keine Worte finden würde, nicht ein einziges, um das zu schildern, was mir an diesem Tag widerfahren war. Die absolute, welterschütternde Enormität der Ereignisse. »Und mach's gut.«

Durch das Fenster beobachtete ich, wie Don auf den BMW zuwatschelte, der ihn wieder in die wirkliche Welt bringen würde. Auf der Straße standen ein paar braune Ziegen mit Hängeohren und kauten selbstvergessen an den Sträuchern, die unter den Olivenbäumen wuchsen. Ein Mann mit einer flachen Kappe auf dem Kopf ritt vor dem Tor auf einem Schimmel auf und ab.

Warum er das tat, weiß ich nicht.

Ich wandte mich wieder dem Mann zu, dessen Abwesenheit fast mein ganzes bisheriges Leben bestimmt hatte und dessen Gegenwart sich trotzdem schon wieder ziemlich normal anfühlte. Allem Anschein nach hatte ich die Tatsache, dass er am Leben war (dieselben langen Finger, dieselben gebräunten Unterarme), inzwischen nahezu vollständig verdaut.

»Aber warum? Warum hast du uns nicht einfach gesagt, dass du uns in den Wind schießt, statt uns die ganze Zeit über anzulügen? Uns die Beerdigung und dieses … dieses beschissene Leben zuzumuten? Und wie hast du es überhaupt angestellt? Dein Tod kam im *Fernsehen*!«

Dad lachte, setzte sich und trank erneut einen Schluck aus der Tasse, in die er zuvor den kalten Kaffee gespuckt hatte. »Du lieber Himmel!« Erwartungsgemäß schmeckte er ihm immer noch nicht. »Ach, das war ganz einfach. Jemand hat so getan, als würde er auf mich schießen, und in dieser riesigen Menschenmenge – es war eine große Demonstration, ich weiß gar nicht mehr, worum es dabei ging …«

Er wusste es nicht mehr. *Er wusste es nicht mehr!*

»Der Oranierorden. Die alljährliche Parade.«

»Tatsächlich?«

»Ja.« Ich schloss die Augen.

»Ich bin einfach hingefallen – genau so!« Ich schlug meine Lider wieder auf. Er war aufgestanden, griff sich an die Brust und schwankte wild hin und her. Es war kein bisschen komisch. Es war widerlich. »Ich hatte eine Kunstblutkapsel im Hemd. Dann kam der Krankenwagen, man hat mich abtransportiert und das war's. Ein Kinderspiel.«

Ungläubig schüttelte ich den Kopf. »Und danach hat man dich hierhergebracht? Dir eine neue Identität verpasst? Um dich zu schützen? Und mich auch? Oder was?«

Absurderweise empfand ein Teil von mir so etwas wie Befriedigung. Immerhin hatte er mich auf eine Art und Weise betrogen, über die manchmal lange Dokumentarfilme gedreht werden. Es gibt ein Haus in der Nähe von Eden Sneedens derzeitigem Heimatort Brandeglio, das von Engländern gekauft wurde, die in ihrem neuen Keller eine Wand einreißen ließen und dahinter das Skelett eines Mannes im Anzug entdeckten. Er hatte einen Koffer neben sich stehen und eine Pistole in der Hand. Seiner Familie gegenüber hatte er behauptet, er wolle nach Amerika gehen und dort sein Glück suchen. Stattdessen hatte er sich im Keller eingemauert und erschossen – was seine Verwandten erst fünfzig Jahre später erfuhren.

Aber mein Dad hatte es für *mich* getan. Er war trotz allem einer von den Guten.

»Na ja. So ähnlich«, sagte er und schob sich die Hemdsärmel hoch. Ich kannte die Geste genau.

»Aber warum hast du ausgerechnet jetzt Schluss gemacht mit dem Versteckspiel?«

Er atmete lange und tief ein und musste prompt husten.

In der Zwischenzeit war mir noch etwas anderes eingefallen. »Evie … Evie hat dich gesehen! Sie hat deine Leiche identifiziert. Ich habe sie vor ein paar Tagen extra deswegen angerufen, kurz nachdem du mit diesem ganzen Mystery-Unsinn angefangen hattest.«

»Quatsch. Sie hat irgendeine andere Leiche gesehen, die meine Kleider trug und kein Gesicht mehr hatte, und sie war sowieso völlig durch den Wind. Wir hatten kurz zuvor beschlossen, uns zu trennen.«

Er sagte das, als würde es alles wiedergutmachen. Ich wandte mich kurz von ihm ab, dann wandte ich mich ihm wieder zu und schlug ihn, so fest ich konnte, mit der Faust ins Gesicht. Ob mir solche Gewaltausbrüche zur Gewohnheit werden würden, wenn ich nicht aufpasste?

»Ihr hattet aber nicht beschlossen, dich von *mir* zu trennen!«, kreischte ich außer mir.

Dad betastete seinen Kiefer. »Mein Tschahn«, nuschelte er. Und dann: »Nein, du hascht recht.«

»Tut mir leid wegen dem Zahn«, brummte ich widerwillig und ging nach oben in mein Zimmer. Mein Mädchenzimmer, dem ich an einem weit zurückliegenden Abend vor fünfundzwanzig Jahren entwachsen war.

Seitdem hatte ich nie wieder ein Kleid getragen.

KAPITEL 20

Was tat ich also? Schrie und heulte ich? Lief ich davon? Nein, ich machte mich auf die Suche nach dem Arbeitszimmer. Es war vollgestopft mit alten Büchern über den Nahen Osten, die früher zu Hause in unseren Bücherregalen gestanden hatten. Mein Vater musste sich jedes einzelne neu angeschafft haben. Im Zimmer hingen zahlreiche Fotos, unter anderem in einem silbernen Rahmen auch eins von mir, auf dem zu sehen war, wie ich Goofy in Disneyland die Hand schüttelte.

Ich setzte mich an den Computer und schrieb meinen Artikel: Das hier war der Mann, der britische Spitzel, der von dem geplanten Bombenanschlag auf den TAA-Flug erfahren hatte und nach Reykjavik geflogen war, um die Welt zu warnen – wenngleich ohne Erfolg. Für die Gedenkausgabe würde es reichen, aber ich wusste, dass es nicht die ganze Wahrheit war. Es war nicht wirklich die Geschichte, die zu schreiben man mich hergeschickt hatte.

Danach nahm ich ein Bad, suchte mir eines der Kleider aus und das dazu passende Paar Schuhe. Alles fühlte sich sehr ungewohnt an. Dann ging ich nach unten zum Abendessen. Warum? Dafür gab es eine Million Gründe: Ich wollte ihn nicht schon wieder verlieren – er sollte seine Chance bekommen. Ich wollte ihn nicht unglücklich machen oder – noch schlimmer! – enttäuschen. Mein Gott, war ich wirklich so tief gesunken? Und wozu? In meinen Fantasievorstellungen über unser Wiedersehen – die ich mir selbst als kleines Kind stets nur in meinen Träumen gestattet hatte – war ich davon ausgegangen, dass er all die Zeit unserer Trennung in einer Art Starre verbracht hatte, so dass ihn, wenn er wieder daraus erwacht war, alles in

Staunen versetzt hätte: die neue Straßenführung in Highgate, das Internet, die winzigkleinen Handys. (Er selbst hatte früher ein Mobiltelefon besessen, das so groß war wie ein Ziegelstein.) Er hätte darüber gestaunt, dass man zu jeder Tageszeit über den Atlantik fliegen konnte, dass die Berliner Mauer gefallen war, dass die Twin Towers von der Erde verschwunden waren und die Sowjetunion nicht mehr existierte … Und ich wäre mit ihm in der neuen Welt spazierengegangen, hätte ihm alles gezeigt, alles erklärt, während er ungläubig den Kopf schüttelnd neben mir gestanden hätte. Nie hätte ich mir auch nur im Traum vorgestellt, dass er all diese Ereignisse hautnah miterlebt und ein glückliches Leben geführt hatte, mit Frauen und Freunden und einem wunderschönen großen Haus.

Natürlich spielten derlei Wiedersehensfantasien auch immer an einem rein fiktiven Ort, der bevölkert war von warmherzigen, lachenden Menschen und an dem man alle Zeit der Welt hatte. Und genau wie der Schauplatz waren auch die Hauptakteure reine Hirngespinste – zum Beispiel ein Vater, der sagt: »Ich liebe dich, und ich bin ungeheuer stolz auf dich. Du bist ein wunderbarer, einzigartiger Mensch und noch genau so schön wie an dem Tag, als du geboren wurdest.« Aber das wahre Leben ist nicht wie *Oprah Winfrey*, und in der Tat hatte ich noch nie eine Beziehung zu einem anderen Menschen, in der solche großen Worte jemals laut ausgesprochen worden wären. Auch mein Vater hatte mir nie gesagt, wie lieb er mich hatte oder dass er stolz auf mich war oder wenigstens zufrieden mit mir. Das Höchste der Gefühle war ein als Vorwurf verschleiertes Lob gewesen, wie »Neun von zehn Punkten im Buchstabiertest? Willst du deinem alten Vater etwa Schande machen? Den Namen Zanetti in den Schmutz zerren?« All das von einem Grinsen und vielleicht von einer Umarmung begleitet.

Aber jetzt, so viele Jahre später, galten ohnehin andere Maßstäbe. Auf tränenreiche Momente der Innigkeit konnte niemand mehr hoffen, denn hier standen sich zwei angeknackste, möglicherweise ziemlich verrückte Erwachsene gegenüber, die sich unter derart ungewöhnlichen Umständen wiedergetroffen hatten, dass sich einer der beiden dafür sogar die Augen hatte verbinden lassen müssen.

Folglich standen mir zwei Möglichkeiten offen: Entweder blieb ich meinem alten Selbst treu *oder* ich tat so, als sei ich gar nicht ich selbst, sondern jemand anderes – eine erprobte Taktik, die mich bislang noch niemals enttäuscht hatte.

Diese Rekalibrierung meiner Persönlichkeit nahm ungefähr zwei Stunden, anderthalb Päckchen Zigaretten und den gesamten Champagner in Anspruch, der während meiner morgendlichen Abwesenheit in einem Kühler neben meinem Bett aufgetaucht war. Endlich ein Zeichen, dass man mein wahres Alter erkannt hatte!

In der Schule hatte ich einen Lehrer, der uns immer wieder mit einer gewissen Schadenfreude darauf aufmerksam machte, dass wir früher oder später alle alt werden würden. Uns würden Haare aus der Nase wachsen, und das Vermögen unseres Treuhandfonds würde in einem Aktiencrash vernichtet werden. (Letzteres betraf mich nicht, aber einige meiner Mitschüler blickten bei dieser Ankündigung sehr unbehaglich aus der Wäsche.) Und er eröffnete uns, dass wir uns – mit derselben Unvermeidbarkeit, mit der Flüsse ins Meer flossen – irgendwann in den Alkohol flüchten würden. Bei den ersten Klassentreffen, behauptete er, hielten sich noch alle an den Weißwein und tranken, kurz bevor sie die Heimfahrt antraten, ein Glas Mineralwasser. Doch später würde es nur noch Spirituosen geben, und sowieso wären die meisten Ehemaligen schon bei ihrer Ankunft sternhagelvoll.

Zumindest dieser letzte Teil der Prophezeiung hatte sich für mich in gewisser Weise erfüllt. Danke, Mr Griffths.

Als ich nun den Weg nach unten antrat, war die neue Faith Zanetti – der Mensch, zu dem ich mich vielleicht entwickelt hätte, wäre es meinem Vater nicht eingefallen, so zu tun, als hätte man ihn in einer Belfaster Seitengasse mit Blei vollgepumpt – vollständig ausgeformt. Das Kleid, das ich gewählt hatte, war hellgrau wie der Himmel im Frühling. Die Schuhe hatten sehr hohe Absätze und Knöchelriemchen, die mit winzigen schwarzen Perlen geschlossen wurden. Ich hatte mir die Haare gefönt (irgendwann ist immer das erste Mal) und zwei strassbesetzte Spangen hineingesteckt, um meine Mähne aus dem Gesicht zu halten. Dann hatte ich mich dem Schminkkasten zugewandt, eine große Herausforderung. Schließlich hatte ich mich für einen Hauch Lippenstift und ein perlglänzendes Zeug für meine Lider entschieden. Ich fand, ich sah aus wie ein Clown, aber immer noch dezenter als die meisten geschminkten Frauengesichter, die mir bisher untergekommen waren. Als ich so herausgeputzt auf dem oberen Treppenabsatz stand, erinnerte ich mich an Phoebes Worte, als ihr Gatte sich bei unserem gemeinsamen Mittagessen daranmachte, mich mit seinem zweifelhaften Charme zu überschütten.

»Andiamo, Alter!«

Der Himmel wusste, wie lange ich wirklich für meine Verwandlung gebraucht hatte, denn als ich herunterkam, hörte ich bereits lebhaftes Stimmengewirr. Ich schlich leise die Treppe zum Untergeschoss hinunter und fand mich im Eingang zu einer sehr englisch eingerichteten Küche wieder. Die eine Hälfte des Raums wurde von einem riesigen Herd eingenommen, von Pfannen und Töpfen, Knoblauch, Zwiebeln und Chilis, die in Zöpfen von der Decke hingen. Im Essbereich war der Boden mit einem blutroten Teppich ausgelegt. Eine lange Tafel stand in der Mitte, und an den Wänden hingen teure Kunstwerke neben zahlreichen Familienfotos. Große, weit geöffnete Flügeltüren gingen auf eine Terrasse hinaus. Sie wurde von flackernden Lichtern in farbigen Gläsern erleuchtet, die von den Zweigen der Zypressen hingen.

Mein Vater saß am Tisch. Er trug ein weißes Hemd, die Ärmel hochgekrempelt. Im Kerzenschein sah er viel jünger aus, beinahe so, wie ich ihn in Erinnerung hatte – wenngleich keine Erinnerung der Welt so lebendig sein konnte wie das, was sich hier meinen Augen bot. So scharf, so unerbittlich. Er hielt einen Martini mit Twist in der Hand und erzählte der Frau neben sich gerade eine Geschichte, die so komisch war, dass sie Tränen lachte. Voller Inbrunst ahmte er einen Diktator aus dem Nahen Osten nach. Ob er denselben Akzent für seine Reykjavik-Warnung benutzt hatte? Die Warnung, die im Sande verlaufen war? Alle waren ums Leben gekommen. Jeder einzelne, einschließlich … aber nein. Darüber würde ich später nachdenken.

Die junge Frau, die er mit seiner Anekdote unterhielt, war Anfang zwanzig, Italienerin, zweifellos wohlhabend. Sie trug Jeans im Wert von mindestens zweihundertfünfzig Pfund, ein fließendes Seidentop mit buntem Muster, riesige Perlenohrringe und eine antike Armbanduhr. Sie war jung genug, um Dads Tochter sein zu können. Als Nächstes fiel mein Blick auf drei dunkelblonde junge Männer, die ihrem Aussehen nach eng miteinander verwandt sein mussten. Alle drei trugen pastellfarbene Hemden und hatten sich bunte Kaschmirpullover über die Schultern gelegt. Dann war da ein alter Mann, dem man auf den ersten Blick ansah, dass er enorm reich und enorm mächtig sein musste. Er trug Nadelstreifen, aber keine Krawatte. Dafür hatte er eine Frau an seiner Seite, die halb so alt war wie er – eine Blondine, die eine winzige Zigarre paffte und sämtliche Männer im Raum mit gierigen Blicken verschlang, meinen Vater eingeschlossen. Neben ihr saßen eine ältere Frau mit rot geschminkten Lippen, die grauen Haare zu einem Knoten geschlungen … und *Walter*, der es hartnäckig vermied, mich anzusehen. Jawohl: Hier saß Walt Irving, der durch seinen kläglich gescheiterten Versuch, im Zimmer eines Luxushotels seinen eigenen Tod vorzutäuschen, in meine persönlichen Annalen eingegangen war. Solche Aktionen schienen in gewissen Kreisen der letzte Schrei zu sein.

Ehrlich gesagt war ich ein wenig überfordert. Im Russischen gibt es das fabelhafte Wort »snogschibatelno«, das so viel bedeutet wie »zum aus dem Latschen Kippen«. Und genauso war es, plötzlich jemanden in dieser Traumwelt vorzufinden, den ich aus dem richtigen Leben kannte. Obwohl meine Begegnung mit Walter vermutlich der allererste Schritt in Richtung dieses mysteriösen Universums gewesen war, in dem die Toten leben und Waisen ganze Heerscharen von Verwandten haben.

Annarita war selbstverständlich auch da. Sie werkelte am Herd und leitete das Personal an. Sie trug ein weißes seidenes Haltertop zu sehr engen schwarzen Jeans und schwarze Stilettos. Ihre langen Haare fielen ihr lose über den nackten Rücken.

Am Fuß der schmalen Treppe, die ich hinuntergestiegen war, sah ich an der Wand (konnte das wirklich wahr sein?) einen kleinen Vermeer, der von einer Kerze in einem Messinghalter beleuchtet wurde.

Sobald die Tischgesellschaft mein Eintreten bemerkt hatte, erhoben sich alle von ihren Plätzen und starrten mich unverhohlen an. Einen Moment lang herrschte absolute Stille im Raum, dann brachen sie in lauten Beifall aus. Mein Vater hatte sich die Zigarette zwischen die Lippen gesteckt, so dass er klatschen konnte, und er blinzelte, damit ihm der Rauch nicht in die Augen drang.

Die alte Faith sagte: »Was soll der Mist?«, aber sie sagte es zu sich selbst. Die neue Faith war kurzzeitig überwältigt, dann lächelte sie charmant, hob ihr Kleid an beiden Seiten an und sank in einem anmutigen Knicks zu Boden, der alle Anwesenden in einen erneuten Sturm von Applaus ausbrechen ließ. Alle redeten wild durcheinander, manche englisch, manche italienisch. Ich trat an den Tisch, und sofort war Annarita bei mir, um mich an die Hand zu nehmen und zu meinem Platz am Kopf der Tafel zu begleiten. Mein Vater, der mir am anderen Ende gegenübersaß, zwinkerte mir aufmunternd zu (ich glaube, es war aufmunternd gemeint, allerdings half es nicht viel), und ich setzte mich. Erst als mein Hinterteil sicher auf dem Stuhl gelandet war, ließen sich die anderen ebenfalls nieder.

Die Bediensteten, fünf Italienerinnen mittleren Alters in schwarzen Kleidern mit schlichten weißen Schürzen, stellten

Teller voller üppig mit Peperoni und Zwiebeln belegter Pizzastückchen hin. Auf dem weißen Tischtuch standen Champagnerkelche bereit. Mein Vater, der früher in Folie eingeschweißten Cheddarkäse aus dem Supermarkt mit Senf beschmiert und ihn sich brockenweise ohne Brot in den Mund gestopft hatte, erhob sich. Er trat von einem Fuß auf den anderen, aber seine Verlegenheit war nur gespielt, wie die von Hugh Grant, wenn er wieder einmal den liebenswerten Trottel mimen muss. Dann senkte er feierlich den Kopf.

»Nun denn«, sagte er. »Benedictus benedicat.«

Alle anderen, einschließlich meiner selbst, wiederholten leise murmelnd seine Worte. Dann erst begannen wir mit dem Mahl. Ich konnte mir nicht helfen und starrte meinen Vater ungläubig an. »Ich dachte, wir sind Atheisten!«, sollte mein Blick ausdrücken. »Was hast du mit meinem Dad gemacht?«

Er zuckte mit den Achseln, als wolle er antworten: »Na ja, sie mögen es eben, und schließlich tut es niemandem weh.«

Annarita ergriff meine Hand. »Ich freue mich so, dass du hier bist, Faith! Er hat mir alles von dir erzählt. Jetzt ist die Familie endlich komplett.«

Wenn sie so gut Englisch sprach, warum hatte sie es dann gestern Nacht nicht getan? Aber sie schien jedes Wort ernstzumeinen, auch wenn es ein bisschen so klang, als spräche sie zu einer Frau, die als Teenager durch eine ungewollte Schwangerschaft Schande auf sich geladen hatte, aber nun, da man über alles gesprochen hatte, wieder in Gnaden in den Schoß der Familie aufgenommen worden war. Mein Vater hatte ihr *alles* erzählt? Damit meinte sie wohl alles, was passiert war, bevor ich ein zweistelliges Alter erreicht hatte! Aber natürlich behielt ich, die neue Faith, den Gedanken hübsch für mich und sagte stattdessen: »Er kann sich glücklich schätzen, jemanden wie dich gefunden zu haben. Wie lange seid ihr schon zusammen?«

Ich hatte die Antwort ja unbedingt hören wollen. Aber zu meinem Lob muss gesagt werden, dass ich sehr gesittet reagierte. Ich betastete mir lediglich die Haare wie andere, normale Frauen es vielleicht in einer ähnlichen Situation tun würden, statt rückwärts vom Stuhl zu kippen oder laut zu kreischen oder dergleichen.

»Schon zwanzig Jahre!«, sagte sie. »Kannst du dir das vorstellen? Wie die Zeit vergeht …«

Ich biss die Zähne zusammen und lächelte. Ja, ja, so ist das mit der Zeit, nicht wahr?

Und dann stand einer der Jungs auf. Er trug einen Gürtel, auf dessen goldener Schnalle ein Emblem aus den zwei ineinander verschlungenen Buchstaben »D« und »G« prangte. Er hob sein Glas, sah mich an und bedeutete mir mit der anderen Hand, ebenfalls aufzustehen.

»Mein ganzes Leben schon wusste ich, dass ich eine wunderschöne Schwester habe. Ich wusste, dass die erste Tochter meines Vaters, die Liebe seines Lebens –«

Die anderen Gäste am Tisch johlten und applaudierten und mein Vater lachte gutmütig. Dann rief er: »Kannst du dieses bierernste Gequatsche bitte bleibenlassen, Gabi?«

Gabi reckte meinem Vater den ausgestreckten Mittelfinger entgegen. »Leck mich! Ich heiße meine Schwester willkommen. Unser ganzes Leben lang haben wir auf dich gewartet. Ich und meine Brüder.« Er wies sie an, sich ebenfalls zu erheben, und langsam dämmerte es mir.

Ich beugte mich zu Annarita hinüber. »Doch nicht etwa *Drillinge*?«

»Autsch«, sagte sie lachend und sah auf ihren Bauch herab. Und wissen Sie was? Ich musste auch lachen. Sie hatte mich erwischt. Als Frau.

»Faith!«, rief Gabi. »Jetzt bist du endlich bei uns!«

Und dann kam er um den Tisch herum zu mir, schlang die Arme um mich, hob mich hoch, küsste mich auf beide Wangen und wirbelte mich im Kreis herum, wobei er mir unablässig ins Gesicht strahlte. Dann warf er mich den anderen beiden zu, die ebenfalls aufgestanden waren und jubelten, mich küssten und in die Luft hoben, so dass wir irgendwann alle vor Lachen kreischten, ganz besonders ich, wenngleich in meinem Gelächter sicher auch ein kleines bisschen Hysterie enthalten war. Das Kerzenlicht tanzte flackernd an den Wänden, und draußen brach sich das Meer an den Felsen und …

Ich war zu Hause.

Jemand hatte Elvis aufgelegt (wann? Ich hatte nichts bemerkt), und »I just can't help believin'« dröhnte aus den in allen vier Ecken des Raumes verborgenen Lautsprechern, während ich, betrunken und mit hochroten Wangen Walter zur Rede stellte. Zu gern hätte ich gewusst, was er hier trieb, war mir aber inzwischen im Klaren darüber, dass er es mir höchstwahrscheinlich nicht verraten würde – und wenn doch, konnte ich mir keinesfalls sicher sein, dass seine Version der Dinge nicht ausschließlich seinem vom Wahnsinn vernebelten Geist entsprungen war.

»Walter, du dumme Sau!«, rief ich quer über den Tisch hinweg. »Was ist hier los?«

Unsere Blicke trafen sich, aber er lachte nicht. Er war sehr ernst. »Es geht um die Familie, Faith.«

»Aber nicht um deine Familie.«

»Nein, Faith Zanetti. Um deine.«

Dad hatte Annarita beiseitegeschoben und saß jetzt neben mir, den Arm auf meine Stuhllehne gelegt. Er diskutierte mit den Drillingen über Israel. Hin und wieder stand einer von ihnen auf und gab mir einen knallenden Schmatzer auf die Wange, und ich drückte dankbar seine Hand. Die alte Frau, Annaritas Mutter, flirtete mit dem alten Mann, der Richter war und zunächst in England, dann in Rom Jura studiert hatte, bevor er schließlich – der Sonne wegen, wie er sagte – nach Sizilien umgesiedelt war. Die sehr junge, sehr hübsche Frau, die mein Vater zu Beginn unterhalten hatte, war (vergeblich versuchte ich mich gegen diese Erkenntnis zu sperren) Walters Begleitung für den Abend. Er flüsterte ihr unablässig ins Ohr und beugte sich immer wieder zu ihr hinab, um sie auf den rechten Brustansatz zu küssen.

Nachdem wir den Braten mit gebackenem Fenchel aufgegessen hatten, holte Dad seine Gitarre. Er setzte sich im flackernden Schein der Kerzenstümpfe wieder neben mich und spielte »Let it be«, »Hey Jude« und »I wanna hold your hand«. Lachend sang ich mit, wobei ich ihn zweimal bitten musste, die Tonlage zu wechseln. Einer meiner Brüder (ist es nicht unglaublich? Ich hatte echte *Brüder*!) sang die Harmonie dazu. *When I find myself in times of trouble …*

Die Asche von Dads Zigarette fiel auf das Tischtuch. Die Frauen eilten geschäftig hin und her und schenkten Brandy nach. Eine Fledermaus kam ins Zimmer geflattert, und Walter, dessen Aufmerksamkeit ansonsten ganz auf seine Begleiterin gerichtet war – er plauderte, strahlte, säuselte, scherzte, was das Zeug hielt –, scheuchte sie mit wild rudernden Armen wieder ins Freie.

Irgendwann tanzten Gabi und ich zu einem Flamenco-artigen Stück, das Dad spielte, und ich fiel fast um vor lauter Gewirbel und Alkohol und … Liebe. Und die neue Faith stellte Walter nicht die Frage, was um alles in der Welt er hier zu suchen hatte. Warum er mir nicht von Anfang an die Wahrheit gesagt hatte. Die neue Faith stellte auch keine Fragen über das Bisacquino-Massaker und die blonden jungen Männer, die, so viel ließ sich nicht leugnen, eine verblüffende Ähnlichkeit mit einigen meiner Familienmitglieder aufwiesen. Die neue Faith verschwendete nicht einen einzigen Gedanken an all das. Dieser Abend voller Reichtum und Geborgenheit im Kreis einer Familie, von der ich nicht gewusst hatte, dass ich sie überhaupt besaß, dieser Abend voller Liebe und Gesang und Wein und Tanz – das war es, wonach ich mich fünfundzwanzig Jahre lang gesehnt hatte. Auf keinen Fall würde ich alles mit unangenehmen Fragen und gehässigen Bemerkungen kaputtmachen. O nein.

Nicht einmal das große gerahmte Hochzeitsfoto, das ich

auf einem Regal erspähte, konnte meine Haltung erschüttern. Darauf waren Dad und Annarita mit den Jungs zu sehen, die sich bereits im Teenageralter befanden. Also war die Hochzeit noch gar nicht allzu lange her. Und doch war es dieses Bild, das eine Saat in mir pflanzte, die erst später aufgehen und zu einem mächtigen Eichenbaum heranwachsen würde – zu der traurigen Erkenntnis, dass er mich nie geliebt hatte. Jedenfalls nicht genug, um bei mir zu bleiben. Nicht genug, um mich auf seiner beschissenen Hochzeit zu vermissen. Ich hatte um ihn getrauert und getrauert und getrauert, und er hatte währenddessen irgendwo in einem Zitronenhain auf Sizilien eine wunderschöne Frau in einem elfenbeinfarbenen Etuikleid geheiratet. Aber im Augenblick war mir selbst das egal.

Ich war kaum in der Verfassung, noch mehr Informationen aufzunehmen, aber die Namen der achtzehnjährigen Drillinge wollte ich mir merken: Sie hießen Gabriel (ich musste mich vorbeugen und ihn bitten, den Namen zu wiederholen. Die Träger meines seidenen Kleids rutschten mir dabei über die Schultern, und ich lachte laut auf), Ruben und Davide. Als ich zu Dads Gitarre »Love me tender« sang, fing Annarita an zu weinen. Ich weigerte mich, irgendeinen Gedanken an Evie zuzulassen. Also schön, sie hatte sich das Herz herausgerissen, tagelang auf dem Sofa still vor sich hingeheult, sie hatte mich, so gut sie konnte, allein großgezogen und sich dann auf der Grundlage von Trauer und Verlust eine neue Existenz aufgebaut. Aber das Leben gehörte den Lebenden, und Annarita lebte, mit ihren Drillingen und ihrem prächtigen Haus und ihrer Kunstsammlung und ihren Bediensteten und ihrer neuen Stieftochter, die nicht viel jünger war als sie selbst. Na ja, höchstens zehn Jahre vielleicht …

Ich verbrachte einen Großteil des Abends damit zu raten, welcher Drilling welcher war, riet natürlich jedes Mal falsch und verursachte damit bei allen Anwesenden nicht enden wollende Heiterkeitsausbrüche. Irgendwann übernahm Davide die Gitarre, und Dad tanzte mit mir um den Tisch herum Walzer, in schwindelerregenden, taumelnden Drehungen hinaus auf die vom Sternenlicht beschienene Terrasse und wieder zurück in die Küche. Wir beide waren heillos betrunken, stolperten und schwankten, und wir drehten und drehten uns unaufhörlich, und irgendwann fragte er: »Na? Hasst du deinen alten Daddikins, Strahlekind?«, und ich sagte: »Nicht mehr als früher.« Und gab damit genau die trockene, ironische »Wir sind hier nicht bei *Jerry Springer*«-Antwort, die die Situation von mir verlangte.

Ich war so hinüber, dass ich mich kaum auf Annarita konzentrieren konnte, als sie sich irgendwann ganz dicht zu mir neigte und sagte: »Er hat Lungenkrebs.«

Meine zwei Persönlichkeiten mussten irgendwie durcheinandergeraten sein, denn ich antwortete: »Geschieht ihm ganz recht.« Oder nein – vielleicht sagte ich das gar nicht laut. Nein. Ich denke nicht.

Nicht lange danach brachen sie über uns herein.

Gerade als der Himmel am Horizont heller zu werden begann und die Vögel weit draußen über dem Meer ihre ersten Rufe hören ließen, fielen draußen Schüsse. Die Musik brach abrupt ab, ebenso wie das Gelächter und das Tanzen. Wir hörten Schreie und Gebrüll, und dann kamen mit einem Mal ungefähr zwanzig Männer mit Skimasken über die Treppe und die offenen Terrassentüren in den Raum gestürmt. Offensichtlich hatte mein Vater Wachen vor dem Haus postiert (zu wenige, wie sich nun herausstellte), denn von uns war niemand bewaffnet. Ein Teil der fremden Männer nahmen sich je eine Person vor, während andere die Ein- und Ausgänge sicherten. Sie bewegten sich schnell und schweigend und schienen, zumindest verglichen mit unserer trunkenen Orientierungslosigkeit, geradezu beängstigend gut organisiert. Uns wurden die Hände hinter dem Rücken gefesselt, und man hatte uns auf die Terrasse gestoßen, noch bevor ich so recht begriff, wie mir geschah.

Draußen wurden wir getrennt. Walter, den ich nirgends sehen konnte, obwohl ich versuchte, mich umzudrehen, rief mir in der Dunkelheit zu: »Du hast damit angefangen, Zanetti. Jetzt musst du es auch zu Ende bringen, Baby!«

Ich schrie zurück: »Dann gib mir einen Hinweis, Irving! Irgendeinen Hinweis! Was ist hier los?«

Ich wurde vorwärtsgestoßen, um das Haus herum und eine Treppe hinunter. Mein Vater war bei mir. Niemand sonst. Schwach hörte ich Walters Stimme aus der Ferne.

»Es geht um dich!«

Na toll. Vielen herzlichen Dank. Sehr hilfreich.

Während wir die Stufen hinabstolperten, hörte ich Dad husten. Es war kaum zu glauben, dass ich nicht von Anfang an bemerkt hatte, wie schlimm es um ihn stand …

Dies war der letzte Gedanke, den ich unterbrachte, ehe mein altes Selbst wieder das Kommando übernahm. Die Wärme einer Familie – das war nichts für mich. Nicht, wenn ich dabei ich selbst bleiben wollte. Aber von bewaffneten, vermummten Männern herumgeschubst zu werden – damit konnte ich umgehen. Das war meine Welt.

Ich wirbelte herum und trat einem von ihnen mit meinem Stiletto mitten ins Gesicht. Er blutete und seine Kollegen brüllten vor Lachen.

»È finito, Carlo. Capito?«, sagte der blutende Mann zu Dad.

Und langsam wurde mir alles klar.

KAPITEL 21

Und so kam es, dass wir im Weinkeller landeten. Auf dem Weg dorthin verpasste mir einer der Kerle einen Kinnhaken, und Dad, der noch Minuten zuvor so überschäumend fröhlich und lebendig gewesen war, brach plötzlich röchelnd zusammen und drohte das Bewusstsein zu verlieren. Mir wurde klar, dass ich die Anzeichen bewusst übersehen hatte: Die gelbe Gesichtsfarbe hatte ich als Sonnenbräune umgedeutet, das Keuchen und Husten nicht gehört, nicht gemerkt, wie dünn er geworden war. Schließlich hatte ich ihn eine lange Zeit nicht gesehen, nicht wahr? Aber jetzt, während wir glitschige Stufen in die Finsternis hinabgeschubst wurden (von wem eigentlich? CIA? Wohl kaum. Irgendeine Splittergruppe der Cosa Nostra? Schon wahrscheinlicher), begriff ich, dass er wirklich todkrank war und sterben würde. Und zwar in nicht allzu ferner Zukunft. Vorhin beim Tanzen hatte ich seine scharfkantigen Rippen gespürt und mich nicht fragen wollen, warum. Und ich begriff noch etwas: dass seine Krankheit der Grund sein musste, weshalb Sam Fischer mich ausgerechnet jetzt auf ihn angesetzt hatte. Weshalb er mich, trotz aller damit verbundenen Gefahren, auf seine Spur geführt hatte. Nur aus diesem Grund hatte auch Walter mir geholfen und, statt sich mir in den Weg zu stellen, allenfalls halbherzig versucht, mich auf die falsche Fährte zu locken.

Und – um Himmels willen: Wahrscheinlich war es sogar der Grund für das Bisacquino-Massaker. Niemand hatte mich länger von meinem sterbenden Vater fernhalten wollen.

Und hier war ich nun. In der Rolle des Butch Cassidy, verflixt und zugenäht.

Ich lauschte angestrengt den Schüssen, die immer näher kamen, und den zunehmend hektischen Bewegungen über uns im Haus, und endlich, endlich gelang es mir, meine aufgeschürften, blutenden Handgelenke von dem Kabelbinder zu befreien. Es war kalt, dunkel und feucht hier unten. Wo die anderen wohl stecken mochten? Eine Zeitlang blieb ich einfach sitzen, in der Hoffnung, dass mir irgendwann ein Plan einfallen würde, dass die Lösung unseres Problems offensichtlich war und ich nur noch ein wenig warten musste, bis sie in blendender Klarheit vor meinem geistigen Auge erschien. Oder womöglich war ich einfach nur erschöpft und spielte mit dem Gedanken, aufzugeben und hier sitzen zu bleiben, bis unsere Entführer kamen und uns holten. Da plötzlich … klingelte in Dads Hemdtasche ein Handy.

In italienischen Untertiteln heißt es immer: »Squilla telefono«. Ich finde, »squilla« ist ein ziemlich guter Ausdruck für das, was ein Telefon macht.

Bei so viel Glück blieb mir fast die Luft weg. Ich krabbelte zu Dad und betastete mit zitternden Fingern seine Hemdtasche. Dort war die Rettung: ein winziges flaches Stück Metall und Plastik. Dad rührte sich kaum, obwohl ich nicht gerade zimperlich zu Werke ging. Dennoch meldete ich mich, in fehlgeleiteter Rücksichtnahme auf seinen Zustand, im Flüsterton.

»Pronto?«, hauchte ich, sogar umsichtig genug, in der Landessprache zu sprechen. Nachdem ich gerade noch um ein Haar der größten aller Lebenslügen anheimgefallen wäre, war ich jetzt wieder voll da. Und ich fühlte mich unbesiegbar. Es gab keine falschen Hoffnungen mehr.

»Faithy? Ich bin's. Ich wollte mich nur erkundigen, wie es dir geht. Ist alles klar bei euch?«

Ich nahm das Telefon vom Ohr und glotzte es ungläubig an. Es war Dons Apparat! Dad musste ihn aus Versehen eingesteckt haben.

»Oh, meine Güte, Eden! Gott sei Dank, *Gott sei Dank,* dass du anrufst!«

»Okay, ganz ruhig bleiben. Was ist los? Du hast doch gesagt, ich soll mich heute Abend melden. Ich dachte, es sei alles in Ordnung.«

»War es auch. Das hat sich inzwischen allerdings radikal geändert. Schwing sofort deinen Hintern hierher und rette uns. Wir sind ungefähr eine Stunde von Palermo entfernt, in den Bergen. Eine riesige Villa ganz oben auf einer …«

Ich hätte weitergeredet, aber Eden unterbrach mich.

»Du dummes Huhn, halt sofort die Klappe! Hast du allen Ernstes geglaubt, dass ich untätig zu Hause sitzen bleiben würde? Schaffst du es bis an den Strand runter? Ich habe die Patrouillen bestochen. Dreihundert Euro, eine Unverschämtheit! Ich bin hier mit … 'tschuldigung, wie war noch gleich der Name? Ihsan El Sayed, genau. Tut mir leid. Von Al-Dschasira. Wir sind uns zufällig im Hotel über den Weg gelaufen – er hat darauf bestanden mitzukommen. Don ist selbstverständlich auch bei uns. Wir können ziemlich nahe an die Küste heran … oder? Ja, das dürfte kein Problem sein. Also …«

Ich fing hysterisch an zu lachen. »Du hast gut reden! Draußen tobt eine Schießerei, und ich habe einen Krebspatienten bei mir, der sich kaum bewegen kann. Möglicherweise ist mein Kiefer gebrochen. Aber ich werde es versuchen. Ja, ist schon gut, ich versuche es.«

Ich nahm es mir wirklich fest vor.

Eine Weile lang sagte Eden gar nichts. Dann holte er plötzlich tief Luft und brüllte: »Faith, du Miststück! Wir haben einen *Sohn*! Hier wird nicht gestorben, ist das klar?«

Das Erste, was mir in den Sinn kam, war der Trailer für eine Fernsehserie, in dem die Heldin mit einer Pistole auf jemanden zielt und sagt: »Wenn ich wollte, dass man mich Miststück nennt, wäre ich noch verheiratet.« Unter den gegebenen Umständen jedoch schien sein Zorn durchaus berechtigt. Und nicht nur das: Er war es auch, der mich vollends wachrüttelte. Ich durfte nicht aufgeben. Noch lange nicht. Wenngleich unsere Aussichten – dem unvermindert heftigen Schusswechsel, dem Gebrüll und Getrampel von draußen nach zu urteilen – nicht gerade rosig waren.

»Ich weiß, ich habe es verkackt. Es tut mir leid. Ich tue, was ich kann«, versprach ich und lächelte. Nein, im Ernst: Ich lächelte, und zwar ein bisschen aus Verwirrung und ein bisschen aus Reue. Die vergangenen Stunden hatte ich in der irrigen Annahme verbracht, dass ein anderes Leben auf mich wartete, ein Leben, wie es normale, gesunde Menschen führten. Dass es jemanden gab, der mich tragen würde, wenn ich selbst nicht mehr konnte.

Dieser Traum war ausgeträumt. Wie üblich trug ich mich selbst. Oh – und den tonnenschweren alten Mann an meiner Seite gleich mit.

»Alles klar«, sagte ich zu ihm, nachdem ich aufgelegt hatte. »Dann mal los, Sundance. Hoch mit dir.« Ich packte ihn unter den Armen und schleifte ihn die Treppe hinauf. Eine rostige Flügeltür mit einem schweren Riegel führte nach draußen. Sie war nicht verschlossen. Wie es den Anschein hatte, wurden wir nicht einmal bewacht. Niemand hatte damit gerechnet, dass es uns gelingen würde, uns von den Fesseln zu befreien und einen Fluchtversuch zu wagen. In meinen Augen sah das nach einer unverzeihlichen Nachlässigkeit aus, vor allem wenn man den Umstand bedachte, dass einer von uns beiden bei vollem Bewusstsein war. Aber vielleicht hatten unsere Entführer von einer Frau im Abendkleid nichts als Geschluchze und Gewinsel erwartet. Vielleicht waren sie davon ausgegangen, ich würde mich stillschweigend fügen oder in Ohnmacht fallen oder mich ihnen allenfalls als demütige Sklavin andienen, um meinem grausamen Schicksal zu entrinnen.

Nun, sie hatten sich getäuscht. In diesem Augenblick war ich wacher und stärker als je zuvor in meinem Leben.

Als wir aus der Tür ins Freie taumelten, rechnete ich fest damit, jeden Moment von einer tödlichen Kugel getroffen zu werden. Doch ich hatte das Gefühl, schon ungezählte Leben hinter mir zu haben. Was hätte es also ausgemacht, wenn ein Finger am Abzug allem ein Ende bereitet hätte?

Den Hintern voran, in einem verdreckten Seidenkleid und ohne Schuhe, dafür aber mit einem halb bewusstlosen Mann im Arm, tauchte ich aus dem Keller auf. Unter Aufbietung all meiner Körperkräfte schleifte ich den Kerl hinter mir her, der vor fünfundzwanzig Jahren mein Vater gewesen war. Jetzt war er nicht viel mehr als ein nasser Sack, ein lebender Leichnam, dessen baldiges Ableben meine Zukunft bereits auf eine höchst bedrohliche Weise zu beeinträchtigen begonnen hatte.

Draußen kam mein Vater wieder zu sich. Die Sonne war soeben aufgegangen. Waren wir wirklich noch wenige Stunden zuvor gemeinsam um den Tisch getanzt? Ist das immer so, wenn man Krebs hat?

Die Schlacht, die um das Haus tobte, schien immer erbitterter zu werden. Ich fühlte mich an El Salvador erinnert. Zwar war man dort pausenlos von Kampfgeräuschen umgeben gewesen, so dass man sich mit der Zeit daran gewöhnte, aber wenn die Kämpfe allzu nahe rückten, hatte man eine gewisse Schärfe in der Luft gespürt, einen ganz bestimmten Geruch, der einen davon abhielt, einfach in Ruhe weiter Tee zu trinken und zu rauchen.

»Steh auf«, drängte ich Dad. »Bitte steh auf! Wenn wir es bis zum Meer schaffen, sind wir gerettet.«

Es schien hoffnungslos. Das Meer wirkte auf einmal wie sehr weit weg, und die Bedrohung war realer, näher als alles andere. Ich blickte hinab auf das Kreuz, das ich mir aufgeladen hatte. Dad – war er es wirklich? – lächelte, wenn man es so nennen konnte. Sein Gesicht war aschgrau wie sein Haar, und sein Atem rasselte so harsch, dass es selbst mir in der Kehle weh tat.

Er murmelte: »Warum hast du das nicht gleich gesagt? Unter den Weinfässern gibt es einen Tunnel.«

Aha. Na gut. Ungläubig starrte ich seine vornübergesunkene

Gestalt an. Ich schwitzte wie ein Tier und stieß einen unterdrückten Fluch aus.

»Eigentlich ist es mehr eine Treppe … eine Art von –«

»Egal.« Ich schnitt ihm das Wort ab und machte mich daran, ihn so schnell ich konnte wieder hineinzuzerren. Ich stützte sein gesamtes Gewicht auf meinen Schultern ab, obwohl er tapfer ein paar Schritte zu gehen versuchte. Dann schloss ich die Tür und hoffte inständig, dass niemand unseren kurzen Ausflug bemerkt hatte.

Unten ließ ich Dad gegen die feuchte Wand sacken und begann in höchster Eile, die großen grünen Glasballons wegzurücken. Mittlerweile hatte ich aufgehört, mir um die Schlangen, die ich hier vermutete, die Pistolen der Männer draußen und all die anderen staunenswerten Details dieser undurchsichtigen Geschichte Sorgen zu machen. Ich wollte bloß weiterleben. Zurück zu Eden und zu Ben.

Ich rüttelte meinen Vater, bis er wieder so weit bei Bewusstsein war, dass wir uns daranmachen konnten, Hunderte von morschen Holzstufen hinabzusteigen, die durch den kalten Fels der Klippen zum Strand hinunterführten. Ich kam mir vor wie Alice im Wunderland. Unser Abstieg dauerte mindestens eine halbe Stunde. Dad musste oft anhalten, um zu husten und danach wieder Atem zu schöpfen. Es war stockfinster, und ich hoffte, dass ich nicht ausrutschen und hinfallen würde. Was, wenn der Tunnel überhaupt keinen Ausgang hatte?

Dieser dunkle Abgrund schien wie gemacht dafür, endlich eine Frage zu stellen, die mir unter den Nägeln brannte.

»Warum hatten so viele von den Toten in Bisacquino denselben Nachnamen wie wir?«

Eine Weile lang stand Dad regungslos in der Finsternis, bevor er antwortete: »Faithy, die Familie ist groß. Ich habe meine ganze Jugend damit zugebracht, ihr zu entkommen. Mir einzureden, dass sie mich in Ruhe lassen würden, wenn ich nur weit genug weg bin. Aber am Ende haben sie mich doch geholt. So wie sie jeden holen. Gerade als ich dachte, ich hätte es geschafft. Es gibt viele Leute hier, die meinen Posten wollen. Die Kinder meines Bruders. Ivanos Jungs.« Die Kinder seines Bruders? Noch mehr Verwandtschaft! Ich hatte eine richtige Großfamilie …

Ja. Ich konnte mir vorstellen, dass es jede Menge Anwärter auf seinen Posten gab. Aber noch war er nicht tot.

Noch nicht.

Irgendwann, als ich schon fast nicht mehr daran glaubte, dass dieser dunkle Tunnel jemals ein Ende nehmen würde, berührten meine Füße Sand. Ich sah das Meer und das fahle Licht der Dämmerung, am Ende einer niedrigen Höhle, die ich wohl nur gebückt würde durchqueren können. Beschämt beobachtete ich, wie mein Vater auf allen vieren weiterkrabbelte und damit jeder Hoffnung, die ich vielleicht bis dahin noch gehegt haben mochte, ein Ende setzte. Er war ein alter Mann, der kaum noch Luft zum Atmen fand und vor mir durch einen engen Tunnel um sein Leben kroch. Er konnte mir nicht mehr helfen, würde mir nie wieder helfen können. Wenn ich Rettung wollte, musste ich sie selbst herbeiführen. Nun ja, wie heißt es doch so schön? Die Sanftmütigen werden das Erdreich besitzen. Eventuell. Sofern wir es ihnen hinterlassen.

Als Dad auf Händen und Knien aus der Höhle auftauchte, wie ein Maulwurf, der blinzelnd die Nase aus seinem Hügel steckt, lag Don McCaughrean bereits bäuchlings im nassen Sand auf der Lauer, um den Moment mit der Kamera festzuhalten. Kurz darauf erreichte auch ich den Strand. Erleichtert richtete ich mich auf. Don versicherte mir sofort, dass ich barfuß und in einem Seidenkleid, das mir feucht am Körper klebte, ganz phänomenal aussähe. »Ursula Andress kann einpacken«, verkündete er bestimmt.

Ich lächelte. Wie unsagbar froh ich war, endlich wieder bei meiner wahren Familie angekommen zu sein!

»Halt's Maul, Don«, sagte ich. »Wenn keiner etwas dagegen hat, würde ich jetzt gern das Weite suchen.«

Eden und Don packten meinen Vater unter den Armen und zogen ihn in die Brandung, wo im hüfttiefen Wasser ein Boot wartete. Ihsan hatte – sehr umsichtig, sehr stilvoll – eine kleine weiße Leiter über den Rand hinabgesenkt, die ich als Erste schlotternd erklomm. Die beiden Männer hievten meinen Vater ins Motorboot, bevor sie sich selbst an Bord schwangen und in die nassen Schalensitze fallenließen. Ihsan wendete das Gefährt und lenkte gen Festland. Dad hatte seinen Kopf auf die Brust sinken lassen. Nach einer Weile (Eden hatte mir seine wunderbare Kaschmirjacke um die bebenden Schultern gelegt), sagte ich zu ihm: »Mach dir keine Sorgen. Bestimmt geht es ihnen gut.«

Dad hob seinen Blick und antwortete ruhig: »Du dumme Nuss, natürlich geht es ihnen gut. Sie sind hinter *uns* her!«

Ich sah zu Don empor, sagte aber nichts. Er zuckte mit den Schultern und machte noch ein paar Aufnahmen von mir in dem durchnässten Cocktailkleid vor dem Hintergrund der Morgendämmerung.

»Wie habt ihr mich überhaupt gefunden?«, wollte ich von Eden wissen, und er nickte in Richtung Ihsan, der mit einer Zigarette zwischen den Lippen am Steuer stand.

»Ich hatte schon immer so eine Vermutung, was das Haus anging«, erklärte er. »Und als Don es mir beschrieben hat, wusste ich sofort, dass ich recht gehabt hatte. Es gab Gerüchte, dass Carlo hier mit seiner Familie wohnt, vollkommen unbehelligt, und dass niemand je gewagt hat, ihn zu verraten. Man kann ihm nichts nachweisen. Außer vielleicht …« Er schnippte seine Kippe ins Meer, ohne den Gedanken zu vollenden.

Gab es irgendjemanden, der weniger darüber Bescheid wusste, was in meinem Leben vor sich ging, als ich selbst? Ich nahm Dads Hand. Eine Möwe stieß auf unser Boot nieder.

Ohne die Augen zu öffnen, murmelte er: »Nein, auch das kann man mir nicht nachweisen. Und wen interessiert das jetzt überhaupt noch? In ein, zwei Wochen bin ich tot. Habe ich mir sagen lassen. Der Sensenmann kommt mich holen, Faithy. Das Arschloch.«

»Ganz so schlimm ist es noch nicht«, widersprach ich, obwohl ich wusste, dass es eine Lüge war. Der Motor des Bootes heulte, und jedes Mal, wenn der Bug eine Welle durchschnitt, wurde ich nassgespritzt. Die Sonne wurde allmählich wärmer. Um uns herum war nichts als Blau. Eigentlich war es wunderschön – wenn man einmal von den Umständen absah.

Wir legten im Hafen von Messina an, von wo aus man schon seit Jahren eine Brücke nach Sizilien bauen will, es aber niemals tun wird (zumindest, wenn man meinem Artikel Glauben schenken kann, den ich vor einigen Wochen aus diversen Zeitungsausschnitten zusammengeschustert habe). Mehrere Kutter liefen gerade ein, die Decks voll mit silbernen Fischen, die in den Netzen zappelten. Eden half Dad den Pier hinauf, und als ich sah, wie liebevoll er den alten Mann stützte, brach es mir fast das Herz. Mein Magen krampfte sich zusammen, und ich kniff die Augen zu, um die Tränen zurückzuhalten. Männer hockten am Pier und flickten ihre Netze, Frauen saßen neben runden Körben mit fangfrischem Fisch und wurden von den Köchen der örtlichen Restaurants umlagert.

Eden holte einen Schlüssel aus seiner Tasche und zielte damit auf einen glänzenden schwarzen Geländewagen. Er stand in einer Parkbucht vor einem kleinen Café, in dem sich die Fischer versammelt hatten, um sich nach getaner Arbeit einen Espresso und ein Cornetto zu genehmigen. Ein Cornetto ist übrigens kein Eis, sondern ein Croissant – eine Quelle großer Verwirrung für Touristen landesweit.

»Gott sei Dank«, entfuhr es mir, da ich schon befürchtet hatte, ich würde die nächsten zwölf Stunden mit Dad, Don, Ihsan – und wer weiß wem es noch einfiel, mit uns auf Spritztour zu kommen – zusammengequetscht in Edens Cinquecento verbringen müssen.

Dad wurde auf den Beifahrersitz verfrachtet. Er war mittlerweile wieder munter genug, um sich eine Zigarette anzustecken.

»Solltest du das nicht lieber bleibenlassen?«, fragte ich.

»Wozu?«, entgegnete er. Das schien mir ein plausibler Einwand zu sein.

Eden setzte sich ans Steuer. Don, Ihsan und ich waren hinten eingestiegen.

»Ich will ja nicht unhöflich sein«, sagte ich, nachdem ich die Träger meines Abendkleids zurechtgerückt hatte. Ich leckte mir über die Lippen, die nach Salz schmeckten. »Aber warum seid ihr alle drei hier?«

Don rülpste.

»Ah, verstehe«, sagte ich. Dad lachte und presste sich gleich darauf die Hand an die schmerzende Brust.

»Ich bin mitgekommen, weil ich gehofft habe, als Gegenleistung dafür, bei eurer Rettung geholfen zu haben, ein Exklusivinterview mit deinem Vater zu bekommen«, erklärte Ihsan bereitwillig. »Bevor er … Nun, solange er noch … Ich habe schon meinem Kamerateam Bescheid gesagt, mit dem ich in Bisacquino war.«

Na, wenigstens war er ehrlich.

»Ich auch«, sagte Don, an dem jedes Wort, das Ihsan gesagt hatte, vorbeigerauscht war, weil er gerade verzweifelt mit dem Sitzgurt kämpfte, der sich einfach nicht über seinen dicken Bauch spannen lassen wollte.

»Dann habt ihr euch leider gründlich geschnitten«, verkündete ich entschieden. »Ich will gar nicht erst fragen, was für eine Story das sein soll, auf die ihr so scharf seid. Selbst *wenn* es eine Story geben sollte – *ihr* werdet sie ganz sicher nicht bringen.«

»Natürlich nicht«, sagte Don. »Das machst du, Zanetti, altes Luder.«

»Sonst noch was, McCaughrean? Kein Wort mehr davon! Schluss damit. Nichts wird geschrieben«, sagte ich und senkte meine Stimme zu einem Zischen. »Er ist todkrank, verflucht noch mal. Er hat nicht mehr lange zu leben!«

»Ich weiß«, warf Ihsan ein. »Das *ist* ja die Story.«

Ich holte tief Luft. Dann traf ich eine Entscheidung, mit der ich mich selbst überraschte. Es stimmte, Dad hatte mich nach Strich und Faden betrogen – um das wunderschöne Haus, um diese wunderbare Familie … Er hatte mir einen Traum präsentiert, nur um ihn mir sofort wieder zu entreißen. Ich war vorhin so unsagbar froh gewesen, meine geliebten Idioten am Strand zu sehen – Menschen, denen ich wirklich etwas bedeutete und die mich nicht fünfundzwanzig Jahre lang mit Pilzen und ein bisschen geriebenem Knoblauch in der Pfanne hatten schmoren lassen. Aber er war mein Vater. Familie war Familie.

»Fahr rechts ran«, bellte ich, an Eden gewandt. »Fahr sofort rechts ran!«

Wir waren gerade aus einer Galleria gekommen, einem der langen Tunnel, die überall in Italien die Berge durchschneiden. Sie sind durch beängstigend zerbrechlich wirkende Trassen auf Betonstelzen miteinander verbunden, die Hunderte Meter über den Tälern schweben. Eden, der mich gut genug kannte, um zu wissen, wann es das Klügste war, mir widerspruchslos zu gehorchen, hielt am Straßenrand. Die Fahrer hinter uns hupten verärgert und wichen uns schlingernd aus. Einer lehnte sich sogar aus dem Fenster, um Eden den freundschaftlichen Rat zu geben, er solle Geschlechtsverkehr mit seiner Mutter ausüben.

»Steig aus«, befahl ich Ihsan. »Du verlässt sofort den Wagen. Vielen, vielen Dank, dass du uns gerettet hast, aber hier ist Endstation für dich.«

Ich saß neben ihm, und selbst jetzt schwindelte mir bei seinem Duft, und meine Augen schlossen sich vor Begehren.

Er bedachte mich mit einem Blick, der enorme Enttäuschung ausdrückte – Enttäuschung angesichts meines schockierenden Mangels an Professionalität und meiner Unfähigkeit, emotionale Verstrickungen zu ignorieren und im Sinne der Story zu handeln. Aber ich steckte so tief in der Sache drin, dass sich die Frage nach Objektivität nicht mehr stellen ließ. Gibt es so etwas wie Objektivität überhaupt wirklich? Freud hätte diese Frage mit Sicherheit verneint.

Ihsan, der zweifellos viel Freud gelesen hatte, beugte sich

wortlos vor, hob seinen kleinen ledernen Aktenkoffer vom Boden auf und stieg aus. Die Wagentür fiel mit einem sanften »Klunk!« hinter ihm ins Schloss.

»Weiter geht's«, sagte ich zu Eden. Wir ließen Ihsan zurück. Hocherhobenen Hauptes, am Rand einer Straße, die etliche Meter über einem Sonnenblumenfeld schwebte.

»Danke, Sneeden«, meldete sich Dad, bevor er sich zu mir umdrehte. »Wenn meine Jungs hier gewesen wären, hätte ich einem von ihnen gesagt, er soll ihn erledigen.«

Ich lachte, hörte aber gleich wieder damit auf. Nicht weil mein Kiefer noch schmerzte. Sondern weil er es womöglich ernstgemeint hatte.

Es war eine lange Fahrt. Don schlief die meiste Zeit laut schnarchend, wobei er gelegentlich imaginäre Gegner anbrüllte, die sich im Traum an seinem Apparat vergreifen wollten. Ich borgte mir Edens Handy und schickte mich an, Vorkehrungen für Dads Pflege zu treffen. Brav wiederholte ich die italienischen Sätze, die Eden mir vom Fahrersitz aus zurief, und schilderte so jemandem im Hospiz von Lucca mein Anliegen. Tatsächlich gelang es mir, eine Krankenschwester in unser Haus in Brandeglio zu bestellen. Wenn wir ankamen, würde sie dort bereits auf uns warten.

Dann wollte Dad allerlei aus meinem Leben wissen.

»Wie war dein Schulabschluss?«

»Ganz gut.«

»Wer waren deine Freunde in der Schule?«

»Was? Soll ich sie dir etwa vorstellen?«

»Wie ist Evies neuer Mann?«

»Er ist nicht neu. Sie sind seit zwanzig Jahren zusammen.«

»Ich habe Blumen für Mums Beerdigung geschickt. Hast du sie gesehen?«

»Ehrlich gesagt habe ich mich damals nicht auf die floristischen Aspekte des Ganzen konzentriert.«

»Der Kranz war nicht billig!«, sagte er, und mir fiel ein, dass er früher nie die Preisschilder von meinen Geschenken entfernt, sondern die Summen im Gegenteil oft noch mit rotem Filzstift eingekringelt hatte. »Siebzehn neunundneunzig für die Puppe da!«

»Ein *billiger* Kranz wäre auch wohl kaum angemessen gewesen«, erwiderte ich.

Ich erzählte ihm ein wenig von Russland: dass ich dort mit achtzehn geheiratet hatte und bei meinem letzten Aufenthalt des Mordes verdächtigt worden war.

»Ach ja, davon habe ich gehört«, sagte er, ganz so, als hätte ich gerade über den Sommerhit des Jahres 1993 gesprochen.

Was hatte ich erwartet? Dass er stolz auf mich war? Fasziniert von meinem aufregenden Leben? Wäre das der Fall gewesen, hätte er sich vielleicht schon früher bei mir gemeldet, nicht wahr?

Als wir Rom durchquerten, eine einstündige Höllenfahrt auf einer zehnspurigen Straße in stehendem Verkehr, fragte er unvermittelt: »Wie geht es Barleybonks?«

Naomi Barley war mit neun Jahren meine beste Freundin gewesen. Ich hatte keine Ahnung, was er mit seiner Fragerei bezweckte. Jedenfalls funktionierte es nicht.

»Woher soll ich das wissen, Dad?«

»Was denn? Hast du sie noch nie gegoogelt?«

Es waren diese Kleinigkeiten – Kleinigkeiten, von denen ein ehemals Toter nichts wissen konnte –, die so sehr weh taten. Die mich immer aufs Neue daran erinnerten, dass er nicht gestorben war. Sondern uns verlassen hatte.

»Nein, habe ich *nicht.* Wenn es dir so scheißwichtig ist, warum machst du es dann nicht selbst?«

Daraufhin schwieg er, und das war gut so.

Als wir Lucca erreichten und inmitten von zahlreichen Radfahrern die hohe rote Stadtmauer umrundeten, begann ich mir Gedanken darüber zu machen, wie es nun weitergehen sollte. Wie lange würde es dauern, bis diejenigen, die hinter uns her waren, uns in Brandeglio aufspürten? Bestimmt nicht lange.

Ein paar Tage vielleicht. Früher oder später würde ich ihm die Frage stellen müssen, wovor wir eigentlich davonliefen.

Warum nicht jetzt?

Also beugte ich mich, als wir gerade am Fuß des Hügels zu unserem Dorf angelangt waren, zu ihm nach vorn. Die Straße war übersät mit Kastanienschalen.

»Was, glaubst du, wollten diese Leute … die Maskierten … was wollten die von uns?«

Dad lachte. »Na, was wohl? Uns umbringen, Strahlekind. Nachdem« – unvermittelt verfiel er in einen russischen Akzent – »Nachdem sie uns zum Reden gebracht haben. Ich habe dir doch gesagt, dass wir in der Tinte sitzen.«

»Was? Ich etwa auch?«

»Oh, du ganz besonders!«

»Aber mich *kann* niemand zum Reden bringen. Es gibt nichts, worüber ich reden *könnte*!«, beschwerte ich mich.

»Hör auf zu quengeln. Hey! Weißt du noch, wie ich dir deinen Bernard gekauft habe, damit du auf der Fahrt nach Poshington nicht so quengelst? Damals, mit Shirl? Wo ist Bernard überhaupt?«

»In einer Kiste in meinem Mietverschlag an der North Circular«, sagte ich, aber ich musste mir auf die Unterlippe beißen, um nicht loszuheulen. Ob ich es noch *weiß*? Es gibt keinen Augenblick jener Zeit, die ich mit dir verbringen durfte, den ich vergessen habe. Kein Stückchen deines Lebens – die Stückchen, die ich retten konnte –, an das ich mich nicht erinnere. Wie kannst du es wagen, mich zu fragen, ob ich mich erinnere!

»Himmel, die North Circular. Warum hat die eigentlich noch niemand in die Luft gejagt?«, seufzte er, ehrlich überrascht.

»Das wird kommen«, tröstete ich ihn. »Es kann nicht mehr lange dauern.«

Und ich erzählte ihm von der neuen Verkehrsführung in Highgate, wenngleich ich es unterließ zu erwähnen, wie oft sich meine Hände ums Lenkrad gekrampft hatten und ich den

Atem angehalten hatte vor lauter Qual, während ich dort langgefahren war. Weil ich mir nämlich vorgestellt hatte, wie er in einem der Geschäfte verschwand, um eine Schachtel Zigaretten zu kaufen. Ich hatte keine Ahnung, weshalb ich überhaupt annahm, das Thema könne ihn interessieren – er hörte mir kaum zu. Aber jedes Mal hatte ich gedacht: »Falls mein Dad zurückkommt, wird er sich hier garantiert verfahren.«

Als wir endlich vor dem Haus vorfuhren, brannte das Licht über der Tür, und ich wusste, dass Carolina, Edens Putzfrau, drinnen mit Ben auf mich wartete. Unwillkürlich machte mein Herz einen Satz. Ich hatte mich so nach ihm gesehnt!

Und ich konnte es kaum erwarten, endlich diesen albernen Fummel loszuwerden.

KAPITEL 22

Am Ende kam die Erkenntnis schleichend. Und das nicht etwa, weil mir in dem Moment, als der Maskierte meinen Vater »Carlo« genannt hatte, noch Zweifel geblieben wären, sondern weil mein alkoholvernebelter Verstand nicht in der Lage war, die Masse an Informationen, mit der er in den letzten Stunden bombardiert worden war, ordnungsgemäß zu verarbeiten. Es war ein bisschen so wie meine Begegnung mit dem Stachelschwein. Ich war immer davon ausgegangen, solche Tiere gäbe es nur in Afrika. (Obwohl ich dort nie eins gesehen hatte. Vermutlich meiden sie verminte Gebiete.) Also musste mein Gehirn auf Hochtouren arbeiten, bis es alle scheinbar widersprüchlichen Fakten zusammengestückelt hatte, damit endlich das Wort »Stachelschwein!« meinen Lippen entschlüpfen und mein Finger, ein wenig verspätet, in die Richtung zeigen konnte, in der das piksige Biest kurz zuvor verschwunden war.

Das Seltsamste war, dass ich mich nach jenem Abend mit Annarita und den Drillingen – an dem meine Sehnsucht nach Geborgenheit die Oberhand gewonnen und mir Dinge vorgegaukelt hatte, die nicht existierten (dass mein Vater gesund und die Idylle um mich herum echt war) – ganz schnell an die Tatsache gewöhnte, dass er noch lebte. Es hatte derselbe Prozess eingesetzt, den ich bereits im Zusammenhang mit Ihsans Beitrag über Cairnbridge beobachten konnte: Sobald ich mir die Wahrheit vor Augen geführt hatte, war sie nichts weiter als – nun ja: eben die Wahrheit. Ich hatte im ersten Moment zwar erwartet, dass mich die Begegnung nachhaltig verändern würde, dass tatsächlich ein Leben mit Hochzeiten unter Olivenbäumen auf mich wartete und Menschen, die nur mein Bestes wollten. Doch es war ein kurzer Traum gewesen, und nach meiner Wiedergeburt in einem dunklen Tunnel, der auf einen sizilianischen Strand hinausging, war mir endgültig klar geworden, zu wem ich gehörte. Ja, mein Vater war am Leben, und selbstverständlich würde ich mich um ihn kümmern. Aber auf Erlösung durfte ich dabei nicht hoffen.

Als wir in dieser Nacht zu Hause ankamen, saß Carolina vor dem Fernseher. Gebannt verfolgte sie eine Spielshow, in der alte Männer Fragen beantworten mussten und ein junges Mädchen sich dazu auszog. Der Höhepunkt der Show war erreicht, als das Mädchen schließlich mit einem Lächeln die Schenkel öffnete und diese Greise, die wahrscheinlich zu alt waren, um noch einen hochzukriegen, einen Blick auf ihre Vagina werfen durften. Jippie! Die Pflegerin aus Lucca war bereits damit beschäftigt, das kleine Zimmer im Erdgeschoss für den Kranken herzurichten. Es war der Raum, in dem Eden den Großteil seiner Sammlung von Sowjetkitsch aufbewahrte, einschließlich einer Leninbüste und einer Polizistenmütze, die ein Freund von mir zu Sowjetzeiten, als man für ein solches Vergehen noch auf immer und ewig in den Gulag hätte verbannt werden können, von der Hutablage eines Streifenwagens gemopst hatte. Don steuerte schnurstracks den Kühlschrank an und nahm sich – sich und niemandem sonst – ein Bier heraus. Dann fläzte er sich neben Carolina auf die Couch und legte ihr den Arm um die Schultern. Unter seinen Achseln blühten riesige Schweißflecken.

Carolina sprang entsetzt auf.

»Oh, Verzeihung, Schätzchen«, sagte er unbekümmert und rückte die Kameratasche zu seinen Füßen zurecht.

Eden und Dad kamen als Letzte in Haus. Eden geleitete meinen Vater in sein Zimmer und half ihm, sich in das Bett zu legen, in dem er aller Voraussicht nach sterben würde.

Ich wollte ihm nicht dabei zusehen, wie er sich einrichtete – ich weiß nicht genau, warum. Außerdem hatte ich Wichtigeres zu tun. Ich rannte nach oben, wo Ben in Edens Zimmer tief und fest schlief. Er wirkte so winzig in dem riesigen Bett! Seine Wangen waren rosig und erhitzt. Ich nahm ihn hoch und drückte und knuddelte ihn, bis er aufwachte.

»Mama!«, sagte er, grinste breit und zog an einer meiner gelockten Strähnen. »Mama!«

»Baba!«, antwortete ich und küsste ihn immer wieder abwechselnd auf beide Wangen, bis er schließlich genug hatte und mich von sich stieß. Als er mein Kleid bemerkte, streckte er die Hand aus, zupfte an dem Stoff und gluckste.

»Ich weiß, ich weiß«, sagte ich. »Ich ziehe mich auf der Stelle um.«

Ich setzte ihn mir auf die Hüfte und ging mit ihm nach unten, wo Carolina mir alles Mögliche über Windelverbrauch und Fütterungsmethoden erzählte und darüber, wie lieb Ben gewesen sei und welche neuen Wörter er in meiner Abwesenheit gelernt habe. »Farfalla« war offenbar eines von ihnen. Ich lächelte zufrieden. (Natürlich richtete sie ihre Worte ausschließlich an mich – nicht etwa an Eden.)

Als Carolina ihren Vortrag beendet hatte, senkte sie ihre Stimme zu einem Flüstern, um zu fragen, wer denn der kranke alte Herr im Nebenzimmer sei. Eden erklärte ihr, es handle sich um meinen Vater, und da sie ja nicht wusste, dass wir alle ihn bis vor kurzem für tot gehalten hatten, nahm sie die Information mit vollendetem Gleichmut auf, statt mit ungläubiger Verblüffung zu reagieren, wie ich absurderweise erwartet hatte. Ich verdrehte die Augen, weil alles so seltsam war und trotzdem bereits irgendwie ganz normal.

Ich betrat das Zimmer, in dem die Pflegerin, eine korpulente Frau Mitte sechzig mit Goldzahn und grellblondem Haarturm auf dem Kopf, Dad eine Sauerstoffmaske aufgesetzt und ihn an einen Morphintropf gelegt hatte.

»Per ora«, erklärte sie. Fürs Erste. Ich ließ mich auf der Bettkante nieder. Mein Vater trug noch seine Jeans und die schmuddeligen Turnschuhe. Die Lederjacke war über eine Stuhllehne gehängt worden. Seine Augen strahlten. Ich setzte Ben so zurecht, dass die beiden sich anschauen konnten, und sagte: »Das ist Grandpa Karel. Carlo. Wie auch immer. Jedenfalls ist er dein Grandpa.«

Dad streckte die Hand aus und schüttelte vorsichtig Bens winzige Finger.

»Ich habe mir einen neuen Namen zugelegt. Damals, als ich dachte, ich könnte der Familie entkommen. Nachdem Dad mich rausgeschmissen hatte. Ich war fünfzehn. Man hatte mir immer wieder gesagt, ich sähe skandinavisch aus. Tja, die blonden Zanettis. Also habe ich mich für ›Karel‹ entschieden. Aber als ich zurückgeholt wurde, als sie mich wieder in den Schoß der Familie aufnahmen, war ich sofort wieder Carlo. Fünfunddreißig Jahre alt. Sprach kaum noch einen Brocken Italienisch. Un espresso doppio, per favore, das war alles.«

Soll das ein Scherz sein?, fragte ich mich leicht irritiert. Muss ich jetzt lachen?

»Aha«, sagte ich nur und drückte einen Kuss auf Bens Kopf. Ich wusste jetzt, dass mich nichts in der Welt und im ganzen Universum von ihm trennen konnte.

Die Tage vergingen – Tage, die ich damit verbrachte zu backen (Celia Smiths Shortbread-Kekse), DVDs zu gucken *(Manche mögen's heiß, Und täglich grüßt das Murmeltier, Lass es, Larry!)*, Don zurück nach Moskau zu schicken (Arrivederci!), E-Mails zu versenden und den Wein zu trinken, den Eden von Non solo Vino aus Bagni di Lucca mitgebracht hatte. Tage, an denen ich mit Ben zur Piazza ging, damit er mit seinem großen Plastikauto umherfahren konnte, an denen ich zusah, wie Dad, vom Morphin benommen, am Rande der Bewusstlosigkeit schwamm, nur um im nächsten Moment wieder hellwach zu sein und irgendeinen albernen Witz zu machen. Wann immer er die Kraft dazu hatte, saß er in der Küche und telefonierte stundenlang mit Annarita. Öfter als mir lieb war, hörte ich ihre Gespräche mit, versuchte aber, das Gehörte auszublenden. Er nannte Namen und riesige Geldsummen, sprach von Wahlergebnissen und den Geschäftsentscheidungen großer Konzerne – Themen, die unverfänglich genug schienen, nur dass ich genau wusste, dass die beiden sie nicht vom Standpunkt eines interessierten Laien aus erörterten.

Sobald die Maskierten gemerkt hätten, dass wir verschwunden waren, erzählte mir Dad – ausnahmsweise einmal ohne das Grinsen, das seine Mundwinkel sonst permanent nach oben zog –, hätten sie die Jungs brutal zusammengeschlagen. Aber letzten Endes hatten sie ihren Beteuerungen, dass niemand wisse, wo wir abgeblieben waren, offenbar Glauben geschenkt. Nicht zuletzt, weil es der Wahrheit entsprach. Sie zu töten, so Dad, wäre »kontraproduktiv« gewesen.

Hm, na gut. Töten ist bekanntlich selten produktiv. Es sei denn, man möchte … keine Ahnung – Spenderorgane produzieren.

Nach dem Überfall hatten sich die Jungs nach New York aufgemacht, und Annarita war zu ihrer Mutter nach Sorrent gezogen. Ob sie wohl wusste, dass sie ihren Mann nie wiedersehen würde? Ob sie es wagten, darüber zu sprechen? Dennoch musste ein solcher Abschied unendlich viel erträglicher sein als der von Evie und mir damals. Wir hatten ihm an der Haustür einen Abschiedskuss gegeben und zugesehen, wie er ins Taxi stieg und uns, bevor der Wagen um die Ecke bog und aus unserem Blickfeld verschwand, noch ein letztes Mal aus dem Fenster zuwinkte. Hätten wir Bescheid gewusst, dann hätten wir ihm hinterherrennen, ihn noch einmal umarmen und noch einmal küssen können – wir hätten ihn bitten können, bei uns zu bleiben. Stattdessen hatte ich all das in Gedanken tun müssen, nachdem er auf Nimmerwiedersehen verschwunden war.

Es war mir immer noch nicht ganz klar, wer eigentlich hinter dem Überfall steckte. Ganz sicher niemand von der CIA, sondern vermutlich eine rivalisierende Gruppe innerhalb der Cosa Nostra. Ich stellte mir vor, wie Dad in einem abgedunkelten Raum hinter einem Schreibtisch saß, Morde in Auftrag gab und bündelweise Banknoten zählte. Ein Menschenleben war billig und der Einsatz hoch. Die Bilder wirkten nicht echt, aber hätte ich ihn gefragt, wie es wirklich war, hätte ich ihm damit automatisch noch eine andere, ungleich wichtigere Frage gestellt, und dazu war ich noch nicht bereit.

Tamsin gegenüber behauptete ich, mir eine Lebensmittelvergiftung eingefangen zu haben und in Palermo im Krankenhaus zu liegen. Irgendetwas musste ich ihr schließlich sagen.

»Aber ein großes Lob für deinen Cairnbridge-Artikel. Sam ist ganz aus dem Häuschen. Wo hast du den Typen bloß ausgegraben? Eine echt merkwürdige Geschichte, findest du nicht?«

»Hm«, murmelte ich und verabschiedete mich unter dem Vorwand, mir sei übel. Ehrlich gesagt stimmte das auch.

Letztlich war es Walter, der mich mit der Nase darauf stieß. So wie er mich bisher auf die meisten Dinge mit der Nase gestoßen hatte.

Wir saßen draußen im Vorgarten um den langen Holztisch herum, den Eden mit eigenen Händen neu gebeizt hatte – ich, Dad, Eden und Ben. Dad hatte sich inzwischen eingelebt, und die Krankenschwester kam jetzt nur noch abends, um den Katheter zu wechseln oder andere Aufgaben zu erledigen, über die man lieber nicht nachdenken möchte. Ich hatte meinen Tabakkonsum auf ungefähr vier Zigaretten pro Tag heruntergeschraubt. Bislang hatte es, anders als befürchtet, keine Razzien oder Überfälle gegeben, und sich stattdessen so etwas wie Routine eingestellt. Eine Routine, von der niemand zugeben wollte, dass sie in Wirklichkeit eine Totenwache war.

Irgendwann kam Walter in seinem kleinen Alfa Romeo vorgefahren. Phoebe saß neben ihm auf dem Beifahrersitz. Sie stiegen aus und begrüßten uns, als hätten wir sie zu einem abendlichen Umtrunk eingeladen, zu dem sie gerade noch pünktlich gekommen waren: ein bisschen ermüdet von der langen Autofahrt, aber ansonsten bester Laune. Mit keinem Wort erwähnten sie den Überfall auf die Villa in Sizilien, die Geiselnahme oder unser glückliches Entkommen.

»Ciao, ciao! Buona sera!«, gurrte Phoebe uns entgegen. Sie trug Sandalen und einen fuchsiafarbenen Kaftan, dessen Saum über den Boden schleifte. Die Haare hatte sie zu einem Pferdeschwanz zurückgebunden, und in der Hand hielt sie einen Zigarillo. Sie trat durch das Gartentor, als hätte ihr letzter Besuch – die Nacht voller Tränen und schmerzhafter Geständnisse – nie stattgefunden. Ich stand auf und küsste sie auf beide Wangen.

Walter folgte ihr dicht auf den Fersen.

»Wieso lebt ihr am Ende der Welt? Was soll das? Ein Bergversteck. Ich sage euch, Lord Lucans Haus in Argentinien ist leichter zu finden als eure Hütte hier! Erinnerst du dich noch? Lord Lucan? Zu besoffen, um seine Frau abzumurksen, also murkst er stattdessen das Kindermädchen ab. Unfassbar, es ist einfacher, Lord Lucan zu finden als Faith Zanetti! Wie geht es dir, wunderschöne Faith Zanetti? Hast du dich schon erholt? Hast du sie verdaut? Die Neuigkeit? Die große, riesengroße Neuigkeit? Er lebt! Und ob er lebt. Wie geht es dir, Karel, alter Knabe? Gut zu wissen, dass du es geschafft hast. Uns haben sie gleich danach irgendwo am Straßenrand rausgeschmissen. Wen kümmern schon die kleinen Fische, korrekt?« Er beugte sich vor, um Dad die Hand zu schütteln.

»Und der gute alte Walt Irving!«, sagte Dad. »Könnte mir besser gehen, um ganz ehrlich zu sein. Du weißt ja, der Krebs. Er bringt mich um.«

»Ah! Der allmächtige Krebs. Habe davon gehört. Ist mir zu Ohren gekommen. Annarita hat uns noch am selben Abend davon erzählt. Tragisch. Einfach tragisch. Phoebe, du erinnerst dich doch an Karel? Lang, lang ist's her. Hat seinen eigenen Tod vorgetäuscht. Riecht sehr nach *Rising Damp*, wenn du mich fragst. War das *Rising Damp*? Nein. Gleicher Schauspieler, andere Serie. Wie auch immer, in den Siebzigern war das schwer in Mode, korrekt?«

Phoebe, die offensichtlich von Walter vorgewarnt worden

war, reagierte vorbildlich. Das einzige Zeichen dafür, dass sie nur mit Mühe die Fassung wahrte, war das völlige Fehlen irgendwelcher italienischen Wörter, mit denen sie üblicherweise jeden ihrer Sätze spickte.

Sie beugte sich vor und küsste meinen Vater auf die Wangen. »Es ist wundervoll, dich wiederzusehen, Karel. Du hast dich kein bisschen verändert.«

Dad lachte. »Lügnerin! Ich bin gelb im Gesicht und wiege dreißig Kilogramm.«

»Nun ja«, sagte Phoebe und setzte sich auf den weißen schmiedeeisernen Stuhl unmittelbar neben ihm. »Abgesehen davon.«

Apropos gelb: Im Vogelhäuschen an der Eibe tummelten sich mehrere Goldammern. Ich versuchte, mich ganz auf sie zu konzentrieren, um nicht über gewisse andere Dinge nachdenken zu müssen. Würde Phoebe meinem Vater von Jessica erzählen? Wusste er bereits Bescheid? Und Walter? Ich schloss die Augen und schwang meine bestiefelten Füße auf den Tisch. Es war Zeit für eine meiner vier Zigaretten.

Eden war im Haus verschwunden, um Alkohol zu besorgen. Sehr gut. Wir würden ihn brauchen.

Die Frau von nebenan kam am Zaun vorbei und grüßte mit einem höflichen »Buona sera.« Wir grüßten im Chor zurück, als wären wir die normalsten Menschen auf der Welt. Sie wissen ja, was die Nachbarn jener Familie nebenan, die jahrelang in ihrem Haus Leichen zerlegt und satanische Rituale zelebriert hat, hinterher immer sagen: »Sie waren alle so *nett*! Nie im Leben hätte ich ihnen so etwas zugetraut.« Diese nette Familie – das waren wir.

Walter nahm seine Brille ab. Er schien nicht im Geringsten besorgt, dass jemand ihn wegen der dreißigjährigen Sahneschnitte verpfeifen könnte, mit der er sich in Dads Villa amüsiert hatte. Aber womöglich lag das bloß daran, dass er sich nie viele Sorgen machte – ganz egal, worum es ging. In diesem Fall hatte er sicher recht damit. Es lauerten ganz andere Probleme.

Er berührte meinen Arm, und trotz allem, was ich an jenem Abend mit angesehen hatte, schenkte ich ihm ein Lächeln. Was er machte, das machte er gut – das musste man ihm lassen.

»Also, Faith. Faith Zanetti! Wirst du es tun? Wirst du den Platz einnehmen, uns zum Ziel führen, uns leiten und beschützen, unser guter Hirte sein? Wirst du es tun? Wie lautet deine Antwort, Faith Zanetti? Ist unsere cosa deine cosa? Selbstverständlich wird sie es tun! Sie ist ein Naturtalent, korrekt? Nicht? Aber ja doch! Ich glaube schon. Ja, ich glaube, du bist ein Naturtalent.«

Ich glotzte ihn mit weitaufgerissenen Augen an. Ben saß friedlich auf meinem Schoß und nuckelte an einem Kiefernzapfen. Ach du heilige Makrele, dachte ich. Hatte ich nicht kürzlich erst behauptet, bei mir wäre der Groschen gefallen? Ich musste mich wohl geirrt haben, denn *das* hatte ich damit gewiss nicht gemeint!

Dad drehte sich zu Walter um. Hinter ihm an der rosafarbenen Hauswand verschwand eine Eidechse im Abflussgitter. »Ich habe sie noch gar nicht gefragt, du Nichtschwimmer!«, brummte er. »Wir haben bisher noch nicht darüber gesprochen.«

Rückblickend glaube ich, dass Walter sehr genau wusste, was er tat. Weil er mir zuzwinkerte. Er versuchte, mir etwas mitzuteilen. Ich verstand nicht, was er von mir wollte, aber das hatte nichts zu bedeuten: Ich verstand in letzter Zeit ohnehin nicht viel.

»Na, dann redet ihr eben jetzt darüber! Redet! Worauf wartet ihr noch? Sie ist klasse. Sie ist ein Naturtalent. Sie ist genau das, was wir brauchen. Sie ist die Antwort auf all unsere Fragen, Karel. Das haben wir doch immer gewusst. Du weißt es, ich weiß es, wir alle wissen es, korrekt? Korrekt, Faithy?«

Er hatte mich noch nie zuvor Faithy genannt, und ich erschauerte unwillkürlich. Phoebe saß ganz still da und trank den Chianti, den Eden vor sie hingestellt hatte. Hin und wieder schnitt sie eine ulkige Grimasse, um Ben zum Lachen zu bringen, aber die meiste Zeit sah sie einfach in die Abenddämmerung hinaus und lauschte dem Gebell der Dorfhunde.

Dies war der Moment, in dem ich nicht anders konnte, als die Erkenntnis zuzulassen, die bereits seit dem Überfall der Maskierten in mir schlummerte: Nonno war nicht irgendein x-beliebiger Großvater gewesen. Er war *mein* Großvater! Carlo – mein Vater – hatte versucht, sich dem Dienst zu entziehen, und als ihm das misslang, hatte er alles daran gesetzt, zu verhindern, dass die Pflicht auch mich einholte. Oder er hatte mir wenigstens die Möglichkeit geben wollen, selbst zu entscheiden. Aber dann war ich von Sam Fischer und Walt Irving ausgeschickt worden, ihn zu suchen, und jetzt gab es kein Entrinnen mehr. *Die Menschen Siziliens heißen Faith Zanetti willkommen,* hatte auf der Karte in meinem Blumenstrauß gestanden. Es war eine Heimkehr gewesen, und ich hatte es nicht geahnt. *Ich* war der Anlass des Bisacquino-Massakers gewesen! Sie hatten sich um das Recht gestritten, mich aus dem Weg räumen zu dürfen. Ich war Carlos Erstgeborene, und ich war nach Hause zurückgekehrt. Eine Frau. Eine Blondine. Eine Engländerin mit einem unehelichen Kind und einem ernsthaften Alkoholproblem. »Ciao, ragazzi.«

Ich sprach nicht einmal Italienisch!

Ich blickte in das eingefallene Gesicht meines Vaters, in seine schalkhaften Augen, die Augen, die in allem stets das Komische gesehen hatten, und fragte ihn rundheraus. Ich stellte die Frage, die ich um keinen Preis hatte stellen wollen:

»Wieso bist du zu deiner Familie zurückgekehrt? Wie haben sie dich dazu gebracht, mich im Stich zu lassen? Ich hatte dir extra eine Willkommenskarte gebastelt. In der Schule. Mit Glitzerkleber drauf. Ich habe am Fenster gesessen und die Autos gezählt. Und du bist nicht gekommen.«

Auf der Straße rumpelte Umberto auf einem mit Holzscheiten beladenen Traktor vorbei. Er winkte. Wir winkten alle zurück.

Vater wollte meine Hand nehmen, aber ich ließ es nicht zu. Meine Finger blieben ineinander verschränkt in meinem Schoß liegen.

Sachte ließ Phoebe ihre Hand auf meine Schulter sinken.

»Cairnbridge. Das musst du inzwischen doch verstanden haben …«

»Ein kluges Mädchen wie du«, fügte Walter hinzu.

Eden stellte ein Glas Wodka vor mich hin, und ich trank es in einem Zug aus. »Nein, Dad. Ich weiß *nichts* über all die Dinge, von denen die ganze Welt glaubt, ich müsste sie wissen. Angefangen bei Gianluca Capreses Schwester bis hin zu Ihsan El Sayed – selbst Evie wusste, dass du ein Spitzel warst. Aber ich? Ich weiß *nichts*!« Das Letzte hatte ich aus vollem Hals gebrüllt, so dass Ben vor Schreck anfing zu weinen. Ich übergab ihn Eden, der mit ihm im Haus verschwand. Wir anderen saßen wie festgefroren auf unseren Stühlen. Schauspieler auf einer leeren schwarzen Bühne, die nicht wissen, welche Bewegungen das Skript als Nächstes für sie vorgesehen hat.

»Nonno hat gesagt, er würde dich umbringen lassen, wenn ich die Sache nicht in die Hand nehme. Viele unserer Leute in den Staaten waren in Gefahr. Ein riesiger Geschäftszweig hätte dichtmachen müssen, wenn diese CIA-Schwuchtel und sein Freund ihre Informationen bei den entsprechenden Stellen vorgelegt hätten. Wir mussten Boyd und Walter kaufen – aber du warst ganz wundervoll, Walter. Ein großer Gewinn.« Er schenkte Walt ein flüchtiges Lächeln. »Das Material für die Bombe habe ich auf Malta besorgt, von den Syrern. Ein Kinderspiel. Die hatten sowieso vor, in naher Zukunft ein paar amerikanische Flugzeuge hochzujagen. An jeder Straßenecke hätte ich das Zeug bekommen können. Und dann ging es los. Ach, und Sam – den hatte ich ganz vergessen. Sam Fischer haben wir auch geschmiert. Aber der war eine echte Plage, von Anfang an. Hat ständig irgendjemanden auf uns angesetzt, damit die Sache auffliegt und er sein Gewissen reinwaschen kann. Ohne seine Abmachung mit uns zu brechen. Aber dann hat er dich ausgesucht. Das war das Ende.«

Ich stand auf und ging zum Tor. Ich umklammerte zwei der eisernen Gitterstäbe und beugte mich vor, um den kleinen Schrein der Jungfrau Maria mit ihrem unbeholfen angemalten kleinen Jesus im Arm zu betrachten. Sie blickte ruhig und heiter in die Welt hinaus Ich ging wieder zum Tisch zurück und raufte mir ausgiebig die Haare.

»*Du* hast Kapitän MacDonald umgebracht. Er lebte noch, als das Cockpit auf dem Boden aufschlug, wusstest du das? Die anderen Passagiere sind gestorben, als ihre Lungen kollabierten, nachdem das Dach abgerissen worden war. Eine Stewardess hat den Aufprall überlebt. Sie lebte noch eine Stunde lang! In der Maschine saß ...« Ich brachte es nicht über die Lippen. Ich sah Walter an, aber der hielt den Kopf gesenkt.

Mein Vater hatte angefangen zu weinen. Tränen sickerten in die tiefen Furchen seines Gesichts. »Aber vielen anderen Menschen habe ich damit das Leben gerettet. *Unseren* Leuten, Faith. Du hast Ihsan aus dem Auto geworfen. Du weißt, dass die Familie wichtiger ist als alles andere. Ben und ...«

»Wage es nicht, über Ben zu sprechen! Wage es ja nicht! Sag kein einziges Wort mehr über meinen Sohn!«, schrie ich.

Ich hörte, wie sich die Fensterläden in Brandeglio öffneten und wieder schlossen.

»Er ist mein Enkel«, sagte Dad.

»Fick dich ins Knie!«, kreischte ich und schleuderte mein Wodkaglas nach ihm. Es prallte an der Kante seines eisernen Gartenstuhls ab. Trotzdem hatte er instinktiv die Hände erhoben, um sein Gesicht zu schützen. Natürlich. Immer ging es ihm nur darum, wie er seine Haut retten konnte.

Doch dann erhob er sich, richtete sich zu seiner vollen Größe auf und kam auf mich zu. Er schloss mich in die Arme und strich mir übers Haar. Ich ließ ihn gewähren, aber nicht um meiner selbst willen. Kein bisschen.

»Ich bin nach Reykjavik geflogen. Walter hatte mir gesagt,

dass einer seiner Freunde auf den Flieger gebucht war. Dass ich ihn aufhalten müsse. Ich habe es ihm versprochen. Ich habe die Menschen gewarnt. *Ich* habe in der Botschaft angerufen. Das musst du mir glauben, Faithy.«

Ich machte mich von ihm los. Ich wollte unbedingt sofort meinen Kleinen im Arm halten.

»Es war nicht sein *Freund,* Dad«, sagte ich, bevor ich ins Haus stürmte. Weder Walter noch Phoebe sahen mich an. Aber sie hielten sich an den Händen.

Ich lag auf dem Bett und starrte zur Balkendecke empor. Ich hörte, wie Walter meinen Vater anbrüllte, hörte Worte, von denen ich mir nie hätte träumen lassen, dass ein Mensch wie er sie jemals in den Mund nehmen würde. Dann hörte ich, wie Dad beschwörend sagte: »Leg die Waffe weg, Walter. Angesichts meines baldigen Ablebens ist das eine absurde, jämmerliche Geste. Sieh mich an. Willst du mich jetzt noch umbringen? Denk an deine Familie.« Und dann sagte Phoebe: »Drück endlich ab!« Ich wartete auf den Knall, aber er kam nicht. Irgendwann hörte ich, wie Walters Wagen sich entfernte, wie die Krankenschwester das Haus betrat und Eden sich an den Abwasch machte. Danach zog er sich in sein Arbeitszimmer zurück, aus dem ich das leise Klackern der Computertastatur zu vernehmen glaubte. Konnte er jetzt allen Ernstes noch an seine Kolumne denken? »Der Duft reifer Kastanien liegt in der Spätsommerluft, und die Wolken ballen sich um die Bergspitzen. Inmitten dieser Idylle entgeht der wiederauferstandene Vater meiner Exfreundin einem halbherzigen Mordanschlag und gesteht freimütig, dass er für den Tod von dreihundert unschuldigen Menschen verantwortlich ist.«

Die Ausgabe würde weggehen wie warme Semmeln.

Ben schlummerte in meinen Armen, ich selbst jedoch hatte das Gefühl, ich würde erst an dem Tag wieder schlafen können, an dem ich für immer die Augen schloss. Dad, den ich langsam, ganz langsam die Treppe hatte heraufkommen hören, öffnete die Tür zu meinem Zimmer. Es war dunkel, aber ich konnte seine Silhouette sehen. Das ekelerregende Rasseln seines Atems hören.

»Verpiss dich«, sagte ich so laut, dass Ben im Schlaf mit den Armen zu fuchteln begann.

Dad setzte sich neben mich aufs Bett. »Sie brauchen dich. Sie brauchen Führung. Du hast gesehen, was Ivanos Jungs angerichtet haben. Wozu die anderen fähig sind. Ich behaupte nicht, dass wir einen guten Ruf haben. Die Filme tun ihr Übriges. Aber seit Nonnos Zeiten hat sich einiges geändert. Wir bringen keine Menschen mehr um. Wir haben uns weiterentwickelt, Faithy. Ehrenwort. Wir führen Geschäfte wie jedes andere Unternehmen, und wir helfen den Menschen. Unseren Leuten. In der Politik, in der Kirche.«

Unseren Leuten?, dachte ich entgeistert. Hallo? Höre ich recht? Ihr habt Berlusconi zur Macht verholfen und die katholischen Priester Italiens dazu gebracht, das zu sagen, was ihr gern hören möchtet. Herzlichen Glückwunsch! Und was ist mit Evie und mit mir? Waren wir nicht *eure Leute*? Wie soll ich mich entscheiden, Dad? Sag es mir, was soll ich dir antworten?

Ich hatte null Interesse – weniger als null –, mich mit ihm zu streiten. Ich lag einfach ganz still da und hoffte, dass alles bald vorbei sein würde.

»Du hast mir gerade eröffnet, dass du mehr als zweihundertzwanzig Menschen auf dem Gewissen hast«, flüsterte ich heiser. »Du persönlich bist für ihren Tod verantwortlich. Vor wenigen Tagen erst sind weitere siebzehn dazugekommen. Die Geschäfte, von denen du redest, sind illegale Geschäfte. Dad. Karel. Wer auch immer du bist: Prostitution, Geldwäsche, Drogenschmuggel und Kunstraub sind *illegal*. Ich kann mich noch genau daran erinnern, als dein Vermeer gestohlen wurde.«

Und er lachte. Er lachte einfach. Dann hustete er.

»Du redest von den Russen. Wir sind heutzutage größtenteils im Immobiliengeschäft tätig. Das Gemälde ist nicht gestohlen. Ich habe es bei Christie's in New York ersteigert.«

»An einem der vielen Tage, an denen ich dich wie verrückt vermisst habe.«

Darauf wusste er nichts zu erwidern. In seinen Lungen ächzte und knarrte es. »Der Sensenmann, der alte Mistkerl«, sagte er beiläufig.

»Dir ist es zu verdanken, dass unzählige Menschen vorzeitig mit ihm Bekanntschaft geschlossen haben. Auch Kinder.«

Deine eigene Tochter. Was soll's? Ich wusste längst, dass ihn das nicht kratzen würde. »Familie« bedeutete für ihn etwas anderes als Windeln zu wechseln und zu Elternabenden zu gehen, Schulaufführungen anzusehen und gemeinsam Schlittschuh zu laufen. Es ist wie mit dem Kommunismus: In den Augen der Russen bedeutet er etwas grundlegend anderes als in unseren. Für uns ist er bloß die extreme Linke, für sie jedoch ist er gleichbedeutend mit Diebstahl, Korruption, Lügen und institutionalisiertem Mord. Ich konnte den Fernseher der alten Frau von nebenan hören und wünschte, ich wäre irgendwo anders, nur nicht hier.

»Ich habe sie nicht umgebracht, Faith. Hätte ich es nicht getan, hätte er jemand anderen damit beauftragt.«

Meine Kehle wurde eng. »Bestimmt gibt es jede Menge Konzentrationslagerkommandanten, die deine Argumentation gut nachvollziehen könnten.«

»Faith«, sagte er beschwörend. »Zieh in mein Haus, einverstanden? Nimm Eden und den Kleinen mit. Du wirst ein sorgenfreies Leben haben. Ich hinterlasse dir meinen gesamten Besitz. Manchmal rufen Leute an. Fragen dich um Rat. Du bist ein cleveres Mädchen. Du wirst dem Blutvergießen ein Ende bereiten. Du wirst für Frieden sorgen. Faith, bitte. Denn ich wandere im finsteren Tal. Und ich fürchte Unheil.«

Ah. Psalmen. Tja, manchmal braucht man eben ein wenig Erbauung. Mein Favorit war immer »Den Abend lang währet das Weinen, aber des Morgens ist Freude«.

Nur dass es partout nicht Morgen werden wollte.

Bald darauf ging er, um sich wieder an seinen Tropf zu legen. Als Eden einige Stunden später hereinkam, um mir mitzuteilen, dass Walter und Phoebe bei einem Autounfall am Fuß des Berges ums Leben gekommen seien, schien es, als sei dazwischen gar keine Zeit vergangen.

KAPITEL 23

Ich hatte geschlafen und im Schlaf Entscheidungen getroffen. Entscheidungen, die Ben an die erste Stelle stellten. Vielleicht sogar Eden. Das verängstigte kleine Mädchen, das von den Ereignissen hinterrücks überrollt und zu Boden geworfen worden war, fesselte ich kurzerhand an einen Stuhl und stopfte ihm einen Knebel in den Mund. Dort war es fürs Erste gut aufgehoben. Ich hatte immer gedacht, ich wäre vor der Zeit erwachsen geworden, aber in jener Nacht hatte ich erkennen müssen, dass ich überhaupt nicht erwachsen geworden war. Nicht bis zu diesem Augenblick.

Als Erstes schickte ich Eden und Ben nach London in meine Wohnung. Die Totenwache würde ich ganz allein beenden. Ich kam mir vor wie ein menschlicher Amboss: Nichts konnte mich jetzt noch ankratzen. Ich würde nicht einmal mehr Alpträume haben. Die Ängste, die in mir geschlummert hatten, waren allesamt Wirklichkeit geworden, und das war seltsam befreiend. So ungereimt es auch klingen mag: Meine Scheinfamilie hatte mir die Kraft gegeben, mich zum ersten Mal wirklich an meine echte Familie zu binden. Es machte mir nichts mehr aus, dass sich Eden wünschte, ich würde das Haus in Brandeglio als unser gemeinsames Heim betrachten. *Natürlich* war es mein Heim. Insgeheim hatte ich es immer schon so gesehen. Was hatte er bloß von mir gedacht, um Himmels willen?

Selbstverständlich kam mir, nach allem, was ich erlebt hatte, nicht einmal flüchtig der Gedanke, Walters Tod könnte ein Unfall gewesen sein. Obwohl ich keine Ahnung hatte, wie es passiert war. Hatte sich mein Vater heimlich fortgeschlichen und die Bremsschläuche gekappt? Ein kurzer Anruf? Aber es gab weder Beweise noch ein Geständnis, und so konnte die Sache von allen Beteiligten als schreckliche Tragödie abgeschrieben werden. De facto verstand ich noch immer nichts von diesem Geschäft. Meine einzigen Quellen waren die Filme, die Dad so verachtete und die ich damals, als Tamsin mir eröffnete, sie wolle sie für den Beitrag über das Bisacquino-Massaker benutzen, für schrecklich übertrieben und albern gehalten hatte.

Informativ waren allenfalls noch die Beisetzungen der Ermordeten von Bisacquino, die live im Fernsehen übertragen wurden. Die Toten beider Lager wurden am selben Tag beerdigt, einige in Prizzi, die anderen in Corleone. Man paradierte durch die marmornen Friedhofsgassen, ein Zug aus schwarzen Pferden, Frauen, die ihre Gesichter mit Spitzenschleiern verhüllt hatten, und Männern in dunklen Anzügen, die Hände an die Brust gepresst, dort, wo ihr rabenschwarzes Herz saß, oder alternativ eine Zigarette haltend.

Ich brachte Ben und Eden nach Pisa zum Flughafen, wo wir uns inmitten all der normalen Menschen verabschiedeten. Menschen, die Händchen hielten oder sich zankten oder seufzten und sich über die mangelnde Geschwindigkeit der Abfertigung beklagten. »Entschuldigen Sie, aber ich glaube, ich war vor Ihnen dran!« oder: »Man sollte wirklich meinen, die wären in der Lage, einen zweiten Check-in-Schalter zu öffnen!« und: »Ich habe dir doch gesagt, du sollst die Windeln in den Rucksack stecken!« Alles Engländer, versteht sich. Italiener beklagen sich anders. Sie sind an Ergebnissen interessiert statt bloß daran, ihrem Unmut Luft zu machen. In so etwas sind die Briten wahre Meister.

Und trotzdem beneidete ich jeden Einzelnen von ihnen. Sahen wir drei wenigstens von Weitem so aus, als wären wir genau wie sie? Eden in seiner italienischen Montur, ein kleines Kind auf dem Arm, das gestreifte Hosen trug und wollige Schühchen mit Schafen darauf? Ich, die ich Ben zum Abschied einen Kuss nach dem anderen aufdrückte, seine kleinen Händchen hielt und sie an meine Wangen presste? Wahrscheinlich hatte ich sogar eine gewisse Urlaubsbräune, weil ich so oft mit Dad vor dem Haus gesessen und ihm Trollope vorgelesen hatte. Nein, im Ernst, er wollte nichts anderes hören: Anthony Trollope. *Septimus Harding, Spitalvorsteher.* Das ist die reine Wahrheit.

Ich glaube, es war kurze Zeit später während einer dieser Lesestunden – bei denen Dad in einem fort rauchte und schwarzen Kaffee trank, den ich in einer Bialetti-Cafetière auf dem Herd zubereitet hatte –, dass mir zum ersten Mal mein Marine ins Auge fiel, der, wie die zahlreichen Pilzsammler mit einer Armeemütze auf dem Kopf, am Haus vorbeigeschlendert kam. Er hatte sogar einen Korb voller Farnwedel am Arm und trug einen Zweig bei sich, um die Fliegen zu verscheuchen. Kaum war ich mir sicher, dass es sich nicht um ein Trugbild handelte, sondern ich ihn wirklich gesehen hatte (er war inzwischen den Pfad hinauf in den Wald verschwunden, wieder heruntergekommen und wieder hinaufgegangen, ohne es sich wie die anderen zum Mittagessen mit einer Flasche Rotwein, Brot und Salami im Schatten gemütlich zu machen), fielen mir mit einem Mal auch seine Kollegen auf. Einer turnte auf dem Dach von Piorinas Haus nebenan herum. Zunächst hatte ich ihn in meiner Naivität für einen Dachdecker gehalten, aber dafür war er nicht geschäftig genug und ließ zu oft seinen Blick durch die Gegend schweifen. Wenn man genauer hinsah, konnte man sogar seine Pistole erkennen, die er nicht besonders geschickt unter seiner Kleidung verborgen hatte. Auch die Maurer, die das Haus gegenüber bauen sollten, waren allesamt bis an die Zähne bewaffnet.

Ich wartete und grübelte. Ich hängte Laken zum Trocknen auf, pflückte Pflaumen, sah aus dem Fenster … aber sie unternahmen nichts. Auch sonst behelligte uns niemand. Ich kochte uns Gnocchi und dazu Pesto mit Basilikum aus dem eigenen Garten, auch wenn Dad schon lange nichts mehr aß. (»Was hat das noch für einen Sinn?«, wollte er wissen.) Ich machte sogar Zwetschgenmarmelade. Brava! Ich kochte die purpurnen Früchte in einem riesigen Kessel und goss sie in Gläser, die ich mit Einmachhäuten verschloss und mit handbeschrifteten Etiketten beklebte. Eden wäre stolz auf mich gewesen. Vielleicht hätte er mich sogar in seiner Kolumne erwähnt. Langsam vermisste ich ihn wirklich. Nicht nur Ben, dessen Abwesenheit wie ein ständiger Schmerz in meinem Innern nagte, sondern auch Eden. Eden mit seiner ruhigen, besonnenen Art. Eden, der nie etwas forderte, aber immer zu geben bereit war.

Kurz nachdem ich festgestellt hatte, dass wir uns im Belagerungszustand befanden, begann es mit Dad rapide bergab zu gehen. Der Obst-und-Gemüsewagen hatte gerade seine wöchentliche Runde durchs Dorf gemacht, der Fahrer durch ein Megafon »Äpfel! Mandarinen!« gerufen, als preise er eine Dame mit Bart oder einen Flohzirkus an, als Dad einfach wegzudämmern begann. Ich würde nie wieder mit ihm in Kenwood spazierengehen oder mit ihm im Serendipity in New York Tee trinken und Eisbecher löffeln, die so groß waren wie ein Hund. Es stand endgültig fest: Wir würden nichts mehr von all dem tun, wonach ich mich die ganze Zeit über so gesehnt hatte. Aber nicht nur, weil er sterben würde, sondern auch, weil mir selbst inzwischen nichts mehr daran lag. Er war nicht der Mann, den ich in einem versteckten Winkel meiner selbst eines Tages wiederzusehen gehofft hatte. Und ich war nicht mehr das kleine Mädchen, das er bei einem solchen Wiedersehen erwartet hätte. Er hatte keinerlei Interesse an unseren Fotoalben und Heimvideos gezeigt. Alles, was er wollte, war rauchen und sich von mir vorlesen lassen.

An dem Tag, als ich den ersten Schnee auf dem Gipfel der Berge um Abetone sah, hustete er plötzlich Blut. Und ich beschloss, zu meinen Belagerern zu gehen und mit ihnen zu reden. Beim Apfelbaum hatte ich einen Fuchs gesehen.

Ich stellte mich meinem Marine auf dem Pfad in der Nähe unseres Autostellplatzes in den Weg.

»Hey, Scott!«, grüßte ich ihn.

»Buongiorno, Signora«, antwortete er.

»Schon klar. Jetzt mal im Ernst: Sie wissen sicher, dass er

im Sterben liegt. Bitte unternehmen Sie so lange nichts. Auf ein paar Tage mehr oder weniger kommt es doch nicht mehr an. Spätestens am Wochenende ist er tot. Sagt die Krankenschwester.«

Sie hatte es tatsächlich gesagt, auch wenn ich es nicht hatte hören wollen. Doch es stimmte. Immer öfter musste er seine Morphindosis erhöhen. Bei Bewusstsein war er nur noch selten.

Scott, oder wie auch immer er hieß, nickte.

»Danke«, sagte ich.

Danach hörte ich vereinzelt Schüsse aus dem Wald, aber vielleicht lag es nur daran, dass inzwischen die Jagdsaison für Wildschweine eröffnet war. Oder waren es die Amerikaner, die uns vor den Italienern beschützten? Denn die mussten mittlerweile doch auch herausgefunden haben, wo wir uns versteckt hielten. Es sei denn, sie hatten eingesehen, dass Carlo tatsächlich so gut wie hinüber war und ich kaum eine vielversprechende – oder willige – Nachfolgerin abgeben würde.

In der Nacht, in der mein Vater starb, zog zuvor eine Prozession durch unser Dorf. Die Kirchenglocken läuteten eine halbe Stunde lang ununterbrochen, lautes, dröhnendes Getöse, das von den Bergen ringsum widerhallte. Angeblich konnte man sie sogar im anderthalb Stunden entfernt gelegenen Skiort Abetone hören. Gegen Abend fand ein Gottesdienst statt, und danach zogen die Menschen mit Kerzen und Psalmen singend von einem kleinen Schrein des Dorfes zum nächsten. Ewige Lichter in roten Plastikbechern flackerten auf allen Fenstersimsen, und viele Bewohner hatten ihre Stehlampen nach draußen gestellt, so weit die Kabel reichten. Carolinas Söhne, in weiße Umhänge gehüllt, trugen das Kreuz aus der Kirche auf einem hölzernen Altar vorneweg. Der letzte Halt des kerzenflackernden Zuges war unsere Jungfrau Maria. Dad, der draußen mit geschlossenen Augen in seinem Stuhl saß und vor sich hindämmerte, während Fledermäuse das Verandalicht umschwirrten, bekreuzigte sich instinktiv. Ich nickte den Menschen zu und lächelte und konnte mich des Gefühls nicht erwehren, dass sie alle voller Mitgefühl auf mich blickten, selbst die Alten mit ihren geschwollenen Knöcheln und den eingefallenen Augen. Sie wussten, dass die Zeit gekommen war.

Man sieht solche Prozessionen oft im Fernsehen, wo sie wie Überbleibsel aus einer fremden Welt erscheinen. Aber diesmal war es anders. Ich kannte die Hälfte der Menschen, die im Zug mitliefen. Ich hatte bei ihnen Honig und Käse gekauft, mir ihre Rasenmäher geborgt und sie meinen (genauer gesagt Edens) Pizzaofen benutzen lassen, wenn sie Feste feiern wollten, denn unser Ofen war der älteste und beste im ganzen Dorf. Ich winkte und nickte zum Gruß, bevor ich Dad ins Haus brachte.

Und diesmal hielt ich seine Hand, als er starb. Ich habe schon oft gehört, dass es besser sei, wenn jemand schnell stirbt, unerwartet, ohne zu leiden. In einer Belfaster Gasse ein paar Kugeln in die Brust gejagt zu bekommen ist vermutlich der bestmögliche Tod: plötzlich, sorglos. Aber ich hatte bei Dads erstem Tod immer das Gefühl gehabt, betrogen worden zu sein. Und ich hatte – naiv wie ich war – angenommen, dass auch er sich betrogen gefühlt hatte. Ich war wie selbstverständlich davon ausgegangen, dass jeder Sterbende das Bedürfnis verspüren würde, sich zu verabschieden, einen letzten Blick auf die Gesichter seiner Lieben zu werfen. Letzte Gedichte und ein letztes Ave Maria zu hören.

Also sagte ich diesmal: »Ich liebe dich«, und ich glaube, er lächelte. Ich hatte meine Worte sogar ernstgemeint, zumindest auf eine gewisse Art, wenngleich sie dem Mann galten, der schon vor langer Zeit gestorben war und dem ich sie nie hatte sagen können. Dem Mann, der mir eine riesige Puppe gekauft, alberne Spiele beigebracht und mir gezeigt hatte, wie man die Schale eines Hummers knackt, obwohl er selbst nicht den Schimmer einer Ahnung hatte. Aber dieser Mann hier? In Wahrheit kannte ich ihn kaum. Womöglich war er nicht einmal besonders liebenswert. Charismatisch, geistreich – ohne Frage. Aber ansonsten sprach alles gegen ihn.

Überall auf dem Fußboden war Blut, das er erbrochen hatte. Unbeirrt fuhr ich fort zu lesen, obschon es Ewigkeiten her war, dass er zuletzt gesprochen hatte. »Das Dach ist sehr hoch angebracht und aus schwarzer alter Eiche, und die drei gewaltigen Stützbalken laufen die Seitenwände hinab und enden in grotesk geschnitzten Gesichtern: zwei Teufel und ein Engel auf der einen, zwei Engel und ein Teufel auf der anderen Seite …«

Als der Tod schließlich kam, rasselte und pfiff es in Dads Brust, und er krümmte sich vor Schmerzen zusammen. Dann war er mit einem Mal ganz ruhig und friedlich. Was auch immer ihm solche Qualen bereitet hatte, war verschwunden. Und er ebenso. Der Mann, der die Filter von seinen Zigaretten abbrach, der HP-Sauce liebte und Gin Martinis. Sachte zog ich die Infusionsnadel aus seinem Arm, legte mich neben ihn, bettete meinen Kopf an seine Schulter und nahm seine Hand.

»Tschüs«, wisperte ich. »Schlaf gut.«

Ich hatte kaum eine Sekunde lang die Augen geschlossen, als mein Marine und alle seine Kollegen mit gezogenen Waffen, die Dienstmarken gut sichtbar in der Linken vorgereckt, das Haus stürmten. Genauer gesagt mussten sie es gar nicht »stürmen« – die Tür stand wie immer offen. Edens Haus ist nur gegen Waldbrände, nicht aber gegen Einbruch versichert. Es gibt hier keine Kriminalität. Zumindest gab es sie bisher nicht.

»Was hat er Ihnen über Cairnbridge gesagt?«, wollte mein Marine sofort wissen. Breitbeinig stand er in der Tür zu Dads Schlafzimmer. Seine Waffe spiegelte sich in einem alten Samowar aus Messing. Seiner Pilzsammlerutensilien hatte er sich inzwischen entledigt.

Ich dachte eine Weile lang nach. Dann warf ich einen Blick

auf die verschrumpelte gelbe Hülle, die von meinem Vater geblieben war. Und ich betrachtete die Männer, die wie Kakerlaken ins ganze Haus ausströmten. Ich dachte an die Drillinge und an Ben und an die Entscheidung, die ich getroffen hatte.

Und dann sagte ich: »Nichts. Wieso?«

Dabei blieb ich. Ich blieb vierundzwanzig nervenaufreibende Stunden dabei, während das Haus versiegelt wurde und man mir nicht einmal erlaubte, einen Bestatter oder die britische Botschaft anzurufen. Das Blut auf dem Schlafzimmerfußboden hatte angefangen zu stinken.

Aber irgendwann, nachdem ich geschworen hatte, dass ich nicht etwa hinter einer neuen Story herjagte, sondern krankgeschrieben sei – ich schwor es zigtausend Mal, bis ich heiser war –, verschwanden sie ebenso schnell wieder, wie sie gekommen waren. Lösten sich einfach in Luft auf. Vielleicht glaubten sie mir. Vielleicht waren sie froh darüber, dass der Agent, der sie für die Mafia hintergangen und zwei ihrer besten Leute auf dem Gewissen hatte, endlich tot war. Aber vielleicht kümmerte sie das Ganze auch gar nicht wirklich.

Den Leichnam ließ ich nach London überführen. Lustig war das nicht gerade, denn die italienische Bürokratie war schlimmer als die sowjetische: Alles muss man in dreifacher Ausfertigung einreichen, jedem Tommaso, Ricardo und Haroldo ein Schmiergeld in die Hand drücken, und um die Angelegenheit noch weiter zu verkomplizieren, besaß mein Vater keinen Pass und ich nicht einen einzigen Beweis dafür, dass er wirklich und wahrhaftig britischer Staatsbürger war.

Raten Sie mal, was ich am Ende gemacht habe. Ich habe Gabi in New York angerufen. Einen Tag später lag ein Pass in der britischen Botschaft in Rom bereit. Ebenso wie die offizielle Reiseerlaubnis für meine Leiche.

»Warum hast du mich nicht gleich gefragt, Schwester? Du hättest dich einfach nur bei Gianni in Rom melden müssen! Stupida!« Ich lachte auf. Che stupida. Natürlich, Gianni in Rom! Wieso war ich nicht gleich darauf gekommen? Wieder diese alte Leier: Wusstest du das *wirklich* nicht? Nein, ich wusste es *wirklich* nicht. Und jetzt Themawechsel.

Die Trauerfeier fand in der Kirche St. Mary in Hampstead statt. Zum zweiten Mal. Aber diesmal lautete der Name des Dahingeschiedenen Carlo, nicht Karel Zanetti, und so kam niemand auf die Idee, unangenehme Fragen zu stellen, auf die er unangenehme Antworten bekommen hätte. Darüber hinaus wurde die Zeremonie von einem anderen Priester geleitet als damals, der bestimmt nicht vorher die Kirchenunterlagen durchgegangen war, um zu prüfen, ob der Tote vielleicht zufällig schon einmal beerdigt worden war. Dafür sind solche Vorkommnisse einfach zu selten.

Diesmal war die Kirche allerdings nur zur Hälfte gefüllt, und ich war nicht in Schwarz gekommen, sondern in Jeans, T-Shirt und meiner neuen Lederjacke. Die alte Jacke meines Vaters wollte ich nicht mehr anziehen. Meine Haare trug ich offen, mit einer Strassspange darin, und ich hatte mein neues Medaillon angelegt. Dazu ein nagelneues Paar Cowboystiefel. Das musste reichen. Ben saß in seinem Kinderwagen neben mir, und Eden war auch mit von der Partie. In einem Anzug aus blauem Leinen sah er sogar wieder halbwegs normal aus. Seine italienischen Pastells zu tragen hatte ich ihm ein für allemal verboten.

Zum zweiten Mal sangen wir »Der Herr ist mein Hirte«, »Jerusalem« und eine Hymne aus John Bunyans *Pilgerreise*. Aber diesmal stellte ich mich nicht hinter das Pult, um mit verlorener Stimme etwas vorzulesen. Evie trug ein rotseidenes Cocktailkleid, qualmte die ganze Zeit wie ein Schlot und summte manchmal leise vor sich hin. Ich glaube, es war »Wake me up before you go go«. Als der Priester die Seele von Carlo Zanetti der Obhut unseres Herrn anempfahl, lachte sie laut auf. Es wäre alles eine sehr komische Angelegenheit gewesen, hätte nicht Anarita ganz vorn in der ersten Reihe gesessen, in einem schwarzen Minikleid und einem winzigen Hütchen mit Schleier. Ihr Körper wurde während der gesamten Feier von Schluchzern geschüttelt, und sie bekreuzigte sich in immer größerer Verzweiflung. Die Drillinge hatten einander die Arme um die breiten Schultern gelegt, verzogen aber keine Miene. Tja, sie waren eben echte Zanettis. Pip hatte sich bereiterklärt, an meiner Stelle etwas vorzutragen, und hielt die ganze Zeit krampfhaft das Pult umklammert, um nicht zu zittern, was aber am Ende bloß dazu führte, dass er und das Pult gemeinsam zitterten. Aber er sah besser aus, als ich ihn in Erinnerung hatte. Später im Restaurant gelang es ihm sogar, Annarita ein wenig Trost zu spenden. Er hatte sie auf der Doppelbeerdigung der Irvings in Grosseto kennengelernt, die stattfand, während Dad im Sterben lag.

»Es gibt eine Zeit zu leben und eine Zeit zu sterben«, deklamierte er. Puh. Wenn das auf einen Fall *nicht* zu traf, dann auf diesen.

Don, der in einer der hinteren Bankreihen saß, rief immer wieder Sachen wie »O ja, Herr!« in den Raum, als befände er sich bei einem Gottesdienst der Pfingstgemeinde. Er war sturzbetrunken. Ira hatte ihn wieder einmal vor die Tür gesetzt, und die ganze letzte Woche hatte er in einem Sessel im Front Line Club vor sich hingedämmert. Trotzdem – eine gute Beerdigung hätte er um nichts in der Welt versäumt. Er hatte sogar Ihsan mitgebracht – natürlich nur, um mich zu ärgern, auch wenn er steif und fest behauptete, er benötige seine Hilfe, um ins Taxi ein- und wieder auszusteigen. Es stimmte, er hatte ordentlich an Gewicht zugelegt. Aber ich glaube trotzdem, dass andere Beweggründe dahintersteckten.

Beim ersten Mal war Dads Beerdigung eine echte Tragödie gewesen. Der Sarg war über und über mit Blumen bedeckt, und die herzzerreißenden Klagelaute der anwesenden Frauen hatten von den Kirchenwänden widergehallt. Ein Chor hatte gesungen, und man hatte die Galerie der Kirche aufsperren müssen, damit auch jeder einen Platz bekam. Es herrschte so viel Andrang wie sonst nur zur Mitternachtsmette an Heiligabend. Beim ersten Mal hatte es für mich das Ende der Welt bedeutet. Selbst nach Bens Geburt war mein allererster Gedanke gewesen, wie schade es war, dass mein Vater ihn niemals kennenlernen würde.

Nun hatte mein Vater ihn kennengelernt. Und es hatte nichts Grundlegendes verändert.

»Er weidet mich auf einer grünen Aue und führet mich zum frischen Wasser.«

Nun, ich hoffte aufrichtig, Gott würde ihn tatsächlich auf dieser grünen Aue weiden. Er war ein Schweinehund, aber er war schließlich mein Vater.

Hinterher umarmte ich die Drillinge einen nach dem anderen ganz fest. Noch immer war ich mir nicht ganz sicher, wer wer war, aber was machte das schon? Davide versprach, sich einen Bart wachsen zu lassen, um mir auf die Sprünge zu helfen, und Ruben schlug vor, er könne sich das Gesicht aufschlitzen. Das schien mir dann doch ein wenig übertrieben.

Nach der Trauerfeier gingen wir alle (bis auf Evie, die sich weigerte mitzukommen) ins Villa Bianca, wo wir uns zu einem Mahl aus Kalbsleber und Spinat niederließen. Annarita nahm auf meiner einen Seite Platz und Ihsan auf der anderen. Er hatte alle Anwärter auf den Stuhl energisch aus dem Weg geschubst, und nun saß er neben mir, schüttelte die gestärkte Serviette aus und breitete sie über seine knochigen Knie.

Ich blinzelte ihn verwirrt an. »Wieso bist du gekommen? Wieso redest du überhaupt noch mit mir? Und setzt dich auch noch neben mich?«

Er hob den Blick nicht von den Olivencrostini auf seinem Teller. »Weil ich dir verziehen habe. Ich glaube, du wurdest einer Gehirnwäsche unterzogen, und ich möchte dir helfen.«

»Aha!« Ich warf den Kopf zurück und lachte.

Er zischte mich beschwörend an: »Sag, dass du die Story bringen wirst. Ich meine es ernst, Faith! Du wirst sie doch bringen, oder nicht?«

Ich war gleichermaßen schockiert und durcheinander. Ich hatte mein Handy im Wald von Brandeglio weggeworfen und die Tatsache, dass ich jemals für eine Zeitung gearbeitet hatte, vollständig verdrängt. Ich steckte mir eine Zigarette an und trank meinen Champagner in einem Schluck aus. Ich weiß, ich weiß. Aber schließlich hatte ich einiges durchgemacht.

»Welche Story?«, sagte ich. Eden kam und wollte mir Ben auf den Schoß setzen, aber ich lehnte ab – wegen des Zigarettenqualms. Ihsan verdrehte ungehalten die Augen. Don knipste die Trauergäste, als sei er auf einer Hochzeit. Wie immer war er mit einem Schlag stocknüchtern, sobald das Suchfenster einer Kamera sein Auge berührt hatte.

»Na, die Story über das, was du herausgefunden hast. Was er dir erzählt hat! Du wirst sie doch bringen, oder nicht? In eurer Sonderausgabe zum fünfundzwanzigsten Jahrestag … Weißt du übrigens, dass Sam Fischer verschwunden ist?«

Ihsan sah beinahe selbstzufrieden aus. Er berührte meine Hand, und ich dachte sofort an Sex. Na ja, wer weiß – womöglich war das nur ein Reflex, damit ich nicht verarbeiten musste, was er soeben gesagt hatte.

»Du machst Witze«, entschlüpfte es mir.

»Ha, ha«, sagte er tonlos.

»O Gott.« Ich stöhnte und ließ den Kopf in die Hände sinken. »Und Tamsin? Ist sie auch weg?«

»Nein. Sie ist kommissarische Chefredakteurin. Der Lippenstift steht dir übrigens gut.«

»Mein nagelneues Ich«, sagte ich und stand auf. Wahrscheinlich wollte ich mich auf den Weg nach draußen machen, um Tamsin anzurufen. Annarita weinte noch immer, aber Pip war ihr eine große Stütze. Ich zwinkerte ihm zu, und er reckte mir seinen Mittelfinger entgegen. Seine andere Hand lag auf Annaritas Knie. Na ja. Eher auf ihrem Oberschenkel. Ziemlich weit oben.

Ich ging in Richtung Tür, mein aufgefülltes Champagnerglas in der einen, die Zigarette in der anderen Hand, und dachte gerade daran, wie hübsch die Blumen aussahen, die sich vom Balkon des Restaurants ergossen, als Ruben – oder war es Gabi? – plötzlich aufstand und mich um die Taille fasste. In einer Ecke des Raumes saß ein Pianist und spielte »O sole mio«, und Ruben – ich bin mir ziemlich sicher, dass es Ruben war – begann mit mir zwischen den Tischen hindurchzuschunkeln. »It's now or never, Faithy«, summte er, und erst jetzt fiel mir auf, dass Elvis' Song »Now or never« tatsächlich dieselbe Melodie hatte wie »O sole mio«.

»Was meinst du denn damit, mein geliebter Halbbruder?«, fragte ich. Ich sah in seine grünen Augen, und er blickte in meine. Es war ein bisschen wie in den Spiegel zu schauen, nur dass die Person darin ein anderes Geschlecht hatte. Wir beide mussten lachen.

»Komm mit uns zurück, Faith. Du bist die Älteste. Du musst uns helfen, den Frieden zu bewahren. Sonst wird das Töten niemals aufhören. Nur du kannst es schaffen. Komm nach Hause, sorella bella!«

Ich hörte auf zu tanzen und stellte mein Glas auf Dons Tisch ab. Ich nahm einen tiefen Zug von meiner Zigarette und sah zu Ben hinüber.

»Ruben …«

»Gabi!«

»Gabi, ich habe einen Sohn. Ich bin eine Reporterin aus London. Es ist eure Welt, nicht meine.«

»Jetzt ist es auch deine, Faithy. Wir brauchen dich. Wir haben immer gewusst, dass du kommen würdest. Die Menschen in Sizilien brauchen dich. Wir alle brauchen dich!«

Ich lachte. Es war einfach unfassbar. Oder vielmehr: Es wäre unfassbar gewesen, hätte er nicht als Nächstes gesagt: »Niemand hat Lust dir anzutun, was Nonno Carlo angetan hat, um ihn nach Hause zu holen. Aber wir werden es tun – wenn wir müssen. Du gehörst zur Familie, Faithy. Komm nach Hause.«

Also ging ich nicht zur Tür hinaus, um Tamsin anzurufen. Ich ging zurück an meinen Platz und setzte mich wieder neben Ihsan.

»Und wenn ich es nicht mache?«, fragte ich ihn und blickte, während ein Kellner erneut mein Glas füllte, auf seine verbrannten Hände hinab, die mich gestreichelt hatten. »Wenn ich die Geschichte nicht bringe?«

»Dann bist du ein Feigling und eine Verräterin«, sagte er schlicht. Typisch Al-Dschasira. Alle auf dem hohen Ross. Hüa.

»So viel ist ja allseits bekannt«, sagte ich schmunzelnd, aber er erwiderte das Lächeln nicht. Menschen mit Moral haben keinen besonders ausgeprägten Sinn für Humor. Stimmt das? Ich denke schon.

»Wenn du es nicht tust, dann tue ich es«, verkündete er und ließ den Rauch der Zigarette aus seinem Mund entweichen, bevor er ihn wieder einsog. Oooh. Bei so etwas werde ich immer ganz schwach.

»Du hast aber nichts in der Hand, El Sayed. Nicht das kleinste bisschen. Und überhaupt«, fügte ich boshaft hinzu, »was du zu sagen hast, wird kein Schwein interessieren.«

Er sprang auf, und ich erhob mich ebenfalls. Wir funkelten uns an.

»Kein Schwein – damit meinst du die Engländer und Amerikaner, was? Du arrogantes Miststück«, fauchte er und spuckte mir mitten ins Gesicht. Sofort sprangen Pip, Don, Eden, Ruben, Gabi und Davide von ihren Sitzen auf, um mir zu Hilfe zu eilen. Sie standen im flackernden Kerzenschein, erwartungsvoll, angespannt, jeder Einzelne von ihnen bereit, meinetwegen Gewalt anzuwenden. Was soll ich sagen – es war ein großartiges Gefühl. Ein Gefühl von Macht. Einmalig.

Ich hob die Hand, um ihnen Einhalt zu gebieten. Sie gehorchten und setzten sich wieder hin. Ich nahm eine Serviette vom Tisch und wischte mir die Spucke von der Wange. Wortlos zeigte ich zur Tür. Ihsan drehte sich um und ging.

Also stimmte es wirklich.

Ich setzte mich wieder, und Annarita, die spürte, dass soeben eine Entscheidung gefallen war, küsste mich auf die Wange. Der Pianist spielte immer noch »O sole mio«, und sämtliche Trauergäste klatschten lautstark Beifall. Der alte Mann und seine junge Frau von dem Abendessen in Palermo waren da, und einige sehr laute Italiener aus New York, die mir immer wieder kräftig die Hand schüttelten und mich »Donna Vera« nannten.

Vielleicht, dachte ich bei mir, ist ja wirklich die Familie das einzig Wichtige, gleichgültig, wie sonderbar oder kaputt sie auch sein mag. Vielleicht spielen richtig und falsch gar keine Rolle …

Ja, ich glaube, so ist es.

KAPITEL 24

Es war gar nicht so leicht zu finden. Dort wo früher die alten Häuser gestanden hatten, waren inzwischen neue gebaut worden, eine kleine Eigenheimsiedlung – zwei Autos in jeder Einfahrt, Netzgardinen vor den Fenstern. Und es war kalt hier oben im Norden. Der scharfe Regen peitschte unsere Gesichter, während wir durch das kleine Dorf stapften. Wir hatten uns im örtlichen Pub, dem White Bear, eingemietet, und man hatte uns ein Zimmer gegeben, das direkt gegenüber dem Gemeinschaftsbad lag und in dem eine große gerahmte Fotografie von Los Angeles hing. Der Blick aus dem Fenster allerdings zeigte nichts als grüne wolkenverhangene Hügel. Wir waren an einem jener Orte gelandet, wo es nichts zu essen gibt, das nicht schon vor Jahren portionsweise in Folie eingeschweißt und tiefgefroren worden ist. Eigentlich unverständlich, Toasterwaffeln essen zu müssen, wenn draußen die Lämmer über die Wiesen tollen und die ganze Natur um einen herum so unglaublich üppig und fruchtbar wirkt. Aber ich nehme an, dass es in weiten Teilen Großbritanniens nicht anders aussieht.

Wir saßen an der Bar, und ich trank einen Cranberrysaft mit Sprudelwasser. (Schließlich tat jemand wie ich, der jederzeit damit rechnen musste, dass ein Mordanschlag auf ihn verübt wird, gut daran, seine Sinne beisammenzuhalten – obwohl sich die Situation, sobald sich alle an mich gewöhnt hatten, recht schnell wieder entspannt hatte.) Ich rutschte auf einem runden, hohen roten Lederhocker herum, kaute schmatzend mein Nicorette-Kaugummi und trommelte mit den Fingern auf die Theke, genau wie mein Vater es immer getan hatte, bis Eden mich bat, damit aufzuhören.

»'tschuldigung«, nuschelte ich.

»Wir sollten jemanden aus dem Ort fragen«, schlug er vor.

»Nein. Das will ich nicht. Wahrscheinlich reden die Leute nicht gern darüber. Und außerdem möchte ich es selbst finden.«

»Sollen wir Kristy anrufen, bevor wir uns auf den Weg machen?«, fragte er mit leichter Besorgnis in der Stimme.

»Die beiden werden schon ohne uns zurechtkommen. Wir sind ohnehin morgen wieder zu Hause. Außerdem können Annarita und Pip ihr notfalls unter die Arme greifen. Die beiden sind ihr bestimmt eine große Hilfe.«

»Mit Sicherheit nicht.«

»Also gut, du hast recht. Aber Ben wird bald zwei. Er ist kein Baby mehr.«

»Du hast keinen Funken Mutterinstinkt in dir, Mrs Jones«, sagte Eden tadelnd.

Ich muss schon sagen! Das ging unter die Gürtellinie.

»Ich habe deinen lausigen Allerweltsnamen *nicht* angenommen, kapiert? Ich wollte ihn nicht haben. Ich würde ihn nicht einmal geschenkt nehmen! Also rutsch mir gefälligst den Buckel runter.«

»Gott ist da anderer Meinung«, sagte Eden grinsend und schwenkte den Brandy in seinem nicht sehr sauberen Glas.

»Gott schert sich einen Scheißdreck um meinen Nachnamen. Und überhaupt, es war nur standesamtlich, also kannst du gleich noch mal rutschen!«

»Wie du meinst.« Eden zuckte gleichmütig mit den Schultern.

Also schön, also schön: Wir haben es getan. Auf dem Standesamt in der Farrington Road. Ich hatte das graue Seidenkleid aus dem Haus in Palermo in die Reinigung gegeben, und es war tatsächlich einigermaßen sauber geworden. Dazu trug ich meine Stiefel. Das klingt schlimm, sah aber ganz passabel aus, weil meine Haare alles wieder wettmachten. Jeder meiner drei Brüder brachte ein Date mit. Zwei der Mädchen stammten aus Sizilien und waren schon seit Ewigkeiten mit den Jungs zusammen. Davide kam mit Angelica, die er im Camden Palace kennengelernt hatte und deren Mum eine kleine Rolle bei den *Archers* spricht. Angelica studiert Psychoanalyse an der Tavistock-Klinik. Ich vermied es, allzu viel mit ihr zu reden, malte mir jedoch aus, wie sie »es herausfinden« würde – wie in dem Film, in dem Hugh Grant eine Mafiabraut aus New York heiraten will. Aber Filme sind Filme, und ich weiß inzwischen, dass die Realität ganz anders aussieht. Na ja, abgesehen von dem »Herausfinden«, weil die Leute dann sofort in Panik verfallen und automatisch an die Filme denken müssen.

Eden nahm meine Hand und sah mir in die Augen. Ein wenig zu lange für meinen Geschmack.

»Jones, ich habe es dir doch schon mehrmals gesagt. Ich habe die Stelle nicht bekommen, verstanden? Glaub mir. Ich war beim Vorstellungsgespräch, das leugne ich nicht. Aber die Stelle habe ich nicht bekommen. Es geht ausschließlich um das Haus, vielleicht kommt noch hier und da eine kleine Beratertätigkeit für die Familie hinzu, mehr nicht. Mach dir keine Sorgen. Ich glaube, einer von Ivanos Jungs hat jetzt übernommen ...«, murmelte ich vage. »Außerdem sind wir anständig geworden. Zerbrich dir also bitte nicht den Kopf darüber.«

Und zum x-ten Mal nickte er gefügig. Er brauchte ständig Bestätigung.

Wir wollten gerade gehen und noch einmal im Dunkeln den Ort durchkämmen, als wir von dem Fernseher abgelenkt wurden, der neben dem Spielautomaten an der Wand hing. Dort liefen schon seit einer Ewigkeit die Nachrichten, aber jetzt wurde plötzlich ein Foto eingeblendet, das den gesamten Bildschirm einnahm. Das wird nur gemacht, wenn jemand gestorben ist.

In diesem Fall war es Ihsan.

»Hey! Könnten Sie bitte schnell den Ton lauter stellen?«, brüllte Eden unserer Wirtin Mrs MacIntyre zu, die gleichmütig die Achseln hob und die Fernbedienung wie eine Waffe auf die

Flimmerkiste richtete. Dabei kratzte sie sich unverhohlen weiter an einer Stelle unter der Brust, wo ihr offenbar der Drahtbügel ihres schlecht sitzenden BHs erhebliche Pein bereitete.

»Der menschliche Kopf, der am Rande einer Straße etwa fünf Kilometer außerhalb von Kandahar gefunden wurde, gehört, wie nunmehr zweifelsfrei ermittelt werden konnte, Ihsan El Sayed, dem Al-Dschasira-Korrespondenten, der vor drei Wochen aus seinem Hotelzimmer verschleppt worden war …«

Mrs MacIntyre verzog das Gesicht, aber nicht etwa angesichts der Schrecken unserer grausamen Welt, sondern aus fassungsloser Abscheu darüber, dass die barbarischen Sitten asiatischer Wilder nun sogar schon bis in ihren Gastraum vorgedrungen waren. Eden neigte langsam und bedächtig den Kopf wie jemand, der ungeheuer stolz darauf war, mit wie viel stiller Würde er diese Geste zu vollführen vermochte.

»Hast du damals eigentlich mit ihm geschlafen?«, fragte er, ohne mich anzusehen. Etwas in ihm hatte sich verändert. Statt alles mit einer spitzen Bemerkung oder einem gehässigen Witz abzutun, stellte er neuerdings Fragen, sorgte sich.

Ich lutschte an dem Eiswürfel, den ich aus meinem Glas gefischt hatte, und zermalmte ihn knirschend zwischen meinen Backenzähnen. »Ja«, räumte ich schließlich ein. »Dad konnte ihn nicht leiden.«

Eden trank den letzten Schluck von seinem Brandy. »Wie man sieht«, brummte er.

Ich war mir nicht sicher, ob das ein Scherz sein sollte, hakte aber vorsichtshalber nicht nach.

Dann sagte Eden, etwas lauter: »Wie es seiner Frau jetzt wohl geht?«

Ich sah auf, allerdings nicht in sein Gesicht, sondern eher auf die Reihen kopfstehender Schnapsflaschen hinter dem Tresen.

»Mir hat er damals gesagt, er habe keine Frau«, bemerkte ich mit leiser Stimme. Ich ahnte bereits, dass dies nur wieder eine derjenigen Angelegenheiten war, von der jeder etwas wusste – nur ich nicht.

»Tja, das wundert mich nicht. Sie lebt in Damaskus. Kinder haben sie auch.«

Ich glaubte Eden. Aber wer war ich, Ihsan jetzt noch zu verurteilen?

Wir waren noch immer in gedrückter Stimmung, als wir wenig später Arm in Arm durch die Stadt spazierten. Außer uns war niemand unterwegs. Auf den regennassen Straßen spiegelten sich die orangefarbenen Lichter der Laternen.

»Hier vielleicht?«, fragte ich, als ich einen Obelisken entdeckte, der in der Mitte eines kleinen Kreisverkehrs aufragte. Aber wie sich herausstellte, war es nur ein Kriegsmahnmal. »Für die Frauen und Männer aus Cairnbridge, die ihr Leben ließen …«

Irgendwann bogen wir in eine Straße ein, an deren Ende eine graue Kirche stand. Ein altes normannisches Bauwerk, das so recht nicht in diese Umgebung zu passen schien. Die meisten der Grabsteine auf dem Friedhof waren krumm und schief, aber die riesige schwarze Rundbogentür des Kirchengebäudes stand offen. Drinnen brannten Kerzen.

»Komm. Das ist besser als nichts«, sagte ich und zog Eden ins Innere, wo es kälter war als draußen im Regen. Das Kruzifix über dem Altar glänzte golden, und die zu winzigen Stummeln heruntergebrannten Kerzen flackerten im Luftzug, den wir mit hereingebracht hatten.

»Wenn nicht ich, wer dann?«, sagte ich leise.

»Was?«, flüsterte Eden, als wir uns in der letzten Bankreihe niederließen, noch immer Arm in Arm.

»Wenn nicht ich, wer dann? Wenn nicht ich, dann du.«

Ich wollte mich hinknien, fürchtete aber, ich würde mir dabei wie eine Betrügerin vorkommen, also ließ ich es. Bis auf mein geheimes Kindergedicht hatte ich nichts vorzuweisen, und das schien mir zu wenig.

»Ist das nicht aus dem Talmud? Falsche Räumlichkeit, Faith. Wenn nicht jetzt, wann dann? Richtig?«

»Genau«, sagte ich. »Wenn nicht jetzt, wann dann?«

Ich ließ Eden an seinem Platz zurück, von dem aus er, die Arme zum Schutz gegen die Kälte um seinen Körper geschlungen, schweigend in Richtung Apsis blickte. Ich trat zu dem Ständer mit den Kerzenstummeln, ließ eine Pfundmünze in den schwarzen Kasten rasseln, nahm eine Kerze, zündete sie an und steckte sie in den Sand. Neben den anderen Lichtern, die schon lange vorher entzündet worden waren, wirkte sie beinahe aufdringlich lang. Meine Hand glitt in die Jackentasche. Ich nahm einen Zettel heraus und entfaltete ihn, um ihn ein letztes Mal zu lesen.

Dies ist eine Nachricht an das wunderschöne kleine Mädchen mit den Grübchen in den Wangen und dem gestreiften Pulli. Von ihrer großen Schwester. Warte auf mich, Jessie! Es dauert nicht mehr lange. Mit ganz vielen Umarmungen und Küssen von Faith. Du erkennst mich an den wirren Haaren! XXXXX.

Ich faltete den Zettel wieder zusammen und steckte ihn zu den anderen Botschaften hinter eines der Gummibänder an die Pinnwand, die über den Kerzen hing. Ursprünglich hatte ich ihn unter einen Stein oder neben das Mahnmal legen wollen, das, so hatte ich gehofft, irgendwo für die Opfer errichtet worden war. Aber in Cairnbridge selbst hatten wir nichts dergleichen gefunden. Vielleicht wollen die Bewohner des Ortes das Unglück lieber vergessen. Schließlich ist es inzwischen schon fünfundzwanzig Jahre her. Mein Artikel über den Anrufer von Reykjavik ist übrigens vorige Woche erschienen. Von Sam Fischer gibt es noch immer keine Spur. Um ehrlich zu sein – wofür Walt mich zweifellos hassen würde –, glaube ich nicht, dass man ihn jemals finden wird. Tamsin Godwin – Großbritanniens erste Chefredakteurin bei einer Tageszeitung! Und sie hat es redlich verdient. Nicht nur wegen Camillagate.

Ich rutschte wieder neben Eden in die Bank und lehnte meinen Kopf an seine Schulter.

»Ich bin bei dir, Faithy«, sagte er in dem Versuch, stark und männlich zu sein.

Ich stieß ihm den Ellbogen in die Rippen. »Mach dich nicht lächerlich, Jones. *Ich* bin bei *dir*. Komm, lass uns heimfahren.«

»Ja«, sagte er. »Wann geht unser Flug?«

»Um Mitternacht sind wir in Heathrow, und soweit ich weiß, haben wir gleich Anschluss nach Pisa. Aber auf keinen Fall werde ich vor dem Wochenende wieder nach Sizilien fliegen. Pip und Annarita haben gesagt, sie wollen bis Ferragosto in Brandeglio bleiben. Bis dahin kommen die Jungs bestimmt ohne mich zurecht, meinst du nicht?«

»Doch, das meine ich.« Eden nickte und küsste mich auf die Wange.

Als wir gerade wieder in den Regen hinaustreten wollten, um uns auf den Rückweg zum Pub zu machen und unser Gepäck zu holen, drehte ich mich noch einmal um und warf einen letzten Blick auf den Altar. Ich dachte an Kapitän MacDonald und seinen Daumen, an Perry Boyd, an den armen Drogenkurier Gianluca Caprese, an Walter und Phoebe, an meine Mutter und meinen Vater und auch an Ihsan mit seinem Zitronenduft und seinen süßen Küssen. Und ich begann halblaut vor mich hinzumurmeln: »Lieber Gott, bitte gib auf alle Menschen in der ganzen weiten Welt gut acht, und zwar heute Abend, heute Nacht und morgen den ganzen Tag über …«

Denn letzten Endes ist das alles, was wir tun können: beten.

ANMERKUNG

Die in diesem Roman beschriebenen Ereignisse basieren zum Teil auf denen des Flugzeugattentats von Lockerbie im Jahre 1988. Bei meinen Recherchen waren mir verschiedene Quellen Inspiration und Hilfe, unter anderem die Bücher *Lockerbie. The True Story* von David Johnstone und *Trail of the Octopus. From Beirut to Lockerbie – Inside the DIA* von Donald Goddard und Lester K. Coleman, der Dokumentarfilm *The Maltese Double Cross* von Allan Francovich, diverse Artikel zum Thema aus den Tageszeitungen *The Washington Post, The New York Times, The Guardian* und *The Sunday Times* sowie Berichte der BBC über Lockerbie und den anschließenden Prozess gegen die mutmaßlichen Täter.

Im Wesentlichen jedoch stütze ich mich auf die Aufzeichnungen meines Vaters David Blundy, der, als er 1989 in El Salvador ums Leben kam, gerade an einem Buch über PanAm-Flug 103 arbeitete.

Bettina Haskamp

Alles wegen Werner

Roman | 220 Seiten | gebunden mit Schutzumschlag

ISBN 978-3-547-71152-3

Die miserable Ehe der fünfzigjährigen Clara endet mit einem Knall, Ehemann Werner hat sie aus der Luxusvilla am Meer geworfen und ist mit einer schönen Brasilianerin auf und davon. Was Clara geblieben ist, sind Rotwein, Verzweiflung und ein übergewichtiger Hund. Kann es ein Leben jenseits von Werner geben? Clara begibt sich auf die Suche danach und macht dabei höchst verblüffende Entdeckungen.

Ein herzerwärmend komischer Roman über eine Frau, die durch den größten anzunehmenden Unfall in ihrem Leben zu sich selbst findet.

Jan Winter

Erzähl mir von den weißen Blüten

Roman | 448 Seiten
ISBN 978-3-547-71150-9

Nach dem Tod seiner großen Liebe Giulia lebt der Maler Paul Handewitt allein. Von Schuldgefühlen gequält, widmet er sich ganz der Malerei. Erst Jahre später begegnet er einer Frau, die die Wunden der Vergangenheit aufreißt und ihn zu einer Entscheidung zwingt.

Eine wunderschöne Geschichte von der Liebe und von der Hoffnung, die uns am Leben hält.